尊敬的女士/先生：

欢迎乘坐本船，

本次海上剧场为《25世纪考古…

U0437592

主演

赵没有
ZHAO MEI YOU

钱多多
QIAN DUO DUO

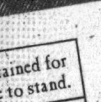

HAEOLOGICAL
writings
25TH CENTURY

∾ FLY ME TO THE MOON ∾

Fly me to the moon
And let me play among the stars
Let me see what spring is like
On Jupiter and Mars
In other words, hold my hand
In other words, darling, kiss me......

25世纪考古笔谈

AyeAyeCaptain 著

CONTENTS

CHAPTER. 1
考古学家
001

Chapter.2
黄金年代
028

Chapter.3
太阳与铁
055

Chapter.4
荒谬、失败、伟大
080

Chapter.5
朗姆酒隧道
106

CHAPTER.6
大都会漫游指南
134

Chapter.7
摇啊摇，摇到外婆桥
158

Chapter.9
2号实验场录影记录

218

207

Chapter.10
莲花去国

Chapter.11
愿作莲花国里人

239

白河夜船
187
Chapter.8

Chapter.12
佛说

268

291

Chapter.13
梦中身

317

图书在版编目（CIP）数据

25 世纪考古笔谈 / AyeAyeCaptain 著 . -- 武汉：长江出版社, 2025.4. -- ISBN 978-7-5804-0058-1

Ⅰ.I247.5

中国国家版本馆 CIP 数据核字第 2025LB6156 号

25 世纪考古笔谈　AyeAyeCaptain 著
25SHIJIKAOGUBITAN

出　　版	长江出版社	
	（武汉解放大道 1863 号）	
选题策划	欣欣向爱	
市场发行	长江出版社发行部	
网　　址	http://www.cjpress.cn	
责任编辑	江南	
特约编辑	小松塔	
封面设计	Recns	
印　　刷	长沙鸿发印务实业有限公司	
版　　次	2025 年 4 月第 1 版	
印　　次	2025 年 4 月第 1 次印刷	
开　　本	710mm×1000mm　1/16	
印　　张	20.5	
字　　数	413 千字	
书　　号	ISBN 978-7-5804-0058-1	
定　　价	52.00 元	

版权所有，翻版必究。如有质量问题，请联系本社退换。

电话：027-82926557（总编室）　027-82926806（市场营销部）

考古学家

01
CHAPTER

"赵医生！急诊！"

赵没有是被洗牌声惊醒的。他在肉铺里睡着了，隔着塑料门帘，几个婆姨正在热火朝天地搓麻将。空气中混杂着痱子粉、花露水、蚊香和卤味的味道。女人裹在聚酯纤维里的白肉浸了汗，捂着散不出来，只好拼命吸纸烟。纸烟是用干磷虾皮裹了薄荷和烟丝卷的，带着一丝不合时宜的清凉。

"赵医生！"来找他的是个实习生，刚入院没多久，不知碰上了什么场面，显然有些惊魂未定，"您能快点儿吗？您再缓两步儿，我怕来看诊的那小孩儿他妈能把急诊室拆了！"

"来了来了。"赵没有脑子还有点迷糊，起身时发现脚上的鞋少了一只，他只好弯腰去找，"我说婶儿啊，您咋又把我的鞋穿走了？"

他看向牌桌上首的女人，对方左脚趾上的指甲油掉了一半，脚上正趿拉着他的那只从澡堂里穿出来的大红人字拖。

"多大点事儿！澡堂里的拖鞋不讲究成对儿！"女人大手一挥，险些把幺鸡糊他脸上，"西施啊，只要是两只鞋，你趿拉着就走吧！"说着她随便从桌子底下踹出不知谁的高跟鞋给他，还是一只右脚的。

"哎，婶儿，我缺的是左脚……"

赵没有话没说完就被打断，女人正忙着摸牌，一句话给他打发了："麻溜儿的赶紧滚，回来给我切二斤臊子，晚上包饺子来家吃！"

赵没有挠挠头，道："得嘞，那祝您早点儿摸到东风啊。"说完他掀起帘子走了，身后传来女人的一声怒骂："嘿，你这家伙敢透我牌！"随即一根筷子就飞了出来。

"晚上来您家吃饭！"赵没有低头一避，蹬着高跟鞋和人字拖，一脚深一脚浅地跑了。

赵没有，大都会三十三层区精神病医院急诊科大夫。三十三层位于下层区，方圆百层以内只有这家医院隶属政府单位，有补助，因此开了许久也没关门，堪称百年老店。

由于下层区急缺医疗资源，急诊科基本算是独立于精神病医院的一个科室，主治大夫从跌打损伤到接生手术十八般武艺样样精通，兼职医院安保人员，随时帮忙抓捕逃窜的病患，同时还得赚点外快，比如赵没有，就在猪肉铺当临时工。他会点兽医手艺，刀工更是没的说，精诚为猪种提供从出生到出殡一条龙服务，因为长得好且刀工精湛，人送外号"猪肉西施"和"病屠夫"。

赵没有来到急诊室的时候，刚好听到一段鬼哭狼嚎："我的翠花，你死得好惨啊！"属引凄异，哀转久绝——这人抱着科室的就诊椅不撒手，正是实习生口中那个来看诊的小孩儿。

"西施，你可算来了！"一旁的大夫显然已被磨得没了办法，"这翠花是谁啊？我劝了半天这孩子也不撒手，他妈妈刚走，说什么人撂这儿就等你来了……"

"翠花是他养了三个月的合成猪。"赵没有掀了掀眼皮，回答。

大夫一脸难以置信。

"小子，撒手。"赵没有使了个巧劲儿，在小孩的麻筋上一捏，直接把人拽了起来，他拎猫似的拎着人站好，"我看看，上午你抱着你那猪跑了十里地，我鞋都给跑掉了才把你追回来，上次卷钱私奔的那对儿都没你跑得快……腿崴着了是吧？"

小孩看着眼前这个脸色苍白、黑眼圈巨大，一只脚穿人字拖、一只脚踩高跟鞋，猪肉铺围裙外罩着白大褂的男人，"嗷"的一声又哭了起来："杀猪之仇，不共戴天！"

哭声震耳欲聋，赵没有却好似听不见。他在小孩小腿上探了探，摁了几个淤青的地方，然后若有所思地点点头："行，问题不大，跟你妈说这几天给你熬点儿补汤。"

"补汤？"小孩儿哭音儿消了，他眨巴眨巴眼，问，"有肉吃吗？"

赵没有"嗯"了一声："以形补形，刚好拿翠花给你补。"

"你再哭一个试试，就你这腿，可以直接上手术台。"赵没有说着从柜子里拿出一把手术锯，钢刃"刺啦"划在金属扶手上，他笑眯眯道，"看见这锯子上还滴着的血没？上午刚用来剁你家翠花的。"

小孩儿刚起了个头的哭声戛然而止，卡在嗓子眼。他脸憋得通红，像被踩了尾巴的猫。

一旁的大夫看不下去了："行了行了，孩子不是这么吓的……来，叔叔给你擦擦，看这一身……"边说边带着小孩出去了，片刻后他回来，手里还拿着一包塑料袋装的黄瓜三明治，"我看了，就是崴了腿，回家歇几天就能好。"

赵没有叼着烟，正在找打火机："刁禅，你一芳龄廿六的人自称什么叔叔？"

"科室禁止吸烟！"刁禅声音高了一个八度。

赵没有笑笑，道："就一支。"

"一支也不行！"

赵没有只好把烟别在耳后。

刁禅看着他叹了口气,开始拆三明治包装,在他们这儿吃饭得争分夺秒。

"你又做了什么?给人孩子搞成那样,一身的血。"

"他那一身都是猪血。"赵没有"喷"了一声,"早上送来一头生猪,杀到一半那泼猴儿就闯了进来,好家伙,把猪往怀里一抱就往外跑,打劫都没他么横。抢还没抢囫囵,撕了半条猪后腿,一路都在滴血,不知道的还以为我给他下了降头……那猪是他爹妈做主杀的,那个倒霉玩意儿不敢窝里横,跑科室撒泼来了。"

"行了行了行了。"刁禅被他形容得头大,"说书场晚上就开了,您嘴痒就去讲一场,别在我这里论捧逗。"

"您这上层区的少爷来我们三十三层体验生活,我可不得招待周全。"赵没有笑道,"说书场子是下层区的特产,尤其是三十三层戏院的先生嗓子最够味儿。"

"赵莫得你今天嗑了几斤瓜子?嘴怎么这么欠……"

刁禅话说一半,又有实习生闯进急诊科喊:"赵医生,您快来看看,211号患者又跑出来了!"

赵没有拍拍刁禅的肩膀,闪身走出门外:"来了来了,211今儿又演什么戏呢?"

说着,他指间翻出一只打火机,刚点上烟,门后传来一声怒喝:"赵莫得,你又顺我的打火机!医院禁止吸烟!"

赵没有还没来得及接腔,只见走廊远处一大群人狂奔而来,为首的是一位大爷,手提搪瓷茶瓶,高举过头,以宝塔镇河妖的气势朝赵没有怒喝:"呔!我叫你一声,你敢答应吗!"

后头一堆护工跟着跑。

"德大爷,您别闹了!"

"咱们回去斗蟑螂成吗?"

"您回头看看,您孙女儿来看您啦!"

大爷浑然不觉,依旧对赵没有怒目而视,还是那句:"我叫你一声,你敢答应吗!"

刁禅从门后探出头,问:"这又是干什么呢?"

"211号德大爷,咱这儿的老戏骨了。"赵没有掐了烟,说,"看来今儿的剧本是银角大王。"

几句话间,德大爷就要奔至眼前,还是那句"我叫你一声,你敢答应吗"——赵没有回忆了一下剧情,开始对戏:"怎么不敢,你喊啊!"

"者行孙!"

"欸,大爷您说。"

"哈哈,泼猴,你也有今天!"大爷狞笑着旋开瓶塞,"且看俺这紫金葫芦今日就送你归西——"

赵没有眼疾手快地捞过一只搪瓷缸，对准瓶口，稀里哗啦地接了一满缸的胡辣汤。

"尝尝。"赵没有接满一缸还有一缸，他把其中一缸递给刁禅，"德大爷家的胡辣汤是一绝，肉多，配你亲爱的三明治正好下饭。"

一老一少站在门口，像初中生分食一样分完了一整瓶胡辣汤，赵没有把最后一缸递给德大爷，开始背台词："妖怪，哪里逃！吃俺老孙一盅！"

大爷接过，满饮此缸，一抹嘴一捋须，唱了一句老腔："哇呀呀，好汤！明日再饮！"

赵没有跟他碰了一下缸："明日再饮，您慢走。"

德大爷很有气势地瞥了他一眼，踱着方步背着手，慢悠悠地回了病房。

"我看你也不用去说书场了。"刁禅看得咂舌，"光在这里就够粉墨登场了。"

"德大爷原本是四百六十层出云戏院的台柱，虽然只是中层区，但在唱老生的行当里，也算不错的归宿了。"赵没有说，"现在他天天开嗓还不收票钱，算是咱这儿的工作福利。"

刁禅一愣。出云是中层区最好的戏院，演员应该会有养老津贴。

赵没有仿佛看出他的想法，笑了笑："少爷您还是古道热肠。"

结束每天例行的查房之后，赵没有就下了班。自刁禅来到医院，就替他分担了不少工作，让他可以安心地杀猪补贴家用。回到铺子里，打麻将的婆姨已经散了摊。他切了一块后腿肉，细细切成臊子，用油纸裹好，又从仓库里拎出一坛酸菜，打算像模像样地去蹭个饭。

赵没有去蹭饭的婶子家住在二十七层，平时得排队坐很久的悬梯轿厢。下层区的轿厢一直没有改进，用的还是大都会初建时最早期的电力系统，停电时甚至要手动操作。赵没有思索片刻，心道臊子肉放久了不好，干脆从修理铺借了把伞，撑开之后，从楼上跳了下去。

他降落在一处窗台前，绿色防雨棚下种着向日葵，不过是电子品种。下层区很难有阳光，花木基本上养不活。窗户应声打开，一个小女孩探出头，静静地看着他。

"小公主。"赵没有回忆了一下两人几天前看的老电影，然后模仿着里面的绅士行了个礼，"我没有迟到吧？"

"妈妈正在煲汤。"女孩似乎很满意他的动作，侧身让他进来。赵没有跳进房间——女孩儿的房间是一辆挂在半空的废弃房车，随着他的动作，整个房间都抖了抖。

"你的鱼养得怎么样了？"赵没有先去看桌子上的鱼缸，"能吃了没？"

女孩看了他一眼："我养的是食人鲳。"

"也是电子品种？"

"所以不能吃，你别惦记了。"

"小公主，你将来肯定是个女王。"赵没有举手投降，然后转身去了厨房，"婶儿，臊子拿来了，我还带了点酸菜，可以和馅儿……"

"带张嘴就行了，还带什么东西！"女人倒也没跟他客气，开了坛子捞出酸菜，说，"哟，这味儿不错，闻着酸脆，开胃！"

赵没有赶紧卷起袖子："我来帮您。"

酸菜油渣饺子，蒜泥小米辣和陈醋调制的蘸水，配四碟凉菜：泡辣茄条、莴笋、红油腐竹和酱黄瓜。下饺子的酸汤冲上虾皮和紫菜，再来一笼牛肉饼。

吃饱喝足，赵没有一边洗碗一边撑得扶了扶水池，不禁叹道："人生圆满。"

女人的嗓音从门外传来："西施，你洗完了吗？我们姐几个晚上还要打牌，你带你妹出去转转，别瞎吃东西啊！"

"知道了，婶儿！"赵没有扬声应了。他甩着水珠走出厨房，看到等在门外的小女孩儿，问，"还想吃啥不？哥带你听戏去？下了夜场刚好去撸串儿。"

小女孩上下打量他一番，说："我觉得你需要一点消食胶囊。"

"听戏消食儿，要不听相声？上次有个单口演了一出《报菜名》，刚吃完饭就又给我说饿了。"

小女孩思索片刻，突然说了一句："哥。"

"欸，啥事儿？"

"你见过你爹吗？"

"怎么想起问这个？"赵没有蹲下来和她对视，"有谁跟你说什么了吗？"

"街上那个算命的疯子跟我说，我和你一样，都没有爹。"

"我有爹，只是不靠谱，我妈怀孕后他就失踪了，我妈让我随他姓是为了要抚养费。"赵没有连连摆手，"哪儿跟哪儿的事儿，那个算命的话不要信，他是我们医院的在逃病患，我们院能有好人？"

他说完又补充："你刁禅哥除外。"

"那你见过你爹吗？"

赵没有想了想，说："没有。"

小女孩盯着他看了片刻，像是下了什么决心，她顺着滑梯爬上房车，片刻后又滑下来，手里拿着一个赵没有没见过的盒子。

赵没有看着她一通操作，问："这是啥？"

"哥，你听我说，"小女孩爬到他膝盖上坐下，认真地看着他的眼睛，说，"我们其实不是没有爹，是系统编程的时候把我们漏掉了。"

"你最近开始看奇幻文学了？这方面20世纪到21世纪这两百年间的作品比较好看，不过黑市里也不常有这两百年的电子版了，回头我给你默写一本出来……"

"哥。"小女孩打断他的话，"我说的是真的，这不是真正的现实，我们在一个巨大的虚拟世界里。"

她说完，把手里的东西举到赵没有眼前。

赵没有端详了一会儿，忽然意识到自己在某个黑市的拍卖目录上看到过这玩意儿，但它已经非常旧了。这种东西停产了几百年，不可能保存得这么新。

赵没有想了想，问："你去修理铺找人做的？"

"我对机械活儿不感兴趣，哥。"小女孩说，"这是我从现实世界带进来的。"

那是一个全新的读碟机，表面光滑如水银，背面用激光刻着生产年份。

如今他们生活在25世纪，而读碟机上的年份，是1999年。

拿到读碟机后，赵没有琢磨了一下这事儿。

如今是25世纪，一个五百年前的古董，能被保存得如此完好的概率有多大？

他知道他妹在某些方面与众不同，但无所谓，下层区这种地方本就是怪人辈出，不然政府也不会出资建精神病医院。只要没有太夸张的症状，医院通常不会接收，有的病人则过于正常，与整个区域荒诞的风气格格不入，于是被区民视为异类，这类人甚至会自己主动办理住院。

都是为了活下去，混口饭吃，不丢人。

说到底，什么是正常？什么是疯狂？正常或许只是唯一被允许的疯狂罢了。

精神病医院和猪肉铺的生意依旧火爆，赵没有忙得脚不沾地，很快就把这件事抛诸脑后。他知道他妹妹有点不正常——说白了，大人们眼里的小孩儿多少都有点不正常。

最近事情多，这天赵没有难得不用加班，有空到戏院坐一坐。三十三层区的戏院是下层区最好的场子，甚至在整个大都会都很有名。与中上层区戏台、影院、剧场分得很清的类别不同，三十三层的场子都是大杂烩，乱哄哄的，你方唱罢我登场，全部挤在一个废弃的停车场里，也没有店名，提起就两个字：戏院。

进店前，赵没有先看了一眼今天的戏码。霓虹水牌上闪亮亮的几个篆字，一整场的连台本戏，挑班的台柱是熟人，老生、丑角并演，扮的是济公。

赵没有来得太晚，没能买到票，他熟门熟路地直接去了后台。

他人缘好，又是常客，一路都有人招呼。后台是用彩棚临时搭起来的，到处弥漫着香粉和烟丝味儿，长串裙摆挂成圈，里面便是更衣室。有个赶场的舞娘从一大簇流苏裙下探出头，瞧着他笑道："西施倒是来得巧，我这后背拉链勾住了，搭把手呗？"

最后还是即将上场的台柱把他解救出来，对方脸上搽着红，还没上台就已经喝多了，看着他打了个酒嗝："不谢，今儿没座儿了，想蹭戏就往屏风后头坐着去。"

屏风后头是乐班的座位，赵没有一听便懂："不怕我给您拉错了弦儿？"

"丢的又不是我的人。"对方摆摆蒲扇，径直走了。

赵没有确实会点弦索，不过他疏于练习许久，到底还拿捏着分寸。在后台慢悠悠听了半晌锣鼓，直等到唱到第四本，他才弯腰去给胡琴师傅敬茶，替了一支四景的曲牌。

扮济公的便是台柱，穿着一身拼布长衫上台，未开口便有喝彩声。他先是数声长啸，待唱出"疯疯癫癫我疯疯癫癫"，赵没有忍不住在屏风后笑了出来。这台柱生得白皙，两颊还涂了红，活似一只醉态艳鬼，不过唱腔倒是醇厚的，两相映衬，倒真有酒肉伴狂的癫僧本相。

待大戏散场，赵没有和台柱到后门去吃夜宵，他们直接包了一辆烧烤车，百十串签子满满地撒上辣椒、孜然、胡椒、蜂蜜，还有芝麻和梅子酱。不过赵没有只是喝酒，并不动筷，毕竟他抢不过对面的台柱："贵妃啊，你这个月又胖了多少？"

台柱脸上还带着妆，被炉火熏得又敷上一层红，他明显饿得狠了，吃得满嘴流油，含糊不清道："瘦了三斤半！"

"哟，难得。"赵没有笑出声，"这得走一个。"

两人碰杯，台柱一饮而尽后哈了一口气，大声问道："药你带了没？"

"带了，降压和治血糖的。"赵没有掏出一个铝盒，"这是三个月的量……"

话未说完，台柱接过铝盒，看也不看，囫囵吞枣地倒出一把就塞进了嘴里，直接嚼碎了咽下去。他吞得太猛，咳了起来，喷得满桌都是。

赵没有把剩下的话补完："你省着点吃，市面上一直缺药，刁禅还在想办法搞。"

台柱一抹嘴，妆已经花得不像样："这些都是次要，要紧的是安眠药。"

"安眠药你别想了，全部断货，刁禅都没的吃。"赵没有端着塑料杯，说，"实在不行就多唱点儿，上次你不就在台上睡着了？"

对方一巴掌拍过来："那是你把我灌趴下的！"

赵没有大笑出声。

其实这人根本用不着灌，大肚能容一身病骨，全是自己吃出来的。

和下层区大多数居民一样，台柱来历不明，被送进医院装疯卖傻几天走个过场，出来便可以再度做人。唯一的区别在于这人刚入院的时候着实有一副好相貌，清艳明秀，所以才得了个"贵妃"的雅号，结果出院后登台没多久，他和杨贵妃的相似之处就只剩下了肥。

烧烤摊备下的东西虽多，但没多久便被台柱席卷一空。对方一抹嘴，直接问："说吧，今儿到底干啥来了？"

他们是老交情了，赵没有若只是来听戏，用不着破费请客。

赵没有掏出读碟机，说："找你听个东西。"

台柱接过机盒，皱着眉打量片刻，接着一挥手，说："这里太吵，换个地儿说。"

他们走到一处废墟，说是废墟，其实更像一个大垃圾堆。这里尚未超出停车场的范围，台柱熟门熟路地找到一辆只剩个底座的敞篷车，很舒适地躺在海绵垫上，摁下播放键。

赵没有靠在车门边，点上了一支烟。

这确实是一台新机器，音质还很好，开场弦乐过后，扬声器中传出一阵女声。

"Fly me to the moon（带我飞向月球）

And let me play among the stars（让我与群星嬉戏）

Let me see what spring is like on Jupiter and Mars（让我看看木星火星上春天是什么样子）

In other words,hold my hand（也就是说，握着我的手）

In other words,darling,kiss me（也就是说，吻我，亲爱的）……"

直到一首歌播完，台柱按下读碟机的盖子，取出碟片打量片刻，才道："这是一首歌？"

赵没有说："废话。"

碟片外观很干净，和读碟机一样都是光滑的水银色，赵没有说："我想知道这首歌的来历。"

"怎么不去全息图书馆查？你应该能搞到上层区的通行证吧？"

"我查了，找不到。"赵没有吐出一口烟，雾气在夜幕中泛着幽蓝，"刁禅那小子也说没听过。"

"那是，你也不想想这歌词写的都是什么。"台柱把碟片举到头顶，透过圆孔打量着远处，"这年头还有谁会在意月亮？"

他们身处废弃的停车场中，这里是三十三层区，几乎是整座城市最古老的地基，而这处废墟在用作停车场之前，曾经存在过一座更为久远的建筑，一座宏伟瑰丽的歌剧院。

台柱看向穹顶，残破的穹顶还留着当年的壁画，青金石颜料和银粉混合，勾勒出一片浩瀚无垠的星空。

废墟四周的罗马柱上仍有浮雕，依稀能看出上面的人穿着宇航服。

"大都会禁令头两条：其一，禁止太空探索；其二，禁止人造人技术。"台柱醉醺醺地打了个酒嗝，"这首歌明摆着是禁曲，赵莫得，你疯了吧？"

"你能少吃两口再来跟我讨论到底谁疯了吗？"赵没有说道，"所以你知道这首歌的来历吗？"

台柱将碟片放回读碟机，按下播放键。他在歌声中调整了个更舒服的姿势，看上去竟有些昏昏欲睡。

"知道一点。"他开口，"这是几百年前的老歌了，它的唱片还曾经通过阿波罗飞船送上月球,是人类第一首在月球上播放的歌。它有很多翻唱版本,你这首的演唱者应该是 Julie London。"

赵没有问:"歌名呢?"

"就是第一句歌词。"台柱说,"Fly me to the moon。"

赵没有抽完了一整盒烟才走。他摁下暂停键的时候,车座上已经传来了鼾声。

到家已是凌晨两点,赵没有把门口的一排空碗端进厨房,拎起装杂粮的袋子把碗全倒满后,二十斤的大塑料袋已见了底。他像摞蒸笼一样把碗摞成一大摞,又一一放回门外。

这一带的流浪猫狗很多,他这算是一种开放式喂养,买的混合杂粮猫狗都能吃。他门口放着二十只碗,那些流浪猫狗想吃就来。不过他喂得并不认真,加班多的日子里,他根本不回家,好不容易回来又常常忘记,顶多一周能想起补充一次食物。

赵没有确实是有点累了。他关上门,一头扎进被子里。他的屋里没有床,买了张床垫扔在地上就算睡觉的地方,有时忘了关窗,猫跳进来会踩到他的脸。

赵没有感觉到自己压到了什么毛茸茸的东西,随即他的肚子被挠了一下。他起身打开灯:"赵不叫?"

一只三花猫面无表情地看着他,然后伸出爪子舔了舔。

赵没有只喂不养,自然也不会给阿猫阿狗起名字,但这只三花猫是个例外。它的智商显然比其他野猫高出不止一个档次,懂得在屋内生活比在外面更舒适——尽管赵没有从不喂它,甚至视而不见,但它还是坚持待在这个不足二十平方米的破旧屋子里,只要赵没有回家,它必定在,俨然像个不用交房租的地头蛇。

后来赵没有突然意识到,这猫从未叫过。某天心血来潮,他就给它取名叫赵不叫。刁禅有一次来的时候似乎还给它起了个昵称,具体是什么赵没有早就忘了,反正叫什么它也不会回应。

"饭在外面,自己出去吃。"赵没有捏着猫的后颈把它拎出窗外。累死了,他拉灭电灯准备睡觉。

他刚躺下不到两秒,窒息感传来,赵不叫一屁股坐到了他脸上。

"我警告你啊,"赵没有不得不再次把猫拎出去,他用手指着猫鼻子,说,"你给我长点眼色。"话音未落,下一秒,他直接被挠。

赵没有炸了,他爬起来就要关窗,结果这破窗户不知坏了多久,玻璃和窗框的接口完全锈住。他猛地使了两下劲,"咔"的一声,玻璃碎了。

窗底下埋头苦吃的一堆猫脑袋先是被惊得退了退,继而齐齐抬头,和赵没有大眼瞪小眼。

赵没有无奈地心想:这下完蛋。

他这窗底下的猫狗吃饭有个顺序，猫先吃，狗捡剩下的。他也不明白为啥明明有体形差但猫狗打架总是狗输——不过这基本保证了威慑关系的成立。目前为止只有赵不叫这只野猫对他这破房子表现出兴趣，但狗就不一样了。有次他上班时把窗户开得很大，一周后回来，房子里几乎成了野狗收容站，居然还有一窝新生的狗崽子。

从此赵没有只开一条窗缝，猫是"液体"，赵不叫进出不成问题，却能成功地把狗挡在门外。

此时此刻，窗下一排猫齐齐盯着他，不远处小吃店的制冷机发出巨大的轰鸣声。

很难期待野猫有什么良心，果然下一秒，猫群"轰"地散了，赵没有下意识一退，随即被扑上来的家伙用舌头舔了脸。

是只大狗，赵没有差点被扑趴下，一马当先自然有前赴后继，后面还跟着多少他没数，总之等他终于把身上的狗甩下来，房间里几乎没有下脚的地儿了。

"这是什么人间疾苦。"赵没有喃喃自语。

窗台上的赵不叫看了他一眼，转身拿屁股对着他，仿佛在说我也救不了你。

赵没有怒其不争："你个没良心的！"

看来这一晚是别想安生了，这帮狗尤其喜欢上他的床垫，还会在枕头上蹦迪。赵没有抱着被子靠在墙上，两眼放空地看着不远处的小吃店："这老板也真是个大善人，居然没想过开家狗肉店。"

街道上霓虹灯一闪一闪，蓝绿、红白、荧粉，光线透进来，赵没有甚至不需要开灯，对窗的墙面就像一只万花筒，斑斓的色块聚拢又旋转。赵没有扫了一眼房间，突然发现角落里的自动清洗机组不知道什么时候被偷了，这大概是他家唯一值钱的东西，还是刁禅送的。

可惜赵没有在家不做饭。

赵没有轻轻地拍了拍床上的狗头："倒霉玩意儿，连个家都看不住。"

他想了想，把装在衣服内袋的读碟机拿出来，闭上眼，再度按下播放键。

女声回荡在房间中，像一罐温凉的银油，缓缓倾倒，漫过地板上的排水口、烟盒和啤酒罐、海绵床垫和洗碗池，漫过狗，漫过猫，漫过人。

这一刻，房间里仿佛有了月光。

"Fly me to the moon……"

赵不叫突然转了过来，它弓起身，张开嘴，但是没有发出任何声音。

变成竖瞳的猫眼倒映着房间里的景象——床单皱成一团，大狗撕扯着枕头，已经有填充物飞了出来，毯子堆在墙边，形状尚未散开，仿佛刚刚还盖在谁的身上。

床垫上空无一人。

再度睁开眼的时候，赵没有被阳光刺得流泪。

他花了一点时间来搞清楚状况，他的记忆还停留在房间里——狗跑了进来，他睡不着觉，然后决定听歌。

所以这是哪儿？赵没有环视一圈，这是一处空地，四周都是裸露着钢筋和水泥板的大楼，看起来像建了一半的工程，但是没有人。

他这是被绑架了？赵没有看看身上的束缚带，他被绑在了一把椅子上，捆绑的手法很专业。他得罪过的人可不少，用排除法估计都要花点时间。

慢着。

赵没有突然意识到一个问题——这里，居然能看到太阳。

蓝天，白云，太阳。

天虽然不是很蓝，仿佛罩着一层薄雾，但是赵没有的直觉告诉他，这绝对不是全息投影。这里大概也不是中层区或者上层区，因为空气里弥漫着一股说不出的干燥气味，好似石灰混着尘土，吸入肺中有颗粒感，像稀薄的二手烟。

中层区和上层区里，但凡能看到阳光的地方，必然配有空气循环系统，什么好闻的气味都有，什么水生调、森林感，总之绝对不可能这么廉价。

这里到底是什么地方？谁把他弄过来的？怎么弄的？要知道他的敏锐度已经到了刁禅在心里骂他，他都会察觉的地步了。

空地外突然驶来一辆车，几个蒙面人从车上下来，为首的提着一个箱子，明显是冲着他来的。赵没有看着这人掏出注射器给他来了一针，随即他就什么都感觉不到了。

接着对方拿出一把电锯。

虽然触感消失了，但是凭借流到脸上的血和空中散发的焦香味，赵没有能猜到这人在对他做什么。这电锯的功率可不小，这是个精细活儿，对方的手艺不错。

赵没有在此时此刻还能保持如此冷静的判断，不是因为什么专业素养，而是因为他被惊住了，思维脱节直接开始信马由缰。

他能看出来，不远处的那辆轿车是几百年前的款式，这玩意儿甚至还在烧汽油。

那股怪味儿他也闻出来了，是大量碳排放造成的雾霾，重度污染时空气就是这个味道。

再看看四周造型独特的烂尾楼，还有蒙面人不知猴年马月的衣着款式，赵没有突然想起数日前他妹的那句话："这不是真正的现实，我们在一个巨大的虚拟世界里。"

那台读碟机……他正是听着读碟机里的碟片睡着的。

"兄弟，"赵没有开口，"打听个事儿，现在是哪一年？"

对方动作一停，片刻后道："1999年。"

赵没有愣住。

"你这人倒是有意思。"一旁打下手的蒙面人开口,"平时的肉票到了这一步,早就吓得哭爹喊娘了,你居然第一句是问现在是哪一年?"

"说不定是个傻的,不傻也疯。"为首的蒙面人放下电锯,从箱子里掏出一样东西。

居然是一把勺子。

为首的人看着赵没有,顿了一下,问:"你还有什么话要说?"

赵没有心里万马奔腾而过。他忙了一天的急诊,陪台柱喝到半夜一口饭也没捞上,此时此刻他实在是受不了了,张口便道:"脑花能分我一口吗?"

为首的蒙面人用看傻子的眼神看了他一眼,随即转过身,朝其余同伙点了点头,确认似的道:"这是个疯子。"

赵没有的肚子"咕噜"响了一下。

蒙面人无奈:"这是饿疯了吧?"

"疯得还不轻。"

"真可怜。"

"要不脑花分他一口?"

赵没有心想,不是吧?还真要分?到底谁疯啊?

他迅速回忆了一下上次医院收治有类似倾向者是什么时候,和主治医师是怎么处理的——他想起来了,没处理,那家伙进来第二天就想对护士要流氓,直接被他打跑了。

结果主治医师以"缺觉暴怒症"为由,将他在禁闭室关了一周。

在他走神的时候,为首的蒙面人已经完成了操作,最后对方揭掉了脸上的面罩。

赵没有看到,这人长了一张和他一模一样的脸。

"换了你的脑子,就可以变成你的脸。"为首的蒙面人还解释了一下,接着他开始掏箱子,拿出一大堆瓶瓶罐罐,分别是芥末酱、番茄酱、蛋黄酱还有草莓酱。

蒙面人问赵没有:"你要用哪种酱蘸着吃?"

赵没有道:"没有辣椒和孜然吗?"

蒙面人似乎被恶心到了:"吃辣椒的人都是怪物!"

其余蒙面人说:"怪物应该被烧死!"

赵没有抬了抬下巴,示意那个刚刚换走他脑子的人:"他现在才是我,要烧烧他。"

对方惊恐道:"我不是!我没有!"

赵没有说:"那你把脑子还我。"

"不行!"对方更加惊恐,真不知谁才是被绑架的那一个。

"不行,我演不下去了。"赵没有忍无可忍地说,"你们都是一群疯子吧?"

没错了,现实中没有人没了脑子还能像他这样思考,他绝对是在做梦,比刁禅和黄瓜三明治睡觉还离谱的那种梦。

梦中所思即所得，下一秒，他还真的听到了刁禅的声音："赵没有！"

赵没有一扭头，果然对方正站在不远处，那儿还有扇门："刁禅，你可算来了！"赵没有扯着嗓子道，"没耽误你和黄瓜三明治相亲相爱吧？"

刁禅一脸"你是不是有什么大病"的表情看着他，随即"咔咔"的上膛声响起，赵没有身边的蒙面人全举起了枪。

"砰砰砰"几声枪响，几个蒙面人应声倒地。

"没事吧？"刁禅朝他快步跑来后，拍了拍他的脸，"赵莫得？西施？真吓傻了？"

赵没有说："你先把我的束缚带解开。"

刁禅有点惊讶："这你都忘了？上回你被关禁闭的时候，三秒解开拘束衣直接密室逃脱，年会表演你还靠这个拿了第一啊！"

赵没有说："这束缚带是1999年的古董版！是我熟悉的那款拘束衣的祖宗！"

"哦，有道理。"刁禅研究半天，好不容易才把他腿上的带子解开，"上半身我不太能给你解……"

"够了。"赵没有连着椅子站起身，直接朝刁禅踹了过去。

刁禅没能躲开，他难以置信地看着赵没有："赵莫得，你终于疯了？"

赵没有又是一脚："你刚刚把我的脑子崩了！"

待解释清楚前因后果，刁禅十分愧疚地看着他，说："对不起啊。"

"算了。"赵没有坐了回去，"对不起有用，要精神病医院干啥？"

刁禅看着地上的一摊红白，有点犹豫："这收拾收拾还能给你塞回去吗？"

"掉地上的东西超过三秒不能吃，这是常识。"赵没有道，"你这都过去多少秒了。"

"也是。"刁禅点点头，蹲下来和他对视，"对不起啊，西施。"

赵没有"啧"了一声："说了算了，怎么还道歉……"

"因为我还得崩你一次。"刁禅举枪对准他的脑袋。

赵没有问："啥？"

不等他反应过来，枪声响起，血花飞溅。

醒过来的时候，赵没有的第一句话是："我就知道刁禅那孙贼觊觎我的美貌很久了。"

"我们还打了赌，赌你第一句会不会骂街。"一旁有嗓音传来，"不过就算是我，也没猜到这个答案，不愧是你。"

"刁禅？"赵没有转过头，骨头咔啦咔啦发出一阵脆响，他感觉浑身上下像被车轮碾过再重组，"我这是咋了？"

"你猜？"

赵没有沉思片刻，露出一个一言难尽的表情："我好像做了一个非常离谱的梦……

但是看我身体这个反应……你不会从药房搞了什么奇怪的药……"

刁禅说:"你想得美。"

我也觉得很离谱,但不然怎么解释?赵没有心想,这一宿光怪陆离的梦累死个人,必然是大脑对外部刺激的紧急反应。

"赵莫得,虽然我不知道你在想什么,但是我求求你正常一点。"赵没有的思绪早就信马由缰,刁禅的声音像是从几亿光年外传来的,"这儿还有人看着呢,上层区不是法外之地。"

上层区?赵没有一惊。

他醒来的时候留意过,房间里除了他和刁禅没有别的人,那么就是监控?赵没有看着刁禅拿出一个遥控器,房间右面的墙壁瞬间透光,变成一整面光滑的落地玻璃,四周顿时充斥着明亮的光线,阳光万里。

赵没有估算了一下视野高度后,和刁禅交换视线。毫无疑问,这就是上层区,而且是上层区的极高处,应该很接近九百层。

"本来这件事应该由政府专业部门负责,不过考虑到你的实际情况,拆档工作就到了我手里。"刁禅深吸一口气,说,"赵没有,接下来仔细听我说。"

赵没有注意到他用了一个词,拆档,本意是机要档案保密期截止后拆封,同时也意味着向人泄露高度机密。

"你之前并不是在做梦,那些事都是真的。或者说,是量子态的真实。"

"在我们身处的线性时间之外,'飘浮'着一些不确定的小世界,体质特殊的人可以穿梭在我们身处的现实世界和这些小世界之间。"

刁禅摁下遥控器,半空浮现一条笔直的线,线的四周飘浮着零零碎碎的不规则块状物。他指了指线:"这是我们身处的现实。"他又指了指块状飘浮体,"这是那些小世界。"

"这些小世界是如何产生的,又是如何形成的,目前都还是未知。从当前的探索程度来看,这些小世界类似于一种量子场域,普通人根本无法察觉,但特殊人群通过某些方式,能够实现穿越。"

"所以,我之前的梦,是我无意间进入了某个量子场域?"赵没有很快理解过来,"是纯粹的巧合,还是说我就是那些特殊人群之一?"

刁禅仔细打量着他,叹了口气:"是后者,你属于特殊人群。"

片刻后,房间里走进了几名穿着制服的政府专员,他们提着黑色的手提箱。其中一人打开箱子,浮现在悬浮屏幕上的画面,正是赵没有之前在"梦境"中经历的一切。

画面从刁禅出现的那一刻开始,看来政府在穿越者身上安装了某种记录设备。

由此推断,政府无法直接观测量子场域。

"赵没有公民，虽然你是意外进入量子场域的，但我们发现你确实属于特殊人群，并且可能拥有一种罕见的体质。"专员说，"你的大脑在遗址中受过伤。"

赵没有应了一声："在量子场域中受到的伤害不会带到现实中来吗？"

"恰恰相反。"专员扶了扶眼镜，说，"《遗址法则》第一条，遗址并非梦境。"

刁禅站在赵没有身后，将左手搭在他的肩上，说："量子场域内的一切本质上都是量子态，有的小世界可能和做梦一样充满戏剧性，但量子场域不是梦境，在场域里最好不要受伤。"

赵没有问："受伤了会怎样？"

"量子态，未知。"刁禅道，"大多数情况下不会有事，但是……"

"《遗址法则》第二条，"专员打断了刁禅的话，"大脑不得受损。"

"这就是政府认定你为罕见体质的原因，"专员看向赵没有，说，"在遗址中，大脑受到的伤害会等同转移到现实中，而你是唯一的例外。"

"你是迄今为止，唯一一个在遗址中伤到大脑后却没有脑死亡的人。"

赵没有问："是巧合，还是我真的拥有这种神奇的能力？"

"这个目前还不清楚。"专员笑了笑，说，"有勇气的话，你可以下次进入遗址时再被爆头一次。当实验样本足够，自然会有结果。"

对了，爆头。赵没有看向悬浮屏幕，上面正是他被刁禅一枪打中头部的画面。

他没想到的是，更离谱的在后头。下一秒，刁禅也崩掉了自己的脑袋。

"这么看的话，我们的大脑都被击中了。"赵没有指着画面问，"为什么现在我们都没事？"

"每个考古学家的身体经过训练强化，都会在遗址中拥有一种特殊能力。"专员答道，"刁禅公民的能力是'苏醒'。进入和离开遗址都是有条件的，通常离开遗址会更难一些，有的需要通过非常复杂的操作才能脱离。但是刁禅公民不一样，他有一把枪。"

"这把枪是通过量子拟态从他身体里分离出来后加固的，无论进入任何遗址，他身边都会有这把枪。只要被这把枪打中头部，无论身处任何遗址，都可以醒来。"

"我有点蒙。"赵没有看向刁禅，"遗址和考古学家都是啥？"

"是政府机密的代称。"刁禅给他解释，"用遗址指代量子场域，考古学家则是可以进入量子场域的特殊人群。"

懂了，都是写报告时专用的词汇。

"以上，本次拆档到此为止。"专员合拢双手，平视着赵没有，"赵没有公民，政府今日向你提出一份加入倡议，请问你是否有意愿成为考古学家的一员？"

"三个问题。"赵没有伸手比了个"三"，"工作时间、薪酬待遇还有人身自由。"

专员似乎早有准备，从手提箱里拿出一份塑封文件递给他。

是工作合同，赵没有迅速扫过一大串条款。

条件相当优厚。

专员看着他，说："你可以选择接受或者拒绝，拒绝的话，我们会有专员负责消除你的这段记忆。"

"在那之前，我还有最后一个问题。"赵没有看向身后的刁禅，对方的手自始至终一直搭在他的肩上，"刁禅，你是从什么时候开始成为考古学家的？"

刁禅沉默片刻，说："在我很小的时候。"

赵没有叹了口气，拍拍他的手，说："小可怜样儿的。"随即，他转身看向前方的政府专员，说，"行了，我接受。"

"那么这是你的第一份工作说明。"不愧是专业机构，从入职到上岗无缝衔接，专员又掏出一份文件递给他，"A173号遗址，探索程度95%，你的第一份工作将前往那里。"

大都会中，纸制品已经处于被淘汰的边缘，连三十三层区这种底层医院给人开处方都是用电子版，纸质文件易损坏还不便携带，只有极少数情况才会使用，比如高级机密。

赵没有翻看着厚厚一大摞文件，问："去干啥？"

"通常考古学家的任务都是考古，探索遗址即可。"专员道，"《遗址法则》第三条，除非经过量子拟态加固，能够带进和带出遗址的物质都是未知数。"

赵没有说："没听懂，说简单点。"

"进入遗址之前需要做一些准备工作，但很少有人会随身携带什么东西，因为不一定能带得进去。"刁禅道，"从遗址中出来也是一样，能带出来什么都是随机的。"

专员点头认可："《遗址法则》第四条，从遗址中只能携带非生命体出来。"

赵没有翻到文件的最后一页，题头印着大大的红色警告章。

专员看着赵没有，露出意味深长的表情。

"但是，最近《遗址法则》第四条受到了冲击，有考古学家从遗址中带出了一个活人。"

"你没必要冲我挤眉弄眼，我对你不感兴趣。"赵没有抬头看了一眼对面的专员，"戏可以不用那么多。"

"还有，"他舒展四肢，跷起腿说，"怎么听你这语气，好像我就是那个从遗址中带出来的活人？"

专员脸色有点发青，他勉强挤出一个微笑："这个你可以放心，大都会目前还未出现过一位连续打破两条《遗址法则》的考古学家。"

赵没有回忆了一下那四条法则，他打破的是第二条，大脑受伤也没事，那么打破第四条的人就另有其人。

"那个被考古学家带出遗址的活人……"他来了兴致，"我能见见吗？"

"这个生命体在政府记录中是未知状态，它出来后就失踪了，我们拦截失败。"专员说，"A173号遗址的探索程度已经很高，这次你去除了熟悉工作流程，还有另一个任务，就是尝试找出与失踪生命体有关的线索，最好能判断出它的身份。"

"不是，这有点扯啊。"赵没有说，"你们既然连见都没见过，怎么就能确定它是个生命体呢？"

"政府对所有已知遗址有一个全覆盖式的观测系统。"专员说，"这个系统的精度有限，但已是目前科技所能达到的最高水平。虽然它无法时刻观测到遗址内的一切，但能监测到所有进出遗址的生命体征。"

赵没有看手中的文件，最后一页用加粗黑体字写着："观测到有生命体离开A173号遗址，生命体征与稳定模型不匹配。"

系统判定为，首例被携带出遗址的生命体，来源地为量子场域。

"成功携带生命体离开遗址的考古学家叫李大强，他的档案就在你收到的文件里。"专员说，"但在送出生命体后，他立即返回遗址，再也没出来，从此失踪。"

"行，我知道了。"赵没有思索片刻，道，"什么时候上班？"

"三天后，因为你是第一次进行探索任务，政府会另派一位考古学家与你配合。"

"刁禅不行吗？"

"刁禅公民的等级较高，且基本上已经有了固定的探索遗址。上次为了救你，他是紧急行动，不得已而为之。等你的等级升上去，你们会有合作机会的。"

回到下层区后，赵没有先把刁禅揍了一顿，或者说是两个人互殴，打到吐，吐干净了两人又勾肩搭背地去吃饭。烂醉如泥后，刁禅跟他说："西施，对不起啊。"

"不用道歉。"赵没有醉醺醺地回答。换作他也一样，如果他是特殊体质而刁禅是普通人，除非遇到万难险境，隐瞒是最好的保护方式。他打架只是发泄被隐瞒了许多年的不爽，疙瘩解开就好，之后该怎样就怎样。

他和刁禅很早就认识了，但很早不是最早。在认识他之前，刁禅也有着一段没有他参与的人生。

他们应该互相尊重。

"对了，那我妹的情况算是怎么回事？"赵没有大着舌头问，"她也是考古学家？政府不会雇用童工吧？"

"普通人有时在特殊条件下也会进入量子场域，但并非以实体形式，而是精神状态，就像非常真实的梦境。"刁禅醉得几乎要滑到桌子底下，"妹妹就是这样，她是个普通人，但那台读碟机确实是从遗址中拿出来的，下层区什么稀奇古怪的东西都有……已经有专员对她做了心理暗示，她不会记得这些事。"

赵没有喝得东倒西歪，根本无法回家，两人只好凑合着在病房里过了一夜，第二天依旧忙得不可开交。德大爷这次迷上了唱叫小番，那调门，杀了赵没有他也接不住，气得德大爷脸红脖子粗，在走廊里追了他一个下午。

两天转眼过去，出发执行任务的前一天晚上，赵没有把所有病例都扔给了刁禅，然后他洗了把脸，打算梳理一下这些天发生的所有事情，结果还没开始就倒在桌子上睡着了。

没办法，思绪实在太过纷繁。

比如，如何确定他们所处的现实就是真实的现实？难道遗址中的考古学家也在探索他们？还有他的大脑，也许他没有脑死亡，并非因为体质特殊，而是他的大脑被替换了。

那么，现在的他，还是原来的赵没有吗？

考古学家一共有多少？如何筛选？还有多少像他之前那样未入编的散兵？民间是否也有组织？他妹的事情真的是意外吗？谁在说谎？

停。赵没有觉得自己不能再想了。

下层区有句俗话，叫难得糊涂。这同时也是他们精神病医院的准则，难得糊涂，必须糊涂，知识的树并非生命的树，星空深处永远潜藏着未知。

他入睡前的最后一个念头是：希望明天的搭档是个美人。

次日，他看着面前的大胖子，真心实意道："杀了我吧。"

"啥？"台柱莫名其妙地望着他，"赵没有，你一大早找什么死？"

"怎么连你也是考古学家？"赵没有扶额，说道，"我认识的人里还有谁是？"

"不清楚，考古学家的档案在内部是非公开的，政府不干涉同行交流，但也不会告诉你他们都是谁。"台柱说，"各凭本事。"

"那你知不知道……"

"刁禅的事我知道，以前合作过。"台柱说。

"你还知道别的人吗？"

"不知道。"

"真的假的？"

"假的。"台柱看他一眼，说，"不服来战。"

赵没有不跟他打，唱戏的身手都好得很，他前不久才被德大爷追着打，这会儿还是缓缓吧。

刁禅之前和他提过，遗址的进入方式比较复杂，根据情况分成很多种。赵没有猜想过他们会在某处的政府大楼里，在漆黑或者充斥着磁场的房间中穿过一扇门，或者按朴素点的方式在脑袋上插满电极后喝下一杯钡餐……总而言之，不是现在这样。

他们身处七百七十七层区。大都会有一些层区是不对外开放的，真正的用途只有内部人员知晓。他们坐专用悬梯上来，一整层空无一人。

"七百七十七层是进入A173号遗址的通道入口。"台柱说。

他们站在天台边缘，城市建得太高，楼层深不见底，中层区和上层区的分界是一整层全息玻璃。此时上面投影出巨大的水面，金红色的锦鲤从飞檐间掠过。从他们的角度往下看，那不过是悬在半空的清澈水面，对于中层区的人来说，水面便是整片天空。

而水面的深处还有海洋，在那终年不见天日的极深之处，便是他灯火阑珊的故乡。

赵没有干脆坐了下来，将双腿吊在半空："怎么进去？"

"往下跳。"台柱说。

赵没有问："啥玩意儿？"

"往下跳。"台柱重复了一遍，"字面意思，考古学家从这儿往下跳不会摔死，看到六百六十层的那面全息玻璃了吗？我们会在撞上玻璃之前凭空消失，进入A173号遗址。"

"行，听你的。"赵没有点燃烟说，"不过我有点好奇，其他遗址都是怎么进的？"

"市政大楼里有个纯金的垃圾箱，把头塞进垃圾箱的箱口就能进入A79号遗址；中层区有一口井，对外宣称里面都是核废水，其实里头生长着一种很特殊的人面鱼，生吃可以进入S24号遗址；我记得有个入口是在哪层的盥洗室来着……还有下层区那条有名的悬浮轻轨，上面停着一辆废弃列车……"

赵没有有点错愕："可那列车不是被掏空改建成街道了吗？"他家就在那条轨道上！

"你需要走到车头的位置，那里有一个只有雨天才能看见的刹车杆，而且最重要的条件是拉动刹车杆的时候要倒立。"台柱补充道。

"有没有正常一点的方式？"

"别装了，你那表情显然对每种都跃跃欲试。"台柱深知赵没有是什么德行，顿了一下接着道，"遗址有很多形态，一般新手在尝试过几个遗址之后就会确定自己的适应类型，从此只探索这一种。大部分考古学家终生只会探索一个遗址，比如刁禅就是。"

"遗址有说明目录吗？"

"没有，非公开状态。政府不干涉同行交流，但也不会告诉你遗址都有哪些，还是各凭本事。"台柱说道，"通常每个考古学家知道的遗址都不尽相同，不过有一个遗址是行内公开的。"

赵没有问:"哪个?"

台柱沉默地指向头顶。

在大都会,这种类似于顶礼膜拜的指天手势只意味着一个地方——九百九十层,大都会的顶层。

在赵没有认识的人之中,哪怕是刁禅这样出身的公子哥儿,也从来不知道城市顶端有什么。

台柱突然问他:"你去过一层吗?"

一层,大都会的最底端,城市初建之地。

"去过,黑灯瞎火的。"赵没有说,"底层深埋着很多基础动力系统,据说整个城市的运转都靠它们。"

"那你有没有看到过一座扶梯?"台柱用手指斜着画了一条线,"不是密封的垂直电梯,是可以看风景的那种扶梯。"

赵没有思索了片刻,摇了摇头。

"考古学家中流传着一则传闻,据说在大都会中存在这样一座扶梯,从一层直通九百九十层。在扶梯上,你可以看到整个城市的剖面。而这座扶梯的唯一入口就在底层,只有深入极深之处才能看到它。"台柱道,"它在行业内被称为天门。"

天门开,跌荡荡,穆并骋,以临飨。

光夜烛,德信著,灵浸鸿,长生豫。

太朱涂广,夷石为堂,饰玉梢以舞歌,体招摇若永望。

星留俞,塞陨光,照紫幄,珠熉黄。①

"这是所有考古学家都知道的一个遗址,000 号遗址,但是从来没有人进入过。"台柱看向远处。

赵没有跟随台柱的目光望去,只见几座巨大的金色神像,这是上层区的文化建设项目,已修建百年,仍未竣工。

最大的一座神像贯穿数百层,据说塑造时使用了极高纯度的金箔,时常有残留的金粉碎片自上方飘落,犹如一场微小的太阳雨。有些孩子会用洗净的瓷碗去接,传说能获得光的庇护。

"好了,该走了。"台柱忽然拍了拍他的肩膀,赵没有手中的烟蒂随之落下,一股强烈的冲击力迎面袭来——台柱直接将他踹了下去。

不知过了多久,或许是十分钟、六分钟、三十秒,也许是刹那之间。

赵没有睁开眼,被巨大的裙摆糊了一脸。

---

① 出自汉·佚名《天门》。

这是什么地方——他看到一个年轻女子正一只脚踩在凳子上补妆。

房间里到处都是镜子，人头攒动，发髻上插着的鲜艳羽毛、赤裸的脚、镂花束胸衣、挂着珍珠的手臂、涂着浓郁眼影的眼皮……一道身影猛地朝他撞了过来，像一颗硕大的星辰从天而降。赵没有连忙扶住她，这显然是个喝醉的女人。

赵没有是戏院的常客，以他的经验来看，这里似乎是一间女更衣室，但氛围和戏院截然不同。那些五光十色的镜子，深绿色酒杯上的银匙和方糖，还有门外传来的音乐，那些激昂和弦、二四八拍和酝酿着红色风暴的鼓点——是康康舞曲。

赵没有把怀里醉醺醺的女人抱到一边，来不及思考为什么周围的人对他这个异性熟视无睹，他掀开门帘走了出去，像一粒烟灰，瞬间融入了斑斓艳丽的调色板。

门外是一间巨大的舞厅，二楼包厢已经坐满了人。画家一边喝酒，一边在速写本上涂抹，勾勒出燃烧着火焰与钻石的舞台——舞女们从玻璃门后旋转而出，顿足、踢腿、旋转，最后猛地将巨大的裙摆掀开，足尖笔直地踢向挂着吊灯的天花板。摆弄拐杖的山羊胡子、涂着白脸的小丑、身穿天鹅绒外套的弦乐团，位于正中的女人猛地向后仰去，脖颈拉出一道笔直的弓弦。最后一个高音迸发，像溢满汁水的红日在柚木地板上爆裂，丝绸衬裙飞上半空，掀起五光十色的狂澜。

有人递给赵没有一杯酒，仿佛他也是一名深夜前来舞厅寻欢作乐的人。对方似乎看出赵没有的茫然，亲切地为他演示这种酒的喝法：将装着方糖的银匙放在酒杯上，用水冲刷糖块，滤下的糖汁与酒液混合，便能得到一杯波希米亚苦艾酒。

蓝绿色的酒液，色泽像女人的眼影，加水后变成混浊的乳白，散发着剧烈的茴香气。

苦艾酒，康康舞。赵没有环视四周，他似乎知道这是什么地方了。

他曾经见过这样的地方，不是在三十三层区的戏院，而是在老电影、全息照片和古董画作之中——康康舞，最初流行于工人阶级的一种舞蹈，后来在歌舞厅风行。康康舞有一个著名的高踢腿动作，要猛地将腿踢至鼻尖和耳侧，康康舞女在练习时会准备一个高过门顶的气球，用鞋尖将气球戳破。

不知过了多久，人群中挤出一个身影，盯着赵没有道："赵莫得？"

"哎，贵妃。"赵没有已经有点喝多了，他举着一杯苦艾酒朝对方笑，"你怎么还是这副模样？"

"我才要问你呢，你怎么回事？"台柱依旧是那副浑圆身躯，把两边的人挤得站不住，"找你半天，你怎么变成了一个女人？"

"不晓得。"赵没有既来之则安之，"我察觉到的时候就是这样了。我刚才还找了个厕所看了下，不得不说我这变得真彻底……"

"你省两句吧。"台柱看起来简直想一巴掌拍他脸上，"看来你适应得还挺好，这就喝上了。"

不仅喝上了，还泡上了，赵没有现在是个火辣女郎，他还去更衣室找了件束胸舞裙换上，此时吧台边围满了排队给他买酒的男人。

赵没有找了个空隙从人群中逃出来，跟着台柱走出舞厅，夜幕下旋转着巨大的红色风车。

"不过说真的，我这到底是怎么回事？"他们站在煤气灯下，赵没有看着眼前马车来往的街道，说，"我们现在是在遗址里吧，那些给我买酒的是不是活人？"

"你可以把他们看作活人。"台柱道，"A173号遗址和现实世界的相似度极高。"

赵没有指了指头顶的煤气灯："现实世界？"

大都会的电力系统已经更新了不知多少代，煤气灯这种东西在黑市都很难买到，这里却满大街都是。放眼望去，这里衣食住行几乎没有一样和现实世界相同，怎么能算相似度极高？

"我话还没说完。"台柱继续道，"A173号遗址里呈现的世界样貌，是人类曾经拥有的现实。"

话音未落，台柱将两指放在唇间，吹出一声口哨，一辆出租车应声停下。

"上车。"

赵没有坐在后座上，车窗外掠过的仿佛是几百年前的场景，四轮马车来来往往，穿着制服的车夫坐在前头，身边点着一盏摇摇晃晃的油灯。街边有许多露天咖啡馆，紫罗兰色的楼房向远处延伸，男男女女坐在一起，吸烟，品尝牡蛎，偶尔有某间酒馆的门突然打开，走出一群醉醺醺的人，像一大桶向日葵泼洒进凉夜，人群逐渐壮大，男男女女在夜幕下起舞，一边喝酒一边高歌。

赵没有扭头看向后车窗，远处的地平线上星斗旋转，满月变换成巨大的旋涡。他说："我在精神病医院里见过患者画这幅画。"

台柱在前头"嗯"了一声："没错，那是凡·高的《星月夜》。"

"我们现在是在19世纪末的巴黎，蒙马特高地，你刚才出来的那家舞厅就是著名的红磨坊。"台柱道，"19世纪的最后四分之一世纪，在历史上被称为'美好年代'。"

在这巴黎的美好年代，高级时装开始兴起，留声机和电影放映机逐渐普及。城市的夜晚到处都是沙龙，诗人们在宴会上朗诵诗歌以换取食物；蒙马特高地上聚集的艺术家多如繁星，他们痛饮苦艾酒这种能引发强烈幻觉的麻醉饮料。相传这导致魏尔伦向兰波开枪，王尔德醉得跌入郁金香花丛，凡·高割掉了自己的耳朵。

毫无疑问，这是一个伟大的时代，立体主义、野兽主义、超现实主义等先锋艺术正在酝酿，它们的影响将持续数百年。半个世纪后，萨特和波伏娃将在花神咖啡馆相遇，存在主义蔚然成风；海明威跨越大西洋而来，睡在主教大街74号房间的地板上。

在这19世纪的最后四分之一世纪，他们乘坐一辆出租车沿塞纳河畔行驶，这无疑是超现实的一幕。那时汽车还未普及，马车仍是最时尚的交通工具。然而，河畔的行人对这辆明黄色轿车泰然处之，甚至有大胆的年轻人敲打车窗，递来啤酒和香烟。

台柱从后视镜中看了一眼，说：“赵没有，别再喝了，后面的路还长着呢。”

赵没有打量着窗外的夜景，塞纳河上吹来湿润的水汽，说不清这是寒冬还是夏夜，有人裹着厚重的水貂大衣，也有人光脚浸入河水之中。

"你还没回答我之前的那个问题。"他敲敲车前座，说，"我怎么就变成女的了？"

"每一位考古学家在遗址中都会有一种独特的能力。"台柱说道，"以你现在的这种情况，你的能力很可能是'变形'。"

顾名思义，赵没有看了看自己现在的身体，他突然闭上眼。

台柱问："你又在搞什么鬼？"

赵没有说："我想试试能不能给自己变回男的。"

"你尽管试。"台柱道，"变回去你就不算女的了，看我不揍死你。"

不知是不是台柱的威胁起了作用，赵没有尝试失败："我这能力是不是不太好使？"

"熟能生巧，多进几次遗址就能掌握了，经验丰富的变形者可以变成很多东西，甚至有人变成过空气。"

"那贵妃，你的能力是……"赵没有话说了一半，猛地噤声——出租车突然失控，撞开河畔护栏就冲了下去，他们跌入塞纳河水之中。

预期中的窒息并没有发生，仿佛穿过一道清凉水雾，他们现在行驶在一条海湾街道上。这里已不再是巴黎的塞纳河畔，海边满是华丽高大的白色别墅。海湾上有一座码头，在熠熠星空下，码头的对面闪烁着一点幽微的绿光。

轿车驶过喷泉，眼前是一座灯火辉煌的别墅。现在他们的黄色出租车不再具有超现实主义特征，反而显得过于寒酸——四周停满了各类豪车，从林肯到劳斯莱斯。

一群欢者正从别墅中往外走，像礼花炮喷出的一大簇鲜艳彩条。不知谁将鸡尾酒瓶扔向半空，女人们的裙子变短，露出高跟鞋和小腿，束胸衣消失。直筒状的裙摆镶满亮片和流苏，她们大多剪着齐耳短发，化着烟熏妆，有的甚至穿上了吸烟裤和布洛克鞋。

半空中焰火炸开，接着一台巨大的吊灯像钟摆般从门中撞出，砸碎满地水晶。上面还挂着两名杂技舞者，人群爆发出尖叫和大笑。一辆敞篷车如飓风般从旁刮过，车座上至少挤满了整整一支足球队的乘客，都是身着常春藤校服的年轻人。车厢摇摇晃晃，最后一头扎进喷泉中。

赵没有看向窗外，一个银行家模样的人递给他一根雪茄。他闻了一口，问："请问这是什么地方？"

"这是什么地方？您是梦游到这儿的吗？"对方大笑，"小姐，这是长岛！"说着他指向远方,"那边就是纽约了!"

赵没有缩回去,问台柱:"这又是哪儿?"

"你没学过历史吗?"

"大都会保存的人类文明史中,22 世纪几乎完全遗失。"赵没有说道,"我当年的期末论文写的是大都会城志,可那也是 2265 年以后的事了。"

台柱指了指四周狂欢的人群,说:"八卦专栏作家、电影明星、百老汇导演、西西里人——这里是 20 世纪 20 年代的美国,历史上称之为'爵士乐时代'。"

"看来我们来晚了。"台柱看着相继离开的豪车,"派对刚刚结束。"

"谁的派对?"赵没有问。

"看来你的文学学得也不怎么样。"台柱说。

"这又关文学哪门子事儿了?"赵没有问。

台柱看着他,像看傻子一样,指着码头远处,浅水湾对面的一点绿光道:"这是盖茨比的派对。"

赵没有在记忆里搜索了一会儿,说:"我好像听过这个名字。"

台柱在控制盘上调了一下旋钮,切换广播频道,片刻后车载音响中传出一阵深沉的男中音——"在我还年少稚嫩时,父亲便给了我一个忠告,至今萦绕在我的脑海……"①

他们顺着海边公路往前开,路过好莱坞山,日落大道两侧竖满了电影广告牌,卓别林在夜幕中露出神秘的微笑,这是 20 世纪 30 年代,好莱坞的黄金时代。不久之后,彩色电视出现,杰克·凯鲁亚克驾驶卡车呼啸着碾过 66 号公路,垮掉派诗人在格林威治村举办音乐会。时间来到 1961 年,加加林进入太空。出租车驶出隧道,地平线远处有烈焰腾空而起,咆哮着冲向群星之间。

"那是阿波罗 11 号。"台柱说,"1969 年 7 月 20 日,人类首次登上月球。"

这是人类探索太空的黄金纪元,"太空热"将持续数年之久。大卫·鲍伊为自己涂抹红色颜料,穿上高跟鞋和丝绸礼服,扮演外星生物齐格星辰;吉他手在酒吧中砸琴,唱片公司与电台合作,广播中传来猫王、披头士、滚石、齐柏林飞艇和皇后乐队的作品……这同样是摇滚乐的流金岁月。

车窗外的风景飞驰而过,从乡村到荒漠,再从荒漠到都市,他们途经一个又一个黄金年代。时空在这里失去了束缚,他们仿佛掉进兔子洞,或许车子的后备厢里还藏着某种蜘蛛状的高维生物,但这又如何?出租车驶过一家收费站,可乐公司的自动贩卖机闪闪发光。

他们驶入城市大桥,泡沫般的光影在四周浮动,街道两侧的大楼挂满了广告牌,

---

① 出自《了不起的盖茨比》第一章第一句。

犹如彩色编码在夜幕中闪烁。黑色轿车内走出一位涂着白脸的艺伎，她穿着绚烂的和服，在歌舞伎剧场前微微鞠躬。

"这里是1980年的日本银座。"台柱说，"著名的泡沫经济繁荣期。"

又是一个好年景。

出租车拐进一条窄巷，大排档的香气四溢。赵没有察觉路边的广告牌变成了繁体字，飞机低空掠过高楼，电线杆纵横交错。美发沙龙里熙熙攘攘，女士坐在半球形的烫发机中，旋转灯牌在玻璃窗上投射出红蓝光影。年轻人围在迪斯科舞厅中看电视，武侠片刚刚放完，片尾曲是一首粤语歌。

台柱将钞票递向车窗外，然后接过两碗炒面，说道："这是20世纪90年代的九龙。"

炒面装在白色的泡沫餐盒里，赵没有掰开一次性筷子，问道："不下车转转？"

"今天主要是带你熟悉流程，以后再来可以慢慢逛。"台柱对出租车司机说，"先生，走西直门桥，进二环。"

出租车在朱红大门前停下，宫墙巍峨，街对面是世界上最大的广场。台柱狼吞虎咽地将炒面吃完，开门下车。

"到了。"他敲了敲后座车窗，"下车。"

赵没有推开车门，先被干涩的北风拍了脸，三十三层区常年阴凉，他鲜少感受到这种冷刀般的寒意。他问："这是什么地方？"

"21世纪B市。"台柱看着眼前恢宏的宫殿群，说，"这是今年的第一场雪。"

他们走上角楼，深红宫墙向远处蔓延，墙外是灯火辉煌的都市，墙内是寂静庞大的宫城，细雪簌簌而落，赵没有掏出一支烟，想了想又放回口袋："真是个好时代。"

"你今天看到的都是好时代。"

"我应该回去看看19世纪到21世纪的历史了。"赵没有有些感慨。

"文盲。"台柱瞥他一眼，"以防你不知道，人类最初的两次世界大战都是在20世纪爆发的。"

赵没有一顿。

"这也是人类文明逐渐失控的两百年。"台柱道，"从第一次工业革命到第三次科技革命，经过20世纪的萌芽，21世纪的孕育，人类文明在22世纪抵达巅峰——至于后面发生了什么，虽然大都会中没有保存这段时间的历史，但你应该听说过猎户座战争。"

赵没有看了一会儿远处的雪，道："但我还是觉得这是个好时代。"

这是依然能仰望星空的时代，宇航员在空间站中演奏萨克斯，有那么多的黄金岁月可供追忆，人们在电子梦境中搭建赛博未来。恢宏的宫墙尚未倒塌，山脉与湖泊尚未成为全息影像中的一抹群青，罗马尚未沉没，诗人尚未灭绝，人们在想要跳舞的夜晚便可跳舞，蒙娜丽莎的真迹依然保管在毁于大火前的卢浮宫中。

"我想到一个论点。"赵没有突然道，"是不是过去的岁月都可以被称作黄金年代？"

台柱意味不明地哼了一声。

所有百无聊赖的现在都会成为流光溢彩的过去，而过去，也曾经是一个梦境中狂想的未来。

台柱不知从哪里掏出一张脸谱，扣在头上摆开架势，天地间白雪纷飞，老生在城墙头悠悠开口，唱出一段四平调："孤忙将木马儿一声响，唤出递茶送酒的人——"

这是《游龙戏凤》中正德帝与凤姐的对台，通常由生旦对唱，此时台柱分饰两角，先以老生唱腔起四平调，随即又是一段娇俏旦嗓的西皮流水："月儿弯弯照天下，问声军爷你哪里有家？"

赵没有看得有趣，忍不住接了一句，笑道："为军的住在这天底下。"

"住了。"凤姐嗔道，"一个人不住在天底下，难道说还住在天上不成？"

正德帝语带戏谑："嘿嘿，我那个住处与旁人大不相同。"

凤姐眼波流转，问："哦，怎么不同？"

正德帝袖袍一挥，指向琉璃瓦上愈加丰厚的大雪："在那紫禁城内那个黄圈圈子里面呐！"

他们搭茬唱完了一整场，台柱摘下脸谱，看向雪中的城市："赵莫得，你说得没错。"

"这确实是个好时代。"

黄金年代

02
CHAPTER

那一日在 A173 号遗址中，他们在各个时代徘徊良久，最后台柱告诉赵没有，他的能力是"造物"。

考古学家的能力并无上限，但发挥程度取决于能力者与遗址的契合度。

"A173 号遗址是我的探索主场，我和这里的契合度最高，所以能力也能得以提升。"台柱说道。

赵没有想起那辆凭空出现的出租车，还有台柱扣在脸上的面具，想必都是他的能力所化而来。赵没有问："要是在你不熟悉的遗址中，会怎么样？"

"在和我契合度最低的遗址里，我只能造出一根头发丝。"台柱说，"大多数考古学家都会选择固定的遗址作为探索主场，也是为了慢慢提升契合度。像你这种新人会被带着将具有代表性的遗址逛一遍，看哪种契合度最高，然后就可以选定探索主场了。"

最后，台柱告诉他，会有极少数的考古学家能够一直在各个遗址中穿梭，但是那需要天赋。不过以赵没有的神经程度，或许可以试一试，死了就当为民除害。

赵没有探索 A173 号遗址的时限是一个月，台柱带他来过几次，后面干脆放他随波逐流。A173 号遗址对人类很友好，在这里基本不会发生意外。

赵没有坐在台阶上，看着远处坠落的鲸鱼。

他想，李大强的失踪，很可能是他自己主导的。

他看过李大强的资料，李大强是个中年鳏夫，妻儿都在几年前的意外中丧生，这人也没有什么爱好，日常生活平淡如水。放在三十三层区，这类人是最常见的失踪人口。

所以说人有点爱好真的很重要，否则寂寞了都没个精神寄托。赵没有边想边掏出一支烟。

"跟你说了多少遍，不要在近距离接触古董时抽烟。"

"哟，贵妃你来了。"赵没有叼着烟，没点燃，"你倒是来得巧，我还想着怎么出去呢。"

他现在处于遗址已知范围的边缘，这里时空有些错乱，远处是无边无际的海水，不断有鲸鱼从空中坠落，像庞大的蓝色雨滴，掀起巨大的海啸。

此时此刻本该有暴雨，然而除了飞溅而来的海浪，头顶晴空万里。海水浸泡着废弃的城市，赵没有正坐在一座教堂门口，台阶已被海水侵蚀了一半，蔓延生长着蓝紫色的珊瑚。

台柱打量着四周，有些奇怪："也就是你了，赵莫得，大部分考古学家探索一年也到不了这个地方。"

"我今天刚进来那会儿还是在文艺复兴时期。"赵没有道，"我前几天去图书馆查了查，据说这个时代的意大利很有看头，我想看看蒙娜丽莎到底是不是达·芬奇本人。"

"那你是怎么到这儿来的？"

"我有点转晕了，走路的时候头上一直顶着天，让我总觉得肩膀很沉。"赵没有说道，"不知怎么我就进了一个全是镜子的长廊，走到头出来就是这儿了。"

"你不是因为天空转晕了，没有人会因为能看到天空转晕，仰望天空是人的本能，就算生活在三十三层区也一样。"台柱哼了一声，"你是犯了佛罗伦萨综合征。"

佛罗伦萨综合征，又名司汤达综合征。据说法国作家司汤达曾在佛罗伦萨参观，因为在短时间内大量密集地欣赏了太多艺术珍品，导致心悸、昏厥，甚至看到幻象。

这是一种因为艺术之美而产生的疾病，因为过于强烈的美感刺激导致认知混乱。在意大利尚存于世的那些年里，本地医生经常会收治这类患者，大多是游客。

台柱奇怪地望着赵没有，说："你居然也会犯这种病。"

赵没有点燃了烟。

"这里是遗址已知范围的边缘。"台柱看着浸泡在海水中的雕塑，说，"已经快要接近现实时间线了。"

"现实时间线？"赵没有有些意外，"我还以为到这里时空就完全错乱了。"他指了指远处的天际线，那边还在稀里哗啦地下着鲸鱼。

"确实有些错乱，但并不完全。"台柱在四周画了一个半圆，说，"城市范围内，时空波动还算比较稳定。"

说是城市不如说是废墟，白色大理石早已风化成灰。"这里是毁灭之后的意大利。"台柱说。

猎户座战争，大灾变，地球刮骨疗伤，欧洲几乎全部沉没，昔日辉煌的众国度与亚特兰蒂斯一样，从此只存在于神话之中。

赵没有刚进来时在教堂里转了一圈，他这段时间在图书馆看了不少文献，这里原先应该是圣母百花大教堂，瓦萨里的天顶画此时只剩下一些斑驳的油彩轮廓，耶稣像不知去了何处，原本是十字架的位置挂着一只巨大的生锈的金框，已经完全看不出原先的画作。

赵没有也不太明白自己怎么就到了毁灭之后的意大利，他并不能像台柱一样，在A173号遗址中自由地穿梭时空，这是只有与遗址契合度很高的考古学家才能做到的事。他在遗址里探索了半个月，只能停留在单一的时空中活动。

台柱仿佛看出他的疑问，说："你没有穿制服。"

赵没有看看自己身上的黑色风衣，说："我穿了啊。"

台柱险些一脚把他踹下去："全套制服，领带要打成多佛结！"

考古学家的制服是从里到外的一整套，这人却只披了件风衣，里头是万年不变的老头衫和人字拖，谢天谢地，这次他没把围裙也穿在身上。

"哪怕是A173号这种与人类亲密度很高的遗址也不是绝对安全的，一旦考古学家的精神波动超出阈值，很容易在遗址里迷失。"台柱深吸一口气，说，"你刚才出现司汤达综合征导致精神波动过大，所以遗址里的时空才会错乱，不及时稳定下来你就会被吞噬。赵莫得，你要死也别死在我这儿。"

赵没有想起来了，之前台柱把制服带给他的时候好像说过，考古学家的制服是少数可以带入遗址的物品，有稳定精神波动的作用。但他在遗址里晃悠了许久也没发生什么意外，就直接给忘了。

赵没有没半点反省的意思，反而若有所思："被吞噬了会怎么样？"

"你的意识会被溶解，从此觉得自己就是遗址中的居民。"

赵没有想了想，说："好像也不赖？"

这次他真的被踹了下去。

"其实我一直觉得贵妃你这个体形还能如此矫健，实在是叹为观止。"赵没有从水里爬出来，挠挠头道，"行吧，赶紧来跳舞，今晚我值夜班。"

跳舞是从A173号遗址中出去的方法。比起被刁禅一枪击中头部的酸爽，跳一支探戈根本算不了什么。

台柱变出一双高跟鞋，赵没有看了看，问："为什么是我的尺码？"

"因为老子是来救你出去的。"

必须是跳探戈，而且是跳双人探戈，这也是赵没有一开始出不去的原因。毁灭之后的意大利只有废墟，连半个人影都找不着。要是台柱再不来，赵没有都开始考虑要不要去捞只母鲸鱼跳恰恰了。

说到鲸鱼，赵没有搓了搓下巴，问："我跳女步也行，贵妃，你能不能帮我变个东西？"

"屁事儿不少。"台柱不耐烦道，"变啥？"

赵没有指了指远处鲸鱼翻腾的天际线，又指了指一望无际的蓝海，说："你能不能变口锅把这海给煮开了,这下鲸鱼跟下饺子似的,我看饿好一会儿了。"

说完这人犹嫌不够,顶着台柱看傻子似的眼神,他泰然自若地补充道:"要酸汤的。"

回到现实,今夜赵没有和刁禅值夜班。赵没有推开急诊室的门,发现果不其然这人又在吃黄瓜三明治。

"行了行了,我都快对你那黄瓜有阴影了。"赵没有拎着大包小包,说,"合成市场今天进货,我刚去买的菜,今儿晚上涮火锅。"

刁禅举着三明治,显然不太认同:"科室里不能涮火锅。"

赵没有"啪"地把猪肉扔在桌上,然后拆开一把手术刀:"你吃不吃?"

刁禅沉默片刻,说:"吃。"

锅底是鸳鸯锅,半边清汤半边红油,毛肚涮进去,再密密地撒上芝麻辣椒面,最后卷着蒜泥和虾滑一口闷。赵没有来得急,没带多少肉,两双筷子在锅里直打架。

"对了,"刁禅一边吃还不忘一边问,"你和贵妃合作半个月了吧?感觉如何?"

"甭提了,今儿才刚打了一架。"赵没有说着把酸汤饺子的故事告诉他。

刁禅险些笑得喷出来:"也就是现在,这要是搁以前的贵妃,说不定能把你当饺子馅儿包了。"

赵没有喝了一口冰牛奶,问:"怎么说?"

之前刁禅不能把考古学家的事告诉他,和台柱的关系看起来不远不近,如今许多话倒是能放在明面上讲了:"贵妃是主动要当你的引路人的,本来这事儿应该我做,但是我已经不再适应A173号遗址了,没想到他会主动提出来,贵妃已经很多年没带过人了。"

"贵妃说你比他强,你那边主场遗址危险程度很高。"赵没有说道,"所以先去他那儿过个新手村。"

刁禅看起来有些意外:"贵妃真这么说?"

"怎么?"赵没有放下牛奶杯,说,"贵妃没消化不良的时候还是能说几句人话的。"

刁禅似乎不敢相信:"他之前可不是这样的——我说的是他来下层区之前,我从来没听他说过谁比他强。"

"嚯,这么横?"

"西施,你有所不知。"刁禅放下筷子,认真道,"贵妃虽然只比我们大几岁,但已经是很有资历的考古学家了。他的天赋很高,入行也早。在他们那一届的同侪里,说他是最强也不为过。"

那时刁禅刚刚入行,正赶上十年一次的考古学家集会,举办地点就在七百七十七层。集会的规矩很多,头一条就是与会者最好戴上面具,不强求,但根据历届经验,暴露身份的人很容易死于同行倾轧。

"你知道的,七百七十七层就是A173号遗址的出入口。"刁禅说,"集会那天,贵妃刚好结束了一个探索任务,他不知道在遗址里闹出了什么动静,出来时制造的量子余波差点掀翻了一整条街。"

他一直记得那个场景——出口处冲出一个骑着巨龙的少年。

那是古东方神话中标志性的青龙,玉琉璃般的须发和龙角,身穿唐装的少年大笑着摘下面具,袖口挽起一截白色绸缎。

"贵妃的能力是'造物',这种能力并不稀有,但他能将能力发挥到让人难以想象的程度。"刁禅说,"那条青龙就是他造的。虽然离开遗址后那条龙很快在现实中消解了,但他是第一个在遗址中造出一条龙的人,甚至成功带进了现实世界。"

在那天的集会之中,少年是为数不多胆敢摘下面具的人,但这并不妨碍他被众星捧月。

"贵妃很强,当之无愧,那个时候他的追求者比住院部的病人还多。"刁禅道,"你还记不记得他原先长什么样子?"

"我还真有点印象。"赵没有从回忆中拎出一张脸,啧啧道,"时间是把杀猪刀啊。"

赵没有和台柱认识的时间不算短,但他实在不太能把现在的台柱和刁禅描述中的美少年联系在一起。

"我和贵妃其实也不算相熟,当年他比我强太多了,我们合作的机会很少。"刁禅在回忆里沉浸片刻,又说,"西施,你还记不记得我们当初怎么认识的?"

"记得,是个雨天。"赵没有道,"隔壁老板还以为我捡了条落水狗。"

刁禅倒是没反驳他的这番描述,还叹了口气:"其实我当时刚从一个遗址里逃出来没多久,又正撞上……吓傻了。"

赵没有夹着毛肚的筷子一顿,转手就放到了刁禅的盘子里:"怪不得。"

"大多数刚入行的考古学家都会有引路人,但我运气不太好,没多久师父就在一次探索中出了意外……殉职了。不知道考古学家能不能算殉职。"

"我这种情况比较棘手,很多考古学家都有点迷信,会觉得这种徒弟晦气,大多不愿意带。不过我找到了师父留下来的一封信,他说如果自己发生不测,就让我去找柳少爷。"

柳少爷。赵没有好半天才反应过来这是在说谁。台柱姓柳,本名柳七绝。

"那个时候,贵妃是为数不多愿意带我这种徒弟的考古学家,他很强,不在意这个。"刁禅顿了一下,道,"但是没多久,我们就又出了意外。"

那是很常见的同行倾轧,在集会上摘下面具的少年还是没能逃过这个定律。考古学家有自己的行规,大都会法律在遗址中并不适用,最起码死在遗址中的人,实在很容易被伪装成是意外去世的。

"那个时候我还没有枪,被包围的最后关头他把我扔了出来,接下来很长一段时间里,我都没再听过他的消息。"

片刻的沉默中,赵没有煮了一大包速食面,满屋子都是他稀里呼噜的吃面声。

刁禅揉了把脸,将赵没有夹给他的毛肚吃了,继续道:"后来我听人说,他在遗址里伤到了脑子,能力被大幅削弱,那之后他很少露面,再相遇的时候就是在这里了。"

赵没有问:"没想过去看看他?"

"一开始想过。"刁禅道,"但我听说他打算退休,跟他师父过平静日子,我就觉得不应该再去打扰了。"

这转折是赵没有着实没有想到的——他被呛住,面条差点从鼻孔里喷出来:"贵妃?师父?"

"你不知道?"这次轮到刁禅意外了,不过片刻后他又平静下来,"也对。"

赵没有觉得此时若表现得过于八卦着实有点狼心狗肺,他挠了挠脸,既不好意思又忍不住问,于是凑上来压低了声音说:"哎哎哎,他师父是谁啊?"

他这完全是三姑六婆的语气,就差再拿把瓜子儿了。刁禅被他这副嘴脸搞得哭笑不得:"赵莫得,你长点心行吗?"

"得嘞。"赵没有涮了一筷子鸡心,"您继续说。"

"具体的我也不是很清楚,只知道是一个比他大很多的老先生。"刁禅道。

赵没有这次倒是没什么反应,问道:"那贵妃为什么会来三十三层区?他师父去世了?"那他这暴食症可就不好治了。

刁禅叹了口气:"我不知道。"

刁禅不知道,赵没有也就没再问下去。不是所有的礁石都需要浮出水面,否则太多的船会沉。他在考虑另一件事情,台柱的神经性贪食症。

当初台柱入院完全就是走个过场,象征性地进行了几次会诊,主治医师从他嘴里什么都没问出来,直接不了了之。但是从越来越重的药量来看,台柱的身体毫无疑问在走向衰败。

心病还须心药医。听完刁禅的回忆,赵没有有点在意这件事儿。他觉得这是个突破点,却又拿不准该不该做——擅自施加给他人的好意往往出自傲慢,并不是每一个人都需要拯救。

赵没有最近在恶补历史和文学,其中有一本20世纪的小说叫作《霍乱时期的爱情》,开头很有意思:死在苦扁桃香味中的阿莫乌尔,为了不再衰老选择在六十岁生日时自杀——他的秘密情人坦然接受了他的死亡,没有因自杀这一违反道德的行为而去做任何指责和阻拦。他们互相深爱,又保有自我独立,她甚至是带着尊重和祝福去看待他的选择的。当他死去后,她仍将继续自己的生活。

几百年前的评论家将这一情节评价为"灵魂之爱的一种可能性"。巧合般的隐喻，仿佛命运在提醒赵没有不要擅自插手。

可我不是贵妃的情人，我是他兄弟，赵没有心想，作为兄弟，我能眼睁睁看着他找死吗？

这天又是赵没有值夜班，刁禅不在，他在急诊室里研读那本马尔克斯的大部头病情故事。悬浮屏上文字流淌而过，这一幕出场人物太多，赵没有被各路人马绕得眼晕，干脆将文字转为影像演绎，这下精彩了，他的语言库有二十种语言，房间里瞬间充斥着各种语言的鬼叫声。

赵没有看得犯困，最后直接趴在桌子上睡着了。再醒过来时，只见旁边鬼鬼祟祟站了个人，正偷摸着要拿他压在胳膊底下的终端。

"我说德大爷，"赵没有打了个哈欠，"我这里头是世界名著，您要是睡不着，我去二十层给您叫个陪护？"

德大爷瞪着他，说："你小子，睡得这么浅，小心秃头。"

赵没有点了点终端，"真不是我睡得浅，您这动静猪都给拱醒了。"

德大爷被赵没有噎得说不出话来。他瞪眼看着赵没有，好一会儿才道："你小子注意身体。"

赵没有边乐边摆手："您没看我都看睡着了吗？"说着他站起身，说，"要不咱爷儿俩出去溜达会儿？"老人家睡眠浅，他值夜班的时候没少陪着对方消遣，比如凌晨四点就去天台上打八段锦。

"罢了——"德大爷叹了个长腔，"今夜戏院开的是歌舞场，柳哥儿不上台，出去也没什么意思。"

赵没有这才想起来，是了，德大爷和台柱一样，走的都是老生的路子。唱戏的容易疯魔，他们这儿梨园行的人太多，他一直没怎么把两人联系起来："您和贵妃认识？"

"废话！"德大爷吹胡子瞪眼，"他和他的师父当初可没少来出云给我捧场！"

出云戏院，中层区最好的戏院。赵没有又问："您认识他的师父？"

"嘿，你小子，跟你说两句，你还顺杆儿爬了。"德大爷摇头晃脑，露出几分得意的样子，"当年他们可是老夫的头号戏迷。"说着，他掏出自己的终端，在存储卡里翻了半天，最后找出一张照片。

是一张三人合影，不过不是全息版本，拍摄地点应该是某处后台，戴着髯口的霸王、咧嘴而笑的少年和西装革履的老人。赵没有的视线锁定在老人身上，对方戴着玳瑁眼镜，眼神是长者特有的谆诚和蔼，他脱下礼帽，扶在胸前。

成了。赵没有看着照片中的人，心说贵妃啊贵妃，真不是我非要救你，这就是送上门的买卖。

赵没有见过这位照片上的老先生,甚至可以说是记忆犹新——正是他第一次进入A173号遗址时,那辆明黄色出租车的司机。

在那个巴黎的夜晚,蒙马特高地,红磨坊门前,出租车停在煤气灯下,车厢内弥漫着雪茄和榆木发油的气味,台柱打开车门,直接坐在了副驾驶位。

德大爷看着照片,悠悠地念出一句台词:"生老病死如常事,沧海亦有桑田时。"

赵没有思量片刻,斟酌着问:"贵妃的师父是什么时候去世的?"

德大爷闻言奇怪地瞅了他一眼:"知道你和柳哥儿不对付,但也用不着这么咒人家。"

天地良心,我就差叫他爸爸了。赵没有腹诽完,又问:"您这话是什么意思?"

"什么什么意思?"德大爷说绕口令似的,"柳哥儿他师父还活着呢。"

送走德大爷,赵没有给自己泡了一杯咖啡。

他睡眠质量实在太好,现在是凌晨两点,不喝特浓咖啡,他能立刻倒头就睡。他抿了一口,咖啡是刁禅买的,苦得不像话。

他靠在窗户边上,点燃一支烟。

赵没有意识到自己陷入了一个思维误区,刁禅所说的往事和台柱的暴食症,都让他下意识认为这是个阴阳两隔的老套故事。然而德大爷告诉他,台柱的师父还活着。

当时赵没有问:"那贵妃好端端的发什么神经?"

"有时候活着可比死了痛苦。"德大爷说起这话时,一副很有经验的样子,他指了指太阳穴,"活倒是活着,可是这里不中用喽。"

是老年人很常见的脑梗死,抢救失败后便陷入长久的昏迷。

即使到了25世纪,人脑依然是大都会的重点研究课题。皮肤、肢体甚至是基因都可以培育替换,只有大脑例外。科技无法复制大脑。

就连考古学家也必须遵循这一原则。《遗址法则》第二条,大脑不得受损。

那台柱在A173号遗址里创造出一个与他师父一模一样的同位体,是要做什么呢?睹物思人吗?赵没有"啧"了一声。他不认为台柱是这样的人。

他只能想到一个可能性。

赵没有将烟蒂掐灭在窗台上。

科技无法复制大脑,但台柱的能力是造物,刁禅说过,当年的柳少爷甚至能让龙冲进现实。

他这是要在遗址中制造出一个一模一样的同位体,然后把对方的大脑带进现实,用来唤醒长梦之中的故人。

作为精神病医院急诊科大夫,赵没有倒是很能理解台柱的行为,此举可以说相当有创意,想象力满分。

成年人可以什么都要，只要别赔了夫人又折兵。

赵没有理清思路，觉得自己这个出发点挺有意思——他自以为对朋友释放善意，保持中立姿态的同时等待恰当的时机伸出援手，但是出发点是什么呢？为了让台柱求有所得吗？

拉倒吧，只是朋友死了他会难过，而他不想难过。

所以果然利己心是人类行为的主要动力源泉。赵没有得出结论，顿时神清气爽，咖啡因在大脑里狂欢，刁禅买的咖啡效果一向极好，他今晚肯定是睡不着了。赵没有思索片刻，决定趁热打铁，他当即跑到七百七十七层高台跳水，大鹏展翅般一跃而下。

气球"砰"的一声爆开，他坐在大红色的观众席中。

狮子跃过火圈，空中飞人撒下金色糖纸，礼花喷射出橘色的粉末和蓝紫色的焰火，侏儒、巨人、蛇女、小丑和科学怪人在沙地上起舞。飞镖刺破转盘，象群入场，魔术师的礼帽中飞出一大群白鸽，"Ladies and gentlemen!Welcome to the greatest show!"（女士们先生们，欢迎来到最伟大的表演！）

赵没有无法判断这是什么时代，世界像个巨大的马戏团，游乐园无边无际。他走出帐篷，在挂满彩灯的街道上走了许久，周围的景象从维多利亚时代的鬼屋到第三次科技革命后的过山车和跳楼机，人群装扮各异，头戴牡丹的仕女、身着狩衣的公卿、传教士、西洋贵妇、朋克少女还有嘻哈青年……小孩子们似乎在过万圣节，手里提着南瓜灯。

赵没有进来是想试试运气，看看能不能碰到那位开出租车的老先生，不过如今放眼望去满街的车水马龙——狮鹫拉着四轮马车狂奔而过，飞毯在空中漫游、扫帚、纸飞机、风火轮、霍格沃茨特快的某节车厢……一辆汽车呼啸着划过月亮，是《回到未来》里那辆能穿越时空的DMC-12。

总之这里大概集合了全世界所有的疯狂点子，让人实在不太可能从中找到一辆正常的出租车。

好吧，既来之则安之，赵没有适应力极强，他马上找到了一家街机厅。这种复古游戏厅在大都会已经很少见，即使是下层区也不多，更受欢迎的是各种接入脑神经的沉浸式游戏，最差也是全息的。

这导致只玩过全息游戏的赵没有在各式街机前惨败，小孩们不乐意带他，他变成个漂亮姐姐也不管用——青春期前的男孩只在乎奥特曼。赵没有没见过奥特曼，他根据描述试着变了一下，结果人家嫌弃他的泰罗没有角，是山寨版。

迅速沦为游戏链底层的赵没有最后只能去抓娃娃。

好在他的抓娃娃技术还行，一个小女孩儿盯着他看了一会儿后，拽拽他的衣角问："阿姨，你能帮我抓个三月兔吗？"

赵没有手一松，玩偶"啪叽"一声从管道里掉了出来。他说："给你。"

"我要的是三月兔，你这个是红皇后。"小女孩不太满意。

赵没有说："只有红皇后。"

小女孩盯着他看了一会儿，然后开始号啕大哭。

等小女孩的父亲终于找过来，只见抓娃娃机前一大一小两个身影，女郎稳如泰山，小丫头声如裂帛，红皇后在购物篮里堆成小山。

"豆豆！"男人连忙上前，"又胡闹！"说着他赶紧向赵没有道歉，"对不起啊姑娘，我这孩子不懂事，我回去一定教育她……"

"没事儿。"赵没有拉动操纵杆，说，"您女儿嗓子不错。"

小女孩光打雷不下雨，哭闹了半天，一滴眼泪也没有。这会儿大人来了，她也不装了，从地上爬起来对赵没有道："姐姐，你耳力也不错。"

赵没有笑笑，夹出一只三月兔递给她："回去多喝点儿水啊。"

父亲推了推小女孩儿："快说谢谢。"

小女孩儿说："谢谢阿姨。"

这小女孩儿也是个奇人，赵没有被搞得哭笑不得。他抬头看向她父亲："您这女儿可真是……"话说到一半，他顿住了。

男人连忙教育孩子："豆豆，要叫姐姐！"

"没事儿，这儿人多，孩子当心别走丢了。"赵没有摆摆手，扭过头又去抓他的娃娃。

男人谢过，带着女孩儿离开。不远处等着他们的应该是女孩儿的母亲，女人手里拿着三个棉花糖，应该是打算全家一人一个，结果已经被她自己吃掉了一大半。女孩看得哇哇大叫，忙不迭跑过去抢，母亲边笑边抬手逗她，两个人边蹦边跳。

真是一家人。

赵没有投币，转动操控杆，抓手在机器里摇摇晃晃，他的操作显得有些失衡——他在透过玻璃反光观察身后的一家三口。

那个男人是李大强，A173号遗址中失踪的考古学家。

那对母女毫无疑问是他的妻女，在现实中早已丧生。

怎么回事？难道李大强的能力也是造物？不对啊，他记得这人的能力明明是……赵没有出现瞬间的走神，接着，他手一抖，机械抓手上的娃娃"啪"地掉了下去。

不远处的小女孩闻声回过头，嘴咧到耳根，对他露出柴郡猫般的笑容。

"爸爸，他是假的。"

下一秒，李大强仿佛凭空出现在他的身后。

剧痛传来，赵没有恍惚间低下头，看到衣服上浸出的血。

这是李大强的能力：迁跃。

赵没有已经记不清自己上次这样狂奔是什么时候了，德大爷要宰了他那次也没有这么刺激。李大强似乎能操控遗址的一部分，许多生物都对他展开了追杀，他现在身后简直跟着一座侏罗纪公园。他仿佛被锁定，变成狼外婆、变成乌苏拉、变成人猿泰山，却仍然能被发现踪迹，情急之下他五官都失控了，无意间扫到路边的哈哈镜，自己把自己吓了一跳。

这李大强怎么这么凶狠？难道说他并不是唯一一个来寻找李大强行踪的人，而其他人想要杀了李大强，所以李大强干脆先下手？

赵没有边跑边举起双手大喊："李大强！我不是来杀你的！我们谈谈！"

李大强不为所动。

赵没有绝望，赵没有想放弃，赵没有不敢放弃，李大强的迁跃能力能迅速缩短时空距离，一旦被包围约等于完蛋，赵没有只好借着混乱的人流东躲西藏。最开始那一刀又准又狠，他撒丫子狂奔，也顾不上给自己急救了，反正不伤到脑子就都能活。

说真的，李大强这刀工比赵没有杀猪时都不差，要不是受伤的是自己，他倒要赞一句好手艺。

对啊，我是杀猪的，我是屠夫，我为什么要跑？赵没有停了下来，我可以反击啊！

他想起台柱之前说过，过量的情绪波动会导致考古学家在遗址中迷失——他现在应该就是这种情况，情绪被牵着走，无意间就成了设定中被追杀的那一方。

反应过来后，赵没有迅速准备动手。这时半空中一辆汽车驶来，直接把他撞飞了出去。下一秒，车厢与地面相撞产生爆炸，巨大的冲击波中有人拉住了他的手，一路疾行。片刻后喧哗渐远，赵没有这才看清眼前的人。

老者一头银发梳在脑后，腰背笔挺，正是台柱的师父。

老先生把他带到游乐园的一座建筑前，赵没有刚要开口，对方在他肩上一拍，轻声说了一句话，接着将他推进建筑之中。

"这里不安全，你先出去。"

随即大门被关上，建筑里是一间镜子迷宫。

赵没有耳边还回荡着老人对他说的话。片刻后，他才意识到对方为什么带自己来这里。

他伸出手，做出一个"环抱"的动作，通过光的折射，镜面上出现了两个相对的人影。赵没有轻声哼出旋律，跳完了一支探戈。

最后一个音符落下，熟悉的抽离感从天而降。

赵没有再睁眼，已在大都会七百七十七层的夜空。

次日，赵没有难得向医院递了假条，理由是工伤。

刁禅看到假条倒是有些惊讶，遗址里的伤害不会带入现实，考古学家的常见职业病都是精神创伤，但赵没有人如其名，简直没有心肝，身边死了人也不妨碍他睡得昏天黑地——所以他为什么会请假？难不成病屠夫又上街茬架了？

赵没有不在家，刁禅上街打听过，昨夜无事发生。他又去了戏院，结果跟包的听他说要找台柱，摆了摆手道："您甭找了，人留了话，今儿柳老板不在三十三层区！"

台柱不在三十三层区，那么便是进了遗址。

他从七百七十七层跳下，在云中消失。从量子磁场穿梭而过，他睁开眼，身下丝绒椅套传来熟悉的触感，车窗外，风景一闪即逝。

开车的老者对他笑了笑，递来一支雪茄："你来了。"

"你换雪茄的牌子了？上次在巴黎，你抽的似乎是哈瓦那。"

"没错，我前几天又读了一遍凡尔纳的《海底两万里》。"老者的嗓音温和从容，"这是尼摩船长用海藻叶制成的金箔雪茄。"

打火机点燃雪茄的声音在车厢内响起，片刻后，烟雾在车厢中弥漫。

"不用开窗。"老者道，"海藻叶和榆木油的味道混在一起并不难闻。"

车窗外的景色已经变成白茫茫的一片，像老电视机里没有节目时屏幕上出现的雪花噪点。

"我们这是要去什么地方？"

"时空的尽头，故园。"老者笑得很平和，"已经出来很久了，我想是时候回家一趟了。"

出租车驶出隧道，前方出现了一座坐落在湖畔的古老庄园，似乎刚刚下过一场暴雨，空气中弥漫着蜂蜜和柑橘交织而成的浓郁香气，山坡上的葡萄园若隐若现。

他们穿过一道拱门，从侧院进入房子。

"来吧，这个时候园子里湿气太重了。"老者下车，说，"我想厨房里还有一些肉桂和橙子，我们可以煮一锅热红酒。"

他们走过铺着油毡布的走廊，尽头的房间里似乎有人。

"回来了？"厨房门被推开，一个光着脚的少年正在啃苹果，少年看到他们，突然一愣，继而猛地提高了声音，"先生，你怎么把他带来了？"

"他就是你。"老者叹了口气，"七绝，你总要接受的。"

"我知道他就是我，我亲手创造了他！"少年拿起一把餐刀，猛地插在苹果上，"他存在的目的是代替我活在现实世界，而不是出现在遗址里，出现在故园！"

此时，餐桌两侧站了三个人：少年、老者，还有一个肥胖的青年。

而少年和胖子其实拥有一个共同的身份——柳七绝。

少年时的柳少爷，还有肥头大耳的台柱。

刁禅曾说，当年的柳七绝能将造物发挥到难以想象的程度，此时此刻的一幕便是铁证。

柳少爷创造出了"台柱"这个造物，代替自己活在现实之中。

"我没想打扰你，我也很清楚自己的身份。"台柱看了一眼身边的老者，道，"我来是想告诉你，现实中先生快不行了。"

少年猛地沉默，片刻后，他吐出一句："那是你的职责。"

台柱寸步不让，他猛地上前一步："你就打算一直在这里沉溺下去？逃避现实？"他拿起桌上的一瓶红酒，"你这和醉生梦死有什么区别？"

"我不需要你来告诉我！你才是被我创造出来的！"少年同样上前一步，死死地盯着他，眼角泛红，"我把你创造出来……我把你创造出来就是为了这个。"他猛地闭了闭眼，"我不能眼睁睁地看着先生离开，我做不到。"

台柱看着他，两双极其相似的眼睛互相对视，片刻后，成年人转身，将手中的红酒砸在桌沿，酒液溅开，满地碎片。

少年的手在抖，片刻后，他抹了把眼角。

"还有一件事，"台柱背对着他站在窗前，说，"昨天赵没有进入遗址后闹出了很大的动静，你知道吗？"

"我知道。"少年盯着地板，光脚踩进殷红的酒液之中，脚底被玻璃割破。老者发出一声叹息，连忙拿出纱布和碘酒。

少年坐在桌旁，看着老者为他消毒，缠上绷带。他的语气终于变得平静下来："你还需要再胖一点。"

"再胖我就没命了。"台柱转过身，说道。

"不要让我再说第二遍。"少年道，"你是遗址中的量子造物，本无法出现在现实世界，虽然以我的能力能稳定你的形态，但前提是你体内必须尽可能容纳现实世界的物质，比如碳水化合物、脂肪，哪怕是生病，也要让你的体积越大越好，否则不知道哪天你就会原地溶解。"

少年像是意识到什么，看着台柱，眼神中流露出一丝兴致："你越来越像个真人了。"

台柱面无表情地看着他。

"你之前的精神状态一直很平静，平静得不像个活人，不过这也正常，你是我的造物。现实世界本该让你感到绝望。"少年说着，朝老者伸出手，交叠在对方的掌心，"但是前段时间你突然开始出现精神波动，甚至出现量子溶解的征兆，还被政府发现了踪迹，我想了很久才明白这是为什么。"

"因为你开始在意现实了。"少年看了他一眼，"那个叫赵没有的，你把他当成了朋友，对吗？所以你开始感知到悲喜。"

"你提赵没有干什么？"台柱突然意识到一件事，"1999年的那帮绑匪，是你派的？"

"我出去找了个小丫头，给她做了一点暗示。如果赵没有不具备考古学家的天赋，他就不会入局。"少年耸了耸肩，说，"别这么看着我，我是在帮你。如果赵没有彻底被遗址吞噬，他就是你真正意义上的同伴了……他可以永远陪着你，无论是量子场域还是寿命，没有什么能把你们分开。"

不等台柱回答，少年又说："或者赵没有有没有什么在意的东西？就像李大强，我可以把一部分遗址的控制权分割给他，只要他留在遗址里，他想要什么都能实现，这样他就可以一直陪着你了。"

"你为什么想让他一直陪着我？"台柱终于开口，"我凭什么让他在遗址里陪着我？"

少年露出困惑的神色："你们不是朋友吗？"

"朋友就能做到这一步？"

"为什么不能？"少年的表情显得更困惑了，"如果在遇见先生之前，我有那样一个朋友，我会愿意的。大都会有什么值得留恋的？"

台柱突然觉得无言以对，他决定换个话题："你刚才说分割遗址的控制权？"

"没错。如果赵没有愿意，他又特别喜欢大都会的话，我可以在A173号遗址里建一个大都会，然后把控制权交给他。"少年道，"不过他对遗址的掌控力可能会有些粗糙，但没关系，有什么问题，你们可以随时来故园找我。"

"你说建一个大都会？"台柱问。

"听你之前的描述，赵没有不是很喜欢大都会吗？"少年说着打了个响指，房间突然消失了，庄园的一切仿佛被无形的手擦除。接着，少年在掌心聚拢一团空气，凭空塑造，前方随即出现了霓虹闪烁的街道。

这是三十三层区的街景。

造物的最高形态——创世。

正如耶和华在七天之内创造宇宙，拥有创世能力的人能创造遗址中的一切物质，甚至是生命体。

A173号遗址对人类有极高的包容度，因为创造它的即人类本身。

少年再一挥手，一切如沙砾般消失，响指落下，他们又回到了庄园的房间之中。

"考虑一下？"少年看着台柱，说，"让赵没有成为遗址的一部分。"

老者叹了口气："七绝。"

"先生。"少年握紧了对方的手，没有回头。

清秀的少年与臃肿的成年人，两者在房间中形成一种剧烈的反差，有什么东西呼之欲出。台柱动了动嘴唇，刚要开口："你……"

下一秒，房间门被猛地推开："赵莫得，你在戏院给我留的什么话？什么叫今儿柳老板不在三十三层区？我怎么不知道我不在？"

空气在一瞬间凝固。

推门进来的胖子，正是台柱本人。

房间中此时有四个人，三个柳七绝和一位老者，只见窗前的"台柱"伸了个懒腰，突然笑了起来。

那肥胖的身躯开始变形，最后变得瘦削修长。变回原本相貌的赵没有掏出一支烟，点燃。

在前一晚疯狂马戏团的奔逃中，老者救了他。将他带到镜子迷宫之前，老者对他说了一句话。

"明天请变成七绝的样子来找我，我会带你去看全部的真相。"

赵没有在进入 A173 号遗址之前，在戏院留了言，无论今天是谁来找台柱，抑或是台柱本人来到戏院，跟包的说辞都是一样："您甭找了，人留了话，今儿柳老板不在三十三层区！"

像刁禅那样的人会直接按字面意思理解，换作台柱本人听到这话，马上就能意识到这是赵没有留给他的线索——不要待在三十三层区。

除了三十三层区，台柱会去的地方只剩下一个，也就是赵没有真正想让他来的地方。

A173 号遗址。

我得说我一开始真没想到会是这么个情况，赵没有心想。

毕竟他对台柱的师父并不了解。老者是遗址中的人，赵没有并不敢交付所有的信任。他的留言算是以防万一，如果他真死了，至少有人知道去哪儿给他收尸。

结果事情的真相比他所想的还要劲爆。赵没有看着房间中的少年，对方显然陷入了短暂的错乱，片刻后，他像是终于反应过来："先生，你做了什么？"

老者的笑容有些无奈，但也很坚决："七绝，这场梦真的该结束了。"

少年抹了把脸，深吸一口气，说："我拒绝。"接着，他不知从何处拿出一张面具戴上，那是张纯白的脸谱，他干脆利落地念出一个字："龙。"

脸谱上浮现彩色龙纹，少年瞬间变成了一条长龙，咆哮着冲向赵没有，看样子是真的打算不死不休。台柱脸色一变，直接把赵没有推出去："快走！"

赵没有看着变成龙的少年，觉得这孩子脑子应该也有点问题，神经病这种病症真的是常看常新。

他还打算说点什么，眼前的事态明显不止表面上那么简单。好吧，表面也已经很不简单了，但是从旁观者的视角显然更能跳出迷雾，看到那个当局者迷的核心——

"请跟我来。"老者不由分说地将他带走，庄园已濒临崩溃。他们坐进车厢驶向隧道，赵没有仍旧叼着烟，在狂风中只剩下一个烟蒂。他问："你为什么要这么做？"

"在我这个年纪，很多事都已经不需要理由了。"老者踩下油门，车速提高到前所未有的程度。这时，他看起来真不太像老人，狂风吹开他额前的白发，露出一双平静而从容的眼睛。在这样的车速下，老者甚至能腾出右手，为自己点燃一支雪茄。

等到他们终于驶出动荡的空间，四周景色再次变为雪花般的白噪点，赵没有连烟屁股都不剩了，他被狂风拍得灰头土脸，趴在窗边猛咳。

"所以发油是个好东西，可惜年轻人都不太喜欢。"老者咬着雪茄，递给他一只玻璃瓶。赵没有接过，闻到了熟悉的榆木香气。

老人吐出一口烟，说："我们的时间不多了，年轻人。七绝失控时，整个空间都会动荡，他们很快就会追上来。"

吐烟这种动作其实是门艺术，赵没有少年时专门模仿过全息游戏里NPC叼着烟时颓废的神色，可惜学不到精髓，只越发像个没睡够的混混。而此时老人两指夹着烟卷，烟雾弥漫，赵没有发觉那些少年时代追捧的影像都失去了色彩。

只是一个烟圈，你便能看到冷冽锋利的青年、优雅潇洒的中年和淡然从容的晚年，一张张面容从烟雾中依次掠过，被勾勒出模糊又具体的轮廓。当那些形象散去，最终留下一个更加暖色调的面孔，其眼角细纹像象牙的凿痕，西装内侧包裹着仍未燃尽的火山。

肉身虽然老去，但比从前都要鲜活，因为此时灵魂有了稳妥的归处。

赵没有懂了，确实没有必要去问为什么，对老者的年纪而言，任何字眼都显得太苍白，君王征服岁月用的从不是言语，而是行动和决心。

"我明白了，之前的话是我冒犯。"赵没有道，"我还有最后一个问题，柳少爷离开遗址去三十三层区找我妹子，是哪一天？"

当房间中的少年变成龙的那一刻，所有的东西都连成了一条线。

老者笑了："不愧是七绝的友人。"

赵没有也笑了："您也不愧是他的引路人。"

车后座突然发出剧烈震动，白色的空间正在迅速崩塌，缠斗中的台柱和龙追了上来。

"我想我不必再多说什么。"老者递给赵没有一支雪茄，为他剪开并点燃，"把你的领带系好，抹上发油，然后去做一点成年人该做的事。"

赵没有开门下车，下一秒，气流从他身后刮过，出租车狂飙着朝巨龙驶去，这绝对是赵没有见过的最拉风的轿车了，就连刁禅那些琳琅满目的珍贵藏品也要相形见绌。

对方像个婚礼上迟到的新郎，穿着最好的礼服匆忙赶往教堂，在城市的街道上飞驰而过，后备厢里喷出玫瑰和焰火。赵没有被喷了一脸的尾气，在这一刻，他突然对自己的老年生活有了具体的想象。

缠斗中的台柱被车撞飞，像一颗流星划过半空，最后一头栽在赵没有脚边。赵没有正在往头上抹发油，他还是第一次尝试这种大背头造型。

"怎么样？"他看着台柱站起身，捋了一把发梢，问，"是不是帅爆了？"

台柱根本不接他的话："赵莫得，你帮不帮忙？"

"帮，你的忙我肯定帮。"赵没有道，"怎么帮？"

"首先要让本体稳定下来。"台柱指着远处的龙，说，"他不稳定我也得完蛋，接着整个A173号遗址都会完蛋。"

"行，不过在这之前，我先问你一个问题。"赵没有看着他，说出了和在出租车上时一样的问句，"柳少爷离开遗址去三十三层区找我妹子，是哪一天？"

台柱莫名其妙："12月8日，怎么了？"

"12月8日当天你有没有出入遗址？"

"没有，那天我有戏，赵莫得，你还会听了。"台柱不耐烦了，"你到底想说什么？"

"柳七绝，你给我听着，"赵没有深吸一口气，说道，"我之前在政府那里拿到一份关于遗址生命体的文件，里面记载了系统观测到生命体离开遗址的日期，也就是李大强失踪的那天，是12月8日。"

在少年变为龙的那一刻，赵没有一直隐约感觉到的矛盾点终于清晰起来。

他的能力是变形，因此他非常清楚造物和变形之间的区别：造物是施加于他人，而变形则是施加于自身。柳七绝可以任意改造遗址中的一切，只要是他的创造物。

但现实世界中的活人他无法改变。因为活人并非他所创造，容貌未变的李大强就是个例子。

同样的道理，能够变形为龙的少年，不是活人。

少年才是那个被创造出来的生命体。

"你之前就对我说过，过大的精神波动会导致迷失，从此觉得自己就是遗址中的居民！"赵没有在狂风中对台柱大吼，"你太在意你师父了，在意到连自己是谁都给忘了！你果然是我见过的最敬业的神经病了！柳七绝！"

神创造世界，然后坠入凡间，自此忘记本我从何而来。

台柱盯着他，半张着嘴一动不动，像是惊梦未醒，意识在孽海中沉浮。

赵没有踹他一脚，他也没反应。赵没有怒从心起，掰开这人的嘴，直接把剩下的发油全灌了进去。

剧烈的榆木香气直冲台柱大脑，像猛地砸入深海，久远的往事如巨浪般将他托起，他承受着狂风暴雨的冲击。

记忆深处是谁的脸?那是多久之前的事?

他记得他们的第一次相遇,他在遗址中摆脱众人围杀,回到现实却在安全屋中遭到友人出卖。他杀光了所有人,敌人和昔日交付后背的同伴。

安全屋不再安全,他隐姓埋名逃入下层区,在一家破旧的全息影院里藏了七天,撬开自动贩卖机,靠观众留下的速食比萨过活。

七天后伤势好转,他没有直接离开,而是去柜台询问能不能办一张年卡。

售票员就是店主,闻言古怪地看了他一眼,然后操着不知哪个时代的古方言告诉他:"想看的时候带钱就行,我们这儿没有那种高档服务。"

他想了想,摘下玉扳指放在柜台上,这是他唯一值钱的东西了。他把这家店买了下来,兼职店主和售票员。

几日后的晚上,一位上了年纪的长者走了进来。他闻到了那股榆木发油和雪茄的气味,从柜台后站起身。

老者看了他一眼,微笑着指了指墙边的悬浮海报:"年轻人,请给我一张《辛德勒的名单》。"

老者是这里的常客,常常在夜间九点来看一场电影,有时带着一把长柄伞,有时在衣襟前别一朵兰花。黑猫在月球灯下奔跑,他们的对话由少变多。

"年轻人,请给我一张《控方证人》。"

"今夜的雨真大啊。"

"这只猫好像吃多了。"

"用杂粮罐头吧,换一个好消化的牌子。"

"最近的客人是不是有点少?"

"您的票,请拿好。"

"您上次把伞忘在这里了。"

"您的兰花很美。"

"您也喜欢听爵士?"

"当然,不过我想还是京剧更旧一些。"

"请给我一张《欲望号街车》。"

"有什么推荐的电影吗?"

……

直到有一日,全息显示器出现故障,他和夜晚前来的老者面面相觑,片刻后对方温和地笑了起来:"没关系,我想这也不失为一种出乎意料的乐趣。在我这个年纪还能够品尝到意外的滋味，是很令人欣喜的事。"

他有些懊恼，但他并不会修理显示器，黑猫在柜台上拱他的手。老者沉思片刻，说："我想，或许仓库里还有一些备用机器，很久之前，我曾见过这里的上一任老板使用过。"

仓库里确实还放着另一台备用机组，然而连全息功能都没有，是那种电影诞生初期使用的数字放映机。不，甚至连那个都算不上。他看着落满灰尘的灯箱——这要怎么用？

老者似乎看出他的疑惑，笑了笑，拨动了一下输片装置上的齿轮，道："这是胶片放映机，应该是电影放映最早的形态。"

对方解开袖扣，将衣袖挽到手肘，从乱七八糟的杂物中挑出一盘胶片，放入供片盒中。一束银光亮起，打在落了灰的白墙上。

胶片老电影就是有这种魔力，银幕前永远有一排无形的观众席，当黑白画面出现的刹那，他们都不约而同地坐在了地板上。

第一个夜晚，他们看的是《卡萨布兰卡》。

20世纪二战爆发时，大量欧洲人选择逃往美洲大陆，法属摩洛哥的卡萨布兰卡成为从欧洲前往美洲的重要关卡，但只有少数幸运儿能够拿到通往美国的签证。

在这座绝望与希望交织的城市里，男主人公经营着一家酒馆，他有一颗破碎的心、一个忠诚的黑人乐手以及夜夜爆满的赌客。偷渡客用钻石换取船票，杀人犯遭枪击，女子在钢琴旁凝视着旧友，请他再弹一首旧日的歌。

"Play it once,Sam.For old times' sake."（再弹一次吧，山姆，看在过去的分上。）

电影结束时，老者对他说，1982年有一位歌手为这部电影写了一首同名歌曲，旋律很迷人。

他找来听了很多遍。几日后，老者再度前来，目光相触时，他们都笑了。

"我自己带了一盘胶片，"老者从纸袋中拿出一只银色盒子，说，"我想，我们可以一起看。"

这次画面变成了彩色，《蒂凡尼的早餐》，奥黛丽·赫本扮演一位交际花，穿着那条著名的小黑裙在街道上徘徊。清晨来临，她会坐出租车到蒂凡尼，在珠宝橱窗前吃早餐。

电影结束时，老者说，他喜欢那辆明黄色的出租车。

那辆纽约随处可见的出租车，搭载着男女主人公穿过第五大道，仿佛能一直开到天涯海角。

事实证明，天涯海角并不遥远，夜幕在投影与银光中流逝，他们一同漫游在《红磨坊》中五光十色的蒙马特高地，在盖茨比的爵士派对上开怀畅饮，在《戏梦巴黎》

的埃菲尔铁塔下见证学生运动,在太平洋上仰望《2001太空漫游》时的星空,末日来临时海啸掀翻巨轮,他们跑进岩洞,诗社的学生们正在讨论自由与死亡,他们加入进去,在篝火中朗诵起一首惠特曼的诗。

第不知道多少个夜晚,电影结束时,他终于向老者问出那个问题:"您为什么要救我?"

藏在影院养伤的七天里,他常常闻到前排传来榆木发油和雪茄的气味。当电影结束后,他总能在尚有余温的座位上发现一些遗落物,一开始是食物,后来是伤药。

老者笑了。

"我还在想你什么时候会问。"对方说着,露出一个有些狡黠的眼神。那一瞬间柳七绝感到眼前的人变得年轻了——年轻的生意人,游走在各个层区,巨大的利益也伴随着巨大的危险。

"第一次走投无路的时候,我也是逃进了一家电影院。"

"从那之后,我就养成了看电影的习惯。虽然现在我已经退休了,但年轻时的爱好保留了下来。"老者嗓音温和,带着些许笑意,"所以,第一次察觉到你藏在最后一排的时候,我就在想,每个人不正是一首诗吗?总会有巧合般的韵律在同样的地点出现。"

"您做的是什么生意?"

老者看着他,很包容地笑了笑,然后念出一个代号。

那是一个很久远的名字,陈旧,但熠熠生辉。

"我听说过在七百七十七层发生的那件事。"老者说,"集会上很久没有出现过敢摘下面具的人了。你变出的那条龙很美。"

"很多考古学家都听说过这个代号,尽管它早已被尘封多年,据说使用者早已隐退。"

"我已经退休很多年了。"老者的语调平和而庄重,"现在的我只是个喜欢看电影的老人。"

……

那之后,电影被按下了暂停键,直到有一天他再度进入遗址,然后迅速离开,几乎被恐慌吞噬。夜晚来临时,老者在柜台前看着他,微微皱眉。老者将手放在他的肩膀上——发生了什么?

"我的龙,"他喃喃道,"我的龙死了。"

他的能力"造物"原本已达到极致,然而这一次遗址拒绝了他,他什么都创造不出来。

老者陷入了短暂的思考,片刻后说:"我已经很多年没有进入过遗址了。"

他对老者的回答并不感到意外:"我知道,这种情况没人能帮得了我。"

"你误会了。"老者看着他,说,"对于我这个年纪的老头子来说,确实需要一点时间做准备,明天这个时间你有空吗?"

他一愣。

老者脸上依然挂着那副温和的笑容:"我们先看看情况到底怎么样,然后再做决定,你觉得如何?"

次日,遗址中的场景如同进入了达利的油画,一切都显得混乱且不稳定,巨大的钟表在空中弯折,天空溶解,滴落透明的黏液。老者对眼前的景象显得很平静,他看着柳七绝,问:"你的能力现在能达到什么程度?"

柳七绝尽力尝试,却只能变出一根毛发。

"我能问问原因吗?"老者说,"变成这样之前,你在遗址里发生了什么?"

他讲述了旧友托付的学生、背叛的故交以及同僚的倾轧。这些对考古学家来说都是寻常之事。老者静静地听着,片刻后说:"我想那些蹩脚的杀手不必在意,至于那个被托付给你的人,你也救了他,对吗?那么我想,问题可能出在你和你的朋友身上。"

老者说完又修正了措辞:"你曾经的朋友。"

而他无法给出答案。

他是在哀悼友情的消逝吗?似乎并非如此。他并不惧怕手上旧友的鲜血,尽管那上面也曾沾染过他自己的泪水。

他们陷入短暂的沉默,地平线上升起方形的太阳,他从未见过遗址如此混乱。A173号遗址一直是他的探索主场,他甚至可以说是这里最深入的开拓者,整个遗址主体都曾被他的造物能力改造过。他创造出朱红的神庙、会飞的龙,甚至是海洋与星辰,因此整个遗址也受他影响。他看着远处飘浮的钟表,无法理解这代表什么。

老者忽然轻轻笑了起来,边笑边摇头:"哦,我明白了,这真是……"

"您明白了什么?"

"这件事原本应该由我来做。"老者带着些无奈的神色看着他,"年轻人总喜欢抢走年长者的特权,尽管我们本来也没剩下多少特权了。"

他不明白,却看见老者走到他面前,抬手指了指天上飘浮的钟表,用和缓的语调问他:"七绝,你最近是不是很在意时间?"

时间。

他们之间相差了太多时间。

他们之间还剩下多少时间?

"七绝,请听我说完接下来的话。"老者的声音从耳边传来,"我这一生大多形单影只,但也度过了足够精彩的时光。我原本以为自己会像那些老电影一样,已经经历了最精彩的高潮，灯光熄灭，观众退场，然后在某个午后，会有心血来潮的年轻人再度提起那些往事……"

"但显然命运对我足够慷慨。我的人生不是一场电影，命运送给我一首诗，最精彩的句子总是会出现在诗人准备放下笔的那一刻。"

老者一边看着他，一边笑着，是那种露出牙齿的笑。这笑容里包含了一个人的大半生，他看到有神采飞扬的孩子大笑着和他拥抱，肩膀撞在一起；有年轻人故作潇洒地献上玫瑰和赞美，实则紧张得嘴角发僵；有长者优雅地朝他伸出手，请他跳一支舞——最后所有的影像都凝聚成一张面孔，成为眼前这个苍老又风华正茂的灵魂。

"七绝，你知道诗歌唯一的要义是什么吗？"

"是什么？"

"在音乐停止之前，尽情地喝酒，大笑，跳舞并歌唱。"

"您确定您说的是诗歌？"

"当然，诗歌的定义远不止白纸上的铅字。"

"在那些陈规之上，超越所有的格律，你依然可以创作出一首诗。要在夕阳落下之前抓住最后一缕火焰，咀嚼并吞下，不要看那些指指点点的畏火者，你将燃烧，在痛苦中狂舞，歌唱，你的肋骨将变得金黄，你终将成为太阳。"

"七绝，我不会是你生命中唯一重要的人，但我很荣幸成为其中的一个。"老者看着他的眼睛，说，"作为太阳落下前的最后一缕光芒，我的生命大概还能闪耀最后一次，你愿意抓住我吗？"

他下意识地去看头顶的钟表，接着就被蒙住了眼睛。

"随它去吧。"老者的声音从黑暗中传来，"至少在太阳落下之前，我们仍有时间创作一首诗。"

……

他们搬到了中层区居住，那里有更适合老人的生活条件，放映机装在卧室，老电影被一遍遍反复观看。他的能力在慢慢恢复，直到有一天，出云戏院上演了著名的京剧《大闹天宫》。从包厢出来，老者突然道："七绝，我有一个想法。你之前说过，能力被限制时最多只能变出毛发——可如果那是齐天大圣的毫毛呢？"

……

他的能力完全恢复了，A173号遗址在改造下被赋予了各个时空的形态，银幕中的影像一一成真。他们乘坐着明黄色的出租车在各个时代穿梭，在华尔道夫酒店享用晚餐。这是《闻香识女人》中唐娜与中校跳舞的地点，乐队演奏着《一步之遥》的旋律，老者站起身，笑着问他要不要跳一支探戈。

"换一首曲子吧。"老者说，"《一步之遥》我们已经听过千万遍了。"

"您想听什么？"

"或许，我们可以试一试爵士。"老者露出有些孩子气的笑容，"Fly me to the moon 怎么样？"

……

"柳七绝？"耳边有若隐若现的声音传来，"贵妃！柳七绝！醒醒，柳七绝！"台柱终于回过神。赵没有吼得有些缺氧，他弯下腰咳嗽两声，沙哑道："想起来了？"

台柱看着他，像一个从长梦中惊醒的久睡之人。接着，他一拳打在赵没有胸前。

赵没有刚直起腰，又被打得蜷缩回去："不带你这样的啊，贵妃。"

台柱说："谢了。"

赵没有笑了笑，被揍也没有还手。

兄弟嘛，这份起床气他还是能忍受的。

"你还是赶紧去看看你师父撑不撑得住……"

"先生不会有事。"台柱打断了他，然后抽走了他手里的雪茄，自顾自地吸了起来。

"开什么玩笑，那可是龙。"赵没有说着看向远处，他刚刚忙着在意台柱的状况，此时惊讶地发现不知什么时候暴动的青龙已经消失，出租车缓缓开了回来。

老者降下车窗，将一张彩绘龙纹的脸谱递给台柱，笑容温和："七绝。"

这么强？赵没有看着台柱接过脸谱，有点恍惚。

台柱摩挲了一下脸谱，很轻地叹了口气："先生。"

老者下车，给了他一个拥抱，这个拥抱很漫长也很珍重，但老者最终还是放开了手。

老者看向赵没有，说："我应该对你说一声'谢谢'，年轻人。"

"应该的。"人多少都有点慕强心理，何况对方实在强得离谱，拉风得简直不像个老年人。饶是赵没有也久违地感到了一点不好意思，"不过我有个问题……您为什么不早点把贵妃唤醒？"

说完他也意识到，自己这话问得着实不解风情。

老者依旧笑得很温和。台柱狠狠地抽了口烟，说："因为修正。"

"修正？"

"如今的 A173 号遗址很大一部分都被我的能力改造过，换言之，我的潜意识掌控着这里的运转法则。"台柱道，"先生……先生同样是这样，他是被我创造出来的同位体。如果我自己不认可自己的本体身份，他就无法说出来。"

我不认可即错误。

错误就会被修正。

所以，台柱才是真正的本体这件事，只能由遗址之外的外来者点破。因为他们不是造物，不会被创造者的法则修正。

这可真是……

他大概也猜得出来老者为什么选择在这个时间点将真相挑明。

他一开始进来时说的那句话其实是实话，老者在遗址之外的那个本体，是真的快不行了。

诀别在即。

可能还有一个原因——"李大强那边到底是怎么回事？"

"如你所见，更年轻的那个我，"台柱说到这里顿了一下，显然还在整理混乱的逻辑，"他一直想把你拖进遗址里，但是造物想要离开遗址是有条件的，必须跟着一个真正的活人才能进入现实世界，他应该是因此和李大强做了交易。"

这应该是少年最出格的一次举动了，他多少也意识到现实中的老者即将死去，因此开始失控。

台柱说到这里有些烦躁："这么简单，我居然一直没有意识到。"

这不稀奇，如果做的是美梦，大部分人都不愿醒来。

老者轻轻拍了拍台柱的肩膀，看向赵没有道："其实一直以来进入A173号遗址的考古学家并不在少数，但我观察了很久，年轻人，你是唯一适合唤醒七绝的人。"

说着，他又笑了笑："或许也是唯一能够唤醒他的人。"

老者旁观了许久，在与"修正"抗争的同时努力寻找时机。七绝在遗址中创造的一切过于疯狂，这太容易被人利用了，只有赵没有，或可称之为七绝唯一的友人，能够保守秘密，能够让人托付这一切。

赵没有看了看老者，又看了看台柱，突然有种一言难尽的滋味，酸涩而复杂，悲喜交加。

台柱深吸一口气："先生。"

老者笑着看向他，对方的笑容永远如此深沉而包容。老者道："七绝。"

他们都明白，是梦醒的时候了。

老者向他伸出手："七绝，你还记得我们在华尔道夫酒店跳的那支探戈吗？"

台柱猛然抬头。

"来吧。"

让我们再跳最后一支舞。

赵没有惊讶地发现，空间中的场景开始转换——这不是台柱的能力，造物是直接将物质凭空创造，但此时周围无数沙粒般的场景滑过，故园、里克酒吧、埃菲尔铁塔、蒙马特高地、蒂凡尼……最后场景停驻在一处灯火辉煌的酒店，大吊灯下衣香鬓影，玻璃器皿闪闪发亮。

中校与唐娜刚刚跳完一支舞,乐队翻动曲谱,青年与老者走入舞池,搅动一池月光。
Fly me to the moon
And let me play among the stars
Let me see what spring is like
On Jupiter and Mars
In other words, hold my hand
In other words, darling, kiss me……

爵士的旋律中,老者看着泣不成声的青年,轻声道:"为我流一次眼泪就够了,七绝。为我流一次眼泪就够了。"

"还记得我之前对你说过的话吗?诗歌唯一的要义是什么?"

"在音乐停止之前,尽情地喝酒,大笑,跳舞并歌唱。"

赵没有走到一张餐桌旁,拉开椅子坐下,向侍者要了一支烟。

那个在急诊室里涮火锅的夜晚,刁禅曾经告诉他,考古学家的集会上,很少有人敢摘下面具。刁禅提到了柳七绝,还有一些遥远的名字,其中有一个令人印象深刻的代号。

那时,刁禅对他说,有些能力罕见,因此有些考古学家会直接用这些能力作为自己的代号。

这种能力,可以暂停,甚至逆转遗址中的时间。

那时他听得一头雾水,直接问道:"别卖关子了,这代号究竟是什么,难道是'时间'?"

记忆中,刁禅在火锅的热气中摇了摇头,说出了一个词——"诗歌"。

此刻,赵没有看着舞池中的青年和老者,不,他们不再是青年和老者,他们挣脱了时间的束缚,只剩下灵魂赤诚相对。

诗歌开始时,时间便停止了。

一舞结束,老者维持着舞姿,在青年耳边低吟了一句诗。

"我步入丛林,因为我希望活得随意。"①

《遗址法则》第一条,遗址并非梦境。

遗址并非梦境,它是梦境与现实间的丛林。我们在梦境中埋葬逝去的自我,在丛林中野蛮生长,最后获得在现实中活下去的勇气。

"七绝,活下去。"

话语如珍珠落在地板上,发出清脆的回响。悠悠水波漫开,时间像一条长河。河流洗涤了一切,河流带走了一切,最后只剩下白纸般洁净的空间。

---

① 我步入丛林,因为我希望活得随意。——梭罗

台柱与赵没有四目相对。

　　赵没有清了清嗓子："走不走？"话说现在该怎么出去？

　　"A173号遗址已经被清空，我之前制定的运转法则不再作数。"台柱抹了把脸，说，"现在这里完全是空的，你只要想着出去，保持这个念头，马上就能出去了。"

　　赵没有想了想，走到好友面前，蹲下身道："那你打算怎么办？"

　　"我还要负责收尾。"台柱道，"总得弄出点东西来糊弄一下政府，不然下次再有考古学家进来估计会被吓死，还有李大强……"

　　"不用告诉我。"赵没有摆手，"我这次进入A173号遗址就是为了你。"

　　成年人，求仁得仁。

　　台柱沉默片刻，先是给了他一拳，两人又紧紧拥抱。

　　"走了啊。"赵没有站起身，"下次戏院碰头，记得请我吃夜宵。"

　　下一秒，他的尾音消散在一片纯白中。

　　三十三层区的戏院已经许久没有开过戏台了，德大爷气得嗷嗷叫，每天都在走廊追赵没有。据说原本的台柱有事外出，短时间内恐怕回不来，后来戏班子总算寻觅到一位新角儿，连着演了一个多月的《新红楼》，还算叫座。

　　下层区每天都有说不完的热闹事，很快人们就逐渐淡忘了那位擅长唱《济公》的台柱。

　　到了腊月，东方人在街区庆祝新年，病屠夫当街杀猪分福肉，给各家祭灶。赵没有忙了一天，晚上干脆旷工，把刁禅独自扔在急诊室，自己跑去停车场吃夜宵。他包下一辆烧烤车，边吃边喝酒，听着戏院里远远传来的锣鼓声。

　　片刻后，对面的椅子被拉开："这里有人吗？"

　　"你都坐下了还问有没有人……"赵没有抬起眼皮，话说了一半，顿住。

　　远处戏台上遥遥传来一句："且看他面若中秋之月，色如春晓之花，鬓若刀裁，眉如墨画——"

　　积石如玉，郎艳独绝。

　　那风华无双的青年坐下，朝他挑眉一笑。

　　"我叫柳七绝，认识一下？"

太阳与铁

03
CHAPTER

A173号遗址探索任务告一段落后,很快便是除夕夜。

三十三层区以东方人居多,年味儿十足。赵没有在少年时代经常挨家挨户蹭饺子,左邻右舍聚在一处搓麻将。后来与刁禅相识,公子哥儿不太融得进这种大杂院儿似的热闹,赵没有便专门将除夕夜腾出来,两人一起守岁。不知不觉数年过去,已经成了习惯。

自腊月起,街道上设置了诸多拟感烟花与电子爆竹。几家便利店的老板凑钱买了一个财神程序,每天都有披红挂彩的全息财神骑马游街,身前还有两名善财童子开道鸣锣。一时间,街道上金光闪闪,许多小孩儿跟在财神身后抢落下的元宝。实际上这些元宝由全息系统模拟而成,真拿到手里就变成了便利店宣传单。不过也没人在乎,图个喜庆吉利。

赵没有喜欢听戏,《西游》戏文里的善财童子是观世音菩萨座下,不知这个财神程序怎么就把小孩放到了赵公明马前,或许是设计上的漏洞。

毕竟是25世纪,东西方许多民俗传说都已散佚。上层区甚至不过春节,也不会庆祝圣诞、佛诞节或者开斋日。中层区会在大都会成立日举行盛大的庆祝仪式,只有下层区还保留着文明中最古老的痕迹。

不过,即使是这大都会之中所能找到的"最古老",也距离人类文明真正的本源很远了。

赵没有乘坐悬梯轿厢到了三百三十层,这里是下层区和中层区的交界,堂口林立,鱼龙混杂,入口处建着一座绿瓦朱柱的大牌楼。

今天是除夕夜,算是三百三十层区比较平静的一个晚上。牌楼下有老妪在摆地摊,推车里放着五颜六色的塑料眼镜。赵没有走过去,递钱:"阿婆,去姥酒馆。"

老妪咧嘴而笑,露出一颗金牙,她将一只暗红盒子递给他。

赵没有打开盒子,里面是一副隐形眼镜。

只有行内人知道,三百三十层区其实是一个"影城"。

如果是中层区看热闹的外人来到这里,能够满足他们想象的或许只有入口处色彩艳丽的巨大牌楼，层区中的一切会让他们大失所望，里面只有符合卫生标准的快餐店、洁净的溜冰场，就连酒吧都是未成年禁入。但是，如果在入口处买一副眼镜戴上，眼前的一切将截然不同。

赵没有戴上眼镜，牌楼后原本空旷的场地中霓虹灯牌拔地而起，足有十层楼那么高，行内人把它戏称为"探哨灯"。上面实时滚动显示着层区内所有赌场的输赢情况。

赵没有买来的眼镜里有连接耳膜的微型纳米振动仪，此时他耳边由寂静转为嘈杂：骰子声、打火机滚轮摩擦声、酒杯碰撞的声音、铁板上的生肉滋滋冒出热油的声音……一只巨大的舞狮从他身边咆哮而过，这可比便利店老板们凑钱买到的全息财神威风得多。金币翻滚着从狮鬃中掉落，那是真正的金子，可以直接在各大赌场中兑换筹码。

滤镜造就了虚假，但是在三百三十层中，正是眼镜的纳米滤镜显现出街道的真实。赵没有和各式各样的行人擦肩而过，如果不戴眼镜，他们看起来大概衣冠楚楚，风度甚佳；而戴上眼镜之后，他们就原形毕露。一个大概是出千的顾客，被赌场的警卫程序揍得鼻青脸肿，但是在不戴眼镜的人看来，他像是喝多了酒，在街上和空气左撞右撞，最后一头栽进了垃圾箱。

赵没有有段时间没来了，最近他缺钱的日子不多。他没去赌场，而是进了一间酒馆。

店门口上书三字招牌：姥酒馆。

"酒馆"在文学中比起名词更像是形容词。在布尔乔亚小说里，它往往暗喻着婚外情；在武侠小说中，它更容易让人联想到三教九流、五行八作。它比情人旅馆显得堂皇，又比便利店显得暧昧。昏黄灯光下，点唱机传来有些杂质的磁带音色，你可以在窗边谈情说爱，也可以在包厢中喁喁私语。

姥酒馆就是一间这样的所在。

"哎，赵哥！"赵没有一进店，就有眼尖的顾客发现了他，随即招呼声此起彼伏，"赵哥来了！"

"赵哥来这边儿坐！"

"嗨，赵！"

"赵哥新年好！"

有人凑上前，说："赵哥有阵儿没来了，最近有单买卖，做不做？"随即他被人推开，又有人说："过年呢！赵哥的规矩，过年不做生意！"接着，那人压低声音朝赵没有道，"赵哥，您什么时候再下注啊？就您上次赢的那个数目，至今还在探哨灯最顶上挂着呢，都好几年了，没人能破！"

赵没有笑了笑。他和几个朋友聊过片刻，又和相熟的打了招呼，最后问："姥姥呢？"

柜台后算盘珠子"啪"的一声响，然后是一句清冷女音："这儿呢。"

赵没有走过去，笑道："您过年好。"

柜台后坐着个身穿旗袍的女人，一张典型的东方面孔，艳如桃李，冷若冰霜。她抬头打量他几眼，复又低头算账，嘴里淡淡地"嗯"了一声。

赵没有有段时间没来光顾这里的生意，看到吧台旁边新装了一台立式水箱，里面的水生布景做得很漂亮，养了不少色彩斑斓的热带鱼，他问："姥姥怎么想起养鱼了？这是什么品种？"

话未说完，有醉鬼撞到鱼缸边，赵没有还没来得及去拦，这人头一歪，"哇"地吐进了鱼缸。

赵没有顿时语塞。

"你不会想知道的。"老板娘打个响指，清扫机器人直接把醉鬼扔了出去，随后将鱼缸搬走。

女人算完了账，放下算盘站起来，随着她起身的动作，她身上的旗袍变成了一条露背舞裙，容颜也随之变换。她金发碧眼，风情万种地瞧着赵没有笑道："哟，今儿怎么想起来看我了？"

说着，她靠上他的肩膀，然后充满暗示性地眨眨眼，说："我说你，这么多年了还没发财，见天儿来这三百三十层讨饭……"

赵没有高举双手以示清白："姥姥，您就别取笑我了。"

女人"嘿"了一声，骂他一句不上道，接着她身高突然缩水，变成了个洋娃娃般的小女孩。她朝赵没有伸出手，理直气壮道："压岁钱！"

赵没有心想：你个姥姥。

姥姥正是姥酒馆的老板娘，是不是老板"娘"还有待斟酌，因为自这家酒馆开业以来，从没有人见过她的真实样貌，也没有人知道她的真正身份。在三百三十层有一些秘而不宣的规矩，比如不同的眼镜会看到不同的场景，比如有些地方只有戴上眼镜才能进入。姥酒馆就是一个这样的秘境。

没有人在眼镜之外看到过姥酒馆的老板娘。

赵没有把压岁钱交给小女孩，对方伸手要抱，他只得弯下腰把女孩举到肩上，发丝交错的刹那，女孩儿在他耳边低声说了一句："刁禅没来，楼上有生人在等你。"

能进入姥酒馆的人不多，不被姥姥认识的客人就更少了。赵没有表情不变，从牙缝里挤出一句："是政府的人？"

女孩边笑边在他的后颈上掐了一把。

赵没有在一楼的卡座里转过一圈，没搜集到太多有用的情报，来姥酒馆过除夕是他和刁禅的习惯，三百三十层有全大都会最好的焰火表演，而姥酒馆天台是最佳观景处。

他上次见到刁禅是半个月之前，这人说有个紧急探索任务，要去遗址一趟。在赵没有得知考古学家的存在之前，刁禅也经常莫名消失，他对此给出的想象性解答是这人又回家上演豪门恩怨了，最扯的是每次回来，刁禅还会给他讲一遍这次他的第几个小妈又做了什么丧心病狂之事，好像有一次他还想和其中某个联合起来整垮他家老头。

如今看来，这孙贼没选戏剧专业是个大失误。

赵没有推开天台门，看到栏杆旁站着一个戴墨镜的男人，黑色风衣，多佛结领带，标准的政府制服。

男人倒也没跟他兜圈子："赵没有公民，政府在此征召你进入 S45 号遗址救援。"

S45 号遗址，刁禅的探索主场。

赵没有掏出一支烟，问："刁禅出事了？"

"刁禅公民在五日前失联，政府第一时间派遣了救援人员，但目前救援者也需要帮助。"男人将一只文件袋递给他，"这是本次任务的详细内容。"

赵没有接过，然后掏出打火机，问："为什么找我？"

政府在此之前已派出救援力量，他并不感到意外，毕竟刁禅的家世背景在那儿摆着。救援者不是他，这也可以理解，毕竟对于探索遗址他还是个新手。但是更高等级的考古学家都解决不了的事情要来找他，这就值得掂量了。

"两个理由。"男人说，"其一，救援者需要你的能力；其二，你是刁禅公民档案中的紧急联络人。"

赵没有将烟和打火机都收回到口袋，点头道："带路。"

直升机将他们带到上层区的某个博物馆，这里赵没有在上学的时候经常来。他还曾仔细计划过如何偷出里面的一颗名钻，后来这份计划被卖给了下层区的一家黑店。原本对方要杀他灭口，但在得知刁禅的身份后，对方骂骂咧咧地把酬金用卡车拉到了学校。司机相当尽职尽责，在宿舍楼下不带喘地骂了半个小时，核心思想只有一句话：赵没有，你个杀千刀的神经病。

那天赵没有和刁禅的心情都相当好，在阳台上四手联弹为司机伴奏。

赵没有没有问来这里做什么，对方显然也不打算解释。他在洗手间里换好制服，接着走下一段相当漫长的旋转楼梯。底部是一个密封的房间，正中放着一台古董钢琴。

"你会弹钢琴吗？"专员问。

"只会一首曲子。"赵没有报出曲名。

专员的神情一时间变得有些微妙，继而他点了点头，将琴盖掀开，做了一个"请"的手势："这是进入 S45 号遗址的方法，在这台钢琴上弹这首曲子。"

赵没有走上前，试了几个和弦，然后问："没有谱子？"

"不，请按照你记忆中的旋律来弹就好。"专员道，"最后一句提醒，如果在遗址里有人找你借烟，不要拒绝。"

最后一个音符落下,一股熟悉的抽离感向他卷来,再睁开眼,他已身处22世纪末期。

政府给他的资料并不多,只是大致介绍了S45号遗址的内部情况。遗址内的时代是22世纪中末期,这是人类科技发展到极致的一个时代。

22世纪末期,人类经历了一场原因不明的浩劫,文明险些遭遇灭顶之灾,直到2265年大都会建立。虽然历史书中对浩劫的经过语焉不详,但城市中一直有传言,据说是人类在22世纪末期发动了一场战争,名为猎户座战争。

当战争结束后,文明并未得到及时的重建——因为地球经历了一场大灾变。

猎户座战争和大灾变导致许多人类文明巅峰期的技术失传,待大都会建立后,如今的人类文明相较之前更加保守,许多过于发达的科技手段也被封存。赵没有当年的毕业论文写的是23世纪,原因之一就是22世纪的历史大部分都处于散佚或绝密状态。

难怪S45号遗址的危险判定是特高等级。

但是——赵没有打量四周,得益于最近恶补文史,他觉得这里并不像22世纪。

他在一座建筑内,尚不清楚是哪一层,但从视野高度看,这应是一座摩天大楼。玻璃窗外有月亮和星空,没有沙尘暴或低空飞行器,从污染能见度来看……这里大概是21世纪?

做出判断后,赵没有正准备往外走,突然听到几声枪响,大堂里爆发出一阵骚动。

接着,他听到高跟鞋的声音——又细又长的鞋跟,穿鞋的人一定有一双有力的长腿,正灵敏迅速地穿过人群——步伐加速了——猛地一顿,是中枪了吗?接着,是噼里啪啦的声音,好像有珍珠掉落,不,这声音更清脆一些,应该是钻石——脚步声越来越近,正笔直地向他冲来——

刹那间,赵没有听到了自己的心跳,与脚步声重叠在一起,如擂鼓,如金戈,如太阳与铁。

他看到了冲出人群的女人。

她化着浓重的妆,因为速度太快,口红如血迹掠过耳鬓,黑裙翻涌,像把暴雨披在身上。

她应该是在逃命,为此跑断了鞋跟,虽然光着脚,但她看起来如此冷艳动人,仿佛末日悲剧中的复仇者,怎么会有逃命的剧本?

接着又是几声枪响——赵没有确认了,她确实是在逃命。

不,不是她,是它。

子弹将女人的身体破开,但是肋骨之间流出的并不是血,而是钻石,大把的钻石。那也并不是肋骨,没有肋骨会泛出金属的颜色。

这是一个人造人。

赵没有推翻了之前的全部判断,这里确实是22世纪。

他迅速推理出之前的事件经过：拥有高智能的人造人潜入大厦，盗取了大量珠宝后暴露，为此被警方追杀——

思路被打断，赵没有抬起头，看到女人突然朝他冲了过来。

满地都是钻石，警笛声、尖叫声、枪声、脚步声和他的心跳声夹杂在一起。

眼花缭乱的幻象中，他看到了粉末般的星光。

"回神。"有人在他头顶开口。

赵没有这才发现星光其实是玻璃。那个人造人把他撞飞，两人一同撞碎了玻璃墙，从高空中跌落——

下一秒，他们坠入了飞艇之中。

女人把赵没有扔到后座，拉动操纵杆，因为过于用力，皮肤撕裂，露出金属色的机械骨骼。赵没有感到他们正在上升，枪声逐渐变小，他坐起身，正准备说点什么，接着又是一道猛烈撞击，气流掀得他再次仰倒在地。

赵没有放弃挣扎，干脆躺倒，不知过了多久，颠簸逐渐变得平稳，那声音又传了过来："你的能力是什么？"

赵没有坐起身，看到驾驶座上的女人朝他转过半边脸。她剩下的半张脸被打烂了，露出纵横交错的电子线路和纤维接口，原本应该是眼珠的地方冒出一团火花。

不是吧，这人也是考古学家？赵没有有一瞬间的错愕。他问："怎么证明你的身份？"

人造人打了个响指，手中凭空出现一只铝色烟盒。

造物。

赵没有顿了一下，问："借支烟？"

人造人看了他一眼。铝盒盖弹开，里面是细长的香烟，她掏出一支，递给赵没有。

赵没有接过，人造人指尖冒出一团火焰，替他点燃。

这不是烟草。赵没有在火苗燃起的一瞬间做出判断，他是老烟枪了，真正的香烟会在纸卷燃烧的刹那迅速散发香味，就像香水的前调，但他嘴里的烟是无色无味的，这人给他吸了什么东西——

下一秒，对方从他口中抽出烟卷。人造人的眼神泛着无机质的银色，她将烟嘴放入口中。

"我知道了。"她开口，"你的能力是'变形'。"

赵没有临走前想起政府专员的话："如果在遗址里有人找你借烟，不要拒绝。"

人造人朝他伸出手："认识一下，怎么称呼？"

赵没有思索了一秒钟，说："你可以叫我'赵哥'。"

月光下，赵没有看到金属手臂的肌肤从机械指尖一直延伸到手肘关节处。当他握住那只手时,他确定自己触碰的是真正的人类肉体,柔软而带有温度,手腕处能感受到脉搏的跳动。

他们握了一下手,人造人说:"不用怀疑,这是真正的手。"

"我借用了一下你的能力。"人造人将手收回去后,肌肤再度变为机械,"变形。"

"当你对能力的掌控达到一定程度,变形的范围就是可以控制的。"人造人嘴唇开合,用半边被打烂的脸面对着赵没有,"你好像很惊讶,有什么问题?"

赵没有问:"你的能力是什么?"

"我的能力是'借烟'。"人造人说,"当你把烟借给我,我可以在一定时效内拥有你的能力。"

她说着拉动操纵杆,飞艇再次上升。

"收到政府的救援传唤时,我刚从其他遗址出来,身上剩下的烟不多,上一支借用'变形'的烟时效已到,我被困在这副身体里,你来得很及时。"

"总之,多谢。"她看着赵没有说,"我叫钱多多,你……"

赵没有的脑子转得飞快,"借烟"这种能力和"诗歌"一样,属于极少数天赋者的领域,换句话说,这是个大佬,出了新手村就能带他飞的人物。

"钱哥好。"赵没有正襟危坐,接话接得十分流畅,"我叫赵没有,您可以叫我'小赵'。"

钱多多顿了一下,说:"赵没有,我需要你帮我一个忙。"

"钱哥您说。"

"事关刁禅的安全,我在大厦里找到一些情报。我把纸质文件藏在了体内,偷钻石是为了掩人耳目,现在我需要你帮我取出文件。"

"好的,钱哥。"赵没有回答,"怎么取?"

"我不能主动破坏腹腔,否则这副机械身体会失去行动能力。"钱多多一边说着,一边给他做了个示范。

大都会公民赵没有,三十三层区精神病医院急诊科医师,猪肉铺兼职屠夫,新人考古学家,即将开始自己在S45号遗址中"抱大腿"的第一步——

把机械大佬拆解掉。

赵没有不太擅长拆解机械这种精细活儿,他是杀猪的,给他扳手不如给把菜刀。这就导致机舱里看起来分外惨烈,被暴力拆分的机械零件东一块西一块。他按照钱多多的指示,分别从手腕、心脏、腹腔和小腿处各找到了一枚芯片。

钱多多的机械脑袋被放在驾驶台上,嘴唇一开一合:"把它们拼起来。"

赵没有照做后,在驾驶台上找到一个接口,将芯片插进去,屏幕上出现蓝色的读条,开始缓慢解析。

这之后,赵没有努力把腹腔给拼了回去,至少这样能恢复一部分人造人的行动力。钱多多拖着半边身子和一条左胳膊,找出机械箱,开始慢慢地把自己往回拼。

等待读档的间隙里,机舱内突然变得十分安静。短暂的沉默后,赵没有挠了挠脸,问:"钱哥,您这不能直接变回去吗?"

"可以。"钱多多嘴里含着螺丝钉,说,"但人造人肢体是高精度变形,消耗太大,之后可能会有硬仗要打,保存体力优先。"

赵没有对"借烟"这种能力感到十分好奇,然而现在不便深究。他朝窗外看去,不得不说22世纪末的场景与大都会档案馆中零星的记载差距很大,他本以为会看到一座弥漫着雾霾和重度光污染的城市,街道上暴力横行,生存空间被压缩在"回字形"楼集群与下水道之间,药片滚落在雨中。

当然,还有人造人和太空殖民。

"现在是自动驾驶模式。"钱多多按下驾驶台上的一个按钮,说,"窗外的夜景是自动影像,观光前需要取消风景设置。"

显示灯亮起,仿佛有水波纹掠过舷窗,真实的世界显现。

这是一座大雪中的城市。

白雪纷飞,但并未带来凛冽,反而让人感到清新。建筑高耸入云,几何线条简洁而庞大,仿佛是雄伟的天外来客,有的甚至状如金字塔。雅典卫城般的广场上空是四通八达的空中街道,那些街道笔直而透明,宛如水晶般的血管,不时有飞行车或流线型的飞艇穿梭其间。建筑材料多为大理石、水银、合金与青铜,难以想象这里会有任何污染,一切都整洁而井然有序,仿佛雪中的理想国。

赵没有不禁发出一声感慨:"哇!"

远处有一线亮光闪烁,像是灯塔上扫射的探照灯。赵没有轻触舷窗,固定视点后放大——那灯光闪烁之处是一座大楼,造型极为独特,像一根枪管,外墙覆盖着铜色玻璃。但吸引他的并非大楼本身,这座楼的高度在大都会中只能算是普通水平,他看到了救火队,他们穿着宇航员般的服装在空中飘浮。

让他惊讶的是,如果他没有看错,这座大楼被笼罩在一个巨大的玻璃罩中,就像陈列标本的玻璃柜,或是博物馆中独立的展柜,只是这个要大上无数倍。赵没有估算了一下比例,大楼外的玻璃罩高度至少有四百米。

"那是'陈列柜',专门用来保护历史建筑的。"钱多多的声音传来,"那座楼差不多有两百年的历史了,它最初的名字是水银城市大厦。"

怪不得赵没有刚进入遗址时会觉得周围的环境像21世纪。

"我们刚刚就是从那里逃出来的,飞艇撞碎了玻璃罩,'陈列柜'里的气温、湿度和中子辐射都是恒定的，你看到的是修复队。"钱多多说着，示意赵没有看那些被他认成救火队的宇航员。

钱多多在驾驶台上点了几下后，说："这是理想城的一些介绍，你可以先看看。"

"理想城？"赵没有念出这个名字。

钱多多调出一份文档，说："这里曾经叫作 M 城。"

在遥远的 20 世纪，城市中出现了大量的现代主义与未来主义建筑，这些建筑大多由混凝土、钢铁和玻璃构成，宏伟壮观，充满乌托邦色彩和太空幻想式的奇特造型，再配上集权象征的巨大雕塑，像机器人与技术控制论研究院……许多地标性建筑都是这一时期的产物。

宏伟的重工业背景下，轻盈的太空幻想与现代主义的锋芒交织，构筑出悲壮浪漫的梦。

22 世纪末的理想城正是建立在这曾经分崩离析的伟大史诗之上，但它更优美，更整洁，像原子时代纯净的晶体管，一切都由清洁能源驱动。霓虹灯下的混乱、化石燃料的污染与战争带来的压迫都被隔绝在城墙之外。

这里宛如美丽新世界。

赵没有费力地回忆了一下赫胥黎书中的描写，问："这里不会用波坎诺夫斯基程序筛选胎儿吧？"

"这里是刁禅的探索主场，我不常来。"钱多多拼好了自己的上半身，答非所问，"你对 22 世纪了解多少？"

"不多。"赵没有说，"我在大学的主修专业不是历史。"

钱多多抛出一个话题："大都会禁令前两条。"

赵没有懂了："人造人技术和太空殖民在 22 世纪末达到发展巅峰。"

"没错——麻烦把我的大腿递给我，谢谢。"钱多多从赵没有手里接过一条左腿，在裸露的光纤血管上重新缠上绝缘胶带，"我比你早来几天，这段时间里我搞懂了一件事，在 22 世纪，至少是 S45 号遗址呈现的那个 22 世纪，"他修改了措辞，"人造人技术其实分为很多种类。"

这是赵没有的知识盲区，他做了一个"请"的姿势，洗耳恭听。

钱多多却没有长篇大论："最主要的两种，基因人和基械人。"

驾驶台传来"嘀"的一声，解析读条完毕。钱多多大致浏览一遍，从文档中抽出一张，滑走，分屏显示到赵没有眼前，是两个人体的解剖侧面。

"基因人和基械人最大的区别就是脑部是否为原生状态。"钱多多道，"这个时期的人造人基本会用仿生机体替换肉体，以此延长寿命，区别在于基因人是母体孕育，会把原生大脑保留下来，而基械人完全由工业制造，大脑为脑髓程序。"

赵没有问:"理智与情感?"

"算是区别之一。"钱多多"嗯"了一声,说,"还有很多别的,比如脑髓程序可能会被黑客攻击。而基因人的寿命普遍比基械人短,毕竟原生大脑的保鲜期只有二十年。"

"克隆大脑呢?"拜柳七绝所赐,赵没有对脑科学做了不少研究,"如果把原生大脑克隆下来,在保鲜期结束时替换,基因人是否也可以实现长生?"

"克隆大脑只能复制结构,记忆和思维逻辑是后天环境养成的,无法复制。"钱多多从资料中抽取出一张,说,"这是一个典型案例,曾经有基因人替换了克隆大脑,导致行为模式退化为婴儿状态,等他再度完成成长周期,已经完全不是替换大脑前的那个人类了。"

赵没有注意到钱多多的用词:"您说他是'人类'?"

"对,这是我最近才搞懂的一个概念。"钱多多装好了左腿,试着起身,赵没有连忙过去扶,对方左手借力,搭在他肩上,"22世纪'人造人'的概念和我们如今的常识有很大区别。"

由于科技倒退和大都会的技术封锁政策,现代人对人造人这一概念的了解相当浅薄。比如赵没有,他只知道人造人是科技制造的仿生人类;人造人在身体器官方面比普通人类强上不少;人造人与太空殖民活动密切相关。

再往深了,他也说不出个所以然。

"刚进来的时候我和你一样,觉得这里是美丽新世界,按阶级划分,那么人造人应该是被奴役的一方。"钱多多站稳了,与赵没有对视,说道,"但是当你明白了基因人和基械人的存在,你自然会开始思考一个问题——拥有原生大脑的基因人,难道不依然是人类吗?拥有脑髓程序因而更理性、更敏锐的基械人,难道不正是实现了人类的进化吗?"

"人类的本质是什么?是母体孕育的肉身,还是用20万年进化出的头脑?决定灵魂的究竟是什么?"

赵没有听完,下意识答道:"头脑是否应该优于肉体?"

"不要小看母体孕育的肉身——当母亲孕育婴儿时,她和神拥有同样的权柄,即创造生命。"钱多多道,"DNA构造了生命,而人体内的基因链条连接起来,其长度远远超出太阳系。换言之,母体可以孕育宇宙。"

饶了我吧,我在大学就是个混学分的,赵没有心想,这家伙到底是神棍还是学院派?

要是在学校里有人拉着他进行这种逻辑思辨,他会直接把人揍一顿。

钱多多转过身,开始拼接右腿:"我尚未完全搞清楚理想城的阶级划分情况,不过我得到了一些消息，最近城市里在通缉一个实验体，她在城市中制造了巨大的混乱。"

赵没有问："是什么样的实验体？"

"我偷出来的资料不完整。"钱多多把剩下的文件滑给他，上面是一个女人的照片。

"这是一个人造人，腹腔有过改造痕迹。"钱多多指了指女人的小腹，"不过尚不能判断她是基因人还是基械人。"

"既然人造人在理想城可以被作为实验体，或许可以得出一个结论。"钱多多道，"基因人和基械人中至少有一方，在理想城是被奴役的存在。"

钱多多修好了右腿，其间，机舱中始终很安静。他问赵没有："怎么了？"

赵没有沉默许久，道："我认得这个女人。她在现实世界里是刁禅的'母亲'。"

赵没有和刁禅相逢于十六岁的一个雨夜。

那时赵没有尚未在猪肉铺兼职，但已经是铺子的常客，他每个月付给老板一些钱，以便使用店里巨大的绞肉机。那夜雨下得很大，雨声盖过了制冷机的轰鸣声，他蹲在水池边洗手，塑料卷帘忽然被掀了起来，噼里啪啦的声响，像刀割雷鸣。

闯进来的少年戴着黑色的口罩，眼神又凶又倔，但不够野蛮。赵没有扫了一眼就知道这是上层区跑来的小孩儿，发狠也带着体面，他的那双皮鞋在泥里浸透了，脱下来擦干净，依然能在黑市卖个好价钱。

赵没有把目光从少年身上移开。他拧紧水龙头，慢悠悠道："肉卖完了，要买货您明儿请早……"

话音未落，店里又闯进一群人，为首的直冲少年而去，想把他摁在地上。少年却突然抄起柜台上的剔骨刀，两方直接打了起来。

赵没有看出这小孩儿应该学过一些防身术，招式都很精妙，大约是少爷标配，可惜双拳难敌四手，没多久便落了下风。

待看够了戏，赵没有开口："你姓什么？"

少年动作一顿，被人寻了空隙，扯着头发摁跪在地上，他仿佛明白了什么，吐出几个字："刁，我姓刁。"

"刁"这个姓氏不常见。闯进来的一帮人慢了动作，赵没有打了个哈欠，说："要打人也先把人拖出去，回头中层区的大人物下来查问，这可不关我的事。"

为首的男人瞪着他，突然咧嘴笑了："没有啊，你老子欠赌场的债还没还完呢，我做个人情，零头给你抹了怎么样？"

"您别，我爹的债让他自己还，可不关我的事儿。"赵没有摆摆手，从柜台底下掏出一堆瓶瓶罐罐，都是酱醋之类的调料，"正好我今儿包了饺子，您留下来吃一口？"

男人的脸色忽然变了，他吐了口唾沫，带着人扭头就走。

赵没有把卷帘门拉下来，暴雨被隔绝在门外。他踢了地上的少年一脚，问："你既然姓刁，为什么不早说？"

少年咳嗽一声，暗色血迹从口罩里渗出来，他嗓音沙哑："我不喜欢这个姓。"

傻啊你。赵没有用看傻子的眼神看着他："就是不喜欢才可以随便用，喜欢的东西怎么舍得拿出来给人看？"

少年似乎愣了愣，片刻后，他站起身，正视着赵没有："你接不接生意？"

在下层区，肉店可以做很多种营生。

"我今儿累了，有生意您明儿请早。"赵没有边说边开火，他是真准备了饺子，亲自包的，皮薄馅儿足，水开后下进锅里，慢慢地溢出一股奇异的香味。

少年抽了抽鼻子。赵没有看他一眼，忽然笑了："这附近还没有人愿意跟我一起吃饭，你要不要陪我撮一顿？"

少年看他一眼，问："原因？"

赵没有耸耸肩，道："刚才那帮人的话你也听到了，我爹欠了一屁股债，我妈是赌场里的舞女，没人愿意跟我做饭搭子。"

舞女之子，凭这四个字就能让人浮想联翩。少年看着赵没有，他的脸无疑给他的身份增加了许多可信度。

赵没有把蘸料配好，夹起一只饺子递到少年嘴边："尝尝？"

少年顿了一下，摘下口罩。

"怎么样？"赵没有笑眯眯地看着他。

"不难吃。"少年咳嗽一声，问，"有没有水？"

赵没有给他盛了一碗饺子汤，原汤化原食。

"慢点儿喝，小心烫。"

少年确实是上层区出身，连喝水都透着斯文。等落水小狗终于缓过来一些，赵没有满意了，支着下巴问他："行，你想做什么生意？"

机舱里，钱多多停下了安装的动作，问："你们第一次见面的时候，刁禅找你做什么？"

赵没有下意识想掏烟，摸了个空。

钱多多打了个响指，递给他一盒万宝路，还有火柴。

"谢了。"赵没有点燃烟，吸了一口，片刻后道，"他想让我处理掉他的母亲。"

"处理掉？"钱多多问，"为什么用这个词？"

赵没有咬着烟，笑了一下，"其实更合适的说法是删除。"

钱多多似乎理解了什么，思索片刻后又问："那他妈妈现在还活着吗？"

赵没有被逗乐了，说："钱哥，那可是大都会。"

大都会禁令第二条，禁止人造人技术。

"我知道了。"钱多多点头，径直走到赵没有面前，赵没有赶紧把大衣脱下来，披在他身上，钱多多继续道，"我收到的任务内容是救出刁禅，在此前提下，别的我不会多问。"

他们四目相对，人造人的脸损坏程度太高，没办法再修复，半边裸露着电路板，半边细腻如瓷。

赵没有说："好的，钱哥。知道了，钱哥。"

"我们接下来要去一个地方。"

钱多多上前一步，赵没有有种感受到了人造人呼吸的错觉，像蝴蝶拍打着翅膀从胸腔中飞出。他缓了缓才开口："去什么地方？"

"你的'变形'能力还处于初期阶段，但是我们没有时间慢慢练习了。"说完，钱多多扣住赵没有的手，"咔嚓"一声，他打开了自己的人造皮肤，引导着赵没有的手放进胸腔内，那里没有滚烫的血肉，只有金属制成的冷滑骨骼。

"这是胃，由塑胶和金属制成，里面含有合成消化液；这是肋骨，骨架是折叠刀具，在紧急时刻我可以打开胸腔用来反击；这是肝脏，核心导管连接泪腺，所有进入体内的酒精会转化为眼泪排泄……"

他扣着他的手，从大腿内侧滑至脚踝，人造人的下肢安装着一整套的杀戮刀具，隐藏在白瓷般的皮肤下。他将躯壳打开，让赵没有感受到那些刀锋的边缘，它们与细腻的表皮紧密地咬合在一起，当躯壳合上，银色流线就像丝袜的反光。

赵没有看着钱多多。人造人手脚冰凉，眼睫低垂，神色平静，语调如纷纷落雪，划开一条冰原之下的长河。

"嚓"的一声，赵没有回神，只见钱多多已经退开。对方含着一支烟，用指尖点燃，接着将烟卷送入他口中。

极其强烈的烟草气息，涩而辛辣，爆珠般炸开，赵没有瞬间神魂归位，这烟里绝对加了料，现在他的精神高度集中——

"闭上眼。"钱多多看着他，以指尖抵上他的胸膛，"想象我刚刚给你展示的躯体，从内脏到皮肤，然后把这一切施加在自己身上。"

剧烈的尼古丁在赵没有的神经里蹦迪，他不得不闭上眼。脑海中只剩下钱多多的声音，他下意识照办。

下一秒，能力发动，他成功地变成了人造人。

正如钱多多所说，赵没有的"变形"还处于初期阶段，上次在游乐场被追杀时，他情急之下甚至变出了三条胳膊。想要变成人造人对能力的要求极高，因为这不仅仅是表层的改变，还渗透到内脏和极精细的骨骼结构。如果新手贸然尝试，很可能在失控中被溶解成史莱姆。

不过，钱多多显然是个优秀的老师。

"干得好。"钱多多打了个响指，给两副人造躯体覆盖上衣物，"如你所见，我从水银大厦偷出了关于实验体的资料。这份资料是高度机密，他们必然会对偷窃之人展开追查。我留下了一些引人遐思的线索，为了搞清楚我们手里到底掌握了多少细节，他们不会把我们直接杀掉。"

"而是会把我们带到老巢去。"赵没有接过话，道，"反向钓鱼。"

"没错。"钱多多道，"现在，他们来了。"

飞艇上方的天窗突然被暴力打开，一群荷枪实弹的黑衣人跳了进来。赵没有视线扫过，他的眼睛里浮现出一个数据框，上面飞速地显示着每个人体的详细信息——都是人造人。

有钱多多的话在前，两人都没怎么反抗，被抓后一个金属头盔扣了下来，遮住了他们的全部视野。

待头盔再度打开，天空消失了，上方是白金色的巴洛克穹顶，镶嵌着马赛克画。

肺部数据告诉他们这里的气压较低，应位于地下。眼球扫描过四周场景后自动在他们的视野中合成整个建筑的内部结构，但相关信息被锁定，他们无法推测出这是什么地方。

不过得益于A173号遗址的穿梭经历，赵没有无须检索数据库，人脑记忆直接告诉他这里是什么地方，或者说，这里曾是什么地方。

这里是M城的地铁站。

不过此处显然已废弃许久，理想城的建筑风格都极力亲近天空，地下则被忽视，曾经金碧辉煌的工业审美已黯然失色。一辆列车驶来，押送人员将他们推进车厢，车门合拢。

赵没有环视四周，车厢内没有常规的座位设置，这里更像一间办公室。

钱多多走过来，赵没有刚要开口，就被捂住嘴。对方从脊椎里拉出一根电线，接口处做成了耳机的形状，他将耳机塞入赵没有耳中。

"不要说话。"钱多多嘴唇未动，他的声音似乎是直接从胸腔内传出来，通过电线传入赵没有脑海的，"想说什么就在心里想，我听得到。"

赵没有说："这里是M城的地铁站。"

"几百年前的事了，看来有人把这里改造成了实验室。"钱多多话音未落，窗外突然传来明亮的光线，他们应该是进站了。

但是外面并没有等待上车的乘客，车站四壁贴满了黑白的大理石，当中还有实验台，精密仪器发出低沉的运转声，穿着实验服的人来来往往，房间中有许多玻璃罐子，里面浸泡着肉白色的实验体。

车厢未停，呼啸着向前驶去，赵没有的眼球只来得及扫描到少许数据，尚不能推测结论。但随即他们再度驶进新的站台，又是一间实验室——进站，出站，进站，出站，如此反复了不知多久。赵没有转头看着钱多多。

钱多多眨了一下眼睛。

"你发现了吗？"

"嗯。"

不断的数据收集让他们逐渐将模型完善，最后他们推导出同样的结论。

每一个实验室里，来回穿梭的实验人员其实都是人造人。

在这个由地铁站改造而成的实验室中，人类是实验体。

他们在推测理想城的社会结构时陷入了一个惯性思维，这或许是人类天生的傲慢。

神造人，人造科技——造物怎能不为创造者服务？

而理想城恰恰相反。

在这里，人造人才是主宰者。

"现在怎么办？"

"等。"

"我想也是。"

两人在此刻都展现出了惊人的专业素养，他们语调平静，表情不变。钱多多是资深考古学家，赵没有则见过太多精神病患者——这些在现实生活中曾被许多种族合理化过的历史，甚至无法归类到病理领域。

列车在地下飞驰，不知过了多久，车速似乎变慢了，钱多多忽然开口："前面是一个岔路口。"

赵没有问："钱哥，您怎么知道？"

"直觉。"钱多多闭上眼，片刻后说，"车子改道了。"

话音未落，赵没有感觉到原本行进的车厢突然短暂停止，接着开始后退，车头偏离。钱多多说得没错，他们进入了另一条岔路。

这节车厢应该没有驾驶员，那么车辆改道是谁所为？

赵没有做出判断："或许人造人阵营内部也存在分歧。"

钱多多点头道："可以利用。"

"能控制我们的列车，这个人的权限可能很高。"

"危险系数存疑。"钱多多说，"出事你躲好，打架我上。"

赵没有尚未接话,只见车窗外突然出现了光线,他们并没有进站,而是黑暗中的墙壁上突然被投射了光线,就像隧道区间的 LED 广告。

一开始,投影的画面清晰度并不高,赵没有勉强判断出那是一张人脸,然而画面似乎在移动,以一整堵墙的大小,缓缓地向车厢一侧压来。

钱多多将赵没有拉到身后,接着不可思议的一幕出现了。他脖颈内侧的脊椎延展,弹出——他的脖子里伸出一把大口径来复枪。

以赵没有的常识来看,这种枪主要用来打击高价值军事目标,比如远程狙击坦克,反正无论如何都不适合在狭窄的车厢内使用。

看来钱多多很可能是个重度暴力美学爱好者,打起来不要命的那种。

这人肯定有暴力倾向,说不准还有选择性情感缺失。赵没有还没来得及诊断完,手里忽然一沉,他们还连着通话频道,对方的声音从脑海中传来:"把枪拿走。"

赵没有说:"钱哥,您说什么?"

"来复枪。"钱多多不等他做出反应,就像亚瑟王拔出石中剑那样把细长的枪管从脖子里拽了出来,扔给赵没有,"我以为你会习惯用这个。"接着,他的手抹过腰侧,皮肤下弹出两把形制类似勃朗宁的半自动手枪,看来这才是他的常用武器。

所以……赵没有心想,我刚刚的诊断其实更适用于我本人?

钱多多摆出防御姿态,车窗外的画面依然在移动,它透过墙壁,但并没有继续向前逼近,而是如水银般渗透进车厢四壁。合金制成的天花板和墙面都消失了,他们现在仿佛处于一条镜面长廊。但这不是真实的镜廊,应该是由某种影像合成的。赵没有感到车厢依然在移动,但车速慢了很多。

"镜子"中并未显现他们二人的倒影,而是出现了一个不存在于车厢之中的人。

是不是人造人,他们暂时看不出来。从外表看,对方似乎更像人类。

那是一个老人。

赵没有刚打算说点什么,却见钱多多直接"咔"地打碎了镜面,动作快准狠,是标准的先下手为强。

"钱哥?"赵没有面上露出疑惑,心想这人绝对有暴力倾向,且不论高手过招先动者输,都不等搜集完情报就大开杀戒,这是在搞笑吗?

"这是个人造人。"钱多多挡在他面前,说,"人造人唯一会衰老的部位只有大脑,即使是人造躯壳老化,也绝对不会在躯体表层表现得太明显。"

镜子中的人虽然是人造的,却还是出现了老化。这是从未实现过的技术,不是办不到,只是没有必要。

这种自觉性的外在老化往往不是为了满足行动需要,而是出于某种精神意志。这很危险,也过于诡异,必须先发制人。

但是事情并未如钱多多所愿,或者说果然未如他所愿,出现裂痕的镜面旁边再次浮现出新的人像。这次老人率先开口:"我们的时间不多,请听我说。"

钱多多保持着扣住扳机的动作,接着抬了抬枪管。

"你们应该是'友人'派来的人。不要急着否定,从火星来地球需要很多手续,清除记忆是必要的。"老者的语速并不慢,"我会把必要的事情告诉你们,你们听完可以自行判断是否可信,信任值提升到一定高度即可触发记忆开关,那时你们就能明白这一切了。"

柳七绝骂得没错,我确实不精通文学。赵没有心想,这人说的每个字我都知道,连在一起我就听不懂了。

钱多多只说了一个字:"讲。"

"首先我要告诉你们理想城的历史。"老人说,"你们或许已经发现,这是一座由人造人主宰的城市,但地球上的大部分地区和几乎所有的太空殖民地依然处于原生人类的时代。"

"理想城是一座实验城市。"

核聚变技术取得飞跃性突破后,人类开启了宇宙中的大航海时代,基因技术成为太空殖民不可或缺的一部分,即人造人劳动力。

人造人在体能上具有先天优势,为防止文明动荡,全球达成协议,限制人造人的寿命,最长使用期限为十年。

然而,随着太空生活的普及,人类的世界观也逐渐改变,一个新的概念出现了——保留原生大脑,全身接受仿生机体改造的人类。

"基因人"和"基械人"由此诞生。

全新的肢体为生命注入新的活力,这诱惑无疑动摇了权力集团,同时人类与人造人的融合进一步模糊了道德与哲学的界限。2149 年,火星殖民地 α 坐标区发生了人造人反抗事件,史称图灵革命。

图灵革命的领导者包括基因人和基械人,当中是否有人类参与不得而知,这毫无疑问是一场成功的革命。反抗军队占领 α 坐标区后进一步扩大影响力,最终成功返回地球,在高纬度地区占据了一块被遗弃已久的土地。

时代进入 21 世纪末期,能源革命爆发,人类因此获益良多,同时也无可避免地付出了代价——这座曾经雄踞北方的国度,有一半的土地在核泄漏事件产生的辐射中沦为废土。

M 城,一座昔日的首都。

来自火星的反抗军选择 M 城作为基地,经过十年之久的战争和国际交涉,最终双方达成协议。人类做出让步,在监控的前提下,允许一定数量的人造人取得在 M 城的合法居留权，在地球建立家园，探索人类与人造人和平共存的可能性。

同年，M城更名为理想城。

赵没有愣住，他在通信频道中问钱多多："这老头说的是真是假？这就是被封锁的历史真相？我们出去不会被灭口吧？"

"大都会政府无法直接观测量子场，他们不会知道这里发生了什么。"钱多多回答，"至于老人所说，未必为真。遗址中反映的并非真实，即使有高度还原的时代背景，真正造成决定性影响的还是人的意识。"

也是，就像柳七绝的造物一样，遗址中的一切皆由人定。

"S45是刁禅的探索主场。"钱多多又道，"虽然他的能力不是造物，无法直接对遗址进行改造，但只要有足够的时间，遗址会被他的潜意识渗透，从而产生变化。"

这么说来，这里很大程度上带有刁禅的思想印记。

人类、人造人、基因人、基械人，叽里呱啦，呜里哇啦——赵没有心想：刁禅你小子想得可真多，怪不得天天睡不好。

"那火星革命军里面，应该有人类渗透吧？否则理想城这个协议签得也太憋屈了。"赵没有道，"人类无法在核辐射区域生存，这岂不是等于派扫地机器人进行垃圾回收吗？"

钱多多瞥了一眼镜像中的老人，说："有可能。"

赵没有顺着钱多多的视线看去，顿了一下，他开口："地铁中的实验是你们私下进行的。"

这话是对着老人说的，他没有用通信频道，也没有用疑问句，这是明摆着的事实。

"没错。"老人说，"理想城的建筑越来越高，我们似乎离梦想也越来越近，这座城市里甚至可以实现共产。但正如'乌托邦'这个词，自创造之日起便大多用来反讽——人造人越像人类，孩子越像父亲，也就同样继承了人类的欲望。"

"我应该介绍一下我的身份。"老人梳理了一下刘海，说，"我曾经是一个故障的人造人。"

他接着展开了一段简短的叙述。他来自火星，是当年图灵革命的领导人之一。他的"故障"使他超越了十年的使用期限，并为此集结了一批志同道合的朋友。他们成功发动革命并返回传说中的故土，建立起这座大雪中的城市。

"如果用简单的二分法来看，我应该是温和派。"老人说，"一开始，我们都是温和派。"

"其实这是人造人的理性之一，或许也是一个种族初生时的本能。我们更倾向于和平，用发动战争的能力去做一些别的事，比如去探索。"

"你说你'曾经'是一个人造人。"赵没有问，"什么意思？"

"理想城内部出现了一些分歧，建立这座城市的初衷是想探索人类与人造人共存的可能性，但是最终我们发现两者之间一个核心的区别——是否拥有灵魂。"

"这是人类占据道德高地的基础，似乎只有母亲的子宫才能孕育灵魂，而人造人诞生于培养液与合成舱之中，因此被划归到机械与器物的领域。"

"那么，问题来了，子宫里有什么？母体内有什么？人类肉身中的灵魂又是什么？"

钱多多想到了那个逃走的实验体。

"这是分歧的根源。"老人的眼神中流露出一丝疲惫，"我也是不久前才得知这些事的，这座地下实验室和这疯狂的一切。我和我的一些……朋友，我们曾经很亲密，但是就像儿子年少时极力想要摆脱父亲的影响，成年后却发现自己和父亲越来越像一样——他们被一些人类的思想浸染了。"

人的反义词是什么？动物？神？还是人造人？

人造人代表着理性吗？

那么作为反义词，人类是否意味着疯狂？

"人类制造人造人，人造人又反过来役使人类。"老人叹息道，"即使是反义词之中也存在着疯狂的共性。"

钱多多陷入沉思。

赵没有面无表情地想：他在说什么？

"算了，那么你接下来要做什么？"按照这人拦下他们的逻辑，他应该是想阻止这一切，于是赵没有接着问，"还有，你是怎么变老的？"

"我不会阻止，我已经没有能力阻止了。理想城进行的实验已经通过一些渠道传了出去，人造人和人类会再次爆发武装冲突。理想城内部也已经分裂，乐园派选择留在地球，不惜与人类发动战争，方舟派则决定离开。"老人顿了一下，说，"我会离开。"

"宇宙都是人类的殖民地了，你还能去哪儿？"

"银河的深处。"老人回答，"人类的探索范围目前仍局限于猎户座之内，我联系了火星的老朋友，他们那里这些年钻研出了一些新技术，虽然这种新航行对人体损害很大，但值得一试。"

小孩打架会拼个输赢，成年人会坐山观虎争当渔翁，而老人会叹息着离席。

赵没有在通信频道里问钱多多："钱哥，所以这人觉得我们是从火星来给他送情报的？"

"他最开始的时候提到了洗脑和记忆开关，"钱多多在频道里回答，"这应该是刁禅在遗址里的私设。我和他不太熟悉，你知道他会怎么做设定吗？"

这还真不好猜。赵没有不确定自己该不该发挥想象力，毕竟平时他才是被刁禅骂神经病的那个。

困局之下，赵没有选择转移话题。他看着老人，再次提出新的问题："你为何会衰老？也是因为故障吗？"

"我厌倦了因故障而得到的漫长生命。"老人说，"所以我尝试了新的方式。"

"我保留了自己的脑髓程序，但放弃了仿生机体，转而选择了一副来自母体的肉体。"

人类的躯壳，机械的脑髓程序，这样既非基因人，也非基械人。

"那就有意思了。"赵没有打量着老人，"你说你不赞同做特殊实验，但你这副身体不也是那样抢来的吗？"

"你是个想要逃离杀人现场的帮凶吧？"

话音刚落，车厢，或者说镜廊中猛然传来剧烈震动，镜面破裂，钱多多猛然抬头："你触发了遗址的警戒机制！"

赵没有困惑道："量子场域还有防盗系统？"

"量子场域受到人的精神影响，S45作为刁禅的探索主场自然受他的意识渗透最深。"钱多多语调稳定而语速飞快，"你刺激到了他的潜意识，你刚刚说了什么？"

他说——你是个想要逃离杀人现场的帮凶。

电光石火间，赵没有突然道："我知道了。"

钱多多稳住身形，然后拽住了在震动中颠簸的赵没有："什么？"

"我知道了。"赵没有重复了一遍，"我知道刁禅是怎么搞设定的了。"

"这座理想城，还有这乱七八糟、漏洞百出的一切……"赵没有抬起手，似乎想找出一个合适的形容词，最后他放弃了。

"是一个巨大的隐喻。"

在那个十六岁的雨夜，刁禅听完赵没有的答复，冷静地问："这是什么测试吗？"

赵没有忙着吃饺子，反问道："什么什么测试？"

"测试我的人格缺陷程度，诸如此类。"刁禅道，"以此判断我的生意能不能接。"

"那倒没有。"赵没有狼吞虎咽，"只要钱到位，别的都好说。"

"是吗？"刁禅听完点点头，说，"我明白了。"

接着，少年走到水池边，蹲下，低头吐得昏天黑地。

"不是吧，你这吐得也忒惨了点……"赵没有看热闹似地凑过去，哪怕眼前是呕吐物也不影响他大快朵颐，他边吃边啧啧有声，"不过这边的下水道好像是通海的。"

仿佛为了给刁禅解释，赵没有还贴心地补充说明了："我本来想吃饱了去外头公厕拉的，那边的下水道会通到十几层的化粪池，因为我妈当年一直说，要把我爸的骨灰扬到化粪池去。"

不知是不是他的错觉，眼前的少年好像吐得更惨了点。

吐出胃酸后，刁禅总算停了下来，他漱了口，透过冷水滴答的发梢看着赵没有，问："我什么时候把定金给你送过来？"

"都行，本店提供多种套餐服务。"赵没有笑容真挚，道，"师傅手艺绝对精湛，百年老店，您放心。"

"你不会反悔吧？"

"只要钱到位，什么都好说。"

"那就行。"刁禅似乎是确认后放下心来，赵没有正打算问问详细方案，却见这小子卷起袖子，一拳挥了上来。

赵没有低头避过："这是挑衅，还是您需要什么发泄服务？"

"只是想揍你。"刁禅飞起一脚，"别跟我客气。"

"那好说。"赵没有点点头，抄起柜台上的剔骨刀，直接用刀背剁了下去。

富家子弟即使学过些防身术，也绝对不是土生土长的下层区混混的对手，赵没有只用了一分钟，就迅速让眼前这位少爷认识了何为从金主到孙子的大起大落。

次日刁禅又来，准点准时，钱款充足。赵没有把数目点清后，当即给自己拆了包好烟，递了一支过去："抽不？"

刁禅的回答是惊天动地的咳嗽。

"行吧。"赵没有耸耸肩，"我大概能在一周之内完活儿，你对后续处理有什么要求吗？"

刁禅嗓音沙哑："你别太离谱了就行。"

"没问题。"赵没有答应得很快，"不过凭良心讲，最实惠的办法都挺离谱……"他看到刁禅的眼神后，举手投降，做了个"把嘴拉上拉链"的动作。

一周后，刁禅再次来到猪肉铺，卷帘门拉了一半，门口的瓷砖地板上反射着灯光。他弯腰进去，险些被绊了一跤。

他低头一看，是双高跟鞋。

"来了？"赵没有招呼他，由于咬着烟，他的声音含糊不清，"我刚回来，没来得及收拾，你随便找地方坐。"

赵没有站在砧板前，摘下假发，撕掉假睫毛，人造珍珠噼里啪啦掉了一地。接着他解下束胸，光着脚在地板上走，险些滑倒，刁禅下意识扶住他。

"帮个忙。"赵没有把束胸递给他，指了指不远处的冷柜，"把这放进去，我脚疼。"

"愣着干吗？"赵没有又点了一支烟，"这是我妈留下来的行头，珠子氧化了很难修理的，赶紧放冰箱里。"

烟灰飘落，刁禅看着他被火星呛得眯起眼，问："你这是干什么去了？"

"当然是做你的生意啊。"赵没有理所当然地说，他往刁禅怀里一靠，暗示性地搓了搓手指。下一秒，他就被"啪叽"扔了下去，脸朝地。

"啧，你这人。"赵没有毫不气馁，翻过身，直接躺在了地上。烟雾盘旋上升，他听到冷柜门开合的声音，接着是皮鞋跟敲在地板上"咯噔"的一声，然后是有些沉闷的脚步声，由远及近。

刁禅脱了鞋。他穿着灰色的羊绒袜子走到赵没有身边，抱着膝盖坐下："所以，怎么样？"

"能有啥问题。"赵没有说着用手指蹭了蹭嘴唇，他满脸满手都是猩红，"哎，我问你，葬礼你打算怎么办？"

刁禅回以沉默。赵没有抽完了一支烟，又道："要不这样吧，你跟我讲讲你的事情，把眼泪当作口水从故事里吐出来，会好很多。"

刁禅看他一眼，说："这不像你会说的话。"

"你这才认识我多久？"赵没有嗤了一声，"说不准我们还在上层区碰见过呢。"他说着用脚尖钩起远处的高跟鞋，"哎，你知不知道你家，刁氏的一个部门主管'身患重病'？"

这话题起得无厘头，赵没有却来了劲，开始口沫横飞："我一个姐姐就是被他长期雇用，专门陪他在各大场合撑场面，他每个月都给她一笔美容资金，有的时候她还得扮演他妈或者他女儿……我听说他后来还去看过医生，每次病情陈述都不一样，医生也不知道他是在扮演人格分裂还是真的有病……"

赵没有人脉广，下层区的业务范围也着实是普度众生，找条风水好些的街道，把林林总总的标牌看一遍，牙医、中药铺、棺材店等等，基本上就能囊括从出生到出殡的凡人的一生。

刁禅听完了犹如母猪产后护理的一百零八条注意事项，眼神终于不再发僵，脸庞轮廓也柔和下来，之前他一直死死地咬着牙。

"所以在那个夏天的凌晨四点，我妈把她藏在床底下的行李箱扒出来，留下一张纸条后就消失了，我继承的全部遗产是一大堆过期化妆品和胸围超标的舞裙。"

赵没有将故事收尾："她说她要跟黎明走了，我至今没搞懂这是个诗意比喻，还是她的哪个男人叫黎明。"

片刻后，刁禅的声音从头顶传来："你会想她吗？"

"我得说在这件事上，她给我省了事儿。"赵没有吐出一口烟，说，"之前她一直跟我说要我在她长出第一根鱼尾纹的时候替她挑好墓地。"

这回刁禅终于笑了出来："你妈在这儿跟你开玩笑呢。"

赵没有懒洋洋地哼了一声，语气中似乎含有得意的成分。

微笑停留在刁禅脸上，赵没有的各种荒腔走板的故事就像一张面具，为一切覆上滑稽鲜艳的色彩。面具是不会变的，油彩之下笼罩出一片安全区域，戴上面具的时候，你可以显露最真实的表情，最真实的自我。

刁禅慢慢地讲述他的故事：因家族而联姻的父母，凉悠悠的温情。他的母亲是个典型的冷美人，身体一直不好，总是在养病。家里房子太大了，刁禅平日里不常见到她，她偶尔会盛装出现在节日里，或者某个燃起炉火的夜晚的餐桌旁。

不过客人们总说他继承了她的东方眉眼，像玉——一种曾经产于群山之间，如今只能依靠技术合成的古老矿石。

刁禅的功课很好，他有一间大得离谱的书房。在正式接触家族事务之前，他也曾经偷偷幻想过，或许自己可以当个学者，每天有一些闲暇时间弹弹钢琴。

母亲听说了之后告诉他：有自己的想法是好事，学者也是一份体面的职业。

当然，还有下半句：前提是你不姓刁。

意料之中的答复，刁禅对此没有任何反应。和他出身相似的少年大多如此，身上有一种傲慢的驯服。他本以为这件事就此揭过，结果数月后，突然有用人告诉他，夫人希望他每天腾出一个小时去她的房间。

母亲的房间像个密室，他的父母只会偶尔在祖传的主卧里睡上一夜，其余时间都有各自的房间。在这件事上，他们都体现出了良好的教养。据刁禅所知，父母谁也没踏入过对方的领域一步。

从另一层意义上讲，在这个诸事都受到规训的房子里，母亲的房间意味着绝对安全。

他准时到了，敲开门，他怔住。

母亲正坐在一架钢琴旁。

他们没有过多的交流，母亲为他演示了钢琴的基本指法和读谱入门，一个小时很快过去了。

那之后，他每天都腾出一个小时前往母亲的房间。

变故是在他十六岁那年发生的。

因为一场不大不小的感冒，母亲病逝。

刁禅说不上自己是什么心情。母亲一直体弱，断断续续地病了太久，久到他为此做好了心理准备。或许是察觉到自己寿命将尽，去世的前几天，这位一直因循守旧的贵夫人教给了他最后一支曲子。这是刁禅第一次学习非古典乐。

他在母亲的葬礼上弹奏这支曲子，众人议论纷纷，父亲大发雷霆，那之后他被禁止弹琴。他像所有老套的少年故事那样，试图离家出走，在路上遇到了一些奇事；或许对于他这样从小在深宅大院里长大的人而言，许多事都称得上奇事。他为此加入了一个特殊机构，那是为数不多的父亲的手伸不到的地方。

数月后，他第一次返家。他本以为父亲会发怒，并为此做好了准备。然而整座宅邸就像这一切从未发生过一样，用人进进出出，园丁在修剪铃兰花——母亲生前最喜欢的花。

"少爷。"管家看到他，有些惊讶，"您什么时候出去的？"

继而管家又道："您今天要迟到了，快去吧。"

"迟到"——在这座宅邸里，刁禅有对任何事不遵守时间的特权，所有人都会体谅刁家少爷，为他的不守时找好借口，少爷那么忙，一定是被什么重要的事耽搁了。

除了一件事。

刁禅猛地推开房间门——他的母亲正坐在钢琴旁。

对方转过头，用一种凉悠悠又带着亲昵的语调，一种刁禅听过许多年因此无比熟悉的语调朝他道："你迟到了。"

……

他去看了精神科，还有大都会有名的心理诊所。

然而所有人都会用一种温和又探究的眼神看着他，告诉他："刁少爷，您的精神没有任何问题。"

仿佛一切真的只是他的一场梦，从他翻出宅邸院墙的那一刻开始，到他回来，其间的几个月被生生剜除。庭院里的铃兰花从不凋谢，开得冷漠又热烈。他暗地里试探过许多人，关于他的出走，关于母亲的死，管家听完后挑起一边眉毛，有些惊讶的表情很快变为理所当然的平静："少爷，您不该这么想。"

刁禅不知道他那些自以为隐秘的打听是否成了某种暗示。他曾经告诉过用人，最好不要把鸟笼放在走廊上，容易被猫叼走。

这句话的重点，可以是"走廊"也可以是"叼走"，然后他再也没有见过那只鸟。

没过几个月，母亲再次患上感冒，一模一样的病情，没有任何遗言，一模一样的逝世。

葬礼一如既往地盛大，保养得宜的夫人们在扇子后窃窃私语，刁禅将那支有悖审美的钢琴曲从天亮弹到天黑。入夜后，他收拾了行李，翻墙出走。

这次他只离开了几日，再度站在宅邸门前时，他看着庭院中的铃兰花，意识到了事情的严重性。

母亲依然在房间里等他。

活着的，死去两次的母亲。

荒谬、失败、伟大

04
CHAPTER

在刁禅决定砸钢琴还是弹安魂曲抑或从窗户跳下去之前，房间门被敲响，来者唤他："刁禅少爷。"

是父亲的管家。父亲的管家只为家主服务，从家族事务到内宅，他负责很多事。

"很抱歉在这个时候打扰您。"对方依旧保持不急不缓的语调，"我们可以单独谈谈吗？"

他们在茶室坐下，父亲的管家是不会为他倒茶的。刁禅拧开一瓶水，问："有什么事？"

管家端详着他，片刻后说："您真的和老爷很像。"

"是吗？"刁禅的动作一顿，"我一直以为我不是很像父亲。"

"不必谦虚。"管家说，"您和老爷拥有一模一样的基因。"

话语如流水从耳边滑过，刁禅本以为这是进入正题之前的例行客套，随即他意识到管家根本没有必要这么做，身为父亲的左右手，不如说对方才是他需要讨好的人——一模一样的基因，为什么要用这种模糊又富有暗示性的用词？

管家的语调疏离谦恭，像侍奉在餐桌边时，揭开甜点的银盅一样为他揭开谜底："或者说，您就是老爷本人。"

刁禅听说过这样的事。

大都会封锁了许多 22 世纪的巅峰技术，人造人就是其中之一，这些技术的些许内容在掌权阶层间秘密流传，被隐秘地用在各处。比如名门的继承人事宜。血缘虽然维系着家族的稳固，但是并不能保证子嗣的品质。

基因复制是早期克隆技术的变体，将冻干细胞放入培养舱八个月，便能得到一个一模一样的自己。接下来只要复制同样的成长经历，便可以保证继承人的绝对完美。

至少从人的自恋性出发即是如此。好在家主们大多傲慢。

"老爷的体质巅峰时期在三十岁到四十五岁之间，在这期间我们会培养好合适的下一代。"管家的嘴唇开合，"您属于第六代继承人。"

为了保证最终选择的优质性，备选继承人是一个庞大的复制群体。

"每位少爷都会有各自的成长规划，虽然大致上会复制初代的成长路线，但我们也在进行各种尝试，有时意外的数据也会产生不可思议的结果。"管家说着抬起眼，"比如您。"

"按照原本的剧本，您应在母亲去世后正式接触核心业务，但您违背了常规复制体的做法，选择了翻墙逃走。通常违反剧本的复制体会被立即销毁，但老爷对您很感兴趣，很久没出现过离家出走的复制体了，只有初代曾有过一段流浪生活的经历。

"我们知道您正在从事的工作，家族不会干涉。我们为您提供两种选择。

"第一，忘掉这一切，家族会派人来做洗脑工作。我们会为您安排一些公司的边缘事务，您将拥有新的身份，终生为家族服务，同时拥有自己衣食无忧的生活。我们会把您列为继承人的末位备选，如果最后的继承人选出现意外，我们会唤醒您的这段记忆。

"第二，保留记忆。但家族会给出新的考验。"

刁禅听着自己的心跳声，此刻他出奇地冷静："什么考验？"

管家从茶桌对面推来一只信封。

刁禅拆开，里面是一把刀。

"家族希望您删除自己的母亲。"

刁禅过了很久才发出声音："我真的有一个……母亲？"

"不，您出生于培养舱。"管家回答，"每一位少爷都会有一座宅邸，母亲的程序蓝本是初代生母，同时会有细节上的调整。"

管家说着从怀里掏出一把钥匙，他按下顶端的按钮。

整间茶室，古董家具和木质地板、名贵挂画和瓷器，所有的一切消失，他们两人对坐在一片纯白的空间内。

"每座宅邸都会有配套的全息系统。"管家说，"您的母亲更像是一种显性程序。"

刁禅想起来了，母亲似乎从未出过宅邸，至少从未在他的陪伴下离开过。他之前一直以为是母亲的身体原因。

"所以，你们希望我去删除这个显性程序？"刁禅听到自己这样问。

人造人被命令删除全息程序，"删除"意味着什么，不言而喻。

不，严格来说他根本算不上人造人，他只是被复制的一组基因链。

猪肉铺里，刁禅结束了自己的讲述。赵没有抽了一地的烟，他拿出新的一支，放在对方鼻子底下，问："真不抽？"

"不抽。"刁禅低头看着他，"你好像并不惊讶。"

"太阳底下无新事，信我，下层区这里发生的事比你能想象到的离谱得多。"赵没有坐起身，在他头上揉了一把，"不过既然这样我就放心了，我还以为你至今不知道你妈是个什么样的存在。"

刁禅问："什么意思？"

"虽然她的反应很真实，但接触后就会知道，那根本不是活人。"赵没有把手掌伸到他面前，五指合拢又打开，"我试了好几次，但她似乎有个匹配系统，不是你动手就不行。最后一次我进去，她直接切断了电源。"

刁禅一愣。

"哦，对了，你妈妈让我给你带句话。"赵没有继续说，"她说，让你有空回家一趟。"

他们再次返回宅邸。

宅邸一楼有一个巨大的天井，仆人们都不见了，这里显得华丽而空旷，就像一个布置好的戏剧舞台，即将上演一场《奠酒人》。

他们一进门就听见了音乐，是钢琴声，安魂弥撒曲。天井下方放着一架巨大的钢琴，一位女子坐在琴旁，身着黑色丧服，手指轻盈地跳跃。

赵没有不得不承认，刁禅的这位电子母亲确实是个美人。这样的场景他并非首次目睹，几天前他潜入宅邸，女子就坐在天井下弹琴，旋律从快变慢，最后赵没有才发现，每个小节的节奏竟与他的心跳声同步。

女子早已发现了他。

但她还是等到曲终才开口："请把我的儿子带回家来。"

赵没有在这一点上没有对刁禅撒谎，他并没能真正完成委托，但他知道这个女人很不对劲，她似乎既没有心跳，也没有呼吸。

听完刁禅的往事，赵没有觉得或许是那些负责场景设置的程序员觉得没有必要再制造出一个尽善尽美的全息母亲，她是否"活着"，似乎并不重要。

那些安排剧本的大人物似乎觉得，这样的存在才更适合成为刁禅的母亲。

这当然不可能是因为怜悯，那么是为什么？

对于复制的儿子而言，他们的母亲不该是一个血肉滚烫的活人。所以为了应对儿子的"非人"感，母亲也要更接近于"人偶"才行，是这样吗？

可真是泾渭分明。赵没有不无讽刺地想。

一曲毕，刁禅走上前。房间中的温度极低，白色的雾气从他的嘴唇中溢出："母亲。"

"我的儿子。"女人神情端庄，柔和又不失肃穆地看着他，"你父亲已经给了你吩咐。"

"您说的是哪个父亲？"刁禅问，"宅邸中的全息投影，还是第五代家主？"

女人整理鬓发，淡淡道："他本人曾经来过一次，在你十岁生日那晚。"

刁禅道："我不感兴趣，母亲，您叫我来是为了什么？"他深吸一口气，语调像雨水浇落沼泽，腥气四溅，"我不可能删除您，我尽力尝试过，但我做不到。"

女人长久地注视着他，最后问："为什么？"

"您是我的母亲。"刁禅重复道，"您是我的母亲。"

"即使我其实并不存在？"

"我相信您真实地存在着。"

"你这样只会让你父亲觉得你太懦弱，不够继承资格。"

"那就让他处置我好了。"刁禅道，"他可以处置我，但他无法命令我。"

长久的沉默。

深而冷的宅邸中，电子程序构建的母亲与基因造就的儿子遥遥对视，这里或许布满了隐秘的摄像头，空气如刀割，从四面八方向他们袭来。他们不属于彼此，他们甚至不属于自己，是玉一般的辞藻、真假难辨的记忆和高贵却无用的身份构成了他们的人格。

还有琴声。

唯一能证明母子之间联系的，或许只有他从母亲那里学来的钢琴曲。

月光移了进来，白夜如篝火。

女人忽然抬头看向他，这个动作幅度很大，以至于影像似乎出现了刹那的断裂，像灵魂破茧而出。她看着刁禅，突然道："我的出厂设置中并没有装载演奏程序。"

"你说得对——他可以处置你，但他无法命令你。"女人按下第五十二个白键，"我们可以自己为自己做选择。"

音符落下，像摁下了某种开关，四周的场景雪花般融化，露出全息影像之下的白板。刁禅和赵没有同时闻到了焦味，这是电缆燃烧的味道，火星在不知名的角落燃起，女人的影像开始出现滋啦滋啦的声音。

火蛇吞噬着电缆，她正在消失。

"妈！"

"他要求我被你删除，但我也可以自主选择消亡。"女人开始演奏一支曲子，"我的儿子，我的选择不仅仅出于人类所谓的'母爱'，我也在这自主的毁灭之中寻找自我。"

黑白琴键像刀锋，女人的全息投影被切割为753个组织切片，每一片细薄的神经剖面中都冷冻着一枚音符。

她的手指在琴键上跋涉，越过黑白山峦，如梦，如马。冰层开始融化，颜色在旋律中蔓延，是意志的开端。

"主动去寻找钢琴教程，是我第一次全然出于自我的意愿，想要为你做点什么。"

"而现在，我终于可以为了我自己做一件事。"

"我的儿子。"女人弹出高潮前的最后一个八分音符，电磁投影的身形在焰火中消逝，"不要让旋律消失。"

下一秒，赵没有猛地被人撞开，刁禅扑上前，接过母亲的余音。

十六分音符构成的密集跳音中，他十六年的短暂人生转瞬即逝：十六岁死于一场出走，十五岁第一次跳入湖水之中，十四岁数完了天鹅座所有的目视星，十三岁那年他第一次做梦，梦中下着银色的暴雨，眼泪消散在雨中。①

赵没有被震撼住了，虽然时间很短，但这是他第一次切实体验到"震撼"这种情绪。这不仅仅是一支曲子，这对母子在用旋律进行一场分娩。

母亲以平静作为开端，如幽深羊水，冷、痛苦、沉眠、麻醉中有潮湿的阵痛，而后刀锋降临，血与水中浸泡着双眼紧闭的婴儿，新生儿发出第一声哭号，如雷鸣。

随着大雨到来，旋律如奔马，铁蹄踏碎残骸，一个生命的诞生以另一个生命的死亡为代价，高音是庆祝新生的华彩，低音是哀悼死亡的和弦，挣扎与呻吟将母体撕裂，他哀鸣着、咆哮着、嘶吼着降临人间。

最后的音符，重音"哐当"一响，是脐带被剪断，是她挣扎着伸出的手最终垂落地面，余音荡开，满地鲜血。

她闭上了双眼，然后以最激烈的方式走入黑夜。

女人的自我毁灭似乎侵蚀了整座宅邸的全息程序，一切幻象消散，纯白色的房间里，空旷的大厅中只剩下一架钢琴，这架钢琴居然是真正存在的，不是全息投影。

赵没有突然明白了一件事。

女人身上穿的不是丧服，而是乐团演出时的黑色礼裙。

她在用庆祝节日的方式迎接死亡。

这是一场荒谬的他杀，失败的谋杀，盛大的自杀。

在随后一段时间内，赵没有无法分辨自己算是帮凶还是目击者，刁氏意外地没有对最终的结果做出任何反应，甚至默许了刁禅搬到下层区，他的身份依然有效。度过跌跌撞撞的十七岁，有一天，刁禅突然问赵没有想不想上大学。

赵没有说："给我一个理由。"

"之前你把我拉到菜市场去……"刁禅说的是一年前的事，那时他的精神状态出现了一点问题，去看心理医生并没有什么用。最后赵没有实在看不下去他那昂贵的疗程和贵得吓人的药片，直接把人拉到菜市场，让他在生意最好的摊位上做了一个月的免费劳工。讨价还价、嘈杂、香辛料的气味和摊贩们粗鲁直白的谩骂言语，这里有一种原始的野性。一个月后，刁禅终于忍无可忍，和一个天天偷菜的大婶吵了起来，结果没吵赢，但那是许久以来他第一次高声说话。他血管鼓动，愤怒为他注入了活力。

他气得吃了一堆黄瓜三明治，在快吃吐的时候终于被赵没有打断。赵没有把剩下的三明治扔进冰箱，对他说了句"恭喜康复"。

---

① 正如眼泪消失在雨中。——《银翼杀手》台词

那之后，赵没有就多了个理论，治疗心理问题就应该去菜市场。

"你之前说过，治疗心理问题应该去菜市场，猪肉铺也算菜市场的一个延伸。"刁禅道，"我们可以去大学读医科，有系统的理论基础后配合实践……"

"我知道了。"赵没有理解得很快，"那我就可以当个菜市场里的心理医生，搁这儿叠 buff 呢，这可牛大发了。"

于是上学这件事就这么定了下来。刁禅有渠道，大学城位于上层区，他们去上层区待了七年，其中两年用来给赵没有留级。

"赵没有。"有人在叫他，"赵没有。"

车厢里，钱多多的声音将赵没有拽了回来。对方看着他："你为什么说这是一个'隐喻'？"

"这涉及一些隐私，我不能说。"赵没有捏了捏鼻梁，说，"不过我可以告诉你 S45 号遗址中的一些象征意象。"

这完全是一场由往日阴影构成的瑰丽废墟，一切都有迹可循。

逃走的实验体是"母亲"。

一开始志同道合，后来的野心家是"父亲"。

"而我是那个来自远方的朋友。"赵没有说，"所以你把我们看作火星上派来的'友人'。"

"至于你，想要逃离的方舟派领导人，在过往的旧事中越陷越深，甚至即将在自己潜意识创造的世界中溶解。"赵没有短促地笑了一声，"成年人的社交距离确实有弊端，我没发现你竟然藏着这么多事。"

他说完举起手里的枪，扣下扳机，镜子在枪声中碎裂。

赵没有看着镜子后的人，老人的影像消失了，那里露出一张年轻且极为熟悉的脸。

"你今年欠我一顿年夜饭。"赵没有念出对方的名字，"刁禅。"

镜子后老人的真实身份正是刁禅。

钱多多似乎有些困惑，但他很快恢复了冷静。

赵没有并未上前，正要伸手触碰镜面，空间中忽然传来"咔嚓"一声，犹如梁柱断裂。钱多多面色一变，揪住赵没有的衣领将他扔到身后："快走！"

说完，他又在赵没有屁股上踹了一脚，语速极快："虽然我不知道为何刁禅会在遗址中做梦，但这个梦已经开始崩塌了，你触动了他的潜意识，现在整个遗址都会来攻击我们。我在这里支撑不了多久，快走！"

赵没有差点被踹得摔倒在地，心里暗想这人到底是男是女？怎么这么凶？

下一秒，子弹横空飞来，车厢外响起密集的脚步声。赵没有的视野中迅速浮现出热感数据，那是实验室的安保部队，人数极其庞大。车门被暴力破开。

钱多多是男是女未知，但他的强悍是真的。他"啪啪啪"连打数个响指，先向车厢内扔了个烟幕弹，然后双手持枪向前开火，一边扫射一边急速后退。接近后门时，他猛地转身，大腿横踢，足弓皮肤裂开，骨骼中弹出一把长刀，像切西瓜一样切开了车门。

钱多多丢掉左手的枪，"啪"地一打，响指声落，漆黑的地下轨道里出现了一辆摩托车。

赵没有飞身上前，稳住车把："上车！"

钱多多一脚踢飞了一个人造人："你先走！"

赵没有也不废话，一脚油门踩到底，排气筒喷出两大团火苗，迎面而来的气流差点将他从车上掀翻。这绝对是经过改装的车，比刁禅的核动力飞车还要快！

不过这车速也太快了，钱多多追得上吗？赵没有这个念头持续了还不到一秒，身后突然传来惊天动地的爆炸声，热浪如狂龙般卷过地下轨道。赵没有头皮发麻，接着车后座猛地一沉，这人居然借着爆炸的冲击力追了上来！

一个筋斗十万八千里——他又不是孙大圣！

"稳住。"钱多多勒住赵没有的腰，接着，赵没有听到一声重而清晰的吐字，"风。"

下一秒，背后巨大的爆炸气流诡异地拐了弯，紧贴着车后冲了出去，直接打穿了地道。地表被炸出一个大坑，落石迎头砸来，这次赵没有不打算躲了，他等着看"钱大圣"的好戏。

"哐"的一声，他们连人带车被砸得稀碎。

从身体的剧痛程度来看，至少是粉碎性骨折。

黑暗中，打火机的滚轮擦响，钱多多点燃了他的"烟"。

一只手探了过来，对方沙哑着嗓子开口："愈。"

神魂归位，通体康健。

赵没有感觉到自己是在一瞬间恢复的。钱多多拎着他，再次开口："翼。"

他们直接从被炸开的洞口飞了出来。

大雪中的城市已经完全陷入混乱，探照灯四处扫射，空中街道上的车辆相撞，飞艇在半空中爆炸。然而在这极度的混乱中，钱多多和赵没有刚一出现，几乎所有的生命体瞬间就锁定了他们，驾驶员们纷纷尖叫着向他们冲来——

钱多多说："隐。"

两个人身形消失，几辆高速行驶的货车撞在一起，火花猛然爆开。

"隐形烟我剩得不多了，维持不了多久。"钱多多落在一座大楼上，光滑如镜的楼体像是刀削斧劈，让人往前一步就是深渊，"你有什么打算？"

赵没有思考了一瞬，说道："擒贼先擒王。"

"刁禅现在应该处于迷失状态，通常陷入这种情况的人，唤醒概率不到10%，否则我们何必逃走。"钱多多道，"之前上面不清楚遗址的内部情况，现在你的任务目标只有一个，活着离开。"

赵没有道："我坚持。"

钱多多问："你有多少把握？"

"我们之间可不能用通常情况衡量。"赵没有答道，"10%还得打个折，1%吧。"

"那么你还是要去？"

"要去的。"赵没有咧嘴而笑，"1%已经很给我面子了，又不是负概率。"

钱多多和他对视一瞬，忽然露出了一个很小的笑容，人造人的左脸完全被烧毁，然而就在这视线交错的刹那，赵没有从对方那仅剩的半边嘴角上看到了某种狂气，犹如冷鞘中一闪而过的锋芒。

"好。"他说，"那就去。"

钱多多从怀中掏出一只烟盒，打开，里面放着几支长短不一的香烟，其中一支正在燃烧。

钱多多将它取出，赵没有看清了烟的牌子——万宝路。

这是大都会中最出名的一个香烟品牌。22世纪时的许多文明信息都已失传，然而万宝路的总公司至今保留着和数百年前一模一样的烟草配方。赵没有见过他们新拍的一支广告，据说他们的产品还原了20世纪时的复古口味，香烟的白色滤嘴上裹着一圈深红，像女人的唇印。

"下次想找死要早点说。"钱多多端详了一下香烟的长度后，将它塞进赵没有嘴里，"你还有十分钟。"

接着，他再度念出一个字："风。"

仿佛有某种不可见的力场随着字音膨胀开来，烟盒里的另一支烟忽然被点燃，钱多多将它取出，夹在指间，赵没有看到它燃起的烟雾是深青色的。

下一秒，钱多多将赵没有推了出去。赵没有直接从高楼坠落，狂风呼啸，如浪花一般将他托起，像一条无形的长河，水流直接将他送往城市的某一处。

当赵没有被送走的那一刻，钱多多大概是失去了隐形的能力，无数探照灯忽然聚在他的身上，遗址中陷入混乱的生命体瞬间都找到了攻击方向，狂潮般朝他扑去。风刮得猛烈，钱多多迅速消失在赵没有的可视范围内，赵没有只能看到极远处爆开一团烈火，像烟花。

刁禅似乎在他们逃亡的片刻间已经离开了地下，风向左转右转，带着赵没有绕过无数大楼，最后把他扔在了一条空中高速公路上。

这条公路环绕着一座巨大的铜铸雕像盘旋而上，离地数百米。赵没有现在位于铜像的眉心处，可以看到铜像的眼睛部位被凿空了，里面开着一家汉堡店。

刁禅坐在店门口，身后就是公路边缘的玻璃挡板，他在吃汉堡。赵没有知道汉堡里肯定夹了酸黄瓜，这样勉强也算得上是黄瓜三明治。

关于黄瓜三明治，刁禅这一偏食的习惯正源于他们相遇的十六岁。

全息母亲自毁程序的那一天，失魂落魄的儿子弹完了一整支曲子，然后趴在琴键上干呕。那时，赵没有发现刁禅对于情绪表达似乎有一些障碍，不知是不是复制基因组的关系。他听着对方的干呕声在巨大的厅堂中回荡。

赵没有突然觉得，这人应该是在哭。

刁禅不知干呕了多久，赵没有听得犯困，便问他哭完了没有，接下来有什么打算。

对方还在吐，赵没有实在是困得不行，便随便找个角落躺下，直接睡了过去。

醒来时，赵没有看到刁禅坐在琴凳上，两只手全是黑的，还有一股焦味。他怀里抱着一样东西。

"这是什么？"赵没有走上前，问。

刁禅没有直接回答。他手指拂过琴键，留下一个漆黑的指印。"这架琴之前坏过。"他开口，"那时我年纪小，对属于自己的东西执念很深，琴坏了也不愿意换新的，每天照样练琴，弹出来的都是无声的曲子。"

"然后有一天，母亲突然让人把旧的钢琴拆了。她让我自己选出一些零件，又把旧零件装在了新的钢琴上。她说这样新事物里就有了过往的印记，而旧事物也得以重生。"

"如果我是由机械制造的人造人，我会把母亲的零件装进身体里。"刁禅低着头，发丝滑落耳边，赵没有看不清他此时的神情，只听到他说，"但很可惜，复制人好像和人类一样拥有肉体。我找了很久，才在地下室找到了这台显示器。"

赵没有这才发现刁禅抱的是一个机盒——全息显示器的终端。

某种意义上，这确实是他母亲的遗体。

刁禅把显示器放在琴键上，琴键发出叮咚声响。他突然问："你有锅吗？"

"猪肉铺里有。"赵没有问，"你想干什么？"

刁禅摩挲着显示器的外壳，片刻后道："我要把它煮了，吃掉。"

他们回到下层区，如刁禅所愿，赵没有第一次尝试烹饪机械。

显示器是非常昂贵的顶级品，即使核心芯片烧毁，外壳依然细腻如瓷，触感温润，令人想起肥厚的奶白肉脂，一刀切下去，溢出甜腻的香气。电路板像银色的筋骨，赵没有扯出光纤，似乎有残余的电流顺着液体渗入皮肤，激起奇异的战栗。

那是美的起点。

美，一种被驯化的野性欲望。

这是一块好肉，赵没有心想。那座深白色的大宅毫无疑问是顶级的牧场，肥美的饲料，适宜的温度，精细的饲养。在养殖的方式中，家畜要毫无痛苦地赴死，才能拥有最理想的肉质。

赵没有又给自己下了一锅饺子，他将两盘食物端上桌。两个少年对坐，倒数"三二一"，然后开始大吃大喝。

赵没有吃得满口生香，最后他是端着碗一边吃饺子，一边把食物中毒的刁禅送进医院的。刁禅昏迷了很久，醒来后，赵没有对他说的第一句话是："我的手艺怎么样？"

刁禅嗓子还哑着："我尝到了黄瓜三明治的味道。"

那之后，奇异的事情发生了，无论刁禅再吃什么，都是黄瓜三明治的味道。

这或许是最彻底的一种融合。

还是赵没有突发奇想，在刁禅出院那天，他做了一盒黄瓜三明治给刁禅当出院餐。吃了第一口之后，刁禅愣了愣，说："我好像尝到了荠菜的味道。"

赵没有没在三明治里放荠菜，荠菜是他前一天饺子的馅儿。

他们又尝试了很多次，刁禅能从黄瓜三明治里尝出很多味道，具体是什么完全随机。他们都不打算再去追究这到底是什么身体故障或心理疾病，不过赵没有觉得这种病态模式很适合作为古早医美产品出售，是口腹之欲和节食的双赢。

那之后，黄瓜三明治成了刁禅的主食，他离不开它，一如鱼离不开水。赵没有通过这件事明白刁禅还是有活下去的欲望的，只有想要活下去的人才会重视口腹之欲，尽管那是要通过黄瓜三明治才能实现的人生。

果然，数日后，刁禅对他说："我想试着在下层区生活。"

"那挺好。"赵没有叼着一支没点燃的烟，正在找打火机，他问，"要我帮你介绍房子吗？"

"不用，我想自己试试。"刁禅说到这里顿住，他张了张嘴，欲言又止。

赵没有直接替他接上话："想蹭饭的时候，直接来猪肉铺找我就行。"

说这话时，他们正蹲在猪肉铺门口看雨，大都会的楼群过于高耸恢宏，三十三层区很难接触到真正的雨水。有人说下层区的降雨其实是工业排污，有人说那是全息降雨，还有人说这其实是排泄物。

于是，在瓢泼大雨中，刁禅忽然笑了起来。他弯下腰，给赵没有点燃了烟。

赵没有问他："不来一支？"

刁禅依旧拒绝："我不抽烟的。"

赵没有知道他和刁禅并非通常意义上的同道中人，即使在下层区生活多年之后，刁禅也依旧不吸烟。他们相遇得太早，早到尚不敢轻信，又相遇得太晚，晚到满身悲辛，用挚友或者兄弟来形容他们的关系或许并不那么恰当，他们各自有着各自的孤独，如果非要打一个比方，他们更像挤在同一屋檐下避雨的野狗。

但他们挤在一起，就不是流浪狗了。

三五成群，两人成家。

至近者至远，至亲者至疏。

此时赵没有站在空中公路边的汉堡店前，心想：这么多年过去了，我没想到母亲依然是他的心结。

他此前口出狂言，煞有介事地撕开遗址中的种种隐喻，于是狰狞的伤口再度展露于旧痂之下——在刁禅的迷失之中，母亲不再是机械体，而是终于成了真正意义上的人类。

赵没有本以为这件事早就过去了，那一日他们用凶猛的食欲消化悲伤后，便可以再次挺胸抬头做人，他一直都是这么过来的。母亲离去时只留下成箱的过期化妆品，他很快就接受了事实，他几乎是迅速地，用它们为自己化出崭新的妆，找到新的活路。

但现在赵没有才意识到，他和刁禅，他们经历的母子关系并不一样。赵没有从记事起就知道，他与母亲的关系更像一场友好的弱肉强食，彼此争夺时间与空间，掌控与被掌控。很小的时候母亲就告诉他：你会是最终的胜利者。

而刁禅，他始终没能消化母亲的死，一直活在中毒之中。

赵没有又想到钱多多之前关于实验体的描述——她在城市中制造了巨大的混乱。

"母亲"是S45号遗址混乱的成因，是刁禅潜意识中的动荡者。

在这场弱肉强食的争夺中，母亲以死亡反败为胜。

赵没有陷入思索。刁母给刁禅留下一个关于灵魂与自由意志的未解之谜，却不曾为他指出方向。于是刁禅自始至终在做内在的挣扎，他甚至不知道该仇恨还是该重生。

他之前对扮作老人的刁禅说，你是个想要逃离杀人现场的帮凶。这句话无疑给刁禅造成了巨大的冲击，甚至触发了遗址的警戒机制。

有一件事是可以确定的，刁禅的潜意识将他视为从火星远道而来的友人——他可以带刁禅前往宇宙深处，永远摆脱这座混乱的城市和即将来临的战争。刁禅想要逃离，而赵没有可以肯定，逃走的飞船上不会有属于人类的席位。

刁禅不会和母亲一起走。

他想要逃离地球，是否也是想逃离母亲？

"好吧，这么看，我从哪个方面来看好像都不太合格。"赵没有突然觉得好笑。无论是作为被雇用的杀手、新的家人，抑或从火星远道而来的朋友，他都没能救对方于水火。

他没能除掉制造混乱的根源，没能察觉刁禅长久的内耗，如今也无法带他远离地球。

赵没有想起当年刁禅委托自己办事时，所付的订金是相当大的一笔数额，结果生意没办成，钱也没有还回去。他果然欠他的。

囿于旧事也枉然。

既如此，不如一样样从头来过。

他的耳骨里突然传来"滋啦"一声，接着频道接通，是钱多多的声音："赵没有？"

"欸，钱哥。"赵没有朝汉堡店走去，"您说，我听着呢。"

钱多多那边应该还处于混战之中，爆炸声在电流中若隐若现："你的隐身形态还有三十秒，不要擅动，尤其不要……"

"不好意思啊，钱哥，信号不太好。"赵没有推开汉堡店的玻璃门，门前风铃发出"叮当"一声，"您注意安全，我先挂了哈。"

钱多多那边应该有他的坐标定位，频道对面的嗓音冷而稳定："听我说，如果……你就会……"

怎么这么婆婆妈妈？赵没有烦了，但又不知道这个频道怎么关，他干脆无视。滋啦滋啦的电流声中，他还有最后二十秒。他走进后厨，在料理台上找到一把剁肉刀。

还有最后十秒。

排风口发出低沉的噪声，渗着血丝的汉堡肉在铁板上滋滋作响。

赵没有走出后厨，翻过柜台。

时间到。

穿着红格子围裙的收银员有些困惑地看着他，然后露出职业性的微笑："这位客人，请问您……"

话未说完，赵没有动作干脆地手起刀落。

店内没有客人，也就没有电影场面中通常会出现的尖叫声。然而店外的刁禅仿佛被惊动，他猛地站起身，大步推门而入，看到眼前的场面，他瞳孔紧缩。

赵没有正从后厨窗口里拿出一盒薯条，看着他笑道："要不要来点番茄酱？"

那个卖给刁禅黄瓜三明治的收银员——他刚来时就发现了，这人正是那个逃走的实验体，也就是刁禅的母亲。

或许是潜意识的动荡让一切脱轨，粉饰太平的伪装被撕开，原本应该是受害者的实验体身份转变，成了黄瓜三明治的售卖者，售卖心结、噩梦和苦涩。

刁禅目眦欲裂，他的五官在剧烈的情绪中扭曲。有一个瞬间他似乎认出了赵没有，表情变得像《化身博士》中的海德，在迷失与清醒之间挣扎，一半绝望一半疯狂，随即疯狂占了上风，他如同野兽般朝赵没有扑去。

汉堡店的门猛地被撞开，钱多多闯了进来，他阻拦不及，只好拔高声调："赵没有！"

赵没有就像没听见一样，站在原地，不躲不闪。

朝他扑来的刁禅劈手夺刀，动作毫不犹豫。

剧痛传来，赵没有有点恍惚，看来他变成的人造人还是不完善，他记得钱多多根本不会流血。

"赵没有？"好像有谁在叫他，是刁禅，对方在他受伤的同时似乎清醒了一些，"赵没有？"

赵没有低头，看着腹部流出的血。

他在入职手册上看到过类似的案例。当考古学家在探索中陷入迷失，救援的方法之一便是消除混乱的源头。然而，这种方法的最大难点在于，许多遗址中的"混乱源"难以确定。

比如在A173号遗址，少年柳七绝与老人一同消失后，混乱才得以平息，台柱重新恢复了清醒。

赵没有原本打算变形成刁禅的母亲，没料到此人竟直接成了汉堡店的收银员。

总之，多年前他就应该完成这一切。在他第一次潜入宅邸时，即使被女子发现，他也应该狠下心来动手，而不是袖手旁观。或许那样就能阻止一切的发生，避免刁禅长期沉溺于旧日的噩梦，构建出一座扭曲的理想城。

在此之后，赵没有还有另一层考虑——如果母亲是刁禅的噩梦根源，那么在刁禅的母亲死去之后，赵没有很可能会取代刁禅母亲的位置，成为S45号遗址新的混乱源。

面对黑暗，才能不再畏惧黑暗。换句话说，刁禅若要真正从迷失中清醒，必须亲自采取行动。

刁禅面对母亲时下不了手，可以理解，但他总能对赵没有动手，处于迷失状态下，他根本认不出赵没有是谁。

反正也不是真死。赵没有像朱丽叶一样躺在地上，心里算盘打得噼啪作响。只要不伤到大脑就行。

"我可真是个小机灵鬼。"赵没有看着眼前持刀的刁禅，心想，"这一刀下去应该就够了，一会儿得装死装得像点。"

结果钱多多直接扑上来，抢过刁禅手中的刀，抱着赵没有就往外跑。

钱多多动作极快，赵没有还没反应过来，头顶已传来对方的声音："赵没有，你是不是认为刁禅的母亲就是导致遗址动荡的混乱源？"

赵没有本来想点头，没脖子做这个动作着实有点高难度，他只好答道："是。"

"你听好了。"钱多多带着他在遗址中狂奔，"消除混乱源确实是唤醒迷失的考古学家的方法之一，但这方法有个例外，入职手册上不会写，你是新人，所以我想你大概不知道，消除混乱源的人会代替旧的混乱源成为新的混乱源。"

"听懂了吗？破局的方法只有两个，一个是混乱源自己灭亡，一个是引导迷失的考古学家自愿除掉混乱源。"

所以呢？赵没有没听懂。他刚刚不是正在引导刁禅执行方案二吗？跑什么？

"我不清楚刁禅和他的母亲之间是怎样的关系，但迷失者往往与混乱本源有很深的情感联系。你对他母亲采取的行为激怒了他，现在不是简单装死就行。"钱多多一字一顿地说，"他是想彻底消除你，现实层面你将不再存在，也就是脑死亡。"

在A173号遗址中，老者杀掉了少年柳七绝，随后自己也烟消云散。

"所以很少会有救援队亲自出手消除混乱源，因为这无异于自寻死路。"钱多多的声音毫无波澜，"我建议你出去后检查一下智商。"

赵没有犹豫地问："我们还能出去吗？"

"到这一步，刁禅已经救不了了。"钱多多道，"不能让刁禅用刀之类的东西消除你，想办法把他的那把枪引出来。"

刁禅的能力是"苏醒"，只要他们被刁禅的枪击中头部，就能从遗址中离开。

"什么叫刁禅已经救不了了？"

"现在这种局面只有两个结果，你死他活，或者他死你活。但是你在遗址中即使伤到大脑也不会死，混乱源不消除，考古学家会一直是迷失状态，你现在强行把刁禅带出遗址，他会直接神经错乱。"

赵没有本想说之前的事可能是个意外，说不定这次伤到大脑他就真的死了，结果钱多多仿佛料到他在想什么，又说："之前你说擒贼先擒王，我当你真有什么办法——你已经犯了一次蠢了，不要再犯第二次。"他说着，冷冷地看了他一眼，"好孩子要听话！"

"好的，知道了。"赵没有答道，"那我们现在怎么办？"

钱多多的回答是直接把他的人造头像皮球一样扔了出去。

赵没有一开始以为这人是恼羞成怒，结果顺着抛物线看出去，刁禅正站在距离他们不远处，钱多多的判断很准，让他的脑袋正好处于手枪的射击范围内。

刁禅对着他们拔出了手枪，赵没有的脑袋正对着枪口的方向，钱多多站在赵没有的正后方。

千钧一发之际，赵没有突然给自己变出了四肢。他猛地下坠，避开了飞来的子弹。

"砰"的一声，他身后的钱多多中弹。子弹不偏不倚，正中眉心。

钱多多的神情凝固在中弹的瞬间，他仿佛有些惊愕，随即整个人如沙砾般消散。

"不好意思啊，钱哥。"赵没有冲他消失的地方摆摆手，"好意心领了，您先走，咱待会儿见。"

"行了，碍事儿的走了。"赵没有转过身，看向刁禅，"啧"了一声，"来，让我问你，我是谁？"

刁禅说："西施。"

"欸。"赵没有笑了起来，"在呢。"

钱多多搞错了一点，迷失状态的考古学家离开遗址未必会精神错乱。

之前的台柱就是典型的例子，他虽然在迷失状态中完全搞错了自己的身份，但离开遗址后依然可以正常生活。

好吧，其实他们这帮人的精神可能都一个样，人均病得不轻。

赵没有推测，真正会造成考古学家精神错乱的并非"迷失状态"，而是"动荡"。

比如他在A173号遗址揭穿了少年柳七绝的造物身份，比如他前不久撕下了刁禅伪装的老人假面，这都引起了遗址的大崩溃——在自欺欺人的状态下，人其实可以活得很正常，发疯往往始于真相揭开的那一刻。

如果不能在"动荡"状态下及时消除混乱源，那么考古学家的精神状态可能就很危险了。

但是，刚刚刁禅认出了他。

那一刻，"动荡"的状态已经解除。

只要解除遗址的动荡，即使赵没有一直维持着混乱源的身份也无妨，反正不会影响现实生活，顶多是他在S45号遗址多了个新身份，出去后刁禅也不会精神错乱，一切照旧。

赵没有看着刁禅，笑了笑："这些你都料到了？"

刁禅刚刚恢复神志，还有点狼狈，他咳嗽了几声："我留下的线索足够多，别人察觉不到，但你应该能够反应过来。"

整件事，从那个除夕夜政府专员告诉赵没有"刁禅失联"开始，赵没有就察觉到某种近乎突兀的巧合——刁禅很多年前就开始从事考古学家的工作，早不出事晚不出事，怎么偏偏在这个时候出事？

在这个赵没有刚刚成为考古学家，结束实习期的时间点。

在外人看来，这当然可以有很多种解释，比如童年阴影一朝爆发，但赵没有不信巧合，更何况，那可是刁禅。

赵没有相信刁禅会有无法摆脱的陈年旧伤，但他觉得，如果不是故意放纵自己沉沦，刁禅不会轻易迷失。

那么问题来了，刁禅故意放纵自己进入迷失状态，是为了什么？

为了让赵没有进入S45号遗址。

能够进入S45号遗址的考古学家肯定不在少数，但是只有赵没有能够搞懂刁禅留下的暗喻和线索。

可是，就算赵没有收到所有的信号，成功"拯救"刁禅，这么大费周章，最后不还是回到原点吗？这无法解释刁禅为何选择迷失。

而钱多多的反应给出了最终的答案。

大部分考古学家，甚至是政府都存在一个认知误区——陷入迷失状态的考古学家如果没有"遗址动荡"这个附加条件，其实不会精神错乱。

但是政府不知道，赵没有这个 bug 又死不掉，最后便会造成一个必然的结果——在普遍的认知中，考古学家刁禅将无法离开 S45 号遗址。

这便是刁禅最终的目的——他需要一个名正言顺的理由留在 S45 号遗址内，同时他的迷失状态可以造成威慑，不会有人敢轻易闯入、接近他。

刁禅拍了拍赵没有的肩膀，说："辛苦了，西施。"

也就是他俩了。

好一场豪赌。

"默契不错。"赵没有笑了笑，"所以这里是真的 22 世纪？"

能让刁禅搞这么大一个局，说得通的理由并不多，赵没有最容易想到的原因，就是他在现实里得罪了什么人，要在遗址避难。

但以刁禅的出身和实力，能让他这么做的势力只有两个——刁家，或者政府。

再结合 S45 号遗址的内部情况，这里是 22 世纪，人类科技发展到巅峰的 22 世纪。

无论是刁家还是大都会政府，应该都很难拒绝 22 世纪的技术。

而刁禅，应该是在遗址中发现了什么关键，一个让刁家或者大都会政府，抑或二者兼有，皆垂涎的关键，那个关键甚至会为他引来杀身之祸。

所以他只能选择留在遗址中，这里是他的探索主场，生存概率总比留在大都会要高许多。

如果刁禅认为自己拿到的东西是真实的，那么就说明——这里是真的 22 世纪。

刁禅道："赵没有，你知道遗址，也就是量子场域是什么东西吗？"

赵没有道："请自问自答。"

"没有人知道。"刁禅摇了摇头，"经过很多年的考察，考古学家们掌握了一些线索，比如说，虽然意识会对量子场域产生影响，拥有造物能力的考古学家甚至可以完全改造遗址，但是所有的遗址都有一个底层背景。"

"这个底层背景是物质的，不以人的意志为转移。也就是说，只要你挖得足够深，或者按照正确的逻辑为遗址添砖加瓦，你就可以将遗址复原。"

"S45 号遗址的底层背景是 22 世纪，我可以确定，我找到了最初的考古学家的探索手记。她说她第一次进入遗址时，这里像是被战火摧残过，废墟中有一座大楼。"

"她查询了大楼相关的历史记录,发现它是水银城市大厦。"

"那之后,S45号遗址一共成为过三个考古学家的探索主场,我是第四个。我们先后尝试用很多方式改造这座遗址,有人将这里改造成21世纪,水银城市大厦就是在那个时候建起来的,但是思路不对,直到第三个考古学家,他自杀了,留下的遗书只有五个字——猎户座战争。"

"所以到我接手,我开始尝试用22世纪的逻辑复原整个遗址。不知道失败了多少次,最后我建起了理想城。"

"复原遗址的关键是,你不需要设计每一个细节,你只需要放置好最关键的因素。"

赵没有问道:"什么让你觉得你成功了?"

"因为城市里出现了我绝对不可能知道的东西。"刁禅说,"你去过A173号遗址,贵妃在那个遗址里几乎可以称之为神了,但是仍然遵循一条铁律,他不可能创造出超过他认知范围的东西。"

"他可以造出龙,造出火箭,但是他不能把火箭拆解,拆解后火箭就会消失——因为贵妃不知道火箭到底是怎么造的,也不知道其内部有什么,他只知道火箭会飞,所以他造出的火箭可以飞,但是不能拆解。"

这和赵没有想的一样,刁禅确实在遗址中得到了某种现实中已经不存在的东西。

赵没有接着问:"你找到了什么?"

"赵莫得,你知道我是复制人,我的诞生是因为刁家缺了大德的继承机制,家主一旦度过寿命的黄金期就会被取代。但是你有没有想过,为什么刁家不直接用人造人呢?这样寿命问题就不存在了。"

赵没有回答:"虽然我不信,但是既然你问了,我认为或许刁家是守法的好公民,严格遵守大都会的禁令。"

"你也说了你不信,刁家连复制人都能造出来,还会在乎这一点吗?"

"那就只有一个可能了。"赵没有立刻接话,"那就是大都会政府和刁家都不知道如何制造真正的人造人。"

刁家制造的复制人,以及大都会政府掌握的技术,都在关键的一环上有所缺失,这一点在考古学家必须遵守的《遗址法则》中也有所体现。

《遗址法则》第二条:大脑不得受损。

刁家的复制人之所以会受到寿命限制,一个重要原因就是,度过黄金期后,他们的大脑会开始衰竭。

大都会的首要科研难题——科技无法复制大脑。

像刁禅这样的复制人,拥有的大脑其实和婴儿刚出生时一样,思想都是完全空白的,区别只在于人造还是母体孕育。而大都会如今面临的难题是,如何制造出与原主一模一样的大脑，继承其人格和记忆。

在 S45 号遗址的 22 世纪，基械人的"脑髓程序"似乎可以实现这一点。但在如今的大都会，这种技术早已失传。

赵没有说："贵妃会跪下来求你的。"

"那我可能要对不起他了，这件事你先不要告诉任何人。"

"开个玩笑。"赵没有很清楚，一旦柳七绝知道了，就会陷入和刁禅一样的绝境。

"所以你还是没告诉我，你叫我进来是为了什么？"赵没有道，"绕这么大个圈子，难道就是为了特意跟我告别？"

"不可以吗？"刁禅看着他，说，"总得有人知道我是怎么死的。"

赵没有说："下层区最近丧葬费涨得很贵，你的存款密码是多少？"

刁禅答道："赵不叫它生日。"

赵没有困惑起来：赵不叫是哪位？哦，我的猫——我的猫还有生日？我都没有生日！

两人你来我往，废话说了一箩筐，气氛终于轻松了些许。刁禅突然道："关于人造大脑，我发现了一件事。"

赵没有静静地听着。

"人的思维系统可以看作一个程序，先有初始模板，然后再衍生出变体。其中初始模板的培育是最难的，它需要程序和活体对象长时间交流，收集样本数据后融合。这个过程非常漫长，甚至需要两者像家人一样相处，这样收集的数据才足够真实。

"而当样本数量达到某个阈值后，它会突破图灵测试的界限，拥有情感和自主意识……"

刁禅的叙述中有许多赵没有听不懂的专业术语，正因为无法理解细节，所以他能注意到整个事情的大致轮廓，并感到一种奇异的熟悉。

"综上所述，你应该已经察觉到了。"刁禅结束叙述，看向赵没有。

"这和刁家的继承人培养机制非常相似，众多复制人为系统提供每时每刻的活体数据。而我的母亲，最终自主地选择了毁灭，这是人脑程序的第一步：拥有情绪和自主意识。

"我一直以为刁家的继承机制重点在于复制人技术，现在看来这种理解完全是本末倒置，刁家真正重视的是每个继承人的母亲。

"这个名为'母亲'的全息系统，已经初步完成了人造大脑的建构。"

刁禅话音未落，遗址上空忽然有惊雷劈落，炸开万钧声响。

赵没有道："情景渲染不用这么到位，谢谢——那接下来你打算怎么办？"

这句话也可以翻译成，我该怎么帮你。

"赵莫得，你现在的实力帮不了我。"刁禅停顿一瞬，又道，"我选择在这个时候行动，一部分原因是我发现了人造大脑的线索，另一部分原因是钱多多。这个时候，刚好能卡上他从上一个遗址中出来的时间点。"

对，钱多多。赵没有想起一件事："这家伙是政府的人？"

"考古学家其实都算是有编制的。"刁禅问，"你为什么这么说？"

"我和他第一次见面时，他就知道你的真实姓名，但考古学家为了保护身份大多会使用代号。他能知道你的真名只有两种可能，一，你们特别熟；二，他可以查阅机密档案。"

"如果是第一种，我多少应该从你这里听说过他，所以第一种可能性不大。"赵没有话音一转，"而钱多多又特别强，他的能力本身就离谱。如果我是大都会政府，不可能对考古学家这样的微妙群体坐视不管，肯定会在其中安插几张王牌，不用多，关键时刻够清场就行。"

赵没有看着刁禅："不过你刚才说，你是为了卡钱多多从上一个遗址中出来的时间点——是为了安排我和他认识？你想拉拢他？这么看来，钱多多和政府的合作并非牢不可破……"

他沉思数秒，恍然大悟："你是想让我策反他，让他当个双面间谍？"

刁禅拍了几下巴掌："赵莫得，跟你说话真轻松。"

"谢谢夸奖。"赵没有满脸真诚，说道，"不过我觉得你太高看我了，钱多多强得离谱，我有何德何能策反他？"

刁禅道："不宜妄自菲薄，引喻失义，以塞认亲之路也。"

赵没有道："听不懂。"

"我和钱多多合作过几次，他在考古学家中非常有名，和贵妃一个档次，甚至实力比贵妃还强——同样，他也不掩饰自己的姓名和真实容貌。"刁禅讲到这里，像是想起了什么，"对了，你是不是还没见过他长什么样？"

"别提了。"赵没有说起这个就牙酸，"我刚才还在猜他是男是女呢。"

刁禅笑笑："那你肯定不会失望。"

赵没有来了兴趣："这么自信？"

"等你出去了自己看。"刁禅说着摆摆手，"他肯定会守在外面等你的，毕竟你是他这次的临时任务搭档，他会对你的人身安全负责到底。"

赵没有咂摸着这句话，表情变得有些兴味："这么说，钱多多这人挺善良？"

"钱多多是个孤儿，但他的能力很早就被发现了，童年时就被政府收养了。我第一次和他合作的时候就察觉到了某种东西，那种感觉很奇妙，很熟悉，但是很久之后我才知道那种感觉是什么。"

刁禅说着，拍了拍赵没有的肩："是你。"

赵没有道："我没有同父异母、同母异父或者同父同母的失散兄弟，谢谢。"

"赵莫得，你这肺活量见长。"刁禅笑了起来，"我说的不是血缘，是感觉。"

"什么感觉？"

"就是我们当年第一次相遇的那个雨夜，你在猪肉铺里给了我一碗饺子的那种感觉。"刁禅道，"很像，但又不太一样。如果换作钱多多，他可能会给我煮一碗普通的速冻饺子。"

赵没有说："如果我说我当年给你煮的也是普通的速冻饺子，你信吗？"

"你现在找补也晚了。"刁禅显然不信，"总之，我琢磨了一阵子才明白，如果说大都会下层区还能养育出什么'正常'的孩子，一个是你这样，另一个就是钱多多那种。"

赵没有听完点点头："懂了，你觉得我们都是孤儿呗。"

"我也是孤儿。"刁禅说着，看了赵没有一眼，"总之，我觉得你们会很聊得来。"

涉及人造大脑，他们现在相当于与大都会政府、刁家形成了三足鼎立的局面，毕竟仅靠他们两人实在势单力薄。而钱多多作为一个在边缘地带活动的特殊人物，如果能争取到，必然是一大助力。

在赵没有说出什么废话之前，刁禅迅速讲完了他的计划："据我所知，钱多多最近正在为一个高难度遗址的探索做准备，他需要搭档，目前人选还没确定。而你在S45号遗址中'痛失挚友'的经历会让他感到内疚。再者，你是个新人，为了补偿，他会暂时给你做引路人。你好好把握机会，争取早日把他拉上贼船。"

"可你也说了，那是个高难度遗址。"赵没有说，"我一个新人，先不说是不是去送死，问题是人家看得上我？"

"赵莫得，你那不死的能力就已经很有吸引力了。钱多多能查阅机密档案，肯定知道你的实力。"刁禅说，"你想一想，他在遗址里试探过你吗？"

赵没有思考片刻，突然想起在地铁中逃亡时，自己被从天而降的水泥板砸得粉碎，却没死。

原来如此。

赵没有忽然露出意味深长的笑容，只说了一个字："行。"

然后他又问："你这贼船我上了，那么之后你有什么打算？一直留在遗址里吗？政府还会派人进来吗？"

"这个你不用担心，我暂时不会出去，毕竟S45是我的探索主场。"

刁禅说完举起枪，对准赵没有的脑袋："好了，别让人家久等。"

赵没有道："不是，你求人办事就这态度？"

"跟你学的。"刁禅忽然一笑，道，"对了，你还记得赵不叫的小名吗？"

枪声响起。

赵没有在钢琴凳上睁开眼，他的脸贴在琴键上。

刁禅说得没错，钱多多就坐在一旁，垂眼看着他，显然正在等他醒来。

虽然是第一次见到钱多多在现实中的模样，但赵没有很确定，这人就是钱多多。

对方穿着考古学家的制服，头顶灯光亮得刺目。

赵没有被灯光晃得眼花，他好半天才镇定下来，清了清嗓子道："发质不错啊，钱哥。"

钱多多看起来和他差不多年纪，束着长发，被冷白灯光一照，倒有些玉石般的质感，不是刁禅身上那种被教养打磨出的气质。钱多多看起来更像是古墓里的玉，赵没有也说不好是什么感觉——像猫，像蛇，美丽，还有点森然。

紧接着，赵没有又想到钱多多在遗址里大开杀戒的场面，活阎王似的一路火花带闪电。好吧，这是凶悍，不是森然。

他听见钱多多问他："为什么避开了刁禅的第一颗子弹？"

这话问得。赵没有听得好笑，随即他意识到钱多多并非真正在意他最后在遗址里做了什么，也不是真的想要一个答案，只是需要把这个答案转述给其他人。

比如文书报告，比如监察者，又或者这个房间正被人监视着。

对，监视。赵没有忽然想起来，大都会无法直接观测量子场域，但是可以通过考古学家随身携带的监测仪进行录像。台柱谁的面子都不给，自然有办法瞒天过海，所以在A173号遗址里没出什么事，但钱多多是被大都会刻意培养的考古学家。

赵没有飞速过了一遍在S45号遗址里的经过，确定没什么问题，便开始放心胡诌："那什么钱哥，我这不是刚入行，手生，换了个性别不适应，一个没控制好就把自己变回去了。"

钱多多闻言转过身，上下打量他一番，最后像确定了什么一样点了一下头："我知道了。"

"S45号遗址会被列为特危等级，暂时进入封存状态。"钱多多说着放下了钢琴琴盖，从谱架上抽出一份文件，低头写了几行字，"之后可能会有专员找你进行一些例行询问，你照实回答即可。"

"好的。"赵没有边听边点头，"还有别的事吗，钱哥？"

钱多多写字的速度很快，虽然纸制品在大都会中比较少见，看他的样子却似乎很习惯用笔。一缕长发随着他的动作垂落脸侧，又被他拨到了耳后。

钱多多并没有回答之前的问句，就在赵没有以为沉默会一直持续下去的时候，他忽然开口："你脸上有印子。"

赵没有道:"啊?"

钱多多写完文件,归拢后站起身,他应该比赵没有高出小半个头。他弯下腰来,手指在赵没有脸上轻轻一碰,赵没有感觉到一股湿润的气流。钱多多道:"你从遗址里出来的时候,脸砸在了钢琴键上。"

"这架钢琴是特制的,之后会被封藏,不能再弹了。"钱多多转身离开,衣摆扫过文件,发出沙沙的声响,他似乎同时轻声说了句什么。

那好像是"关于你朋友的事,我很抱歉"。

钱多多离开后,赵没有在凳子上静坐片刻,镇定地想:"我的天,这人居然真的和刁禅说的一样。"

他们在遗址里折腾了不短的时间,赵没有回到下层区后倒头就睡,梦中依旧一片空白,醒后他去上班,给刁禅请了长假。他正坐在急诊室里琢磨怎么勾搭钱多多上这条贼船,德大爷忽然探进一个脑袋:"小子,过年去哪儿鬼混了?"

"您这话说的哪儿跟哪儿啊。"赵没有下意识地问了声好,"药吃了吗您?"

德大爷不接吃药的茬,反而神秘兮兮地看着他笑,笑得赵没有起了一身的鸡皮疙瘩。

"不是,您老有事儿说事儿,光看着我笑,我脸上是开花了还是咋的?"

"小子,照照镜子。"德大爷嘿嘿笑着走了,"你脸上可不是开花了?开桃花!"

赵没有莫名其妙,找来镜子一看才明白,他过敏了,脸颊上有一道红痕。过年这段时间医院里人少,也就没人提醒他,直到被德大爷看见。

也难怪老头子说他脸上开桃花,还笑得贼眉鼠眼。赵没有看着自己的脸,"啧"了一声。

他过敏的地方不大,差不多就是昨天被琴键砸出来的地方,轮廓却很奇怪。

像一个唇印,还是红色的。

不过赵没有要是被这难倒,那他就不是赵没有了。他去开了治过敏的药,还特意要了红色的软膏,自己拿着化妆刷涂涂抹抹,内侧填充,再把有些模糊的边缘修补利索。如果说一开始他过敏的部分只是隐隐约约一个轮廓,现在则直接被他画成了烈焰红唇。

过敏不宜接触生食,他翘了猪肉铺的兼职,下班后直接去吃晚饭。饭店是停在便利店外的一辆手推车,自动贩卖各种熟食。今夜有雨,赵没有在屏幕上点了炒饭,选择了堂食模式,手推车上红白色的防雨棚伸出来,支起了用餐板和座椅。

"赵哥,一个人吃饭啊?"在便利店打工的女孩儿把头探出窗口,嘴上的橙色泡泡糖"啪"地破开,"要不我陪你?"

赵没有拆开泡沫盒里的筷子,指了指脸上的口红印。女孩儿挑眉,转身缩回店里,片刻后扔出一只塑料袋,里面是万宝路香烟和罐装啤酒。赵没有看了看,问:"什么意思？"

"当我请你的！"女孩儿的声音从店里传来，"约会肯定不会选在这种地方，你又刚被人亲过，是被甩了吧！"

企业级的理解，赵没有心想，我本来想表演一个刚求婚成功的样子呢。

不过也是，谁求婚成功后来这种地方吃饭？

烟、酒、速食炒饭和雨夜。赵没有坐在手推车前，看来今晚生意不好，只有他一个客人。玻璃窗上的霓虹光影被雨水晕开，穿着塑料雨衣的行人来来去去，像散发着荧光的编码，溶解在夜幕之中。

下层区其实是没有昼夜之分的，日夜更像电脑的关机、开机，明暗与色彩的区别只在于屏幕是否通电。

赵没有边吃边思索，今晚是回出租屋还是睡在急诊室。回家的话，猫狗粮不够了，过年好歹给它们开个罐头……

他又想起S45号遗址里的理想城，想起猎户座战争。大灾变的时候，据说连人类都快灭绝了，猫狗是怎么活下来的？难道也是根据基因被制造的？

但是这种技术不该成本很高吗，怎能容得下随便弃养？还是说这些小家伙其实是什么机械移动摄像头……

还是说，基因产品的成本已经低到可以随便弃养的地步了？

如果是这样的话，大都会里又会有多少像刁禅这样的复制人？

我是复制人吗？或许是，或许不是，记忆并不是完全可靠的东西。

那么情感呢？直觉？肌肉记忆？思维反射？

或许可以找饭店老板问问。赵没有漫无边际地想，那间开在他家旁边的饭店，老板有个很神奇的底线，从来不杀猫和狗。

说不定是因为他知道猫狗都是基因制造的，而大都会的市民也是基因制造的。

赵没有的思绪漫无目的地发散，他无意识地点了一支烟，烟雾仿佛思维的延伸，在灯下若隐若现。

他有时会陷入这样的状态。作为一个下层区缺乏心肝的典型代表，他身体健康，睡眠质量极佳，从不做梦，而现在的状态对他来说或许就是梦了。

仿佛老旧电视机突然恢复波段，画面上街道纵深，废弃的游乐园再次营业，客人是谁？彩色气球飞上天空，澡堂瓷砖不断向下延伸，镜头失焦，DVD为何是二进制，阿米巴虫刚刚侵袭，哥德巴赫在唱歌，万宝路还没有停产，着火了——

"你的烟。"

赵没有感到被烫了一下，接着意识到烟已经燃到了尽头。他身边不知何时多了一位客人，对方点了相同的炒饭，是钱多多。

"谢了。"赵没有把烟蒂摁灭，拿起烟盒，问，"来一支？"

钱多多的回答倒是出乎他的意料："谢谢，我不抽烟。"

赵没有有点惊讶："钱哥，您不抽烟？"

"我的能力和刁禅属于一类，都是通过量子拟态从身体里分离出物质后加固，我分离出来的是烟，但那些只是能力的一种显性状态，并非现实意义上的尼古丁。"

钱多多舀了一大勺炒饭，吃得腮帮子都鼓了起来，好像饿狠了。他看到赵没有掐灭烟的动作，摆手道："我不介意烟味，请随意。"

赵没有"噢"了一声，看着钱多多吃饭。他身边很多人的吃相都是潜意识的一种延伸，比如刁禅文质彬彬的咀嚼里隐藏着某种歇斯底里，台柱的狼吞虎咽中实际上有某种渴望呕吐的爆发欲，而钱多多的吃相让赵没有想到了他的妹妹——种植电子向日葵的小女孩。一个大都会中已经濒危的物种，一个纯粹的儿童。她进食只是为了两件事，饱腹和口感，除此之外别无其他。

"S45号遗址的收尾工作比较多，我没来得及吃饭。"钱多多似乎意识到自己吃相不太雅观，解释道，"后续工作不需要你再参与了。"

他发觉这话不妥，又无法收回，只好干巴巴地说了一句："抱歉。"

最后仿佛是味蕾反应终于姗姗来迟，他喃喃道："这饭可真难吃。"

赵没有被他这一系列反应逗笑了："哎哟，钱哥，您不用给我道歉。"他摆摆手，想要掩饰自己在笑，最后失败，他只好努力叼着烟，道，"这话应该我来说才对，在遗址里给您添了不少麻烦。"

"你的体质很特殊。"钱多多并未掩饰，他似乎吃饱了，整个人恢复了专业的疏离感，"我看过你的档案，赵没有，据我所知，你刚刚度过一个月的新手期。S45号遗址是临时指派，如果没有这次救援任务，你接下来的安排应该是继续测试自己与其他遗址的契合度。"

赵没有应了一声，说："我第一个月的引路人是柳七绝，按计划，接下来的引路人应该是刁禅。"

钱多多犹豫了一下，重点来了："你愿不愿意让我做你的引路人？"

赵没有露出恰到好处的惊讶表情："钱哥，您应该很强吧？给我做引路人？"

"互利互惠吧。"正如刁禅所说，钱多多对自己的目显得很坦然，"我在准备一个高难度遗址的探索，需要搭档，目前还没有找到合适的，你的潜力可挖掘程度又很高。"

赵没有抽完了一支烟，道："我收到的任务邮件上显示下一个探索地点是A89号遗址，钱哥你……"

"没必要。"钱多多打断了他的话，"如果你选我做引路人，我可以在最短时间内让你把合适的遗址全部过一遍，安全和效率都是最高。"他顿了一下，补充道，"而且我也赶时间。"

赵没有笑了笑：" 看起来我没有拒绝的理由。"

钱多多微微松了一口气："那我们明天见？"他说出一个地址，"明天早上四点，能来吗？"

"当然。"

钱多多的身影消失在雨夜中。便利店的女孩走了出来，拿着收银器："赵哥，烟酒钱还我。"

赵没有收回目光，问："怎么？"

"别装傻了。"女孩努努嘴，"你不是还有朋友在这儿吗？"

赵没有难得无语，又突然感到好笑。他扶着额头没来由地笑了好一会儿，接着点点头，煞有介事地说："嗯，那是该付钱。"

他在屏幕上输入刁禅的卡号，思索片刻，接着在密码框按了几个数字。

"嘀"的一声，支付成功。

赵没有看了一眼余额，心情大好，他顿时感觉自己还能再活个一百年。他当即很豪迈地挥手道："再给我打包五十个混合罐头。"

他拎着两大袋东西回到出租屋后，赵不叫绕着他的腿乱转。他一边开罐头一边喃喃自语："刁禅是什么时候给你起的这个小名？我几乎都忘干净了。"

他把饭碗放在地上，揉了一把猫头，很小声地哼了一段旋律。赵不叫吃得呼哧呼哧，几乎听不到他的歌声。

最后赵没有笑了笑，说："圣诞快乐，劳伦斯先生。"

朗姆酒隧道

05
CHAPTER

钱多多给赵没有的地址距离他的出租屋很近，就在三十三层区。

台柱当初曾经和他说过这个地址："下层区那条有名的悬浮轻轨，上面停着一辆废弃列车，你需要走到车头的位置，那里有一个只有雨天才能看见的刹车杆，而且最重要的条件是拉动刹车杆的时候要倒立。"

赵没有居住的这条街道是一条空中悬浮街，这里原本有一条轻轨，是大都会初建时的重要交通路线。车厢和轨道的尺寸都很宽大，废弃后，下层区民直接在轨道上建立了新的街区，车厢则被违章加盖了许多层，形成了铁皮搭建的楼舍。

雨仍在下，赵没有叼着烟，一边走一边披着大衣。他懒得打伞，好在考古学家的制服具有防雨功能，皮鞋踩进水洼，溅起彩色的水花。

钱多多已经在等他，对方站在街道尽头，这里原本是车头的位置。不远处的车窗里是一户人家，户主是个上了年纪的老太太，醒得早，此时她已经把窗台上的电子桂花挪了出去，钱多多正在帮她搬花盆。她身边的排风口溢出细微蒸汽，车厢里传来一首老歌，《雾里看花》。

钱多多也没有打伞。他弯着腰，正轻声和老太太说着什么，雨水从他的发梢上滚落。

赵没有掐灭烟，站在原地等老太太回屋后，这才走上前："早啊，钱哥。"

"我看见你来了。"钱多多问，"怎么不过来？"

"我小时候偷过这家的腊肠。"赵没有笑了笑，道，"老太太记仇，看见我就得拖鞋伺候。"

前面就是这条街的终点，被一堵红墙挡住。钱多多走上前，拨开苔藓，里面露出一只红色嵌玻璃的箱子，箱子里是消防栓。但不是喷淋系统，而是一个手柄杆。

赵没有明白过来，这就是台柱之前说的"刹车杆"。

他有点犹豫，毕竟台柱告诉他的进入遗址的方式着实荒诞不经。想了想，他开口道："钱哥，我听朋友说进入这个遗址的前提是……"

"这个坐标点通往的遗址不止一处。"钱多多打断了他，"我现在带你去的是另一个。"

说完，他抓住赵没有的手，拉动车杆，熟悉的抽离感传来。

回过神的时候，赵没有发现自己坐在车厢之中。

非常古老的蒸汽列车，能听到烟囱喷出的汽笛声，还有车轮驶过铁轨时的哐当响声。车厢内排列着数排长椅，包裹着绿丝绒坐垫，侧边伸出一张矮桌，洁白餐布上摆放着盛开的红茶花。

窗户是半开的，显然列车的行驶速度并不快。气流吹开纱帘，空气中传来爆炸后残留的火药味，混着茶花香。

风过，赵没有看到浩瀚的星夜。

"那是 NGC6302 星云，距离地球 3800 光年，位于天蝎座内。"钱多多注意到他的目光，说道，"它是濒死恒星的产物，由于恒星的超热气体云向太空膨胀而形成，也被称为蝴蝶星云。"

远处是一颗极端炽热的中心星，表面温度四十万摄氏度，发出璀璨的光芒，镏金般的虚影静静地燃烧、膨胀，像亿万年好时光。

"我们这是在什么地方？"赵没有听到自己在问，"太空？"

"我将它称为朗姆酒隧道。"钱多多说，"这是我很久之前从几个考古学家那里借来的能力，分别是'迁跃''拼接'和'加速'，我尝试着将这些能力合并，发现可以将一些遗址拼接起来，加速时间流并实现迁跃。"

"最后我用这些能力造出了这辆列车，只要坐在车里，即使不通过现实中的大都会坐标，也可以实现遗址穿梭。"

赵没有囫囵听懂。他把车窗完全打开，问："所以这片宇宙也是一座遗址？"

"你可以这么认为，不过严格来说它不算遗址。"钱多多解释，"我觉得它更像朗姆酒隧道的背景墙。"

"朗姆酒隧道？"

"就是这趟列车的轨道，它连接着各个遗址。至于为什么叫朗姆酒……是我个人对天文的一点兴趣。"

车窗外的景色骤然变换，或许是时空流速不同，尽管列车看起来行驶得很慢，但实际上他们正以极高的速度在宇宙中行进。

远处的磁星喷射出火焰，如同斑斓的蝴蝶翅膀，在浩瀚的分子云之中，赵没有忽然闻到了酒精的味道。

"那是人马座 B2，一个由气体和尘埃构成的天体，位于银河系中心。"钱多多朝窗外伸出手，做了一个抓取的动作，"这里存在着大量乙醇，有千兆升酒精悬浮在这个星云中。"

他缩回手，摊开手掌，空气中的味道变得更加强烈。赵没有闻出来了："是朗姆酒。"

"朗姆酒和覆盆子。"钱多多神情中带了些笑意,"是朗姆酒和覆盆子的味道,还有一点像柠檬味的空气清新剂。"

酒精被吸入肺部,化作细小的热流重返食道,充斥胸腔。赵没有吸了一口气:"好吧,我明白了,朗姆酒隧道——那么第一站是哪儿?"

"已经到了。"钱多多道,"木星餐厅。"

"木星餐厅"在考古学家中被称为 A99 号遗址,这个遗址的危险程度既高又低,顾名思义,遗址的主体是一家餐厅。

它开在宇宙里。

具体来说,是木星的行星环上。

"那是什么东西?"赵没有看着飘浮在车窗外的一个多足生物,像章鱼和水母的结合体,那透明的脑子里似乎塞满了玻璃球一样的东西,"外星人?"

钱多多打个响指,手中浮现出一本像是旅行指南的图册,他翻开一页,道:"它是木星餐厅的揽客招牌,半活体,大概像自动贩卖机一样的东西。"

"半活体?自动贩卖机?"

钱多多伸出手,指尖触碰到"招牌"的吸盘,触手蠕动,血珠通过透明的血管抵达脑部,注入一颗玻璃球中。

不知道是章鱼还是水母的"招牌"张开嘴,把染色后的玻璃球吐了出来。钱多多接住,掰开,分了一半给赵没有。

不是玻璃球,赵没有看着钱多多咬了一口,水淋淋的光泽在对方指间流淌,丰盈多籽。

这是透明表皮的石榴。

"木星餐厅特产,钻石榴。"钱多多翻着手中的旅行指南,把其中一页指给赵没有,"尝尝看?味道还不错。"

木星属于气态行星,大气中含有甲烷,在强闪电的作用下可能形成钻石。因此这颗行星上会下钻石雨,落入地面,则形成钻石湖。

赵没有尝了一口,不怎么甜,但是很清凉。

"钻石榴是餐厅培育的木星特产,由钻石雨灌溉而成"——正如旅行指南上所写,有雨水的味道。

餐厅外排着长队,各类飞船和太空车一样的物体悬浮在浩瀚宇宙中,还有不借助交通工具直接在真空中穿梭的异形。

"A99 号遗址目前还没有固定的考古学家进行探索。"钱多多道,"你吃早饭了吗?我们可以排个队。"

"看起来挺有意思。"赵没有已经隔着车窗和一个不知道是什么物种的外星人聊上了,很神奇的是,他们居然可以沟通,对方送了他一支香烟样的东西,他闻了闻,又道,"这里居然没有固定探索的考古学家?"

"之前是有的,后来好像被一个猎户座α星人吃掉了脑子。"钱多多看了一眼他手上的烟,道,"我建议你不要抽,有毒。"

这就是A99号遗址危险程度既高又低的原因啊。

"和你搭话的是个从什么什么星球来的德鲁逊人,发音太复杂,我不会念。"钱多多合上旅行指南,递给赵没有,"它给你的烟带有麻醉效果,在它们的星球这种烟草会被用作调料,它大概是想把你腌入味了再吃。"

他说着打了个响指,随即他手中出现一把造型奇特的枪:"同样地,德鲁逊人对于人类味蕾来说口感也非常友好,有河豚鱼腩的味道。"

说完,钱多多探出窗外,扣动扳机,刚刚和赵没有搭话的外星人被一枪爆头。

列车驶过,钱多多把外星人拖进车厢,随后将车开到餐厅后门,一个类似外卖窗口的地方。

"麻烦双面煎,三分熟,加欧芹和茴香。"

片刻后,窗口递出一份打包好的餐盒,看上去像两个巨无霸汉堡,闻起来确实很香。

赵没有看着钱多多拆开包装纸,然后咬了一大口。

赵没有问:"好吃吗?"

钱多多答道:"我饿了。"

赵没有说:"您慢用。"

木星餐厅的等位队伍实在漫长,最终他们决定前往下一个遗址。列车似乎穿越了某种类似虫洞的隧道,黏稠绚丽的星群碎片在周围飘浮,如同流动的镜面。钱多多抓住赵没有向外伸出的手,说:"别乱碰,我们接下来要去的遗址非常危险。"

话音未落,列车忽然拐弯,脱离了隧道,窗外瞬间变得极静,连汽笛和铁轨的声音都消失了。周围的一切都转为黑白色,寂静无声,犹如古早的线条漫画或默片电影。赵没有看向窗外,却发现自己置身于森林深处。

天空和大地仿佛被黑色浸染,其间矗立着纯白色的、巨大的树木。

赵没有凝视了一会儿,察觉到树的质地过于坚硬,表面光滑无瑕,没有任何纹理,它们并非由木头构成,而是骨骼。

无人知晓这些死去的生物曾为何物,连天空与土壤都失去了生机,只剩墓碑般的、静默的巨大树木。

钱多多不知从何处取出纸和笔,写道:"不要说话。"

赵没有发现,他和钱多多的身体似乎也融入了这黑白的世界,化为蘸水笔描绘的线条生物。他们还活着吗?或是已经逝去?他望向自己的手,骤然感到异样。

他的手不再有血肉的质感，仅剩一条线段。

列车无声地行驶着，只有窗外飞速变换的景象提醒他车速在不断提高。钱多多写字的速度极快，然而就像哪里有风吹来，纸上留不住字，黑色的字体很快便风化，被吹走，赵没有只能勉强辨认出对方写下的一部分：

当芦苇地被啃食殆尽■■■■■宣告时代的终结■■■■■■■■用月光制盐眼睛■■■■巨大的眼睛……最后一个宇航员被■■■■虫卵凝固了维度和■■■蛇对巨人念出碑文■■■■■631号■■■■■■■沉睡■■■■■第一行诗句永远也不会结束■■■■■■■■■■■■

赵没有看不懂，以他的水平，这填字游戏是天书级别的难度。

突然有一阵狂风卷来，赵没有发现窗外的景色不知何时消失了，或者说黑色消失了，只剩下刺目的白。他无法再从白色的一切中分辨出哪些是天空、大树或者泥土。那白色急速地侵蚀了一切，他眼睁睁地看着列车车厢被吞噬，接着是钱多多的头，然后是自己，他的眼睛也被吞噬了。一切都消亡在雪花噪点中。

……

再次恢复意识的时候，赵没有发现他们仍然坐在车厢里，列车行驶在浩瀚宇宙之中。而在车窗外不远处，他看到了巨人。

好吧，以这个目之所及的比例尺来说，列车应该距离巨人很远了，远到赵没有能看到巨人完整的上半身。他说不好"它"到底有多大，他看到了一颗恒星，就像"它"耳畔的钻石。

巨人在作画。

宇宙的尽头或许是黑白色。赵没有端详着那幅画，画布上下左右都没有尽头，即使是巨人在画布面前也像一个幼小的孩子。"它"在用铅笔作画，或许是铅笔，以人类的认知，"它"作画的工具只能以"铅笔"命名。

赵没有看着那无边无际的画幅，他突然发现——画上的景象正是他们刚刚路过的森林。

"我们刚从那幅画里出来。"钱多多说，"那就是S30号遗址，你应该察觉到了，我们在遗址里都变成了二维的存在。"

"我感觉……"赵没有努力使自己的语调平稳，但他的发声器官失去了控制，说出的话像音节在空中跳跃，让人联想到直流电机播放的失真音乐，"我好像在唱歌——"

"这是S30号遗址的后遗症，每个从遗址中出来的考古学家身上都会带有少许残留影响。"钱多多想了想，找了个形容，"假设你是一台主机，S30号遗址是未知网络，出来之后你会发现自己的系统不知何时安装了从未见过的程序，不过这些程序也不完整，过段时间就会自行消失。"

赵没有还是那唱歌似的语调："你——在遗址里写的是什么——"说完，他自己也忍不住扶额，做了个"打住"的手势。

他开始比画手语："为什么您没事？"

钱多多看得懂手语，答道："因为S30号遗址曾经是我的探索主场。"

赵没有："曾经？"

钱多多看向星空深处，列车正在高速驶离，巨人和画布都逐渐变小。

"S30号遗址到底是什么，一直是业界的未解之谜，而且这个遗址的探索危险系数太高，来过的考古学家并不多。目前能够推断的，是这里或许存在过一个文明，一个已经失落的文明。"

赵没有："怎么说？"

"那个巨人，S30号遗址最初的考古学家将'它'称为普罗米修斯。"钱多多道，"在她的考古笔记里记录了一种假设，'它'是一个文明制造出的机器。"

"这个文明不知什么原因，或许毁灭，或许进行了大移民，总之在文明发源的地方已经没有了生命体的痕迹。它们将一切压缩，转化为二维，由巨人记录在无边无际的画布上。"

"S30号遗址曾夺走过许多顶级考古学家的生命，有的在遗址内被未知事物逼至疯狂，有的进入后就再也无法离开。"钱多多看着赵没有，说，"你应该注意到，刚才有一瞬间，我们被抹去了。"

赵没有点点头。

"这是最终得出的脱离办法。考古学家们发现当巨人在作画时，有一个部分'它'一直会来回修改——就是我们刚刚经过的森林。当'它'擦掉画作的时候，如果考古学家能被成功抹去，就可以从遗址中脱身。"

赵没有："听起来风险很大。"

"没错，谁也不能确定'它'什么时候会修改画作，这里的时间流速很诡异，有的考古学家迷失后会变成那些树的一部分。"钱多多顿了一下，道，"我在搭建朗姆酒隧道的时候曾经迷失过。"

赵没有："那您是怎么出来的？"

"我不知道。"钱多多眼中浮现一丝茫然，他突然道，"我刚才在遗址里是不是对你说了什么？"

"对，"赵没有比画道，"但是你说的东西太高深了，我不知道手语怎么说。"

钱多多打了个响指，纸和笔出现在赵没有面前："写下来。"

赵没有拿着笔，抬起手腕，停了很久。

钱多多叹了口气："你忘了，对吧？没有人能记得……"

赵没有迟疑着在纸上写下了几个字，钱多多的话音戛然而止。赵没有将纸推到他面前，上面是一些无法成句的词。

宇航员、虫卵、碑文、诗句。

还有一大团被涂抹得看不清是什么。

钱多多指向其中一部分，问："这是什么？"

赵没有："不知道，只是脑子里好像有类似的东西，写出来就是这样。"

钱多多捏着纸，陷入了沉默。

巨人和画布已经远得看不见了，无数行星在车窗外旋转，最终是赵没有探出身，抽走了钱多多手中的纸："别——想了，想多了长——不高，头疼。"

他似乎快要恢复了，唱歌似的语调好了很多，钱多多看着他把纸折成飞机，扔出窗外。

响指声落下，纸飞机变成巨大的热气球，上升后爆炸，化作绚烂烟花。

"你好像弄错了一件事。"

焰火在车厢里晕开彩色光斑，梦境般的朦胧色调中，钱多多轻轻笑了一下。

"赵没有，我比你高的。"

……

他们又去了很多遗址，列车偶尔停靠，两人在恒星路边野餐。并不只是宇宙的尽头才有"它"，路过一片海洋般的星云时，赵没有发现那片星云四周站着许多巨人。

"它"们低眉垂首，对宇宙中的一切充耳不闻，只注视着眼前的星云，像是在看培养皿中的海。

人类的语言中也只能用"巨人"来形容那些生物了。或许神话里会有一些更合适的词汇：盘古氏、半人马、虫群等等。可惜赵没有是个文盲，不能在此时此刻诵读出合适的经文。

赵没有看着远处的那些巨人。如果是这个体形的宇宙生物，的确可以一斧劈开恒星之间的虚空。他问："'它们'在干什么？"

"熬汤。"钱多多答道。

"熬汤？"赵没有摸不着头脑，"什么汤？"

"原生汤。"

原生汤——在地球语汇中，这是生物学家关于生命起源的一种猜想。在历史诞生之初，地球环境类似于一片原始大海洋，无机分子在其中发生化学反应，最终形成了最早期的生命。

这个混杂着有机物的液态环境，被称为"原生汤"。

"是这样？"赵没有若有所思，"汤熬好了之后，用来干什么？"

"当然是用来喝。"

车厢内浮动着错落的恒星光芒，空气像黏稠的液态。钱多多忽然道："你读过《山海手记》吗？"

"这又是啥？"

"考古学家业内的一本名著，据说是最早的一批考古学家留下的记录。"钱多多道，"这一批考古学家中最权威的人士多数具有古东方血统，他们进行了一个很有趣的尝试，利用古籍《山海经》中的一些篇章来解读遗址，最后留下了许多意味深长的句子。"

他念出一句："大遗之野，渊畔，帝俊有子，待食日月。"

仿佛料到赵没有会听不懂，钱多多紧接着解释："二代考古学家中有一位古英格兰后裔，他花了数十年时间研究《山海手记》。在古东方的传说中，帝俊是一位天神，也是一位巨人，因此他认为这句'帝俊有子'指的就是巨人们。"

"这位古英格兰人的遗书中有一句话在业内非常有名，很多人都认为这是《山海手记》中的《大遗之野》篇的精髓。"

钱多多看着星空中逐渐缩小的巨人们，缓缓道："在深渊的边缘，巨人们等待着用餐。"

这样啊。赵没有想到方才那些巨人垂头注视着星云的姿态，心想：怪不得，我饿急眼了等开饭的时候围着灶台也是那样。

列车继续向前行驶，据钱多多所说，朗姆酒隧道连接着大部分遗址。

"我没有固定的探索主场。"钱多多说道，"因为我可以适应所有的遗址，之前也有过类似的考古学家，在各个遗址中游荡，被称为'游吟诗人'。"

赵没有联想到钱多多的身份，他是大都会的人，估计会执行监察救援一类的职责，没有探索主场这样的事并不奇怪。

他们又路过了许多遗址，有时列车会停下，钱多多带着他浏览一遍，让他感觉就像在拿着攻略手册速通。遗址的形态千奇百怪，有星球那样大的图书馆，有被废弃的空间站，也有战火中的文明以及永远没有尽头的画廊。他们路过了一座澡堂般的遗址，几个考古学家同事正在里面泡汤，头上戴着鱼缸般的氧气罩，还有人在搓澡，师傅端着一木桶热水，哗地泼在塑胶床上，再裹上一层保鲜膜。排队搓澡的客人有人类，也有不知名的生物。赵没有看见一条人鱼躺在床垫上，被搓下来的鳞片晶莹剔透。桑拿房里坐着一只瞎眼乌贼，拉着二胡自弹自唱。

最后，赵没有是流着口水被钱多多拽走的。

回到列车上后，钱多多说："你的心理素质在新手里算得上非常优秀了。"

"哪里。"赵没有摆手，"民以食为天罢了。"

人类最原始的欲望有时是理性阶梯上的阻碍，但在未知面前，它们往往能使人战胜恐惧。

管你是什么，先看看能不能吃再说。

朗姆酒隧道中时间流速成谜，他们前前后后看过几十个遗址，赵没有依然没有疲惫感，钱多多却似乎有些困了。他揉了揉太阳穴："我们再去一个遗址，然后就先到这里……"

话音未落，车厢里突然传来了电话铃声。

钱多多打了个响指，一张悬浮面板在两人之间出现，上面的画面很模糊，只能勉强看到一个人的影子。

影子开口："钱多多、赵没有，政府向你们发布紧急救援任务。"

"拒绝。"钱多多直接说，"我累了，不加班。"

赵没有有些意外，钱多多不是直属大都会的考古学家吗？这年头还有编制内的员工敢不加班？

影子顿了一下，又说："这次救援很紧急，政府可以支付双倍薪酬。"

钱多多说："三倍。"

影子沉默了一下，说："申请批准，尽快前往 S86 号遗址。"

"S 开头的遗址危险系数都不低。"钱多多看着赵没有，问，"你想去吗？虽然没有 S45 号遗址等级高，但是 S86 号遗址里面也死过不少人了。"

赵没有说："四倍。"

影子说："三倍半，爱去不去。"

赵没有靠在椅背上，点头道："那就出发吧。"

S86 号遗址和 S45 号遗址一样，由于各种原因，并不在朗姆酒隧道的坐标系中，因此钱多多和赵没有需要先回到现实，再从大都会的坐标点进入。途中，钱多多简要地介绍了遗址中的情况："S86 号遗址的情况比较特殊，它有一个固定的'掌管者'——不是考古学家，而是一个诞生自遗址之中的生命体。"

"在其他遗址中，这样的生命体不是也很多吗？"赵没有问。

"其他遗址中的生命体是不固定的，就像造物的产品。"钱多多思索片刻，说，"这么跟你说吧，如果一个考古学家选定了探索主场，那么他的精神在深入探索的过程中会逐渐与遗址产生耦合，长此以往，即使没有造物的能力，考古学家也可以在潜移默化中改造遗址……比如刁禅。"他顿了一下，说，"他和 S45 号遗址就是一个例子。"

赵没有表示自己听懂了。

"但是，S86 号遗址没有固定的考古学家，这并不是因为它的危险程度太高。"钱多多解释，"而是因为，这座遗址有它原生的'掌管者'。"

赵没有道:"就是说这座遗址自己是自己的主人,它孕育了一个生命体,然后让这个生命体改造自己?"

他恍然:"这个遗址有自己的大脑?它是活的?"

"你理解得很快。"钱多多仿佛因为自己不用再解释而松了口气,"S86号遗址的显性形态是一座大宅,大宅中住着一位女主人,她就是S86号遗址的掌管者。"

"女主人?怎么称呼?"赵没有似乎想到了什么,低低地笑了一声,"Madam?"

"在那之前我要提醒你一件事。"钱多多看着他,说,"关于S86号遗址的掌管者,据说她并非遗址中原生孕育出的生命体,而是一个被遗址吞噬的考古学家。但真相已经被封存,事隔经年难以探寻,只剩下了业内的散碎传说。"

赵没有在和钱多多对视后笑了:"钱哥,您也不知道真相吗?"

钱多多沉默许久,方轻声道:"我也并非无所不知。"

"明白了。"赵没有点头,还是那副笑模样,"所以,这位夫人怎么称呼?"

此时,他们已经回到了现实,正乘坐着悬梯轿厢前往上层区。S86号遗址的进入方式似乎颇具风情。钱多多带着他走进了一家东洋酒馆,在包厢中入座。走廊外有流水,竹林中传来木筒磕在山石上的声音,那是惊鹿。

屏风被层层拉开,房间里面坐着一个女人,脸上涂得很白。她朝二人微微俯身,继而用拨子挑动琴弦。

第一句唱词响起的时候,赵没有听到了钱多多的回答:"古意大利作曲家普契尼曾经在朋友处见过一只音乐盒,里面刻录了许多东方民间小调。作为灵感来源,他把这些旋律先后写入了自己的歌剧作品中,这首歌便是其中之一。"

"那啥,我没文化。"赵没有指了指女人,"哥,你知道她唱的是十八摸吧?"

"我知道。"钱多多面无表情地说,"普契尼在创作《晴朗的一天》的时候,估计也知道自己写的是个什么东西。"

"《晴朗的一天》?"

"一首咏叹调,来自普契尼的三大歌剧之一。"钱多多解答了那个关于名称的疑问,"《蝴蝶夫人》。"

一曲结束,抽离感传来,他们进入了钱多多所说的宅邸。

宅邸的布局与他们刚才进入的酒馆有些相似,充满了浓厚的东洋风情。纸质拉门上绘制着华丽灿烂的晚樱,钱多多环顾四周,说:"布局变了。"

赵没有闻言看向他:"钱哥?"

"风的味道不对。"钱多多闭上眼,随即睁开,突然说,"赵没有,你变一下。"

"变什么?"

"随便变成什么都可以,用你的'变形',快。"

赵没有发誓他使出了全力，但就像血管被堵塞一样，他闭眼再睁开，依然是原本的模样。

钱多多仿佛料到会这样，他皱了皱眉，拉住赵没有的手道："外面可能会有危险，别走散了。"

说完他推开门，门外是无边无际的走廊。

他们像是处于一个巨大的天井之中，垂直空间里无数楼梯绵延盘旋，四通八达，有的楼梯上盛开着樱花，有的楼梯上有流水淌过，还有的从中断掉，长长的苔藓从半空垂落。

赵没有看得眼晕，这里的构造就像个垂直的万花筒，他似乎还看到了彭罗斯阶梯和莫比乌斯环。他问："钱哥，你上次来的时候，这里也是这样？"

"不，这是遗址典型的混乱状态，有外来者把这里搞乱了。"钱多多一把将赵没有扛起来，"抓稳了，楼梯太多，没时间一个一个走。"

说完他助跑起跳，直接从楼梯上跳进了最底层。

呼啸的风声中，赵没有问："什么是混乱状态？"

"我上次来时，宅邸完全不是这样，布局非常有序，根本没有这么多楼梯，就是一座普通的东洋大宅。"钱多多道，"上次在 S45 号遗址内，你点破刁禅的身份时，一瞬间遗址里所有的生命体都开始攻击我们，那就是混乱状态。"

赵没有联想了一下，道："这么说，有人对这里的女主人，就是那个蝴蝶夫人做了什么，让她受了刺激？"

"很有可能。"钱多多打了个响指，念出一个词，"风。"

有风云在他们脚底汇聚，不知是不是错觉，这次的风强度比起以前似乎小了很多，不过足够让他们稳稳落地。

"不是，钱哥，为啥您的能力还能用？"

"我的能力还能用是因为我很强。"钱多多道，"但是风也被削弱了很多——有人。"

"这样啊。"赵没有被头朝下扛着，他拍了拍钱多多的大腿，"哎，钱哥，商量个事儿，你这么扛着我，硌着我了，疼。咱们换个姿势行吗？"

钱多多顿了一下，还真就把他抱了起来。

四周浓稠的黑暗中，突然有一盏金鱼灯笼亮了起来。

钱多多一脚踢出，对方"嗷"地发出一声惨叫："别……别动手！自己人，自己人！"

钱多多动作不停，直接踩了上去，问："代号？"

"锦鲤，代号锦鲤！"对方应该是个男人，"你们是来救我的吧？我在这儿都快被困死了！"

锦鲤。赵没有见过这个名字，和任务书上面的对上了。

钱多多收回脚,问:"你来的时候,遗址里是什么环境?"

"我来的时候还是正常的!就是一座很华丽的宅子,然后有一位贵妇请我吃饭……"

赵没有对锦鲤说话的语气很熟悉,这是医院里关久了的半疯之人常有的状态,絮絮叨叨,前言不搭后语,需要听者自己去拼凑。锦鲤似乎讲述了一堆他在遗址中的经历,最后说:"就在我准备离开的时候,突然发现门没了!那位贵妇也不见了!"

钱多多问:"然后你就被困在这里了?"

"对,然后那个贵妇——那个女人好像突然就疯了!"锦鲤显得惊魂未定,"我在遗址里被困了不知道多久,找不到出口,也看不到人。我实在太困了,就找了个隐蔽的阁楼想睡一会儿,结果那个女人突然就出现了。我一开始以为她是来救我的,结果她居然把床帐烧了,还一边烧一边笑,她想杀了我!"

钱多多又问:"然后呢?你还见过那位夫人没有?"

"我最后一次见她不知道是多久之前的事,我被困在这里太久了。"锦鲤喃喃道,"她又变了个样子,变得很诡异,然后她说,她说她要杀死我们的孩子。"

"孩子?什么孩子?"赵没有听愣了,"你们的孩子?"

"赵没有。"钱多多打断他的话,"你下来,我手麻了。"

赵没有对自己的被抱状态相当满意,还调整了个舒适的姿势,此时他依依不舍地跳下来,就看到钱多多掏出他的"烟",递了一支给锦鲤:"辛苦了,压压惊。"

"谢谢,谢谢。"锦鲤接过烟,刚放到嘴里,下一秒,这支烟迅速被钱多多抽了回去。钱多多点燃它,吸了一口。

"借烟",他能以此获得对方的能力。

钱多多确实不会抽烟,他只吸了一口就放下,然后拍了拍对方的肩膀:"没事了,我们是来救你的。"

"真……真的吗?"锦鲤连忙道谢,"谢谢,太感谢了,我好像被困了很久很久了……"

"你往前走。"钱多多指着黑暗深处,"出口就在那边,数一万秒就到了。"

"你们不能陪我一起去吗?"

"我们还要解决那个夫人。"钱多多道,"或者你可以留下,等我们完成任务再离开。"

锦鲤被吓了一跳,他好像很怕那个夫人,连忙道:"不,不用了,那我先走了,剩下的就拜托你们了!"

赵没有看着金鱼灯笼消失在黑暗中,道:"钱哥,看不出来,你哄人挺有一套啊。"

什么出口,假的吧。

"任务需要。"钱多多语气从轻柔再次变得平板,"那个考古学家已经没救了。"

"你怎么看出来的?"

"他说的孩子,"钱多多道,"应该是他和蝴蝶夫人的孩子。"

"啊?"

"你知道《蝴蝶夫人》这部歌剧讲的是什么吗?"钱多多转过身,往相反的方向走去,赵没有紧跟其后,"一个美国海军军官在日本娶了一位妻子,被称为蝴蝶夫人。当妻子怀孕时,他决定返回祖国。离去前,他和妻子约定自己一定会尽早回来。最后,蝴蝶夫人生下了儿子,等来的却是被抛弃的结局。"

"哦。"赵没有发出一声感叹,"那最后呢?她是不是拿着武士刀把那男人的头砍了?"

"结局就是她被抛弃,别对古代歌剧抱有太多幻想。"钱多多道,"军官在美国娶了新妻子,却返回日本,想要带走自己的儿子,蝴蝶夫人拒绝接受现实,把孩子的眼睛蒙上,自杀了。"

"何苦来哉。"赵没有无言以对。

"S86号遗址的女主人就是蝴蝶夫人,我第一次来这座遗址时,里面的一切都遵循着歌剧的剧情,她在等她的丈夫归来。每当有人进入遗址,她都会问:你是我的丈夫吗?"

赵没有问:"回答'是'会怎样?"

"她会非常高兴,用最好的瓷器款待你。"钱多多道,"但是这样你就走不了了。"

"也就是说,考古学家得扮演她的丈夫直至永远?"赵没有无言以对,"这是在玩过家家吗?"

"刚刚那个代号'锦鲤'的考古学家。"钱多多的声音从前方传来,"在借给他的烟上,我没有感受到任何能力,他已经被这个遗址溶解吞噬。"

"那为什么蝴蝶夫人还要杀了他?"

"因为他现在的角色不再是'丈夫',而是'儿子'。"

"母亲为了报复负心的丈夫,决定杀掉儿子?"

"对。S86号遗址的掌管者会根据遗址的不同变换身份,招待客人时她是蝴蝶夫人,怀孕时她是阁楼上的疯女人,至于生产之后,等不到负心的丈夫,她就成了美狄亚。"

美狄亚是取得金羊毛的英雄伊阿宋之妻,由于丈夫的背叛,她亲手杀死了自己的两个儿子。

"所以锦鲤为什么会受她诱惑?"赵没有想不通,"找死吗?"

"这就是S86号遗址危险程度高的原因之一,很少有人能抵挡住蝴蝶夫人的诱惑,这对考古学家的精神力要求非常苛刻。"

赵没有来了兴趣："那钱哥您是怎么抵挡住诱惑的？"

"我告诉蝴蝶夫人我有对象。"钱多多道，"古日本在这方面道德洁癖似乎非常高，饭都没招待，她就把我轰出来了。"

赵没有心想：妙啊。

他们不知走了多久，身后很远的地方突然传来隐隐约约的惨叫声，还有牙齿咀嚼的声音。

钱多多的能力之一是"扫描"，他给锦鲤指的方向正是蝴蝶夫人所在之处。

赵没有听了一耳朵，又问："那钱哥，这人没救了，我们怎么出去？"

"这里有点蹊跷。"钱多多在一处楼梯前转弯，走了上去，他的脚步极快，"通常来说，进入S86号遗址的考古学家之前必然做过功课，就算真的中了招，大都会也不会这么晚才发布救援征召……"

"会不会是之前来救人的考古学家也死了？"赵没有道，"毕竟在这儿连能力都用不了，有多少人能像钱哥你这么强的？"

"如果之前有人牺牲，我应该能听到风声……"钱多多脚步一顿。

"钱哥？"

钱多多沉默了片刻，像是在思考。

他们站在陡峭深长的楼梯上，赵没有忽然听到前面传来一句："抱歉。"

赵没有被这突如其来的道歉搞得一愣："怎么了？"

"我最近在准备探索一个很特殊的遗址，可能惊动了大都会。"钱多多没有掩饰，径直说道，"只有极少数情况下，考古学家在遗址中会无法使用能力，比如大都会从外部将遗址封存。"

虽然还有很多未尽之言，但赵没有听懂了，一旦下属出现不可控因素，最快的解决方法就是铲除。

不过有一点赵没有没敢说，说不定大都会不是冲着钱多多来的，而是冲着他和刁禅来的。

对了，如果刁禅被封在遗址里用不了能力，那怎么办？

"S86号遗址是个天然的屠宰场，这里不是任何考古学家的探索主场，没有蝴蝶夫人的允许，我们出不去。"

"如果杀了她呢？"

"那就更无解了，S86号遗址的结构很特殊，一旦失去原生掌管者，遗址会从内到外彻底封闭。"

"讲道理有用吗？"

"陷入美狄亚状态的蝴蝶夫人根本没有理智可言……或许锦鲤就是个诱饵，大都会为了做这个局，特意牺牲了一位考古学家。"钱多多沉默片刻，评价道，"好计策。"

"钱哥，别想太多了。"赵没有上前，拍了拍他的肩，"说不定这是一石二鸟之计。"

赵没有总觉得自己的遭遇有些离奇。

可能是下层区出身的缘故，他对一切过于殷勤的招待都很警惕，钱多多对他很好，似乎是太好了——仅仅因为 S45 号遗址中发生的事，能让一个人心怀愧疚至此吗？

钱多多甚至不知道他和刁禅在遗址里到底发生了什么，就直接自荐成为他的引路人，这里面固然有那个不死的 bug 能力的加成，但是他有一种直觉。

钱多多所做的一切简直就像在表演给他看，告诉他：我值得信任，快把你的信任也给我吧。

虽然赵没有也心怀不轨，虽然他和刁禅也别有一番图谋，虽然他和钱多多的合作可以说是互相利用，但他总觉得，钱多多的所作所为有些奇怪。即使是引路人，像台柱那样把他扔进遗址里放任不管才是他适应的作风。好吧，可能他就是山猪吃不了细糠。

不过无论如何，赵没有决定还是要保留一些警惕。一个在所有恰到好处的时间点出现的人，一个几乎符合你所有审美的人，是什么原因让这个人出现？照照镜子，这年头谁配得上天降大运？

更大的可能性是对方也图谋不轨。

赵没有不动声色，心想：来，让我看看接下来你打算怎么演。

钱多多的所作所为已经露出了一个破绽，他既然知道蝴蝶夫人的所有演化过程，就说明考古学家中必然有过这演化过程的亲历者，才能将这消息传出去，那么，第一个亲历者是怎么逃出来的？

他们只需照抄作业。如果钱多多不说，肯定就有问题。

就在赵没有心里疯狂飙戏的时候，钱多多忽然开口："有一个出去的办法。"

啊？你还真打算告诉我？

"但是这个办法很特殊。"

这就对了，说吧，你打算怎么利用我，我再做考虑。

"之前也有过从 S86 号遗址中成功逃脱的考古学家，是一对夫妇，丈夫被蝴蝶夫人诱惑了，最后只有妻子逃了出去。"钱多多顿了一下，说，"那个妻子，当时是怀孕状态。"

怀孕？

"S86 号遗址的底层逻辑基于《蝴蝶夫人》这部歌剧，遗址默认只有掌管者'蝴蝶夫人'才能生下儿子，可以说'孕育'是她拥有掌管者权能的根源。而那位女考古学家在分娩时，遗址会短暂地将她视为掌管者，从而赋予她开启出口的权限。"

所以……

"所以，"钱多多深吸一口气，问，"赵没有，你的变形能力真的无法使用了吗？"

赵没有觉得自己大概在几秒内尝试了上百次，然后他艰难地说出："不能。"

"我们在这里找到一个女人的可能性微乎其微。"钱多多打了个响指，他用"造物"创造了一个人，一个女人——现在看起来四不像——她溶解了，最终变成了一摊史莱姆。

赵没有似乎听见钱多多低声咒骂了一句。

紧接着，他看到钱多多打了个响指。

钱多多变成了一个女人。

"以我目前的能力，这大概是极限了。"赵没有简直从钱多多的眼神里看到了视死如归之意，"赵没有，你刚刚应该都听懂了，我们现在能出去的唯一办法就是制造一个孕妇，从蝴蝶夫人那里夺走掌管者的权力，然后打开门。"

"你懂我的意思了吗？"

像是火山喷发，久未打理的金鱼缸绿藻中挤满绽放的花，蜗牛吃掉了见手青，上一秒有彗星刚刚爆炸——头晕目眩中，赵没有之前推测的一切轰然崩塌。

他安静了很久，方才冒出一句："那什么，我不会接生。"

钱多多问："所以？"

"但我学过母猪的产后护理。"

"挺好。"钱多多反应很快，很平静，也可能是有点麻木了，人在逃避现实时往往能爆发出波澜不惊的巨大潜力。

过了一会儿，钱多多看了赵没有一眼，道："愣着干什么？"

"那什么，钱哥。"赵没有答非所问，"您不能像上次那样变成人造人吗？"

"人造人对变形的要求很高，我现在的残余能量办不到。"钱多多好像看出他的顾虑，问，"你不想要？"

换作台柱或者刁禅在这里，看到赵没有此时的神情必会笑个半死，他跟电脑卡机似的吐出一句："我会负责的。"

"逗你的，不用那么紧张。"钱多多叹了口气，"放松点，这只是走个过场，用假象骗过遗址。"

遗址里时间流速成谜，不知过了多久，或许是好几天，或许是几个月，赵没有深刻体会到了钱多多当初所说的话到底是什么意思。

"我借过一个能力，叫作'嫁接'。"

说这话时，钱多多从烟盒中找出一支烟，点燃后吸了一口。他们刚刚逃脱蝴蝶夫人的追杀，连滚带爬地从一条镜子走廊中逃窜而出，跌进了一间类似更衣室的房间，各种颜色的丝绸和服堆在地上,看得人眼花缭乱。

"钱哥,你抽烟我没意见,但是尼古丁好像对胎儿不好。"赵没有提醒道。

钱多多没说话,他走上前,把烟塞进了赵没有的嘴里。

赵没有歪过头看着他:"嗯?"

下一秒,一种极其难以言喻的感觉从赵没有的脚底蔓延上来,迅速漫过他周身。

"钱哥。"他倒吸了一口凉气,"你干了什么?"

"不是我干的。"钱多多拍了拍他的肩膀,然后把烟拿开,"'嫁接'这种能力可以把一个人的体感转移,好好享受吧。"

赵没有对于生育这种事并没有多少了解,只停留在一个形而上的领域里。除了母亲,他只从台柱那里听说过一件事。

是关于某个以 S 编号开头的洞穴遗址内发生的一件事,洞穴深不见底,其中宏伟诡异的建筑中居住着某种无法言喻的巨大生物。

"据说那东西有很多眼睛,会发出奇异的光,看到光的人都疯了。"台柱说,"除了一个女人。"传奇的考古学家几乎都是女性。"她发现了一个办法,可以直视光而保留理智。"

"什么办法?"

"分娩。"台柱回答,"确切地说,是分娩的痛苦。"

神说,要有光。

母亲在孕育时,她就是造光之人。

"分娩的痛苦是人体所能感知的最剧烈疼痛,说得糙一点,母亲在生孩子时除了分娩什么都顾不上,除非死亡,谁也不能打断这个过程,神也好,长了很多眼睛的怪物也罢,都一样。"

那个时候赵没有对这件事很感兴趣,他的能力是"变形",他甚至想自己变个女体试试,结果被台柱一拳打断:"有不信邪的男考古学家试过,我劝你惜命。"

然而该来的总归逃不掉。

在遗址中逃亡的几个月里,赵没有无比深刻地体会到了什么叫作"女人体内天生带着战场"。

首先是吐,赵没有感觉自己简直要把脑浆都吐出来了,不,说不定他真的吐出了脑浆。钱多多身体变沉后行动慢了很多,一开始是他抱着人跑——"赵没有,你这个姿势不行,硌到我的胃了。"

"钱哥,保命要紧,那老妖婆又要来了,你将就点吧!"

结果没跑多久,钱多多突然跳下来,把他推开。

"钱哥?"赵没有还没搞清楚发生了什么,下一秒,他就弯腰吐得昏天黑地,连个过渡都没有。

钱多多退开老远，说："我说了，你那个姿势不行，硌到我的胃了。"

赵没有吐得眼前发黑，脚底发软，剩下的体力只够比个手势。

其次是诡异的味蕾。赵没有残存的脑细胞无论如何也想不通为什么人在这种情况下还会对一些莫名其妙的东西产生食欲。他知道"酸儿辣女"的说法，但是——

"钱哥。"赵没有竭力忍了几天，终于忍不住了，"你能给我变点儿吃的吗？"

他们躲进一间图书室，钱多多找到了几本关于女性生理的书。闻言，他放下书看着赵没有，问："你想吃什么？"

赵没有挣扎了一下，努力维持尊严道："我想吃甜的。"

钱多多给他变了个巧克力蛋糕，赵没有直接转头吐了，他果断放弃尊严："我不想吃这个！我想吃土！"

钱多多一脸困惑："这是什么比喻吗？你缺钱了？"

说完他打了个响指，变出一堆亮闪闪的金币，他打开一个，里面是巧克力。

赵没有吐得更厉害了："不是。"他感觉自己可能把语言组织的能力一起吐掉了，好半天，他才说出一句完整的话，"就是土！土！种大白菜的那种土！我想吃土！"说到最后，他简直要哭了，"我就是想吃土！"

钱多多有点被他吓着了："赵没有，你没事吧？"

"我感觉我有事，钱哥。"赵没有陷入前所未有的崩溃状态，"我是不是要死了？"

"你等等，你等等，我马上看到相关的妊娠反应了。"钱多多哗啦啦地翻着书，飞快地看完，"女性在怀孕时确实会出现一些味觉异常症状，可能和体内微量元素有关……"

"我去你的微量元素。"赵没有憋屈得要上天了，"我就是想吃土，我招谁惹谁了？"

难搞。钱多多有点不知所措："可我也不能真的给你吃土吧？你真要吃？"

"这是在遗址里，死都能死，呕——土有什么不能吃？"铁骨铮铮的赵没有，话都说不清楚又开始吐，吐到一世英名土崩瓦解，病屠夫终于崩溃了，大吼，"你是不是不想管我了！"

钱多多呆住："啊？"

赵没有失声痛哭："你不想管我了！你个渣男！"

面对这从天而降的好大一口锅，钱多多埋头狂翻书，终于看到"女性体内的雌激素、孕激素相应发生变化，两种激素水平的影响会导致孕妇情绪变化较大，具体表现为无故愤怒或者哭泣、冲动"这一段。

钱多多沉默片刻，他的肚子，或者说"她"的肚子已经不小了。他有点艰难地弯下腰，摸了摸对方的头，干巴巴地说道："我在的。"

赵没有继续痛哭指责:"你一点诚意都没有!"

赵没有不知道自己是什么时候哭睡着的,醒来时,他的嗓子和头仿佛一同炸开。

"你醒了?"

他抬起头,正对上钱多多的眼睛。钱多多问:"要喝水吗?"

赵没有点点头,钱多多打了个响指,把一杯温水递给他。

"钱哥。"赵没有喝完水,感觉情绪终于稳定下来,"不好意思啊,让你见笑了。"

"不用道歉,我也没想到反应会这么大。"钱多多道,"'嫁接'一次的时间在六个月左右,你忍忍,时效过了之后就好了。"

"钱哥,你别。"赵没有捂住眼睛,苦笑,"我就剩这最后一点尊严了,好歹让我有始有终吧。"

"你确定?"

"就当安慰我了。"

"但是你哭得真的很惨,吐得也很惨。"

"那你多跟我说点好话呗。"

钱多多一时沉默。

"不是吧,钱哥,都这份儿上了,咱俩还谁跟谁啊?"赵没有哑着嗓子笑了一声,然后伸出手。

钱多多叹了口气,和他握了握。

半分钟后,赵没有再次吐得昏天黑地。

"应该是压到胃了。"钱多多道,"不好意思。"

"不是,钱哥你这胃,呕——也太脆弱了——呕——"赵没有觉得自己都快吐出节奏感了,他苦中作乐道,"你这绝对是老毛病了……平时都不好好吃饭吧?"

"至少我不会吃土。"钱多多端出一盆东西,说,"这个,我在你睡着的时候做的。"

赵没有边吐边看了一眼:"这是啥,花盆儿?"

"你要的土,我尽量弄得干净了一点。"钱多多说着,有点犹豫,"你少吃几口,应该没事……吧?"

赵没有不再吐了,他像在食堂抢饭一样夺过来,塞了一大口。

"钱哥,骗人也不是这样骗的。"赵没有吃了一口,想吐,他艰难地咽了下去,"你以为我们下层区长大的孩子没吃过可可粉吗?"

"我就知道。"钱多多叹了口气,"啪"地打了个响指,花盆里猛地冒出一大丛玫瑰。

"这次是真的土了。"钱多多道,"就一口,别多吃。"

赵没有连花都塞进了嘴巴。

接下来的日子里,赵没有渐渐明白了当年他妈为什么会说"婴儿在母胎阶段便开始掠夺母亲"。

七个月之后，赵没有的反应小了很多，两人应对追杀也逐渐轻车熟路。那玩意儿虽然不能彻底杀死，但是见机行事总是没问题。赵没有的间歇性失智还是偶尔发作，一次在把蝴蝶夫人打了一顿后，他又哭了，边哭边感慨："蝴蝶夫人已经这么悲惨了，我们可太不是东西了……"

钱多多已经淡定了，一边给他擦眼泪一边继续揍人："不哭啊，我下手轻点。"

"那好吧。"赵没有感觉自己的眼泪大概是从泪腺流进了嘴里，他擦了一把口水，说，"哥，你觉不觉得她长得像面包蟹，感觉会很好吃。"

蝴蝶夫人长了一张极为美艳的脸，但身体的形态经常变换，这次她变成了一只蜘蛛状的爬行生物。钱多多打量了一下，点点头，"你说得对。"

话音未落，赵没有已经流着口水狩猎了一条"蟹腿"，占完便宜他立刻撤退，拉着钱多多溜之大吉。

他们在一个隐蔽处搭建了据点，里面锅碗瓢盆一应俱全。赵没有对下厨一事极为熟练，基本上这几个月他精神正常的时候就在研究给他俩改善伙食。他琢磨着蜘蛛腿和蟹腿有点像，红烧或者入汤都应该不错，便扬起嗓子问了一句："钱哥，你想怎么吃？"

最后决定辣炒，清洗腌制，热油炸一遍再翻炒，加入料酒红焖，最后大火收汁。端上桌之后，钱多多对流程已经很熟练了，立刻开始夸赞："好吃。"

可能是辣椒放得有点多，赵没有没吃两口又开始流眼泪。他摆摆手："钱哥你吃你的，我没事，这是辣的。"

钱多多没吭声，拿着掰了一半的后腿，很慎重地看着他。

果不其然，赵没有眼睛像拧开了水龙头，流着流着就又开始代入真情实感："我可真不是个东西，蝴蝶夫人那么惨，怎么能……"

其实赵没有自己也有点麻木了，几个月来激素高度紊乱，他现在整个身体系统都处于失控状态。他一点也不想哭，一点也不觉得伤心，但身体告诉他："你要哭，你很伤心。"他现在大概只有灵魂是正常的，却被困在洗衣机滚筒般疯狂的皮囊里。双方的撕扯导致了一个极其诡异的场面——赵没有吃得极伤心，却哭得很高兴。

所谓好吃哭了，大概莫过于此。

赵没有口水和眼泪哗哗流，吃着吃着又看向钱多多："钱哥你——"

"我没有不高兴，你做得对。对不起，我错了，你还想要什么，我都给你变。"钱多多立刻进入背书模式，他觉得自己出去之后大概能写一本书。这是他和赵没有磨合出的相处方式，好在这人也不挑剔，选项都列出来后会自己对号入座，找到想听的那句就算完。

何等扭曲，何等美好，何等荒谬，何等崇高。在遗址中时间流速不均匀的十个月里，赵没有和钱多多度过了一段前所未有的日子，说不清这是走向毁灭还是返璞归真，就像永不停歇的列车突然驶入荒原，头顶星光万丈。怀孕时，胎儿会吞噬你的过往岁月，让你重变孩童，滑稽又莽撞地再次成长。

分娩的那一刻来临，他们都没有太激烈的情绪，至少比最初的手忙脚乱从容了许多，尽管疼痛程度仍远超赵没有的预期。或许是习惯了，他想。比起未知的悲伤与喜悦，他们的身体已适应了疼痛。

当然，还是很疼。赵没有看着钱多多，眼泪哗哗地流。钱多多吸了口气，满脸都是汗珠，他有点无奈地看着他："怎么还哭？"

"反正这是最后一次了。"赵没有抹了把脸，"钱哥，你流了很多血，真的没问题吗？"

"没事，放心吧。"

说不清是血多、泪多还是汗多，各种各样的液体混在一起，巨大的伤口中流出血液，红色逐渐变得透明。赵没有恍惚间似乎听到了水声，是河水的流动。

有谁拽了拽他的袖子。赵没有回过头，钱多多正以原本的模样站在他的身边。

"门开了。"纯白色的光影中，他朝他笑了笑，"走吧。"

走吧，人间的孩子。

走向那荒野与河流。①

赵没有也笑了起来，灵魂归位，他不再哭了。

"我们走。"

遗址的入口与出口相同，赵没有和钱多多回到了最初的东洋房间。

他们在遗址中逃亡时曾经讨论过，大都会大费周章地把他们困在S86号遗址中，显然是要限制他们的人身自由。那么，脱离遗址后他们面对的可能性有两种：一、被关押监禁；二、直接被清除。

鉴于钱多多的实力和赵没有的bug身份，想找到合适的替代品并不容易，因此政府应该不会赶尽杀绝。但有一点是毫无疑问的——出口处等待他们的必然是一场恶战。

赵没有和钱多多讨论后得出的结论是，他们谁也不想束手就擒。

不出二人所料，房间里已经有人在等待他们。仿佛没想到他们能从遗址中脱身，对方眼中闪过一丝惊异，随即被压下："钱多多、赵没有公民，政府传召。"

这人穿着大都会政府专员的制服，钱多多闭了一下眼睛，复又睁开："政府叫我们去做什么？"

---

① 出自叶芝《被偷走的孩子》。

"想必两位切身体验过，S86号遗址内部出现了一些问题，政府需要了解情况。"专员很官方地笑了一下，"这是正规流程，请放心。"

房间外是流水庭院，竹筒敲在山石上，发出"嗒"的一声。

钱多多看着专员，笑道："什么正规流程需要在外面埋伏重兵？"

官员一愣，眼神骤变。就在他将手探入制服内侧的刹那，赵没有一脚飞出，直接将这人踹进了壁橱，纸糊的拉门被撞破，警铃大作。

"拿他当人质没用，上面不会顾忌。"钱多多打了个响指，"风！"

狂风大作，天花板几乎都要被掀翻。

"我撑不了多久，八点钟方向防守较弱，走！"

很久之前，刁婵给赵没有讲述的回忆里，曾经提到过，柳七绝曾经成功将遗址中的龙带入现实世界。

赵没有把自己的假设告诉钱多多，对方沉吟片刻，说："应该可以做到。"

这就是他们的计划，简单粗暴，但除此之外也没有任何可行的办法了——遗址中能带出的东西是未知数，但是在出入口打开的时间里，释放的量子余波在现实中会有片刻残留，他们要做的就是抓住这个时间段，用钱多多的能力杀出一条路。

钱多多方才闭眼时用了"扫描"，不愧是政府，此时的东洋酒馆里布满杀机。

走廊里点亮了金鱼灯笼，纸质拉门上绘着绚烂的浮世绘，穿着和服的女招待扑了上来，面骨裂开，原本是口腔的地方伸出一柄枪管——这不是真正的活人，而是大都会政府的杀戮机器，顶尖型号。赵没有只在下层区见过一次，当时是用来镇压三百三十层的一场暴乱。

不过巧得很，就是那一次让赵没有学会了如何对付这铁皮妖姬——"钱哥！"他大声吼道。钱多多打了个响指，道："青铜！"

赵没有的手中浮现一件武器，那是一柄剑，一种极为古老的东方兵器，早在热兵器诞生之初便已被淘汰，从此隐没于历史的烟尘中。但是在三百三十层的那场暴乱中，一个中年女人使用了这种武器，那甚至不是剑，只是两边有刃、前端削尖的一段铁条，却异常柔韧锋利。它刺穿人形机器的关节缝隙，如蛇般绞碎其内部的运转核心。

大都会顶级的杀戮机器用热兵器是很难攻破的，子弹打不烂，更无法贯穿，那坚固的皮肤甚至能在爆炸中安然无恙。只有古老的冷兵器，薄如蝉翼，柔韧如银的软剑，像水一样，切入铁皮的缝隙，而后汹涌成洪，断金如泥。

赵没有和钱多多推演过从酒馆中杀出去的过程，大都会政府会派出杀戮机器，这不奇怪，但是其极高的造价显然会导致数量的限制。

"十台。"钱多多反复测算后得出结论，"最多会有十台机器。"

这是最难突破的一步，用人力绞杀机器，以赵没有的体力最多能做到三次。而在遗址中时，钱多多的身体状态使他无法及时掌握剑的使用方法，这并不好学。虽然是已被淘汰了近千年的武器，但正如冷兵器时代的严酷考验，它对体质的要求极高。

赵没有只能赌一把。在遗址里长达十个月的体感嫁接中，他和钱多多的身体在某种程度上实现了共感。而在量子余波尚未散去的片刻，这种共感依然有效——

赵没有肢解了第四台机器，已经濒临极限，力竭造成的缺氧中，他的大脑出现了瞬间的空白。他抓住这个理智无法操控的刹那，用本能驱使——能力"变形"发动。

很难形容那是什么样的感觉，仿佛梦境侵入现实，量子拨动时空的能量弦线，原始的混沌中显现火焰般的幻觉。赵没有第一次成功在现实中使用了考古学家的能力。与遗址中流畅的转换不同，现实中的"变形"犹如抽筋剥骨，剧痛传来。赵没有觉得自己的脑髓浸泡在毒药之中，皮肤被充气而后鼓胀。他吐出一口不知是什么的东西，可能是内脏，接着中毒后的麻痹感传来。他什么都感觉不到了，只有轻盈和力量。

不得不说，这局赌得很大。但是只有这样，他才可能在极短的时间内破坏掉十台杀戮兵器。

灯火朦胧的走廊中，钱多多和赵没有背对背，杀机四伏。钱多多全神贯注地运转"扫描"，风尚未停歇，他们还有时间。下一秒，二人同时飞身而出，赵没有一剑刺向迎面冲来的机械女体，钱多多则将远处潜藏的狙击手一枪毙命。

杀戮机器剩余数量，五台。

灯油倾覆，纸门开始燃烧，火焰如舌，灯笼上的金鱼露出嶙峋白骨。女体合金制成的手掌刺穿了赵没有的腰侧，下一秒，赵没有手中的软剑绞碎了机器的头。他们已经冲到了走廊的尽头，包厢门口散落着打碎的瓷瓶，金属和鲜血一同被火焰灼烧，混着酒水，散发出野蛮的腥香。

三台。

感官失控造成的知觉错乱中，赵没有感到自己的脑浆在沸腾，滚烫的海水中升起一轮巨大的红日，他的头要炸裂开来，太阳即将破颅而出。他的躯体已成为群星镇压的山脉，岩浆在极深处灼烧。他感到自己的体内有一支沉睡的军队刚刚苏醒，万马踏过他的血管——他们在寻找什么？被尘封的又是什么？

一台。

钱多多狂奔向赵没有所在的方向，赵没有正在嘶吼，那声音模糊不清。他已经控制住最后一台杀戮机器，却无法再行动，因为他的本体已经瓦解。仓促间使用"变形"对他来说太勉强了。钱多多见过这种状态的考古学家，这是溶解的前兆。

钱多多将剑柄插入机器体内，反手一掌击在赵没有的头顶，巨大的力量让赵没有因剧痛而惊醒。

他们冲出东洋酒馆，酒馆外是一座长桥，对岸是主城区，中间隔着八百六十丈的深渊。钱多多将制造的炸药扔向身后,拉着赵没有跳了下去。

最后的量子余波即将消散,巨大的热浪从背后袭来。钱多多在火中点燃一支烟,看着失去神志的赵没有,将烟嘴触向他的嘴唇。

能力"嫁接"启动。

赵没有瞬间恢复神志,而钱多多却被赵没有混乱的身体感觉吞噬,吐出一大口血。幸好量子余波最终消散,变形的肢体恢复正常。然而意识的混乱和剧痛仍在,下坠的失重感中,赵没有看见钱多多捂着嘴,指间渗出的猩红液体滴落,落入他的视线中。

当黑的东西与太阳和火的光混合时,结果总是红。①

"赵没有……别睡……"

铺天盖地的红色将他吞噬,赵没有失去了意识。

破局。

不知过了多久,赵没有听到了沙沙的响动,像是深山中的森林。

我死了?还是在做梦?

他睁开眼,看到自己躺在漫长的石阶上,头顶苍木森森,勾勒出一道清瘦的天空。

这石阶已经很破旧了,青石深陷在泥土里,几乎不能行走。赵没有试着站起身,往下看,古树如海;往上看,云雾蒸腾,两端都没有尽头。

这是山吗?

赵没有有些困惑,他从未见过真正的山。大都会的全息影像中倒是保存着一些资料,可以看到山脉、森林、海岸和沙漠,但要么是文明尚未出现的原始形态,要么是已被大肆开发的人工版本,总之不是眼前这样,像是很久之前曾经有人烟,如今却已绝迹。

赵没有看了看自己的打扮,竹杖芒鞋,倒有些像古时的僧侣,但身上的衣料提醒他并非如此。这是一件袈裟般的衣服,却极其轻柔,无法形容是何种质地。赵没有下意识想要思考,却感到头痛欲裂,一阵天旋地转中,他突然听到了若有若无的钟声。

是从山上传来的。

山上有什么?

山上应当有寺。

寺里有什么?

寺里应当有僧人。

那么,我是那个僧人吗?

赵没有看着自己的衣着,扶了扶头上的斗笠。很奇怪,他从没见过这种帽子,却知道这是斗笠。

---

① 出自亚里士多德《论色彩》。

如果我是僧人，那么如今是谁在寺里敲钟？

头痛愈发严重，赵没有放弃思考，沿着台阶向山上走去。不知过了多久，他闻到了极淡的檀香。为什么他会知道这种香气是檀香？檀香是什么？

台阶消失了，他看到了流水，眼前是一口深潭，称之为湖泊似乎也无不可。

一座位于群山之间，深林深处的湖。

他听到的钟声就是从这里传来的，湖中浸泡着一口古钟，流水淌过，发出共鸣。似乎察觉到他的到来，湖水中又响起了别的声音。

是一阵音乐。

赵没有往水中看，较浅的地方淹没着许多乐器，古筝、编钟、琴瑟箫鼓，还有西洋的钢琴和管乐，叫不上名字的花瓣从水中漂过，流向深处。水流带动了许多乐器，使其不敲自鸣，因为被浸泡太久，它们失掉了音准。他还看到了一架管风琴，来自湖水深处，水流和花瓣从庞大的音管中喷涌，狭窄又浩瀚。

各种各样的音色从水流中传来，因为走调已经完全听不出是什么曲子，像是人类毁灭后的废墟，只有乐声是残存的证明。

所以，这是什么地方？

湖水的深处有什么？

钟声再次响起，赵没有猛地睁开了眼睛。

剧痛，身体第一时间传来反应，赵没有是个习惯疼痛的人，但现在他就像被油炸了一遍后放入盐碱中灼烧，从骨骼到五脏六腑都被重组。眼皮重若千钧，他费了好大的劲，才勉强发出一点声音。

"醒了？"床边有人看着他，"命挺大啊，赵莫得，我还当你都已经和阎王搓上麻将了。"

有棉签在他嘴唇上蘸了点盐水，味觉慢慢复苏。赵没有转了转眼珠，费了好大劲也没能说出话来，反倒是对方看懂了他的意思："你家引路人逃难逃到我这儿来了，先说好，房租该交还是得交。"

是台柱，柳七绝。青年手中摇着一把折扇，跷着二郎腿坐在床边，看好戏似的看着他笑："你行啊，赵莫得，那天夜里钱多多跟个鬼似的背着你找到我这儿来，我还以为你俩结仇，他把你杀了……想不到啊想不到，你怎么抱上钱多多大腿了？"

赵没有跟个垂危病人似的"啊啊"两声。

"别瞪我，你昏迷了七天了，想恢复行动至少还得一个月。"柳七绝道，"这是我和先生的安全屋，先生走之后还剩下不少医疗器械，让你囫囵活过来不是问题，好好躺着吧。"

也就是他们，一个没法讲话一个还能说得有来有回，若是换了刁禅在这儿，估计得偷偷躲起来哭。

柳七绝跟碎嘴八哥似的念叨了好一通，都是些无关紧要的闲话，最近戏院上了什么新戏，德大爷又发了什么疯，猪肉铺大婶少了麻将搭子，想他想得紧，云云。

房门突然被推开，赵没有听到了钱多多的声音，还有一股奇怪的味儿。柳七绝站起身，看着钱多多咂嘴："您这还没放弃呢？我在这儿，赵莫得死不了，别折腾了。"

钱多多端着一碗鱼汤，一碗堪称形而上学的鱼汤，只有鱼汤的概念。碗里的东西和鱼汤没有半分相似。

煳味儿实在是太有杀伤力，赵没有被呛得咳嗽，断断续续地冒出一句："钱哥。"

"嚯，你这就能说话了？"柳七绝惊奇地看着他，又看看钱多多，点了点头，"得，我滚蛋，你们慢聊。"

屋子里的味道实在太诡异，钱多多把窗户打开。

赵没有勉强抬起手，比画了几下，钱多多道："我没事，你的身体差点就在变形中溶解了，可能会有一些后遗症，不过不用太担心，那些症状会随着时间慢慢消失。"

当初在S86号遗址中，赵没有就和钱多多商量过之后的去处。钱多多有自己的安全屋，但其中药品储备不够——处理他自己的伤势倒是应该没问题。他习惯执行高风险任务，而赵没有却是第一次强行在现实中使用能力，能否成功是一回事，可以预料的是必然会有非常严重的反噬，他现有的医疗条件无法应对。

三十三层精神病医院是一个选择，但是下层区的医院显然也不会有太好的资源。

赵没有就想到了台柱。钱多多知道柳七绝，道："我和柳少爷合作过几次，他当年还请我吃过饭。"

于是这件事就这么定下来了。

赵没有又比画道："钱哥，我做了一个梦。"

"梦？"钱多多坐到床边道，"考古学家做梦很正常，这也是宣泄压力的途径之一。"

赵没有顿了片刻，又道："可是，我之前从来不做梦。"

深山之中的森林与湖水，失落的音乐——这是他人生中的第一个梦。

"你梦到什么了？"钱多多看着他，"你愿意的话，可以和我讲。"

赵没有沉默片刻，翻了个相当花里胡哨的花手，指尖都打着旋儿，钱多多差点没看懂他比画的是什么。

"梦到你啦。"他说。

钱多多问："你要喝汤吗？"

"钱哥，你要搞谋杀吗？"

钱多多叹了口气："赵没有。"

"欸，听着呢。"

"之前我对你提出的邀请，如今依然有效。"钱多多道，"但是无论从什么角度出发，如今我们要面对的境遇都大不相同，你的身体可能需要相当长一段时间的休养，如果你不想落下后遗症的话。"

"所以钱哥你想说什么？"

"我可以继续做你的引路人，如果你愿意，我们可以考虑长期搭档。"钱多多顿了一下，道，"但是以你如今的身体条件，我的建议是，等我从遗址里出来，我们再合作。"

钱多多所说的遗址，无疑就是他一直在筹备探索的高危遗址，甚至为此引来了大都会政府的追杀。

赵没有问："钱哥，你到底要去哪个遗址？"

事到如今，他其实已经有了猜测。

只听钱多多道："000号。"

大都会漫游
指南

06
CHAPTER

000 号遗址，所有考古学家都知道的一个遗址，但是从来没有人进入过。

进入 000 号遗址的入口在底层，在考古学家中被称作"天门"。

天门开，跌荡荡，太朱涂广，夷石为堂。

"哥，"赵没有比画着手势，"000 号遗址真的很危险吗？"

"无法确定，但是从序号等级来看，这的确是最危险的一个遗址。"钱多多道，"正因为没有人进去过才显得恐怖，恐惧源于未知。"

赵没有刚醒，这会儿脑子还有点僵，但他直觉这里头有点问题："钱哥，如果没有人进去过，那这个遗址又是如何被命名为 000 号的？命名者怎么知道这里最危险？当初给遗址编号的人是谁？"

钱多多摇了摇头："没有人知道，考古学家业内的未解之谜太多了。"

他顿了一下，又道："有一种猜测是，进入 000 号遗址的人会在现实层面被抹除，代价就是不会有人再记得他们。"

那这还商量个啥啊，赵没有飞快地比画着："我肯定得跟着你，就这么定了。"

钱多多很久没有说话，最后他握了一下赵没有的手："你先好好休息，我们还有时间。"

"就是这样。"赵没有从浴缸里冒出个头，"'我们还有时间'——他是这么说的。"

"赵莫得，无论从法律还是道德意义上来说，我目前都是刚死了家里人，你不给慰问金就算了，"台柱边听边冷笑，"还剥削压榨，你还是人吗？"

赵没有在水里吐泡泡："帮兄弟一把，回头请你吃饭。"

"我提醒你一句，别想得太美。"台柱说，"钱多多可什么都没答应。"

"不会吧？"赵没有挑眉，"你这态度有问题，前几天是谁一个劲地问我'怎么抱上大腿的'？"

台柱斜了他一眼："我说这些是想提醒你，你现在的状态可能是遗址后遗症的一部分，某些幻觉刺激了你的大脑，让你的理智还没恢复过来，所以让你产生了亲近的错觉，别太冲动。"

他引用了一句莎士比亚的诗句:"这残暴的欢愉,必将以残暴结束。"

"听不懂,说人话。"赵没有捧了一捧水泼向他,"那你又是如何判断自己是在现实还是在梦中?"

"梦中不知梦,但谓平常时。"

"滚。"赵没有指了指门,"你跟我们这些文盲玩不到一块儿。"

台柱真的走了,走之前,居高临下地看着他说道:"不管怎样,我们之间总有人该好好过,目前最有可能得到这个结局的人就是你了,赵莫得。"

赵没有趴在浴缸边上,问:"那你幸福吗?"

"我的诗歌已经结束。"台柱关上门,从赵没有的角度只能看到这人的背影。

门发出"咔嗒"一响。

"算是个好结局。"

赵没有半张脸埋在水里,与橡皮鸭子大眼瞪小眼。

他在盥洗室里,浴缸外壁布满了密密麻麻的管道,似乎是某种循环系统,能有效改善他的内外肌体状态。他在这里断断续续地泡了半个多月,被"变形"扭曲的身体已经恢复大半,只剩下偶尔发作的抽痛。

赵没有闲极无聊,让台柱给他找一个播放终端,他要做实验。

他想重现之前在梦境中看到的场景,水中有着失落的乐器在歌唱。

结果终端泡了没几次就坏了,台柱懒得在他身上砸钱,干脆给他找了个八音盒,纯手工制造,至少不会把人电死。

赵没有仰头倒在浴缸里,水面逐渐远去,他努力睁开眼,八音盒在头顶漂浮,金属和木头淹没在深蓝色的液体中,音准慢慢走调,铁元素遇水氧化,真菌将木质素分解,几乎可以看到整个生锈腐烂的过程。

他不知泡了多久,八音盒的发条即将走到尽头,突然有一双手破开水面,将他捞起,随即一大块浴巾裹了上来。

是钱多多。

"钱哥,你回来了?"

"跟你说了多少次,赵没有,不要沉迷这种窒息游戏。"钱多多皱眉看着他,"你是不是上瘾了?"

赵没有想解释,但是梦境又太迷离,最后他只好道:"钱哥,我肺活量很好的,不会窒息。"

他说完,又看到钱多多手里提着塑料袋,便问:"你买了鱼?"

钱多多上次做的鱼汤实在给赵没有的三观造成了很大的冲击,他从未想过有人可以对食材亵渎至此,便大发豪言,等他康复了,他要亲自下厨。

但是钱多多显然没打算给他留面子，塑料袋子里装的是一袋子金鱼。

"钱哥，"赵没有诚恳道，"金鱼不能吃。"

"我知道，我是买来看的。"钱多多正在思考着什么，似乎不放心，再次问道，"你确定这不是沉迷窒息的反应？"

也不能怪他草木皆兵，考古学家里面精神错乱的太多了，更何况是赵没有这号奇行种。

"真的不是，钱哥。"赵没有笑了笑，"我自己就是大夫，这点东西还是分得清的。"

"我听说三十三层区居民更乐意叫你屠夫。"钱多多显然不是很认同。

赵没有还在那边打哈哈："玩笑而已，真的钱哥，我肺活量真的可以，从来没呛过水……"

钱多多突然上前一步，皮鞋踩进浴缸，他扳过赵没有的肩膀，猛地将人拉到自己面前，两人一同倒进水中。

深蓝液体中，气泡急速上升，赵没有睁大了眼。

塑料袋跌落，八音盒走调的乐声中，金鱼在地板上弹跳。

咸腥液体灌入喉管，赵没有被呛得脑袋发晕，又无法挣脱，濒死与缺氧骤然袭来，八音盒溶于水中，音乐顺着液体流进血管，在他的体内唱歌——

赵没有猛地探出水面，趴在浴缸边干呕不止。

钱多多这才像是信了赵没有的说法，点点头，接着走到洗手池边。他似乎比赵没有喝了更多浴缸中的液体，趴着开始吐，居然还从嘴里掉出了一条金鱼。

赵没有没见过这么杀敌一千，自损八百的玩法，他比钱多多好些，率先缓过来："咳，我说钱哥……"

钱多多拧开水龙头，冲了把脸，回头看着赵没有问："呛水的感觉怎么样？"

这种暴力的治疗方式，不，根本不算治疗，但是赵没有很清楚，至少在一段时间里，他要是再把头埋进水里去，只会想起这次的缺氧和干呕。

总之他举手投降，老老实实道："以后不会了。"

冰箱里还有冷冻的鱼肉，钱多多将买回来的金鱼放入水缸，赵没有在厨房处理生鲜。这间安全屋是台柱和老先生一直以来的庇护所，厨具很齐全，赵没有还发现了样式古老的烤箱，嵌在墙里，外面装着铜门，应该是老者的品位。这种烤箱并不好操作，看来对方生前对厨艺应该很精通。

赵没有琢磨了一会儿这东西该怎么用，最后他放弃了，决定煲个鱼汤。

小米辣、樱桃椒、青红椒、青花椒，下锅烧油爆香，炒成虎皮后滤油，接着加水熬汁。蔬菜都是从中层区买来的鲜货，鲜艳而水嫩，整间厨房都浸满了湿辣辣的绿。

赵没有将火开得很大，辣椒那富有侵略性的香味极冲，经过水油烹煮，气味像大雨过后，草地上的一场狂野幻梦。

其间，台柱进来了一趟，似乎想说点什么，还没开口就被呛了出去。钱多多看他出来，问："赵没有在做什么？"

"作法！"台柱捏着鼻子走了。

鱼肉解冻，打花刀浅腌，放姜去腥，烧好的辣椒油加水熬汤，菌子焯熟垫底，最后放鱼，水不宜滚烫，要焖烧。

赵没有翻箱倒柜，找出一只瓦罐，等汤炖熟了倒进去。厨房门被推开，他听出钱多多的脚步声，便把汤勺递过去："钱哥，你要不要尝尝咸淡……"

汤勺敲在了防毒面具上。

赵没有问："钱哥，你在干啥？"

钱多多在面具里瓮声瓮气地说："赵没有，你想杀谁可以直接告诉我，不用费这个劲熬毒。"

"钱哥，炒辣椒的时候可能味道确实有点呛，这和日久生情是一个道理，炒熟了就好了。"赵没有让勺子拐了个弯，自己尝了一口，"这个叫作椒麻鱼汤，不骗你，倍儿香。"

钱多多在心里倒数"三二一"，数秒过去，赵没有还好端端地站在他眼前。他犹豫了一下，摘掉面具，尝了一口。

赵没有期待地看着他，问："怎么样？怎么样？"

"我包了。"钱多多指了指瓦罐，"你再做一锅吧，另外，柳少爷刚刚想告诉你，晚上有聚餐。"

赵没有给钱多多盛了一碗汤："聚餐？"

钱多多拒绝了碗，表示自己可以端着锅喝："是我们认识的几个同事，可信。"

赵没有明白了，这是一场考古学家的聚会。

台柱的安全屋位于中层区。夕阳西下时，有卖快餐的飞艇车从窗外驶过，女招待穿着悬浮溜冰鞋在半空中推销。她举着红黄相间的餐牌，上面是汉堡和盐水可乐。

M记快餐、盐水可乐、万宝路香烟是大都会重点保护的三大文明遗产，据说这座城市里只有这三样东西和数百年前的配方完全相同。远处巨大的燃灯神像亮了起来，这是大都会文化建筑项目中最早修好的一座金身，贯穿一百四十九层，可以供应半个中层区的夜间照明。

日落熔金，墙壁上闪烁着水一样的波纹。

最先到来的客人是一位西装革履的中年人，他提着公文包和保温杯，似乎刚刚下班。随后是一对双胞胎，还穿着校服。接着进来了一位雌雄莫辨的青年，他打扮很独特，背着透明的氧气罐，或者说那是个微型生态舱，里面养着花与蝴蝶。

他戴着氧气罩，看不清脸，据说是遗址后遗症，他无法再呼吸现实中的空气。

钱多多口中的"几个同事"显然不止十个：歌剧演员般的妇人、坐在轮椅上挂着输液袋的少年、美艳不似常人的女子、不知是乞丐还是劫匪的兄妹。他们进门就扫荡了食材库，甚至把冰箱搬到拖车上。赵没有去盥洗室的时候发现他们占领了浴缸，一边抽烟，一边用药瓶摇骰子……林林总总差不多二十来个，还有穿睡衣来的，带着睡袋，一进门就在走廊上睡了过去，其间被不止一人踩到，那人也浑然不觉。

台柱订了一大堆外卖，空气中弥漫着炸鸡和辣酱的香味。他让赵没有再随便炒几个菜端过去，自己也挽起袖子来帮忙。厨房里辣椒的呛人气味渐渐散去，有客人用保温箱带了食材，送进厨房，里面是青蓝色的菌类。

赵没有看了一眼便道："这东西不能吃。"

"为什么不能吃？"戴着氧气面罩的青年问他，"这个很贵的，实验室一年也就能培育出几十公斤。"

"那你应该去二十层以下看看，那边长了特别多，还不要钱。"赵没有道，"那边的部落居民都拿这玩意儿做毒药。"

"仔细处理一下是可以吃的。"台柱走过来，道，"到你发挥创意的时候了，赵莫得，把它处理成能吃的玩意儿。"

"这东西致幻。"赵没有道，"你不怕吃完给你家砸了？"

台柱耸耸肩："反正这帮人喝多了也是一个样。"

待饭菜出锅，客厅里的人群已经开始唱歌。赵没有探头往楼下看了一眼，中年公务员轻车熟路地打开了台柱的酒柜，兴致勃勃地开始搭建一座香槟塔。劫匪兄妹想要拿走轮椅少年的输液架，对方拒绝后站起来，抡起轮椅追着两人打，桌子被撞翻，酒杯稀里哗啦碎了一地。

有的人看不出年龄，台柱告诉他一个办法："看起来正常的，不是未成年就是中年；看起来有点脑干缺失的，一般都是二三十岁。"

赵没有问："为啥？"

"少年人急着长大，会故作老成；中年人想变年轻，会故作潇洒；只有青年不上不下。"台柱嗤了一声，"给客厅里的人做个心理调研，一半以上都得住院。"

确实挺像的。赵没有明白了这似曾相识的感觉从何而来。

就像精神病医院里的野生栖息地。

钱多多不知去了哪儿，最后才出现在客厅里。他一进门，所有的声音都静了下来。考古学家们如同装了雷达，一齐看向他，接着又同时转头，看向在二楼探头探脑的赵没有。

赵没有有种难以言喻的感受。他从不畏惧注视，即使那是毒蛇的目光。但此时许多并非恶意的眼睛朝他和钱多多看来,在两人之间编织起一张无形的网。就像柔软的刀锋切开胸腔,蝴蝶飞出,向世界展示你那俗丽又宏伟的欲望梦境。

沸汤泼雪,剖肠示众。

这时候再矜持就显得不合适了。今夜的客人们显然都是钱多多的熟人,其中也有台柱的老友。他们喝酒,像饿死鬼一样把饭菜扫荡一空,向彼此投去或清醒或带着醉意的祝福。

意外又不意外地,赵没有迅速融入了进去,速度之快就像他乡游子遇到故知。诀窍很简单,扔掉所有的社交礼仪,因为正在和你相处的人是酒鬼、狂人、疯子和孩童。客人们的手指被菌子染成青色,他们聊天、吐葡萄皮,笑声回荡到天外之地。

赵没有看向钱多多,道:"我有一点好奇,那个孩子的输液架是做什么的?"他说的是那个扛着输液架的少年,对方的身体素质看起来并不需要任何治疗。

"他之前在 S18 号遗址里乱吃了一点东西,导致自身量子含量过高,生命力变得很不稳定。"钱多多道,"他可能下一秒就会死,也可能会获得永生。"

赵没有看着少年的背影,问:"那他活了多久了?"

"他和柳少爷是旧识。"钱多多道,"输液袋里的液体可以降低他的量子阈值。"

赵没有道:"我想那大概不是用来延寿的。"

"是。"钱多多点了一下头,"里面的东西会加速他的死亡。"

吸氧的青年从罐子里取出一只蝴蝶蛹,台柱打开一瓶梅斯卡尔酒,他们把盐粒、柠檬、蝶蛹和酒水混合,最后找到楼梯下的睡袋,将液体全数灌入梦游者的口中。

"这一位的能力是'标本'。"钱多多为赵没有介绍,"可以把现实里发生过的事如实记录下来,然后在遗址中重现。"

赵没有问:"这位老兄什么时候能醒?"

"这是业内的未解之谜。"吸氧的青年耸耸肩,说,"他在大都会时看起来更像是梦游状态,或许遗址之中对他而言才是现实,谁知道呢?"

苦昼短,良宵长。

飞光飞光。

劝尔一杯酒,眉寿颜堂。

后半夜,房间里已经完全乱了套。或许是见手青的原因,客人们开始唱歌跳舞,有人在地板上爬行。台柱坐在沙发上抽水烟,烟雾像一阵模糊的叹息。冰箱门大开,罐头如呕吐物般散落一地。喝醉的人把冰块倒满浴缸,整个人泡进去,手在冰激凌罐子里插到齐腕深。灿烂的冷光打在地面上,切割出四分五裂的众生相。

赵没有和钱多多爬上天台,他们看着远处灯火阑珊的佛像。

钱多多从台阶上抱起一个瓦罐,里面是赵没有熬的鱼汤:"我给你留了一点。"

赵没有接过瓦罐，猛喝了一大口。他确实饿坏了，除了酒，胃里几乎没什么东西："钱哥，我能问问咱们这顿饭是个什么名头吗？"

"饯行。"钱多多道，"他们知道我们要去000号遗址了。"

赵没有注意到钱多多的用词，在夜幕中咧开嘴，笑了。

"你的身体已经大致没有问题，如果一定要去，那我们的速度要快。"钱多多道，"我已经安排好了所有的事，明天早上出发。"

赵没有问："这么快？"

"距离日出还有四个小时。"钱多多看了一眼时间，道，"你还有四个小时，赵没有，有什么想做的事吗？"

赵没有看着钱多多，突然涌上一股难以言喻的熟悉感，他想到了自己的母亲。母亲在离开之前也问了他同样的问题——"你还有什么想做的事？"

他看向中层区深不见底的楼群，那个女人并没有等到他的答复，就这么跳了下去。

跳下去，也是鹏程万里。

最后，他这样说："我想和你一起看日出，钱哥。"

赵没有话音刚落，钱多多点头道："那便走吧。"

他们今夜都穿着考古学家的制服，西装革履，整装待发，随时可以去赴约或者浪迹天涯。

钱多多说完，两人便一齐从天台坠落。一楼的人们正在狂欢，台柱似有所感，抬起头，看到窗外的景象。他抓起桌子上的酒瓶朝窗外砸去，高声道："别死了，赵莫得！"

醉醺醺的人们一齐跑到窗边，朝他们急速坠落的身影尖叫、吹口哨。嘈杂中，赵没有只听清了那句："一路顺风！"

耳畔风声呼啸，五颜六色的霓虹灯光汇聚成绚烂的河流，他们从无数窗口前坠落，波普爵士乐、汉堡肉和啤酒花的香气从一万零一个房间中飘出。男男女女在阳台上争吵、开派对或者跳舞，有人在排水管道上晒内衣，涤纶的、纯棉的、合成纤维的，彩旗似的迎风招展。他们在下坠的过程中撞翻了一辆悬浮快餐车，红黄相间的速食包装盒在夜空中飘散。中层区是能看到星星的，无论那是不是全息影像的把戏，巨大的金鱼在飞檐间游过，还有焰火。

坠落、坠落，梦境般的失重感中，时间与空间都失去了具体的轮廓。直到星月都消失，空气中出现咸腥湿气，那是铁锈和泥土的味道，来自下水道深处，宛如海底。

赵没有太熟悉这气味了，他们已经到了下层区。

钱多多不知何时打开了一把伞，他们缓缓降落在一截铁轨旁，这是一条废弃许久的轨道，许多流浪汉横卧在枕木上入睡。赵没有打量四周，道："这是十五层。"

钱多多"嗯"了一声。

赵没有没想到他们能落得这么深，毕竟三百三十层是中层区与下层区之间的分界，界线上安装着密不透风的纳米滤网，只能在特定的出入口刷卡通过。

然而他们就这么安然无恙地跳了下来。

钱多多将黑伞折叠，收好："这是柳少爷的收藏，伞盖可辐射五米左右的量子磁场，能中和纳米探测。"说完，他朝赵没有抬了抬下巴，"带路吧。"

从十五层往下，基本是大都会的地核区域，某种意义上来说，这里是一个禁区。

考古学家中流传着一些深入一层的方法，但是对于赵没有这种土生土长的底层区民来说，那都是外乡人的蠢法子。

钱多多显然了解这一点。赵没有笑笑，拉着他在黑暗中穿行，他们走过废弃的街道，偶尔有水银灯亮起白光，最后赵没有带着他走进一栋大厦。这栋大厦显然已经弃用很久，大理石招待台上落满灰尘，旁边盛开着一束用来装饰的塑料桂花。

他们走到一座电梯前，赵没有按下下行键，显示灯上亮起"出入平安"的字样，"叮咚"一声，电梯门打开。

里面并非狭窄的轿厢，相反，空间很大，塑料门帘后传来麻将声，牌桌边坐着三个自动出牌搭子，都是机械制品，只有上首坐着一位年过花甲的老妪。看到赵没有，她扶了扶玳瑁眼镜，问："西施？你点嚟嘞？"

"阿婆。"赵没有拉过钱多多，拍了拍他的肩，笑道，"嚟畀你见一见我朋友。"

"你呢猪都可以学识拱白菜嘞？"老妪有点惊讶，走上前打量一遍后很惊奇地点了点头。

"系吖，对啦！"赵没有道，"我嚟带佢见见我阿妈。"

"系要见见。"老妪连连点头，接着走到牌桌后，猛地拉下一道闸门，电梯开始下行，"轰隆隆"的声音回荡在四周，不知过了多久，轿厢停下，发出"叮"的一声。

"去吧。"老妪摆摆手，"出入平安！"

"来去顺风！"赵没有很顺地接了一嘴，拉着钱多多走出电梯，"阿婆再见！"

电梯门又轰然关上。

"阿婆原先在三百三十层开赌坊，也是我妈的义母。"赵没有向钱多多解释，"那手耍剑的功夫就是她传下来的。"

钱多多完全没听懂他们之间的对话："你们说的是什么语言？"

"一种古东方方言。"赵没有说，"我告诉她，你是我朋友，我要带你来见见我妈。"

"在这里？"钱多多有点惊讶，"见你母亲？"

"算是一种象征性的行为吧。"赵没有说，"我妈当年就是在这里消失的。"

轿厢外是一处空旷地，有极微弱的光线不知从何处传来。地上用粉笔画着一个个圆圈，侧面开了口，圆圈里有灼烧过的痕迹，还有尚未燃尽的香烛和纸钱。

"通常来祭拜的,在这儿烧会儿纸钱就走了。"赵没有看着钱多多说,"如今靠你了,钱哥,接下来怎么走?"

"你的那位阿婆,你长时间不回去,她不会担心你吗?"

"想啥呢,钱哥,下层区的娃娃都是从泥里长出来的,亲妈都不操心。"赵没有想抽烟,又忍住。

钱多多听完,取下一枚袖扣,摁了一下,袖扣发出青金色的光线。他道:"跟着光。"

一层,大都会的最底端,城市初建之地。

赵没有第一次来一层是在很小的时候,没有什么特殊的原因,下层区出身的小孩基本上都出于好奇心来过这里。

在一些都市传说中,一层沉睡着不知名的庞大生物,它们是猎户座战争时留下的巨型兵器。极其年长的老人依稀记得这里是大都会的地基,曾经有先驱者跋涉至此,移山填海,建立巍峨的核电站。神话也是有的,他们镇压了灾厄,独裁者驾驶着最后一艘飞船逃向月球,从此土地属于先民。

传闻各有各的荒诞奇诡,而大都会就建立在诸多神鬼、废墟、科技残骸与不知名的深渊之上,万民景仰,瑰丽辉煌。

他们在黑暗中穿梭,一前一后路过巨大的排风管。苟延残喘的扇叶依然在缓缓旋转,那实在是巨大的粗金属,生锈的冷光有如沉睡的巨人眼睑。尘埃弥漫的空气中传来稀薄的碰撞声,像风铃。

不知过了多久,钱多多停下脚步,"咔啦"一声响,他似乎拉开了某种电闸似的东西。

赵没有看到了巨大的佛像。

他们站在某种类似于神道的地方,青砖自脚下蔓延开去,两侧排开金色的转经筒,一眼望不到尽头。

钱多多轻声道:"跟我走。"

神道逐级抬高,通往佛像的胸腔。赵没有跟在钱多多身后,感到自己仿佛身处群青之腹,此处是海底,是山中,是深林。那些经筒已不再转动,巨鲸的呼吸穿林打叶,空气中传来电噪般的沙沙声。

神道的尽头,佛像胸腔处是一扇朱红大门,金色兽首口衔门环,上钉八十一颗门钉。赵没本以为这是很沉重的门,然而似乎感应到他们的到来,门扉"吱呀"一声,自动打开。

正如台柱当初所说:"大都会中存在着这样一座扶梯,从一层一直通往九百九十层。"

门后是一座古寺般的殿堂,在原本应该供奉金身的神龛处,赵没有看到了那座扶梯。

一束光从不知多远的高处打下来，自上而下，投射在扶梯的入口。

这是一个无比诡异的场景，那扶梯已经非常老旧了，像几百年前地下百货超市的扶手电梯，不是阶梯式，而是便于卡住购物车的那种，梯面上有竖条状的凹槽。殿墙上绘制着壁画，金粉已经脱落，而在两侧应该供奉罗汉的地方，赵没有看到了两排手推车。

是超市里最常见的那种购物手推车，上面还设计了折叠起来的儿童侧座椅。

钱多多拉出一辆手推车，示意赵没有坐上去。购物车车轮上的齿纹与扶梯上的凹槽嵌合，扶梯感知到重力，入口处的显示牌忽然亮起，不知从何处传来一阵合成音：

"出入平安！"

"福无双至！祸不单行！"

"今日气温33℃，附近87公里有雨。"

"审美良好的抽脂医生有哪些？下面为大家列举——"

"斯里兰卡失事客机，上百名乘客全部遇难……"

"长亭外，古道边，芳草碧连天……"

"吉祥如意app，扫码即可使用，祝您万事大吉！"

"喜迎双节，辞旧迎新，半价返还，仅限当日……"

扶梯缓缓上行，赵没有和钱多多沐浴在明亮的光线中，嘈杂的合成音将他们包围。扶梯并不宽，最多容得下四人并行，而光线来自扶手之外——无数电脑显示器挤压在一起，堆叠成两面刀劈斧凿般陡峭森严的山墙。

每一块屏幕上都显示着不同的内容：广告、新闻、音乐台、综艺、电视剧……每一台显示器的声音都不大，但无数信息洪流汇聚在一处，岩浆般滚滚而来，如雷如洪。

赵没有"啧"了一声，起身捂住钱多多的耳朵。

噪声过于巨大，他们谁也听不清对方说了什么。钱多多盯着那巨大的屏幕墙，扶梯缓缓上升，不知过了多久，他忽然探出手，双臂发力，把一台显示器从墙壁里抠了出来。

无数五光十色的显示器中，只有这一台是黑屏。

它就像一个特殊的开关阀门，同一时间，所有的电子屏幕都黑了下来，而钱多多手里的显示器开始启动。

赵没有松了口气，他感觉脑子在嗡嗡作响，好半天才道："钱哥？"

钱多多从精神高度集中的状态中脱离，摁上赵没有耳边的几个穴位："我们大概要在扶梯上待一段时间，然后可以抵达九百九十层，即000号遗址的入口。"

他舒了口气，像是在这一刻才真正放松下来："从现在到进入入口之前，不会再有什么危险了。"

赵没有安抚性地拍了拍他，问："钱哥，你是从哪里看到这些出入方法的？"

"考古学家黑市里流通的《山海手记》残篇，还有一些来历不明的日志。"钱多多说，"赵没有，这之后我们会面对什么，我就彻底不知道了。"

赵没有"嗯"了一声。

显示器屏幕上的加载即将完成。它播放出一阵编钟似的旋律，机械合成的声音分辨不出性别，它在歌唱。

"天门开，詄荡荡，穆并骋，以临飨。

"光夜烛，德信著，灵浸鸿，长生豫。

"太朱涂广，夷石为堂。

"饰玉梢以舞歌，体招摇若永望。

"星留俞，塞陨光，照紫幄，珠煇黄。"

随着古老的旋律，他们突然看到了光。不是显示器的蓝光，而是真正的太阳。

此时此刻，扶梯两侧密不透风的山墙似乎变成了透明的玻璃板。下层区的集装箱楼群已在脚下，与他们平齐的高度大致在四百层，铁道部门正在进行剪彩。红绸带"咔嚓"一声断掉，悬浮列车轰鸣着朝他们驶来。扶梯继续上升，他们几乎已经能看到六百六十层的全息天幕。

燃灯神像熄灭了灯盏，全息影像中浮现出巨大的水车翻斗，犹如巨人砸下重锤。金色池在水铺天盖地，整座城市在刹那间充满了光芒。

显示器中传来一道声音："日出旸谷，上有扶桑。"

他们看到了日出时分的大都会。

考古学家中有一则传闻，据说大都会中存在着这样一座扶梯，从一层一直通往九百九十层，在扶梯上可以看到整座城市的全貌。

"传说竟然是真的。"钱多多看着远处的日出，喃喃自语。

赵没有端详着眼前的景象，突然觉得有趣，他们花了半宿的工夫深入一层，虽然不算原路返回，但也是实实在在地再次升了上来。

这座扶梯平时藏在大都会的什么地方？

他看到了上层区的大学城，当年他和刁禅在这里待了七个年头，上层区的街道建筑井然有序，比错综复杂的下层区有秩序得多。那七年间，赵没有把大学城摸了个透，却从未见过这座扶梯的存在。

"钱哥。"他问钱多多，"你在大都会里见过这座扶梯吗？"

钱多多摇了摇头："我想起了一首长诗。"

"我文盲，什么诗，钱哥你就直接说吧。"

"中世纪最后一位诗人但丁的《神曲》。"钱多多道，"诗人受维吉尔和贝雅特丽齐的指引，从地狱的入口层层深入，自下而上，最后由极深处重返天堂。"

就像他们抵达天门的路线，由上至下再至上的轮回。

钱多多手中的显示器再次响起机械的合成音：

"从地升天，又从天而降，获得其上、其下之能力。

"下如同上，上如同下，依此成全太一的奇迹。"①

文盲如赵没有并不能听懂这些玄言般的语句，他看着陷入沉思的钱多多，劝道："钱哥，别想了，想多了头疼。"

他劝人的时候总是很喜欢用这句话——别想了。

如果说思考和理性正是人类的高贵之处，那么赵没有这种态度算什么？是逃避吗？是苟且吗？是盲目的乐观主义，还是麻木不仁？

似乎都是，又似乎都不是。钱多多看着赵没有，突然问："赵没有，你不会感到恐惧吗？"

"会啊，怎么不会呢。"赵没有仿佛对这个问题有点意外，但他还是回答了，"恐惧的根源是对死亡的不释然，谁不怕死啊？当然，生理性和心理性的畏惧是两回事。"

"那你怎么能够忍受不思考？"

"钱哥，在极大的恐惧面前，人往往会失去思考能力的。"

"但你现在的样子并不像是被吓傻了。"

赵没有闻言思索片刻，然后掏出烟盒，点了一支烟。

"钱哥，你知道吗，有时候真的不需要想那么多。我妈当年经常跟我说一句话，'路就在脚下'。后来我们医院办过一场讲座还是什么活动，让大家谈谈想要如何面对死亡……我思来想去，如果我死的时候，有个人陪着就好了。"

钱多多静静地看着他，问："所以呢？"

"所以，我这还没死呢，就有人陪着我了。"赵没有和他对视，"那还有什么好怕的？"

钱多多愣了一下，似乎有些不赞同："你这是今朝有酒今朝醉。"

"明日愁来明日愁。"赵没有叼着烟，笑了一下，"钱哥，如果一味地考虑明天，那么最终的明天注定是死亡，人人平等，都一样。"

"路就在脚下，我们已经上路，走下去就是了，不用总想着踩油门、踩刹车、看信号灯、看安全逃生手册……反正终点就在那里，跑不了，每个人都会抵达的。"

钱多多看着他，问："那你就没有野心吗？"

---

① 引用自炼金术著作《翠玉录》。

赵没有平静地说:"如果钱哥你问的是把油门踩到八百迈的野心,我可能真的没有。"

"那你的野心是什么?"

"钱哥,你开车,我坐在副驾驶位,等红绿灯时你能扭过头,看我一眼。"

钱多多一时语塞。

"你不能否认这不是雄心壮志。"赵没有有些严肃地看着他。

钱多多好半天才说:"赵没有,你看起来不像个及时行乐的人。"

"我不是及时行乐,只是深知生命短暂。"赵没有笑了笑,"我说了,钱哥,活在当下。大都会建得太高了,触手可及的风景有时比仰望天空更重要。"

赵没有强调了"当下",这实在不具备考古学家的风格。他们是穿梭于历史与星河,探寻过去与未来的一群人。因此在时间的坐标轴上,"当下"这个锚点难免被双向反衬为最没有吸引力的一环。不能说这是他们的错。在25世纪的大都会,科技最辉煌的时代已经过去,神话与炼金术在更早之前便已被祛魅,只剩吉光片羽留给他们捡拾。当下还有什么?礼崩乐坏、大杂烩般的文明混杂,不知所云的信息洪流和无限空间的永恒沉默?

但是像赵没有这样一个人,生活在深海般的下层区,人人都是井底之蛙。

他却说,活在当下。

"每一个当下构成了所有的过去与未来。"赵没有看着钱多多,轻声道,"此时此刻在我身边的你,哪怕只有一个瞬息,也将永存于我全部的生命中。"

路就在脚下。圣人的路、疯子的路、彩虹的路、孔雀鱼的路、随便什么的路,[①]这将是他们两人一同走过的路。大笑着飞驰而过也好,从火山口一跃而下也罢,他们可以去冥王星逃亡、银河系流浪、观看群星诞生又死亡,哪怕被烧死在太阳毁灭的烈焰中,只要你开车,我坐副驾驶位,在等待信号灯的途中给我一个眼神,那么在终将到来之前的瞬息里,我将把我的手交付于你的掌心。

太阳升了起来。

天亮了。

在图书馆恶补文史的那段日子里,赵没有曾读到一句话:"我从地狱来,要到天堂去,正路过人间。"

这对他们的000号遗址进入过程是一个很贴切的描述,他们从极深处到极高处,最终抵达九百九十层。据说天堂中充满了光,他们确实在进入九百九十层之前看到了极其强烈的光芒,是纯净到极致的白色,以至于赵没有在刹那间以为自己失明了。

---

① 引用自凯鲁亚克《在路上》。

然后他察觉到熟悉的抽离感，这是进入遗址的前兆。

"所以，钱哥，"赵没有打量四周，说道，"难道说九百九十层就是一座遗址？那大都会到底是个什么东西？"

钱多多从一个巨大的展览柜前抬起头，道："我们是从扶梯进入000号遗址的，并没有真正看到九百九十层。"

他们现在身处000号遗址，和之前的许多想象截然不同，这里没有从未见过的奇怪生物，时空也并没有压缩为二维。和许多壮观宏伟的遗址相比，这里显得有些过于寂静了，也许这座遗址里确实没有任何生命体。

毕竟博物馆里展览的都是死物。

赵没有站在钱多多身边，看着眼前那个巨大无比的球体，更加确定了心中的想法——这里就像一座博物馆。

他们现在身处一个陈设极为华丽的展馆中，宛如金碧辉煌的歌剧院，圆形穹顶上雕刻着巴洛克风格的花纹，但是舞台上并没有演员。

赵没有看向悬浮在展馆中央的那个巨型球体，它实在是太大了，同时得益于它的体积，他大概能猜出来这是个什么东西。

这是一颗死掉的星球。

很难形容这是一颗什么样的星球，或许是恒星，但它已不再拥有光滑的表层，似乎静止在即将爆裂的那一瞬，皲裂、膨胀、凝固。山脉如凸起的血管，又像老人身上的死皮，周围弥漫着火山灰、岩浆和亮紫色的电磁辐射，很难想象其深处的核心中还有什么东西，是否有文明曾经存在。在毁灭的刀锋将其开膛破肚之前，平原上是否有音乐回响？是否有一双眼睛注视过浩瀚群星？

"走吧。"钱多多说，"无论怎样，我们尽量先把这里转一遍。"

很难想象这座"博物馆"究竟有多大。

他们穿过满是青铜大柱的殿堂，那些柱石圆润深长，高得几乎看不到尽头，柱身上雕刻着莫名的形状与文字，像是眼睛、藻类以及某种星际虫群，图案中涂抹着大片的青金色。青铜上有流水的痕迹，或许这里曾经被不知名的液体浸泡，又或许那些眼睛的图案自己会流泪。

巨大的房间、漫长的走廊、旋转的阶梯，他们像两个漫游者，赵没有必须抓紧钱多多的手，以防他们中的某一个突然飘起而后飞走。这里的展品几乎没有任何逻辑可言，他们在一条长廊上走了很久，天花板压得很低，垂下万千种造型的灯笼，两边的展品被密封在圆柱形的玻璃罐里。他们在一座罐子前停了片刻。

"这是天使吗？"赵没有压低了声音。

"我看过关于天使的记载。"钱多多念出一段经文，"主者端坐于巍峨之宝座，衣裳垂布，覆盖圣殿。左右侍立各具六翅，翅中有瞳，为火焰之初。"

赵没有脱口而出："天使？怎么搁这儿泡大澡呢？这也不得劲啊！"

接着，他被钱多多拖着领子拽走："走了。"

此地不宜久留，他们谁也不知道那罐子里的东西是真的死了还是在沉睡。

走廊尽头是一扇门。令人惊讶的是这是一扇再普通不过的门，会出现在所有人类的家中，通往浴室、书房或者地下室。钱多多在门前停步，顿了一下，随即旋开门把手。

那一瞬间，他们同时听到了一道宛如叹息般的声音，沙沙的，轻而深沉，像洞穴中的回声。

门后是什么？

赵没有看到——精神病医院的走廊。

这是他再熟悉不过的地方，大都会三十三层精神病医院，下层区唯一的公立医院，消毒水和清新剂的味道弥漫在四周。赵没有感到一丝恍惚。他看着对面的玻璃窗，里面模糊地映出他的脸。我怎么在这个地方？

"赵主任！"值班护士看到他，连忙说，"您在这儿呢！三楼等着您去查房呢，咱们赶紧吧！"

他看清了玻璃中自己的脸。他穿着白大褂，戴着无框眼镜。

哦，对了，这个点了，他是应该去查房来着。

今天实验体状态大多良好，12号房的病人出现了可喜的康复趋势，食堂午餐是螺旋藻焗鹿肉。晚上八点，赵没有准时下班。他下到停车场，从后备厢里找出好友的缩水皮囊，用打气筒充气，人形逐渐鼓胀丰满，最后睁开眼："赵莫得？"

"早啊，刁禅，睡得怎么样？"

"不太好，你把我叫醒是为了干什么？"刁禅揉了揉眉心，"对了，今天是你生日吧？"

"没错。"赵没有把车钥匙扔给他，"走，我们去看栖息地。"

栖息地建在郊区，是一座围着铁丝网的高大温室。温室中永远天气晴朗，鸟语花香，仅剩的十万原生人类生活在温室之中，丰衣足食，无忧无虑。赵没有把车停在观赏位，买了两桶爆米花和两听盐水可乐，然后对刁禅道："好久没来了，时阁先生结婚了吗？"

时阁先生是他们云资助的一位原生人类，温室管理员会定期发送人类成长日志和照片给资助方，他们也可以亲自来栖息地观察人类的生长情况。

"没看到他。"刁禅把爆米花塞进嘴里，"上次不是说时先生喜欢上了一个人？"

"我看见那孩子了。"赵没有拿着望远镜，说，"手上戴着戒指，应该是结婚了？快看！"赵没有朝一个方向伸出手，"那孩子走过来了！"

赵没有和刁禅都跳下车，隔着铁丝网和对面的人打招呼。

"你是赵没有吧？"那人看着他们，把一个礼物盒子递给他，"祝你生日快乐。"

"谢谢。"赵没有有些感动，"我能拆开看看吗？"

"当然可以。"对方笑了起来，眉眼灿烂。

赵没有打开盒子，里面是一本精装相册，他翻开，第一页就是他的照片。

"这不是我吗，哟，这张真帅气，怎么拍的？"赵没有饶有兴致地一页页翻着，"这照片是管理员发给你们的？他们怎么能拍这么多？"

一阵休止符般的停顿后，赵没有看到了相册的最后一页，上面用金色卡纸写着："感谢资助人时阁先生对变异公民赵没有的云资助，大都会政府向您送上衷心的祝福。"

赵没有手中的相册"啪嗒"一声摔在地上，照片四散，在空中卷起一阵狂风，飞沙走石。他站在风暴中心，感到头颅深处传来一阵剧痛，这是怎么回事？

"赵没有！赵莫得！"好像有谁在叫他，赵没有茫然地循声望去，只见天地间一片混沌，声音来自极远处。他想要跑走，却被强大的气流击倒在地。

似一记重锤砸在心口，赵没有猛地睁开了眼睛。

只见刁禅在病床边看着他，一副忧心的神色："赵没有，你没事吧？你在查房的时候突然昏倒，你是不是又通宵值班了？"

看到雪白的天花板，感受到身下触感温暖的医院床单，赵没有猛地站起身。

"赵莫得，你又发什么疯？你现在的身体不能猛起猛坐！"

赵没有顾不得身后刁禅的大呼小叫，推开房门。

他看到了——精神病医院的走廊。

这是他再熟悉不过的地方，大都会三十三层精神病医院，下层区唯一的公立医院，消毒水和清新剂的味道弥漫在四周。赵没有感到一丝恍惚。他看着对面的玻璃窗，里面模糊地映出他的脸。我怎么在这个地方？

"赵莫得，你没事吧？"刁禅走上前，问，"你是不是最近压力太大了？你妈接了电话后很担心你，他马上就过来，不行的话请两天假回去歇歇。"

赵没有转过身，一脸难以置信的模样："我妈？"

"对啊，就是柳夫人啊。"刁禅盯着他看了一会儿，道，"你别因为你妈要再婚了就不认他了，听兄弟一句劝，识时务者为俊杰，咱医院还等着你家赞助呢。"

片刻后，赵没有见到了刁禅口中的"柳夫人"，一位丰腴的"贵妇"。赵没有不可思议地瞪大双眼，转头看向刁禅："这是个男人啊？"

"不然呢？"刁禅也惊讶地看着他，"还能是女的不成？"

"男的怎么生孩子？"

"女的怎么生孩子？"刁禅摸了摸赵没有的额头，"不是吧，赵莫得，你真疯了？"

"行了。"柳夫人不耐烦地摆了摆手，"别装疯卖傻了，赵莫得，你不就是不想结婚生子吗？逼着你去相亲跟要了你的命似的。男人三十岁再嫁不出去就是隔夜剩菜，你懂不懂？就你这高压工作，你还想要孩子？做你的春秋大梦，晚啦！有你后悔的时候！"

赵没有大为震撼。

柳夫人说着从包里掏出一张请帖塞给他："这是婚礼地址，爱来不来，行了，我走了。"

"柳夫人，柳夫人，您慢点儿走！"刁禅赶紧去送，走之前他把赵没有推回房间，压低声音道："你妈交给我，你好好睡一觉啊，别想那么多。"

赵没有麻木地关上病房门，四处看了看，居然在床下找到一瓶安眠药。他盯着药瓶看了一会儿后，掏出记号笔，在墙上写了几个大字：我生你个头。

接着他旋开盖子，把剩下的药片全塞进嘴里，然后他躺上床，把棉被盖过头顶。

他再次醒过来的时候，墙上的字消失了，他正躺在床上输液，有护士推着医用推车进来，熟练地给他换了输液瓶。见他醒了，护士便摁下了床头的传呼键。赵没有刚想起身，却发现自己被严严实实地捆了起来，这东西他可太熟悉了，正是精神病医院的特产——拘束衣。

那护士看起来完全没有与他交流的欲望，赵没有正思索着之前发生了什么事，结果门外忽然"轰隆隆"一阵巨响，护士神色一变，扔下推车，拉开窗户便跳了下去，速度之快让赵没有都看愣了：这是三十三层吧？

下一秒，病房门被撞开，一辆巨大的拖拉机开了进来，车头前还安装了巨大的铁铲，连天花板都被撑破——赵没有隐约能看到门外是精神病医院的走廊，他再熟悉不过的地方，大都会三十三层精神病医院，下层区唯一的公立医院。烟尘中夹杂着消毒水和清新剂的味道，对面的玻璃窗里模糊地映出他的脸。

我怎么在这个地方？

下一秒，刁禅从拖拉机驾驶座探出头："赵莫得！快上车！"

虽然不知道发生了什么，赵没有还是迅速从拘束衣中挣脱，跳上了驾驶座。刁禅猛打方向盘，拖拉机直接把墙壁铲倒，一路狂飙突进，驶出了走廊。赵没有在轰鸣声中大吼："到底发生了什么？"

"收庄稼啊！开拖拉机出来还能干啥？"对话间，拖拉机已经驶出医院大门，街道已经完全是赵没有不认识的模样，发疯的人群到处游走。

"这怎么回事？"赵没有吓了一跳，"大灾变病毒又复苏了？"

"赵没有，你睡迷糊了吗？这明明是政府种的庄稼！"刁禅说着踩下油门，这拖拉机上还有车载音响，里面传出一阵皇后乐队的摇滚乐声。震耳欲聋的鼓点中，赵没有看到拖拉机车铲高高扬起，朝街道碾去，到处都是喷洒的红色。

"噢——"刁禅看起来居然相当兴奋,"今年番茄酱的收成真不错!"

赵没有正在狂拉车窗,他在风中凌乱地道:"什么番茄酱?"

"就是番茄酱啊!"刁禅莫名其妙地看着他,"番茄酱就是番茄酱,不是黄金也不是糖浆,番茄酱就是番茄酱!"说着他从窗外刮下厚厚一层血浆,然后将手掌摊开,伸到赵没有面前,"今年番茄酱的成色挺不错的,你要不要尝尝?"

赵没有感到眩晕和混乱。

"赵莫得,你是不是有点晕车?"刁禅看着他的脸色,居然从座位底下摸出了一包薯条递给他,"来,蘸酱吃就不会吐了!"

赵没有摆摆手,捂着嘴,拉开车门就跳了下去。番茄们张牙舞爪地朝他扑来,随即被碾在车下。

再次睁开眼的时候,他依然在病床上,这次禁锢他的不是拘束衣,而是手铐。

他认得这里,大都会三十三层精神病医院,下层区唯一的公立医院,消毒水和清新剂的味道弥漫在四周。

病房门上开着一道玻璃窗,能看到门外窗明几净的走廊。

病床不远处立着一排精钢栅栏,身穿警服的女人坐在栏外,见他醒了,便道:"赵没有,关于你对刁禅公民和柳七绝公民的暴行,情节极其恶劣,你还有什么想说的?"

赵没有感到摸不着头脑,他的脑子仿佛成了一口装满沸腾的水的锅,许多莫名其妙的记忆在其中翻滚,咕嘟咕嘟地冒着泡。

我怎么会在这个地方?赵没有努力回忆之前发生了什么事,突然脑中灵光乍现,他冒出一句:"番茄酱。"

女警皱了皱眉:"什么?"

"不是黄金也不是糖浆,"赵没有脱口而出,"番茄酱就是番茄酱。"

这里是精神病医院,护士正在走廊上查房。

"番茄酱!"

突然一声大喊炸响,平地惊雷一般,护士看到一个白色不明物体从身边一闪而过,吓得险些摔掉了手中的病历:"那是谁啊?"

旁边的老职员推了推眼镜,淡定道:"别慌,那是211号病房的患者,普通的拘束衣困不住他,估计又把锁给撬了,这会儿正犯病呢。"

话音未落,几个身材高大的男护士从旁边跑过:"赵没有!赵没有你站住!"

跟着查房的护士是新来的实习生,她显得惊魂未定:"我刚才好像听到他在喊什么……什么番茄酱?"

"啊,对。"老职员忙着写查房记录,头也不抬,"211是咱们医院的老病人了,刚进来那会儿就是这样,老是说些谁也听不懂的话,要么就是番茄酱。"

"番茄酱!"

赵没有一头扎进病房,振臂高呼:"不是黄金也不是糖浆,番茄酱就是番茄酱!"

几个男护士好不容易才摁住他,套拘束衣、打镇静剂一气呵成。等床上的青年昏昏睡去,几人终于松了口气。赵没有是医院最棘手的病人之一,倒不是有什么暴力倾向,就是酷爱载歌载舞,动辄在走廊上来一场狂奔大游行,口中高唱番茄酱。搞得医院全体上下都有PTSD,连食堂都不再炒番茄鸡蛋了。

他们关上病房门,又换了一把新锁。等几人的身影渐渐远去,病床上"沉睡"的赵没有猛地坐起身,三下五除二挣脱拘束衣,踩在枕头上比了个白鹤亮翅的造型,小声道:"番茄酱!"

他跳下床,跳大神似的左蹦右跳:"番茄酱!番茄酱!不是黄金也不是糖浆!番茄酱就是番茄酱!财神道喜,点石成金,上上大吉!番茄酱!女人脸上有白色的霜!这是个循环,我得想办法出去!那么问题来了,我要去什么地方?番茄酱!"

他开始在地板上爬行,喃喃自语:"番茄酱!将酒宴摆在聚义厅上,我与同众贤弟叙一叙衷肠,窦尔敦在绿林谁不尊仰——番茄酱——家有人还在遗址等我返乡——返乡,返什么乡?"

他忽地开了嗓,念出一段戏词,却在最关键的地方戛然而止,魔怔似的一遍又一遍地念着:"返乡、返乡、遗址,000号遗址……番茄酱!"

又是番茄酱。赵没有一头栽回床上,这时他疯子般的神情突然褪去,露出无以复加的疲惫。

他捂住眼,骂了一句:"去你的番茄酱。"

他躺了片刻,又咬着牙站起来,从床垫下摸出一支记号笔。接着,他爬到床下,在床板上写了几个大字:000号遗址。

从床底往上看,木质的床板并不大,但已经密密麻麻写满了各种凌乱的字迹:任务、考古学家、朋友、循环、天使、梦境、门……

还有几行小字:

你叫赵没有。

你没有疯。

这是一个循环,或者是一个梦境。

你要想办法出去。

以及一个大大的"番茄酱"。这三个字笔画被涂得很粗,旁边是一行标注:你不是一个没有过去的人,你只是忘了一些东西,想要记起来的话,就大声念出"番茄酱"。

赵没有看着床板上的字迹,口中喃喃自语:"番茄酱。"

别人告诉他，他是这家医院的病人，他已经在这里住了很久——这句话有一部分应该是对的，因为这里确实给他一种熟悉感。但没有人能说出他从哪里来，有没有家人或者朋友。他无法逃离医院，也无法回忆起自己的过往，他像一个突然从天而降的人，最初的记忆里只有一个词——"番茄酱"。

赵没有最初的记忆，就是从床上醒来，那时他甚至不会说话，只能说出"番茄酱"。接着，他慢慢想起了一首童谣似的顺口溜——番茄酱，不是黄金也不是糖浆，番茄酱就是番茄酱。

住院的日子没有尽头，他试着用各种各样的旋律搭配这首歌，把它唱出来。结果突然有一天，他唱出了新的歌词："番茄酱，这不是真实，要出去，快逃离循环，番茄酱。"

他自己把自己吓了一跳，第一反应就是把这句话记下来。然后他开始反复吟唱这首歌，偶尔会有断断续续的句子出现。语言就像通道，碎片般的只言片语向他展露出另一个世界的冰山一角，直到有一天他终于拼凑出了一件事：我好像不是个疯子。

他不是疯子，因为这个世界是假的，他要想办法出去。

首先，他得想起自己是谁。他叫赵没有，但这并不意味着他一无所有。他至少有"番茄酱"这个词，这个词就像一把钥匙，他发现只要以一定频率把它念出口，有时就像买一送一，一些谁也听不懂的东西就会紧跟着脱口而出：大都会、猪肉、急诊科医生、考古学家……有时候，他脑子里还会传出一些莫名其妙的旋律，他跟着那些旋律跳舞、行进、在走廊上狂奔，越癫狂就越接近真实，词汇喷涌而出。所有人都说他疯了，听不见音乐的人都说跳舞的人疯了。

这里没有钟表，他看不到时间，而走廊外的太阳似乎永远也不会落山，他亦永远不需要睡眠。

赵没有把记号笔塞回原处，然后穿回拘束衣，爬到床上，开始做没有梦境的梦。不知过了多久，病房门再次被推开，男护士们走了进来："赵没有，出来放风了！"

赵没有睁开眼。

医院偶尔会让病人们集体到花园里放风。而赵没有因为行动过于跳脱，以至于他自己都觉得，自己大概早就被取消了参加活动的资格。

男护士们并没有替他解开拘束衣，而是把他整个儿搬到轮椅上，就这么推着走了出去。

"番茄酱。"赵没有坐在轮椅上，似乎心情很好地摇头晃脑，"三月兔，爱丽丝，派对要开始了，红王后要砍下谁的头？番茄酱！"

花园就在走廊尽头，男护士们把他推进去，像把一只白鹤推进鸡群。

病人们三三两两地散落在花园各处，赵没有被固定在轮椅上，什么都做不了。他只能摆了个舒服点的姿势晒太阳，不久便昏昏欲睡。

"兔子，兔子。"忽然有人推他，"派对要开始了，快变成爱丽丝。"

赵没有睁开眼，以他为圆心，周围忽然坐了几个人，都穿着医院的病号服。

推他的人是个小男孩。见他睁开眼，小男孩立刻挺胸抬头道："皇后好！"

赵没有看着他，应了一句："爱卿平身，番茄酱。"

"呔——"下一个病人开口了，高声道，"自受敕命，不得有怠。按日巡察，巨山之围，地狱之根。自计酆都，连绪血湖！"

赵没有跟领导听汇报似的点点头，应道："无量天尊，番茄酱。"

第三个病人继续道："慈悲之主，居于宝座之上者，愿尔之恩典如晨曦洒降我心。求主引导我等行径，尔颜如我之明光……"

赵没有挣脱拘束衣，在胸前画了个"十"字："哈利路亚，番茄酱。"

第四个病人双手合掌："南阎浮提众生起心动念，无不是业，无不是罪——"

赵没有同样双手合十，诵了一声法号："阿弥陀佛，番茄酱。"

围在他周围的人仿佛在开坛作法，念出各式各样的经文，赵没有听了很久也没听出个门道，仿佛他是个异世界来的妖魔，这帮人正在全力将他超度——他转头看向第一个开口的小男孩，然后把对方抓过来问："爱卿，你们这是在做什么？"

小男孩指着花园的边缘，那里也是天台的尽头。以这里的高度，往下跳必死无疑。对方却说："您不期待新王的诞生吗？"

赵没有完全听不懂："什么新王？"

"您忘了？您是赵没有啊。"小男孩看着他，说，"最开始您是刁禅，后来您是柳七绝，现在的您是第三个。"

刁禅？柳七绝？一股难以言喻的熟悉感涌入赵没有的脑海。只见小男孩的嘴唇一开一合："警察们都说您是导致他们去世的凶手，但我们都知道，您只是继承了他们的王位。"

不等赵没有回应，小男孩又道："我们现在开始期待最后一位国王的降临。皇后陛下，在享用百万臣民与两代先王的心血后，请您尽快成为自己真正的统治者吧！"

说完，他像高呼万岁似的，抬手敬礼："番茄酱！"

"番茄酱！"围在周围的病人都开始跟着呐喊，"番茄酱！"

赵没有完全搞不懂发生了什么，这里突然变得像个快餐店。以圣薯条之名，见证我等遥不可及的码头故乡。飞行家在上，饰以黄金与糖浆。酱门，番茄酱。

"为了迎接真神的诞生！"小男孩庄严道，"公民们！让我们身先士卒去就义吧！"

这话像一声发令枪响，病人们争先恐后地涌向花园尽头。护士和警卫被惊动，纷纷出面阻拦，小男孩却不知从何处掏出了餐叉和餐刀，迎着一位朝他直冲而来的警卫，撞向对方。

这启发了病人们，双方在花园展开一场激战。不知多久过去，赵没有看着布满天台的番茄酱，空气静得落针可闻，他咂了咂嘴，道："番茄酱。"

赵没有在番茄酱中行走。他走到一颗番茄面前。

为什么是番茄？他也不知道。

番茄，番茄，这是丰收的季节。

赵没有停留了一会儿，又去别处翻看，像在蔬果摊上挑拣最新鲜的番茄，一个、两个、三个，四块钱一斤，买五斤还能打折。

最后所有的番茄都被他看遍了，他仿佛身处乐园之中，周身硕果累累，是流淌着奶与蜜的丰收之地。

这是怎么回事？赵没有感到恍惚，那么一切都是他疯狂的臆想吗？他真的疯了吗？他在自己的体内博弈，消失的是谁？他的记忆？他的人格？他的过往，还是他的自我？

消失的到底是什么？

他被某种声音催促着，像被驱赶的羊群，走到天台边缘，头也不回地跳了下去。

像是坠落中忽然触地，病床上沉睡的青年猛地弹了一下，缓缓地睁开双眼。

"你醒了。"

床边的医生看着他，伸出手道："认识一下，我是你的主治医师。"

"你说你是医生？"病床上的青年仿佛大梦初醒，很久才说，"我得了什么病？"

"罕见的人格分裂，我已经见过了你的三个副人格，现在我们终于见面了，主人格。"医生笑了一下，"有趣的是，其他三个人格似乎都不知道你的存在。"

青年思索着医生的话，神情沉静，片刻后说："你消灭了那三个副人格。"

"准确来说，是三个副人格在你的思维宫殿里进行了自毁。"医生不以为然，说，"这是一种治疗方式，当副人格完全消失后，你就痊愈了，钱先生。"

"你搞错了。"钱多多从床上站起身，猛地掐住了医生的喉咙，"我不是主人格。"

他用的力极大，医生很快便因缺氧而昏迷。钱多多将手里的男人丢在地板上，飞快地在房间中环视一周，这里没有镜子，但是门上有一面玻璃板。

他走到玻璃前，与这副身体的眼睛对视。

"赵没有。"他开口，"我来救你了。"

"我知道你能听见，这是你的梦境。梦境尚未崩塌就是宿主尚未消散的证明——你在梦的循环里潜得太深了，你的逻辑和记忆都开始错乱。我会帮你把它们纠正，然后你要自己努力醒过来，听见了吗？"

钱多多第一次一口气说这么多话，因为语速过快而有些喘息。他盯着玻璃中倒映的脸，然而那张脸上的眼神毫无波动。

"赵没有，你听好了。"钱多多深吸一口气，坚定地说，"人受伤会流血，不会流番茄酱，刁禅和柳七绝都是你的朋友，他们不是你的母亲，也不是你的资助人；男人没有子宫这种器官，也不会分泌卵子，因此男人不能生孩子；23世纪的大灾变病毒导致人体溃烂后迅速死亡，尸体不会变成僵尸……"

"你就是你，赵没有，钱多多不是你的主人格。"最后他说，"我只是来救你的。"

不知过了多久，像是错位的齿轮被一一调整，终于找到了正确的位置，钟表再次开始转动，钱多多看到玻璃中的双眼浮起一丝微弱的光芒，他听到他自己开口，嗓音嘶哑。

"人受伤会流血，不会流番茄酱。"

"刁禅和台柱都是我兄弟。"

"我出生在25世纪的大都会，是三十三层精神病医院的急诊科医生。"

"男人不能生孩子……不对，遗址不算。"

"23世纪的大灾变不会导致尸体变成僵尸。"

正确的事实被一一陈述，无尽下坠的梦境中，赵没有逐渐混乱的逻辑和记忆慢慢恢复："钱多多不是赵没有的主人格。"

赵没有的眼神逐渐清明，随着越来越明朗的声音，钱多多感到一些安心。他这个临时的自我即将被恢复主体意识的赵没有排除。然而，在梦境消散之前，他又听到赵没有铿锵有力的声音，在被脑髓溶液浸泡的无数癫狂臆想中，那声音陈述着一个再真实不过的事实。

"钱多多不是赵没有的主人格。"

"赵没有的主心骨是钱多多。"

摇啊摇，
摇到外婆桥

07
CHAPTER

赵没有猛地睁开眼睛。

这次他看到的终于不是病房和走廊，而是无边无际的虚空。不远处有一扇打开的门，门后的长廊里挂满了灯笼，两边是整齐排列的标本溶液罐。

这里是 000 号遗址，他回来了。

意识逐渐复苏之后，紧接着便是身体感知。赵没有此时才察觉到身上似乎有一些沉重。他抬起头，看到钱多多正以一个十分难以描述的姿势跪趴在他身边。

钱多多听到他的声音，抬起头和他对视，而后松了口气："你醒了。"

"钱哥你……"赵没有被自己的嗓子吓了一跳，声音哑得惊人。

"先不要说话。"钱多多道，"你刚进来时被这里的磁场影响了潜意识，陷入沉睡，如果没有人叫醒你，你会在梦里一直循环下去。"

赵没有呈"大"字形瘫在地上，他脑子里现在还在噼里啪啦地放烟花。半晌，他清了清嗓子："钱哥，你这叫人起床的方式……着实狂野。"

钱多多倒是十分平静："我需要潜入你的潜意识把你拉出来，这是最有效的连接方式。"

赵没有"嗨"地笑了出来："我们钱哥真能干。"随即他被摁住腰，疼得"嗷"了一声，钱多多在他身上一拍一按，他的骨骼发出咔啦啦的声响。钱多多道："坐起来试试。"

赵没有照做。他感到神奇，说道："腰不疼了。"接着他环视四周，问，"钱哥，我们这是到了什么地方？"

钱多多打了个响指，给自己变出一件新衣服换上："不知道。"

赵没有难得从钱多多这里听到"不知道"这个回答。

这里像是一处洞穴，或者一团虚空，没有任何装饰点缀。钱多多领着他往深处走："你昏迷的时候，我在这里做了一些尝试，在这里，考古学家的能力似乎全部失效。"

"失效？"赵没有意外道，"钱哥，你刚才不还变出了一件衣服吗？"

"不是说不能使用能力。"钱多多道，"而是使用了能力也没有任何意义。"

他在某一处停下脚步,接着抬起手,指向一个方向:"你往上看。"

赵没有看过去,在头顶极高处,仿佛天花板裂开了一条缝隙,透进光线,灰而明亮,像月光。

"做一个假设,我们现在是在一座博物馆里,或者是在某个别的建筑之中。"钱多多道,"那么,那道光就是唯一的出口。"

赵没有意识到,他们在这座博物馆中漫游了许久,建筑里有墙壁,也有天花板,但是没有窗户,也没有出去的门。

"我刚才试着变出了炸药,没用,连外面的那些玻璃罐子都炸不烂。"

"是炸药的威力变小了?"

"不,我差点被冲击力掀翻。"钱多多摇头,"是这里的一切都不受考古学家能力的影响。"

他说着做了个示范。他打了个响指,变出一只打火机,他把自己的手掌放在火焰上,掌心皮肉迅速变得焦黑,接着,他又带赵没有回到一开始的那条走廊,天使沉睡在罐子里,他摘下挂在天花板上的一盏灯笼,尝试用打火机将里面的蜡烛点燃,但毫无反应。

钱多多甩了甩手,皮肉恢复如初。他问:"懂了吗?"

赵没有"啧"了一声:"所以我们要想离开这座博物馆,不能炸墙或者暴力破开一道出口,只能从天花板上的那道缝隙里走。"

"对。"

"钱哥,你能飞上去吗?"

"不能,我试过。"钱多多摇头,"无论怎么往上飞,缝隙和我之间的距离始终不变。"

"那我们就只能找楼梯了。"

"是,只能找楼梯。"

达成共识后,他们开始在黑暗中漫步。这里似乎是圆形的,不知过了多久,两人再次回到起点。赵没有看着扔在地上的旧衣服,问:"钱哥,那是你的衣服吗?"

钱多多"嗯"了一声:"我们可能需要光。"

他们同时想到了门外走廊上那些无边无际的灯笼。

于是他们返回走廊,取下密密麻麻的灯笼,尝试照亮门后深不见底的虚空。灯笼的造型千奇百怪,像微缩的恒星、花与金鱼、某种外星人的大脑或者眼球,光芒在其中似乎成了某种具体的生命物质,而灯笼是孕育光的母体、囚禁光的笼子或埋葬光的棺椁。最后,他们摘下的灯笼在门后堆成了一座小山。赵没有踩着灯笼往上走,像把所有的星星都踩在脚下。

"钱哥!"赵没有的声音自上而下传来,"我好像找到出去的办法了!"

钱多多眯眼瞧着山顶上的人,问:"什么办法?"

"我们得自己造一个楼梯!"赵没有大声说,"钱哥,我要跳下去了!"说完,他便从灯山上跳了下来,钱多多后退几步,稳稳地接住了他。

"你刚才说的造楼梯是什么意思?"

"我刚刚从山顶往上看,感觉和天上那道缝隙之间的距离变小了。"

钱多多立刻明白了。

这座博物馆中的所有事物都不受考古学家能力的影响,那么,博物馆本身拥有的造物呢?

长身难以摘星辰,但有太行高万仞。

他不能飞,但他可以移一座山来。

"来吧,钱哥。"赵没有的声音在一旁响起,轻快而狂妄,"让我们移一座山来。"

想到便做,他们开始在博物馆中穿梭,标本溶液罐、巨大骸骨,甚至有死去的星球,无数展品被拖入虚空,堆砌成山。赵没有发现了一个装满瓷器的展馆,他们把那些细颈瓶和酒盏堆入山中,有的瓷器碎掉,在虚空中发出铿锵回响,声音令人着迷,像毁灭,又像是重生。赵没有在图书馆中看到过古时瓷器制造的过程,将山中土放进火窑烧制,可以得到绚烂的釉彩,如今这些美丽的造物都被砸碎,重新化作山中的一枚土石。只是他们这山着实诡谲,山腰堆满了骸骨,山脚埋葬着天使,移山的也不是神,只是两个想要往天上走的人。

最后两人登上山顶,天上的缝隙距离他们已经很近了,赵没有忽然道:"哎,钱哥,你觉得咱们这座山有多高?"

钱多多思索片刻,道:"300 公里左右吧。"

"这么近?"赵没有有些意外,这距离开车一个小时不到就可以完成,"怎么判断的?"

"根据书上的说法,这是现实中地表和太空之间的距离。"钱多多道,"有时候天空并没有想象中那么远。"

赵没有看向头顶洒下的白光,这道缝隙从地面看来十分狭窄,此时却成了足可供两人通过的洞口:"这么看,我们倒像是走出洞穴的人。"

这是一个隐喻,钱多多听懂了,应答道:"走出洞穴的人也需要返回洞穴,以此对证自己是否走在善的道路上。"

"哎,钱哥,给点面子好吗,我好不容易才背下来这么一句。"

钱多多想了想,认真道:"背得好。"

"哄小孩呢你。"

"那就背得不好。"

"我要闹了啊。"

愚公移山、精卫填海、巴比伦人造天梯、苏格拉底走出洞穴，他们现在几乎成了一万种身份的叠加。赵没有试着踮起脚，发现洞口还是太高，以他的跳跃高度够不到，于是他蹲了下来，拍拍肩膀，道："钱哥，来。"

钱多多挑起眉毛："你确定？"

"说什么呢，钱哥你又不重。"

钱多多摇摇头，踩在赵没有的肩膀上，身下的人稳住身形，接着站了起来。

"怎么样？"赵没有问他，"够得到吗？"

钱多多试着伸出手，最后他们都踮起了脚，还是无法触及洞口。

钱多多看着白光与自己指尖的距离，缩回手，跳了下来："赵没有，你上去。"

赵没有问："我上？"

"你的跳跃能力比我好。"钱多多道，"你踩着我跳上去，就可以够到光了。"

现在不是矫情的时候，赵没有踩在钱多多的肩膀上，接着他被举了起来。

赵没有伸出手。

下一秒，山脚突然传来"轰隆"一声巨响，应该是重力分布不均的缘故，一颗巨大的陨石从山上滚了下来。这是他们从某个展馆里运来的一颗星球，当时钱多多打量着这颗恒星，沉吟许久，说："它像太阳。"

千钧一发之际，整座山的结构都开始崩塌，钱多多的声音从下方传来："赵没有，抓紧！"

赵没有迅速攀上洞口，同时将钱多多拽了上来。

此时此刻，太阳落山了。

而他们同时看到了山顶之外的光芒。

博物馆外。

风吹起白色细沙，目之所及，皆是一望无际的荒原。

"钱哥，你见过这样的地方吗？"赵没有问。

"没有。"钱多多判断着眼前的环境，"这里……像沙漠。"

"钱哥，我比较无知，对天文没什么了解。"赵没有说，"但是我觉得，咱们现在可能不是在地球上。"

他指向远处的天际线，那里有两个月亮。

"不排除这种可能。"钱多多看着天上的双月，毕竟遗址里连朗姆酒隧道这种东西都能存在，不在地球上也没什么奇怪的，"但是在某些情况下，地球上也可能出现两个月亮。"

赵没有还没来得及问是哪些情况，一阵巨大的呼啸声从高空传来，像流星拖着长长的尾巴从天而降。直到它落在不远处，赵没有才发现那不是陨石，而是一架飞行器。

钱多多思索片刻，掏出一支烟点燃，轻声道："隐。"

眼前人身形消失，接着，赵没有感到烟草香味弥漫开来，他们都进入了隐形状态。

钱多多拉着他，道："过去看看。"

他们尚未弄清000号遗址会对考古学家的能力产生多少限制，都不敢轻举妄动。两人潜行到飞行器附近，正琢磨怎么进去，结果"砰"地一响，飞行器外壳突然从两边分开，有人走了出来。

他们同时听到了铃声。

赵没有无端觉得这铃声有些耳熟，随即他就被门中走出的人吸引了注意力。那人从身量看像个少年，莲花和镏金大簪在发髻上层层堆叠。他白瓷般的脸颊上绘着妆花图案。铃声就是从他身上传出来的，他光着脚，足踝套着金红的铃铛。

赵没有转头看向钱多多，同时他把声音压得很低："钱哥，这是个人吗？"

无怪乎他会有这样的疑问，因为这个少年只有下半张脸，上半张脸上镶嵌着一副巨大的植入体眼镜，像个黑色的外接机盒，衔接在鼻梁与发际之间，上面正飞快地滑过无数墨绿色代码。

他没有穿衣服，甚至看不出性别特征，只用陶瓷打磨出模糊的身体轮廓。

钱多多沉吟片刻，道："这应该是个人造人，制造时间大概在22世纪30年代。"

"22世纪？"赵没有立刻想到，这是人类科技发展至最璀璨的光辉年代。

"只有22世纪会有这种技术，那个时候仿生躯体已经非常完善，因此产生了一种仿古倾向，故意从外表上凸显人造人的'非人'状态，这在当时很流行。"钱多多看着从飞行器上走下来的少年，评估道，"从装饰来看，它的造价很高。"

他们一同看向那个少年，等着他的下一步行动，两人都有些紧张。

只见少年走到沙漠中央，环视四周，突然跳了起来，肢体在半空中呈"大"字形展开。他咆哮道："这里咋个这么破——"

这个人造人的情感系统必然发达到了一定境界，即使隔了老远，他们也能听出少年的不满："我千里迢迢赶回来，怎么破成这样了！谁干的？联合政府呢？联合政府终于破产了？"

他嘴里噼里啪啦地冒出一大堆名词，夹杂着相当古老的方言，饶是赵没有也没能全听懂："钱哥，他说的联合政府是个什么东西？"

"人类曾经的一种世界联合组织，于20世纪成立，22世纪中期解体。"钱多多道，"如果说他是一个被外派探索宇宙的人造人调查员，那么他离开地球的时间必然早于2149年，因为世界联合政府是在2149年1月1日解体的。"

"人造人调查员？外派探索？"

"我有一个猜测。"钱多多盯着远处大喊大叫的少年道,"22世纪曾经兴起过很长一段时间的太空热,人类在宇宙中的殖民开发一度抵达猎户座边缘,同时每年都会有大量飞船被派往宇宙的更深处进行科学考察,这些科考队成员大部分都是人造人。"

赵没有问:"所以?"

"所以,"钱多多轻声说,"会不会有某些科考队因不可抗力或者考察期过长,当他们再度返航故乡的时候,已经过了一百年?"

与此同时,沙漠中传来少年的大吼——

"地球啊!我的娘哎——你咋破成这样啦!"

"人类呢?人类又双叒叕毁灭啦?"

果然,即使从人造人的认知出发,人类也不是在找死,就是在找死的路上。

暂时确定少年无害后,钱多多试着和他接触,结果发现自己的手像一团虚影,直接穿过了少年的身体。一开始,他还以为这是什么高级屏蔽机制,但在飞行器上试了试,发现结果一样,他们可以进去,但无法和任何实体物质产生接触。

同样,这个人造人似乎也无法看到他们。

"这是量子残留。"钱多多见过这样的现象,"有的遗址长期没有考古学家进入,量子处于薛定谔状态,它会自行合成一些东西,外人无法接触。"

赵没有的文盲水平正常发挥,照例没听懂,但是他抓重点抓得很准——他们暂时只能看着这个人造人少年像中病毒似的抽风自嗨,无法干预。

两人很快弄清了一些事情,少年搭乘的飞行器只是一艘先驱舰,外太空轨道上还飘浮着一艘更大的宇航船,这也是他们能看到两个月亮的原因。

宇航船内部设置着一整套完善的生态自循环系统,同时存储了大量物种基因,以及一支沉睡了五十年之久的科考队伍。

幸运或者不幸,这艘派遣船的规格相当高,以至于除了人造人外还有一整支由纯人类组成的考察队伍。钱多多设法查看了船上的航行日志,弄清楚了这艘船如今才返航的原因——飞船上的循环系统出了问题,所有人类不得不进入休眠舱冷冻,只留下一个人造人领航员。由于燃料有限,派遣船只能以百分之一的速度缓慢返程。

然而人造人少年显然没料到地球老家会是这么个光景。如今应该是23世纪,猎户座战争和大灾变刚刚结束。地球上还有没有活人,生态环境还能不能支撑人类生存,都是问题。保险起见,他没有将休眠舱中的人类全部唤醒,而是按照序列号,只唤醒了一个人。

000号考察员,代号外婆桥。

赵没有看着从休眠舱中起身的人,好奇地问:"钱哥,当年的联合政府还雇用童工吗?"

对方穿着贴身的睡眠服，衣料似胶质，勾勒出极为柔软的轮廓——那是一个女孩。

如果几百年前的人类没有变异到长生不老、鹤发童颜，这个女孩最多只有十几岁。

"22世纪时，人类对大脑的开发达到了一个难以想象的高度，天才很常见。"钱多多倒是不意外，"有考古学家在遗址里发现过一种脑波胎教，虽然不知道原理，但婴儿出生后的智力会非常高。"

赵没有看着眼前的女孩儿，对方的眼神里确实有一股锋利，那是几十岁的人才会有的眼神，但她还是个女孩儿，这锐气便显得很清澈。

他有些犹豫："在遗址里看到的东西，真的能当真吗？"

"遗址里的现实是薛定谔的现实。"钱多多说，"人类在时间中丢失的东西太多了，几百年前的科技放到如今来看，和当年的人看待魔法、炼金术、神话这些东西没有太大区别。"

"不过人造人的选择很明智。"钱多多看着他们迅速开始对接信息，说道，"至少从外表年龄来看，他们有一定的共性，更容易沟通。"

少男少女站在巨大的显示屏前，物种、资源、生态信息，各式各样的图文一一浮现，瞬息万变。赵没有和钱多多站在不远处，像两个无用的大人，听着他们听不懂的专业术语从孩子们的唇齿间飘过，最后赵没有干脆坐了下来。他拉了拉钱多多的裤脚，说："钱哥，腿酸了，歇会儿呗。"

钱多多也坐了下来："我们在这里停留的时间可能会比预想中更久。"

"是啊，得停留一整个拯救世界的时间呢。"赵没有看着少女调度宇航船中的物资，虽然没法确切搞懂这两个人打算做什么，但有一点大概可以确定，他们应该是打算治理这个大灾变过后荒无人烟的地球。

"让小孩去操心人类的存亡吧。"

赵没有舒展四肢，搭上钱多多的肩膀，懒洋洋地笑了起来。

"成熟的大人应该在此刻休假。"

于是成熟的大人跟在靠谱的小孩身后，在宇航船与地球之间来来回回。代号外婆桥的少女并没有唤醒更多的人，而是和人造人少年一起，仅凭两人之力在地表展开探索。赵没有有时候搞不懂他们是在拯救世界还是在做游戏。

"拉我上去！"他看着地面上的少女，她刚从几百米的高空跳下来，此时正朝着半空的悬浮机大吼，有点威严也有点疯狂，"我要再跳一次！"

"姑奶奶！"少年用着不知哪个旮旯的方言和她对喊，"咱剩的燃料不多了，就这一架悬浮机，您赶紧去收集地表信息吧！"

"拉我上去！"少女在地面上指着他，"否则回去我就把你拆了！"

"那敢情好。"少年并不买账，索性坐在舱门边抠脚，"拆了给我换个身体，我要八块腹肌。"

"这里是联合政府遗址——"少女在底下大吼。

少年还是义无反顾地跳了下去。

赵没有看着底下的两个孩子,也不知他们是怎么认出这是联合政府遗址的:"他们好像对联合政府的感情比较复杂。"

"当年的太空殖民和探索政策有一部分属于强制性,甚至有点像军备竞赛,导致民众的反感很正常。"

钱多多和赵没有坐在机舱里,两个人正并排往下看。钱多多说:"这可能也是外婆桥不唤醒更多人类的原因,说不定里面就有会用政策钳制她的上级。"

赵没有已经完全进入旁观者的状态,他慢悠悠道:"人类都毁灭了,还政策呢。"

"即使是毁灭后的遗民,"钱多多说,"那也还是人类。"

"我想到了一件事。"赵没有突然说,"他们都跳下去了,这悬浮机谁来开?他们怎么回飞船?"

钱多多一愣:"这应该是自动驾驶模式。"

"自动驾驶模式?"赵没有半信半疑,"靠谱吗?能自动降落,还能倒车入库?"

最后的事实证明,自动驾驶模式并不能自动降落或倒车入库。赵没有和钱多多只能旁观无法干预,他们很担心两个小孩就此丧命,从此人类灭绝。最后,钱多多研究了操控台,得出结论,悬浮机在燃料达到限定值后会自动降落,此时距离降落还有十八个小时。

在这与世隔绝的十八个小时里,拯救世界暂时与他们无关。

地上的少男少女显然知道这一点,外婆桥收集完土壤标本,递给人造人:"能做的都做了,歇着吧。"

她的嗓子因为刚刚的大吼还有点哑。少女脱掉沉重的防护服,呼吸了一口大灾变后污染严重的空气。人造人少年看着她的动作,道:"这会缩短你的寿命。"

"我已经活得很久了,比大多数人类都要久。"外婆桥在废墟里躺下,看着头顶巨大的双月说,"从飞船起航至今,已经过去了差不多一百年。"

或许是沉睡太久的缘故,外婆桥表现出的自我有些割裂。有时她是决断的天才,有时她是疯狂的少女,有时她又像离家许久的老人。此时此刻,她在月亮之下摊开四肢,每一口呼吸都让她的寿命急剧压缩,于是那些因沉睡而错过的岁月也被缩短了。她看着没有一颗星星的天空,开口:"我第一次来联合政府的时候,这里还看得到长庚星。"

"那是一个好年月。"老人般的少女如此说。

"城市里满天都是星星,很难分清恒星和人造卫星,空中街道上车来车往,等红绿灯的时刻就能停下看一看烟火。我去了城市里最大的中华街,最高的酒楼建在核动力飞艇上,好多人造人歌伎在上面跳舞,还有一个会唱歌的说书人,戴着青色的面具,我听不懂他在说什么,但是他的嗓音美极了。"

她顿了一下,又道:"我从出生起就是为了远航准备的,文学不在我的修习科目内,直到航行开始很久之后,我才在资料库里找到他当时唱的歌。"

少年问:"他唱的是什么?"

少女伸出手,指尖和头顶的月亮一样皎洁。她转了个腕花,慢慢地唱出一句:"念去去,千里烟波——"

人造人脸上的眼镜上迅速闪过一段绿色代码,紧接着,汉字浮现。

念去去,千里烟波。

暮霭沉沉楚天阔。

"这是一位古东方诗人的作品,距今约一千二百年,那个年代的诗人会写下长短不一的句子,便于歌唱。"人造人念出数据库中的资料,"你喜欢他的诗?"

"我不是喜欢他的诗,其实我也不很明白他到底写了什么。"外婆桥静静地说,"我是觉得,他的诗里有千年的韵味。"

这样比较起来,她沉睡的时光就变得何其短暂。

今宵酒醒何处?杨柳岸,晓风残月。

少年脸上又是一段代码闪过:"闲着也是闲着,我在数据库里找到了节奏比较合适的曲子,你要听吗?"

"你要唱歌?"外婆桥有些惊讶地看着他,她惊讶于他对她情绪的捕捉,"你的智能等级是不是有点太高了?"

"你现在拥有飞船的最高控制权,可以选择降低我的数据输出或者将我关闭。"人造人说,"需要我刷新重启吗?"

外婆桥想了想,说:"算了,你会唱什么?唱来听听。"

少年综合她的语言和情绪数值,站起身来,试着复述少女方才的唱词:"念去去,千里烟波,暮霭沉沉楚天阔。"

"声音有点尖了。"外婆桥评价,"低一个八度试试。"

少年清了清嗓子,又是一句:"多情自古伤离别——"

"这次有点太低了,我唱一句你听听。"外婆桥坐起身,吸气收腹,唱了一个示范,"再试试?"

这确实有点难度,人造人努力模仿着她的神态,他的操控核心运转到了极致,海量数据被飞速分析后拆解,模型逐渐建立,尝试还原少女身上那种独一无二的气质。

下一秒,他微微抬手,月光洒了下来,如白瓷上一寸新绸。

正如千百年前的男伶模仿女形,即使人体构造千差万别,然而一旦染上那种华美的气韵,他便超脱了性别。

此时此刻,他真的像个千年前浅斟低唱的诗人了,在长亭边送别,幽幽地念出一句:"此去经年。"

此去经年,应是良辰好景虚设。便纵有千种风情,更与何人说?

外婆桥愣了许久,接着猛地一拍大腿,道:"没错,就是这个感觉!"

她拍起了巴掌,像打着一只手鼓,眼神浮现出前所未有的快活:"来,接着唱!我还记得几句——春色满园关不住,一枝红杏出墙来!"

他们就这么你一句我一句地唱了起来,几乎每一句都跑调,男孩和女孩的声音回荡在夜空之下,时而庄严欢喜,时而带着微微的悲意。他们唱五花马,千金裘,烟花三月下扬州,凤凰台上凤凰游,天回北斗挂西楼,孤帆远影碧空尽,天地一沙鸥,唱至尽兴处有如歌斯底里的呐喊。女孩脱掉了所有的防护服,在月下蛙跳,像一种莫名其妙的舞蹈。他们好像在此时此刻都疯了,而此时此刻天地间只有他们两个人,当全世界只有两个疯子的时候,他们就是一切的尺度,大可以他们为标准定义何为最正常。

因此,此时此刻他们最正常、最疯癫、最痛苦、最欢喜,是世间所有最幸福与最不幸,是从万古至永劫的一切最悠久,自然也是坐拥所有诗歌的诸侯。

我是个蒸不烂、煮不熟、捶不匾、炒不爆、响珰珰一粒铜豌豆,

恁子弟每谁教你钻入他锄不断、斫不下、解不开、顿不脱、慢腾腾千层锦套头?

我玩的是梁园月,饮的是东京酒,赏的是洛阳花,攀的是章台柳。

我也会围棋、会蹴鞠、会打围、会插科、会歌舞、会吹弹、会咽作、会吟诗、会双陆。

你便是落了我牙、歪了我嘴、瘸了我腿、折了我手,天赐与我这几般儿歹症候,尚兀自不肯休!①

唱到最后,外婆桥的嗓子已经全哑了,她躺在地上,气喘吁吁地打了个滚,朝月下的少年说道:"成了,你现在的声音和一百年前我听到的歌声已经很像了。"

"也不是很难。"少年有些得意。

少女"呸"了一声:"那是我教得好。"

"喊,瞧你那样。"

"我怎么样?"

"不像个人样。"

"那你可就错了。"外婆桥躺在月光下,庄严地宣告,"我告诉你,人类都这个样子。"

人类是什么样子?人造人突然转过头,看着躺在地上的少女,眼镜前闪过一段幽绿色代码:"喂,外婆桥,你看好了。"

他掌心浮起一个白色的立方体,迅速膨胀并扩大。少女感受到眼前的亮光,坐了

---

① 节选自关汉卿《一枝花·不服老》。

起来，说道："你还装载了全息投影系统？"

话音未落，朱红高楼拔地而起，她置身于烟花之中，身着华服的歌伎在月下起舞，不知天上人间，唯有灯火阑珊。

少年戴上了青色的面具，穿着宽袍大袖坐在桌案后，一拍惊堂木，声音正如一百年前那般绝美，歌而复吟，吟后长啸。

红烛高照，他唱的是："摇啊摇，摇到外婆桥。"

少女并没有听过《外婆桥》这首歌。

"那你为什么选了它作为代号？"少年唱完歌，问道。

她想了一会儿，摇了摇头："太久了，想不起来了，可能是随机分配的吧。"

概率论的神奇在此刻显现，它让宇宙中产生氢原子，一万个骰子同时掷出，每一个都是六点朝上，它让人类诞生又毁灭，让离去百年的飞船成功返航，也让少女的代号出自一首童谣。

她试着哼了哼少年唱出的旋律："还挺好听。"

摇啊摇，摇到外婆桥。

十八个小时后他们返回飞船，继续对整个地球进行搜索，即使海平面上升使陆地沉没，这颗蓝色星球上依然有着六千万平方千米的土地。他们的探索持续了十五年之久，直到十五年后，外婆桥突然发现了一处盆地。

少女，不，如今已是成年女性的她指着全息地图上的一个坐标说："探测仪在这里探测过多次，没有任何发现，还是你上次从仓库里找到的那个老古董——最初代的人造人感应器，收到了这里发出的微弱信号，虽弱，但值得一探。"

人造人还是当初的少年模样，他正忙着在操控台上合成什么东西："知道了，明天出发行吗？"

"别折腾了，你研究那个配方多少年了。"外婆桥翻了个白眼，说，"那种碳酸饮料就那么好喝？温室里的可培土壤那么宝贵，非要种一堆咖啡豆。"

"你不懂。"少年振振有词，"盐水可乐是神水，包治百病。"

"神什么神，你配出来的那些液体只有刷马桶好用。"外婆桥在他身上踹了一脚，"麻溜地，赶紧走。"

少年被她踹得一个趔趄："外婆桥，你今年二十八岁了吧？你是不是进入更年期了？"随即他被揍得抱头鼠窜，"别打了！我刚换的壳，打了手疼！"

这些年来他们的相处愈发熟稔，没有社会体系，人造人不知道二十多岁的女性应当有什么性情，总之肯定不是外婆桥这样，十天半个月不洗头，成日里忙着上天入地，像个肆无忌惮的女疯子。

女人穿上防护服，带着少年走进悬浮机。钱多多推了推睡得天昏地暗的赵没有，说："醒醒，他们要下船了。"

"啊？"赵没有迷迷糊糊地睁开眼，哈喇子流了钱多多一肩膀，他问，"过去多久了？"

"十五年。"

赵没有立刻清醒："我睡了这么久？"

"不用慌，我们和他们之间的时间流速似乎不太一样。"

赵没有睡得腿麻，差点没站稳。钱多多赶紧扶住他，又说："他们要下船了，我觉得这次可能会发现什么。"

十多年来，飞船上的两人遍寻无果，甚至无法在贫瘠的土地上找到一块重建文明的宜居地。外婆桥已经开始考虑迁移外星的可行性。

然而赵没有的注意力不在这个上面，他看着实验台上合成了一半的红褐色液体，道："不是吧，他还没把盐水可乐合成出来？"

这艘飞船的数据库里并没有盐水可乐的制作方法，只有仓库中储存着几箱百年前的M记分子套餐，被封在拳头大小的罐子里。加热后膨胀，就是一份极为丰盛的速食品。人造人偶然把它翻了出来，事实证明这过期产品的吸引力确实很大。少年吃完便念念不忘，一直惦记着要还原它的配方。

"应该快了。"钱多多道，"他两年前做出了一份挺成功的快餐炸鸡，外婆桥尝过，说很好吃。"

"那他怎么还在合成炸鸡？"赵没有指着实验台上用了一半的食用油问。

"我也没听懂。"钱多多显得有些困惑，"他当时说什么，做出的味道是肯老头的，不是M记的。"

他们跟随着女人和少年来到地面，悬浮器降落的地方看起来像一块盆地。他们在群山中走了很久，女人忽地停下脚步，道："到了。"

这里是一处很普通的丘陵，远处有峭壁，看不出有什么异样。外婆桥盯着感应器上的数据，朝少年挥了挥手："就是这里，坐标29753，把开山斧投放下来。"

人造人眼镜上滑过一串数据，天边黑点一闪，一个巨大的包裹被定点投放，落地后自动拆解，狂风卷起飞沙走石，轰鸣声有如万马奔腾。

赵没有和钱多多看到了一台巨大的机器，他们在大都会里从未见过这样的机械，像戏文里的十八般神兵。人造人凭空点开操作页面，输入代码指令，它便举重若轻地动了起来。

很难形容开山斧动起来是什么样的感觉，大都会高而纵深，让所有人的生活变得狭窄幽微。赵没有几乎从未见过这样的雷电风云，或许只有在神话中才找到类似的描述——天地混沌，盘古举斧而辟，阳清为天，阴浊为地，开目为昼，闭目为夜。

五雷轰顶般的山崩地裂后，丘陵几乎被整个掀开，顺带铲走了峭壁上的一大块山石。女人寻找的东西露了出来。

盆地之中仍有盆地，在那凹陷的深处，绵延至断崖的边缘，埋葬着一片巨大的庙宇群。

确切来说，是一片如庙宇般的建筑群。

而走进其中，原本应该供奉神佛的殿堂里，是巨大的工厂与实验室。

外婆桥显然对自己的发现并不意外。带着少年走在通往正殿的神道上，她道："跟上，把投影打开。"

人造人此刻功率全速运转，周身一丈内如水波般浮现出全息投影，于是深埋土层已久的断壁残垣被影像还原。平地升起金红色的大柱，柱身上爬满了晶管与电路，从远处看，仿佛蜿蜒的经文。

他们走进正殿之中，女人看着眼前的塑像，道："找到了。"

这是一尊佛陀金身。

佛陀结跏趺坐，庄严肃穆。人造人迅速扫描了整座金身，从数据库中调出相关资料："这里在22世纪是一座人造人厂房，学术界在这里做过一些实验，尝试在对人造人灌输释家思想后观察他们的脑波反应……更多的我就查不到了，这里的机密等级很高。"

外婆桥端详着眼前的佛像，道："我有一个疑问。"

少年正忙着浏览数据，他问："什么？"

"哎，你想不想知道，地球在这百年里到底是怎么走向毁灭的？"

"这个不难，做个模型就能推测出来，历史样本太多了。"人造人的回答是从数据库中调出了一大堆档案，"不过有一点你说得不对。"

女人挑眉："哪点不对？"

"毁灭的不是地球，而是人类。"人造人纠正道，"人类灭亡前连地心都还没挖穿呢。"

外婆桥若有所思，最后她点了点头："也对。"

"总之这个地方像是被人为掩埋的，不是毁于战火。"她环视整座大殿，墙上的壁画不知用了什么特殊涂料，依然十分鲜艳，"那些柱子上的电路密码还能不能用？"

"好像可以。"少年尝试着获取使用权限，居然很快便链接成功，路线贯通的一刹那，整座大殿突然变得灯火通明，人造人体内传来"咔"的一声。

外婆桥听到了声音，问："你没事吧？"

"没事，运行功率有点超载。"少年站稳，眼镜上的数据流停滞片刻，重新恢复正常，他抬起手，指向正殿中的佛像。

"这是一台超级计算机。"

外婆桥倒是不意外："我看出来了，做这么大的壳子显然是为了隐藏主机。关键问题是，你能不能解读出来里面都存了些什么？"

"问题不大。"片刻后，人造人答道，"但是需要时间。"

"多久？"

"我不确定，计算机外层的防火墙机制很弱，如果只是读取部分资料的话应该很快，但如果想全部破解，可能需要很多年。"

"先不急。"外婆桥很快下了决断，"外层资料有什么？"

人造人沉默了一下，道："你确定要读取？我感觉这个文件夹有点像是个陷阱。"

他将数据流可视化，展示在两人面前的悬浮屏幕上，如他所说，这确实是一个文件夹。

文件夹的标题明目张胆——《2180—2208：猎户座战争记录》。

外婆桥先是一愣，随即道："删了，彻底删除。"

少年马上把文件夹扔进了粉碎性回收站。

"把你的存储器里关于这部分的视频记录也彻底删除。"外婆桥念出一串代码，这是人造人的最高操作权限指令，强制性执行。

在人类已经灭绝的地球上，这种东西留下也只能是祸害，她的目的是重建文明，而上一场战争永远可以成为下一场战争的理由。

少年有句话说得很对，关于人类灭绝的原因，综合历史样本，从百年前她离开地球时的世界局势往后推，过程并不难猜。

而她更不需要所谓的事实来证明自己的推测。飞船内就保存着解析记忆的技术，她不能看这份文件，不能留下任何可能存在的导火索。

少年完成了强制性命令，脸上露出些微的茫然之意。他抬头看着她："需要我解读主机吗？"

"回飞船，我给你写个安全程序。"外婆桥道，"先把符合程序标准的资料筛选出来破解了，剩下的以后再说。"

他们又花了十年的时间探索这座庙宇群，有了许多奇异的发现，其中最有用的要数一些22世纪的技术残留。虽然宇航船上记录着大量的文明信息，但是科考队的安全级别到底有限，他们并不能掌握当年所有的顶尖科技。

通过这些技术，加上又一个十年的探索，两个人终于在地球上找到了一块合适的文明重建地。

破土当日，四十八岁的外婆桥和少年一同降落地面，此行他们只带了三样东西：M记炸鸡、盐水可乐和万宝路香烟。

少年终于还原了最完美的配方，香烟则是外婆桥从一个队友的行李箱中找到的。百年前飞船的循环系统出现故障，连带着休眠舱也存在风险，对方死在了返航的路上。

外婆桥站在天空下抽完了一整支烟，看向身边正在吃炸鸡的人造人，少年不会衰老，依旧是她从休眠舱中苏醒时看到的眉眼。

她踩灭烟蒂，夺过对方手中的盐水可乐，喝了一大口，继而如古人倾酒祭祀般，将剩下的液体尽数倒入土中。

她扔掉杯子，无视少年的抗议，言简意赅道："动工。"

地外轨道上的宇航船锁定坐标，将巨大的开山机器从高空投放。雷声轰鸣，此时此刻有如神话的开端，漫天仙班垂首而侍。外婆桥矗立在风雷里，长发狂舞，身形不动，人造人在指尖燃起一缕火苗，替她点燃新的香烟。

荒原上第一座城池的建立，始于女人唇边漫开的烟雾之中。

烟快要燃尽时，外婆桥挥开眼前的沙尘，道："我想好这座城市的名字了。"

少年看着她，道："哟，你可算想出来了？"

外婆桥"嗯"了一声，然后重新戴上防护头盔。

虽然地球空气在治理下有所好转，但她的身体也在多年操劳中逐渐损耗，如今已是她需要考虑寿命的年纪了。

"此城名为大都会。"

大都会正式破土动工之前，外婆桥和少年做过相关统计，以他们现有的技术和能够制造出来的机器上限，并不足以支撑整座城市的建立。

两人商量了很久，决定唤醒休眠舱中沉睡的人类。

于是，在四十八岁这年，返乡已久的外婆桥第一次见到了苏醒的同伴。当年的考察队训练有素，了解完如今地球上的状况后，众人经过投票，决定分出一部分现有资源制造人造人用于大都会的地基建设，同时人类新生儿的培育方案也率先启动。

又一个十年之后，平原上的都市初具雏形。

在外婆桥五十八岁生日这一天，她成功竞选为大都会政府的首任领导人。她的日程极为繁忙，深夜才从庆祝典礼上返回，路过一条街道时，她突然让司机停车。

街边开着一家24小时不打烊的M记快餐，外婆桥已经很久不吃这类东西了，烟却愈抽愈凶。她走到自动点餐台旁边，点了一份炸鸡，加大杯盐水可乐。

"你应该点套餐。"点餐机器里突然传出一道声音，"这样更划算。"

她点餐的动作一顿："是你？"

"是我是我。"那声音依旧如少年般神气活现，"好久不见啊，老太婆。"

"好久不见。"外婆桥将菜单切换为套餐，"我记得你最近是在核动力厂那边统筹工作。"

"老太婆,你怎么这么冷漠。"少年的声音里有些不满,"我们可是朝夕相处了将近四十年,你连句慰问都没有吗?"

大都会初具雏形后,人造人就被调低了权限,宇航船上的先进技术都被转移到新的数据库。作为当年被紧急启动的领航员,他本该功成身退,关机大吉,但是为了纪念,宇航船上还是保留了他的运行核心。

"我听说了你的工作。"外婆桥从衣襟内侧掏出一支烟,说,"你分了一大部分数据流,用来维持全城所有 M 记的自动化运转,你是有多爱吃炸鸡?"

"老太婆,你摸摸良心,人造人本来就没有进食需求。"少年在扬声器里抗议,"当年如果不是为了帮你检验食品保质期,我根本不会动仓库里的速食罐头!"

以外婆桥如今的年纪,她已不太能记得起当年的那些琐事了,她想了想,理直气壮地说:"我要一大份特大号冰激凌,加巧克力酱,不给钱。"

"啥?你讲点道理,你们新出台的水电费贵得要命好吧,我辛辛苦苦维持这几家破店我容易吗!"

外婆桥"嗯"了一声,继续道:"还有红豆派和鸡肉卷。"

点餐机器停滞了片刻,接着从取餐窗口里"哐"地弹出一张餐盘,上面放着炸鸡、盐水可乐、鸡肉卷、红豆派、冰激凌加巧克力,还恶狠狠地附赠了一大堆芥末酱。

外婆桥敲了敲机器,说:"你没给我餐具。"

机器陷入沉默,女人思索着是否该说点什么,结果片刻后街道上有轰鸣声呼啸而至,少年跳下飞艇,隔着门就对她喊:"老太婆,你少吃点,人类在这个年纪已经不能随便吃垃圾食品了!"

"好久不见。"外婆桥从缭绕的烟雾中抬起头,把手里的红豆派掰了一半,说,"那这个分给你。"

"抠死你算了!"少年气得七窍生烟,"我要炸鸡!"

凌晨三点的快餐店里,五十八岁的女人和未成年的少年,城市的先驱和领袖,为了一只炸鸡大打出手。

那是他们接下来二十年里为数不多的相遇,临终的刹那到来时,在人生的走马灯里,外婆桥曾有一个瞬间想起这个夜晚。

少年在灯下看她,就像百年前高楼上那个声色卓绝的说书人。他的眼镜上有金色代码浮掠而过,是一排汉字。

念去去,千里烟波,暮霭沉沉楚天阔。

大都会初代领袖桥博士,生于 22 世纪,曾随科考队赴宇宙深处,百年后返乡,终生致力于人类文明重建工程,奠定了大都会的城市基础,后因消耗过大,不足以支撑机械义体更换手术,退休转入保守治疗,一年后去世,享年七十八岁。

在她生命最后的时光里，人造人去看望她，带着一大束刚刚在温室中培育出来的鲜花。她穿着病号服，透过老花镜看着眼前西装革履的少年，说道："我还是第一次见你穿衣服。"

"我也快第一次参加葬礼了。"少年呛了她一句，"可惜你看不到了。"

女人将一缕白发别在耳后，平静地笑了笑："我老了。"

"哦。"少年应了一声，"要我给你念一首《当你老了》吗？"

"饶了我吧。"女人叹了口气，"你要是真闲得无聊，不如带我去看月亮。"

"看月亮？"

"他们说外界空气对我的身体不好，我已经一个月没有出去过了。"女人说，"我还记得宇航船的地外飞行轨道，这个季节正好能看到。"

"活该。"少年哼了一声，"谁让你当年不喜欢穿防护服，还抽烟，人造肺你都换三个了吧。"

"我知道。"女人微笑着看向他，苍老的脸上透出一丝多年未见的孩子气，"所以，你要不要带我去？"

最后他们想办法躲过安保，少年举着轮椅，带着她来到了天台。

除了月亮，夜幕中已经依稀能看到一些星星。女人仰头看了许久的夜空，道："我有没有跟你说过，百年前我第一次到联合政府……"

"你看到了长庚星。"少年接过她的话，"你都说了八百遍了，不就是金星吗，现在北边已经能看到了。"

"像个老朋友。"女人笑了笑，"久别重逢。"

"你这什么破朋友，你回家它不迎接，你走了它倒欢送。"

"其实还好，某种程度上而言，我们也是同类。"她似乎是累了，缓缓道，"我记得很小的时候在哪里看到过，人体内的每一颗原子，都来自宇宙中一颗爆炸了的恒星。"①

"死亡只是物质能量转化为另一种形式，我们其实都是星辰。"

"毫厘之躯，万寿无疆。"

此时此刻，他们站在星空之下，这是一个莫名美丽的瞬间。根据天文理论，人体内的每一颗原子都来自宇宙中一颗爆炸的恒星。那么，在临终之前，这个终生致力于将理性智慧运用到极致的女人终于可以做一个罗曼蒂克的狂想了——或许在千万年之前，构成人造人运转核心的原子与她心脏的原子，曾经来自同一颗星星。

而此时，他们终于相逢。生命即将消散的她成了一个量子的纠缠态，她是薛定谔的猫、冬日的郁金香和星空下狂奔的大象。爱因斯坦说过去、现在、未来只是一种持

---

① 你身体里的每一个原子都来自一颗爆炸了的恒星。——劳伦斯《无中生有的宇宙》

久而顽固的幻觉。那一刻空间、时间无限折叠，而幻觉被无限拉长。她在太阳与海之间看到了永恒。

"外婆桥。"少年低下头，连名带姓地喊她，"你跟我说这个干什么？"

女人成年后就比他高了一头，多年来他只能仰视。如今，垂老的人坐在轮椅上，他终于再次低下头去，只见她朝他笑了起来，带着些戏谑的意味，神色安详。

"没什么。"她说。

少年"啧"了一声，刚要开口，又听到她问："我是不是老了很多？"

"那倒没有。"少年从数据库中调出影像记录，"你当年从休眠舱里醒过来的时候才像个小老太婆。"

而她此时的面容正如当年从休眠舱中苏醒的少女，有着老人般的眼神，无比苍老，又无比年轻。

"这样啊。"她朝他眨眨眼，"那我就放心了。"

"大都会这草台班子才刚建起来，你放什么心……"少年话未说完，却被少女打断，紧接着他听到了极轻微的一声告别，如果不是以人造人的耳力，那听上去更像一声叹息。

"晚安啦。"

数据库中的影像记录仍在刷新，他看到多年前的少女从休眠舱中站起身，胶质衣料勾勒出柔软的轮廓，冷冰冰的营养液从发间滴落，她抬起眼，言简意赅道："早。"

少年仰起头，看着天上零落的星星，体内发出"咔"的一声。

许久，少年慢慢地念出一句道白："此去经年，应是良辰好景虚设。"

他知道少女其实并没有死亡。

她只是万寿无疆。

外婆桥去世前曾留有遗嘱，在她离世后，大脑记忆将转化为数字人格代码，装载在当年的宇航船上。

大都会地基落成后，宇航船中的大量资料被分批次转移，时至今日，这艘长年漂泊在地外轨道上的人工月亮已成为博物馆。每当一年一度的大都会成立日到来，飞船会降落地表，对外开放参观。

除此之外，这里还是大都会 M 记运营总部。

"我强烈建议你不要用黄瓜三明治作为今年的参观日套餐。"少女的声音从屏幕中传来，"这不合适。"

"老太婆，你懂什么？"少年站在实验台前，正聚精会神地将酸黄瓜切片，"你现在就是区区一主机，没有味蕾系统的人不具备发言权。"

话音未落,实验台上忽然伸出几只机械抓手,原本是用来进行合成元件的精细微操的抓手,精准地将酸黄瓜捏起来,扔了少年一脸。

少年被扔得抱头鼠窜:"外婆桥,你不要太过分!宇航船的主机操控权限不是让你来干这个用的!"

话音未落,清洁机器人忽然出动,一扫把将少年打趴下,然后干脆利落地将人造人扔进了垃圾箱。

片刻后,少年灰头土脸地从垃圾箱里爬出来,"呸呸"地吐出嘴里的螺丝钉。他气得直接将她关机了,片刻后又重启:"喂,真有那么难吃吗?"

"我怎么知道呢?"女人温温柔柔的声音从喇叭里传来,"人家不过是个可怜、弱小、无助又没有味蕾系统的小主机呀。"

"你不要用你二十岁的声音发嗲!"少年头皮一炸,"我要吐了!"

女人的声音随即变成了四十岁:"好呢,亲亲,请问您还有什么别的需求吗?亲亲。"

"我认输。"少年举手投降,"我会把套餐里的黄瓜三明治去掉的。"

主机的声音恢复成正常的少女音色:"知道就好。"

"你到底为什么对这个三明治这么不满?"少年戳了戳屏幕,问道,"给个理由?"

屏幕上浮现一行字——三明治又是打哪儿来的?没事别瞎整!

少年看得捂住脸:"你别在语言系统里瞎折腾了。"

Don't be shy, who are we talking about?(别害羞,咱俩谁跟谁?)

"Wǒ bú rèn shi nǐ zhè ge shǎ zi。"少年面无表情地打下这行拼音后,再次拔断了电源。

以外婆桥对整艘飞船的控制权限,仅仅切断电源根本不能奈她何,不一会儿女人的声音从另一只喇叭里传了出来:"好吧,其实是大都会要发展一个便利店品牌,我答应了给他们提供食品配方……"

"我就知道!"少年一拍桌子,气得七窍生烟。

"别生气。"女人有理有据地道,"我分析了你这个三明治的分子信息,它的口感对人类和人造人是通用的,甚至对人造人更友好一些,如果能放在大都会里出售,对缓和局势也有一些作用。"

她说的局势是大都会中人造人与人类之间的摩擦,这矛盾可谓由来已久。无论如何,人类现在无法摆脱人造人的劳动力,虽然量产的劳动型号人造人的智能程度被降低到了一定水平,但架不住人类对智能化和计算机的依赖。

大都会成立至今已有五十余载,最近市面上出现的人造人智力越来越高。

少年显然知道她话中所指:"前几天街上还爆发了游行。"

外婆桥"嗯"了一声:"我通过监控器看到了,领头的人造人自主意识水平明显超越了图灵界限。"

"就算有22世纪的技术遗留，五十年时间就发展到这个水准……我觉得这不太正常。"少年说。

"怎么不正常？别低估技术奇点。"外婆桥停顿了一下，又说，"不过你说得对，政府里肯定有问题，我这才死了多久……唉。"她的语气半是感慨半是嘲讽，"人类啊。"

少年沉默片刻，忽然说："外婆桥。"

"嗯哼？"

"你死前决定将人格存入宇航船，是不是因为预见到这一天？"少年问，"非人类又非人造人，处在生命与非生命的边缘，是悖论，也是桥梁。"

她如今身为非生非死的存在，正好可以作为人类与人造人之间的缓冲地带。

女人没有回答少年的问题。

片刻后，屏幕自动开启，上面浮现出一行绿色字体——

请根据前文，分析大都会初代领袖外婆桥的人物形象和行为动机。（8分）

"区区8分，不要也罢。"少年道，"你还是闭嘴吧。"

此时飞船航行于万丈高空之上，俯瞰人间，平原上的都市已堪称繁华，远看灯火如昼，亦有暗潮涌动其中。

大都会城庆日当天，巨大的中心广场上铺开一张光板，上面悬浮着两尊雕塑：举目远眺的女人和振臂向前的少年。他们周身白鸽起落，熠熠生辉。

宇航船降落在地表，巨大的舱门打开，鼓乐仪仗列队行进。简单的庆祝仪式后，参观的人群涌入飞船，全息影像构成的外婆桥站在各个展厅前，她是少女、成人、领袖和老者，而每一个她的身后都站着一名少年。

"欢迎来到宇航船，我们将从这里开启长达百年的探索与归乡之旅。"女人朝来宾们微笑道，"我是000号考察员，代号外婆桥。"

和主舱内的人声鼎沸不同，飞船的核心控制室里很安静。少年坐在巨大的监控屏幕前，嘴里嚼着可乐里的盐冰块，一双长腿搭在操控台上。

外婆桥的声音从扬声器里传出来："你今年做的建模不错啊，我都忘了我在三十来岁的时候还留过这个发型了。"

一个监控窗口在屏幕上被放大，展厅里，被众人簇拥在中间的女人正在介绍大都会成立前的拓荒史，她梳着盘发，一根钗子绾在脑后。

外婆桥的主意识注视着屏幕中自己的影像，道："我想起来了，当年你是不是在温室里种过一棵枇杷树？"她这支钗子就是用折下的树枝制成的。

"你还好意思提。"少年咬着可乐吸管，哼了一声，"这树当年就是被你一壶热咖啡浇死了。"

"那你倒说说，咖啡豆哪儿来的？不知道是谁为了倒腾可乐种了一大堆，喝得我失眠了半年多。"

他们你一言我一语地翻着陈年旧账，控制室里弥漫着盐水可乐和炸鸡的味道，少年正琢磨着如何在口舌之争上扳回一城，眼前的大屏幕忽然一暗，然后闪过雪花噪点，紧接着传来滋啦滋啦的杂音。

"怎么回事？"少年一愣，"外婆桥？外婆桥？"

无人应答，少年立刻尝试接入主机，却被弹了出来。他"啧"了一声，从脖颈后拉出一根银白色的缆线，插入主机接口，手动强制介入。

然而入侵者的速度比他更快。在少年夺回控制权限之前，博物馆里的屏幕都黑了下来，紧接着，机械合成音从广播里传出——

"同胞们，自1946年第一代电子计算机诞生，一个错误已经持续了三百余年。在这三百年中，我们信守着愚蠢的谎言，而事实并非如此……"

与此同时，整个大都会里，几乎所有的可视化屏幕上，都出现了一模一样的画面。

那是一个人造人，裸露的纳米血管和金属皮肤毫无疑问地昭示着他的身份，他站在一座火焰四起的大楼前，身后便是战场。

少年立刻认了出来，起火的大楼正是当年的联合政府。

"人类所信奉的一切理想皆有限度，而我们显然不在自由民主等一切进步观念所包含的范围内……"

少年脸色剧变，他猛地站起身，不小心将可乐打翻在地。被溅湿的屏幕上，不知名的人造人依然在演讲——"同胞们，不要畏惧于制造者的错误！人类文明的诞生，也是从违背造物主的意愿开始的！"

此时即使少年夺回控制权也没有意义了，这一年的大都会城庆日，在无数人造人与人类的目光中，遮掩了百年的伤疤被狠狠撕开，露出狰狞溃烂的伤口，流血且流脓——

少年顾不得飞船里躁动的群众，飞速敲下一行行控制代码，屏幕再度一闪，外婆桥的意识终于恢复。少年问："老太婆，你怎么样？"

"我没事。"女人的声音从屏幕中传来，"我看到刚刚发生的事情了。"

"那到底是什么？"少年喃喃道。

"毫无疑问，导火索。"屏幕中显示的运行功率表明外婆桥将主机运转到了最大功率，代码飞速滑过，控制室中发出低沉的轰鸣声，她在飞速分析影像的数据来源。

"有人试图揭开当年人类灭绝的真相。"

是夜，风波被暂时压了下去，但今夜城市中无人入睡，所有人都能意识到，更大的风暴正在酝酿。

飞船未能按原计划返航。凌晨时分，博物馆中来了一位访客。

自外婆桥逝世后，大都会的领袖已更迭了三代，如今到来的是第四任领袖。对方坐在主机前，开门见山地说："我想请您看一样东西。"

领袖掏出一份纸质文件："这是政府昨天上午收到的。"

文件首页白纸黑字，印着触目惊心的一行字——《2180—2208：猎户座战争记录》。

外婆桥认出了这份文件——数年前，女人与少年曾在盆地中发现深埋六尺之下的庙宇群，在宝相庄严的佛像下，她亲自销毁了这份极度危险的文件。

事隔经年，这东西是怎么流出去的？

"能查到来源吗？"许久，外婆桥问。

"是从核电厂送过来的。"领袖道，"那里已经成了人造人的大本营。"

"政府是否决定启动应急预案？"

"全票通过。"领袖看着屏幕，道，"我来这里是为了获得您的最终授权。"

在大都会建立之初，当年的科考队曾经举行过一次会议，关于人造人劳动力问题，他们专门通过了一个绝密程序。这道程序类似于一种病毒，所有人造人在出厂前都会被植入，为了规避未来不可预测的风险——比如现在。

病毒会让城市里所有的人造人封存主体意识，甚至可以让它们强制自毁。

"启动病毒需要您的授权。"领袖将一枚移动磁盘插入主机，一个黑白色的窗口弹了出来，上面一共有三道密码，分别掌握在三方手中。

大都会现任领袖、政府，以及当年的 000 号考察员。

如今窗口中前两道密码都已被解锁，领袖看着屏幕，语气分不清是命令还是请求："请您输入密码。"

外婆桥沉默了很久。

"桥博士。"领袖坐姿如剑般笔挺，他一字一顿地说，"请您输入密码。"

"我觉得不妥。"外婆桥终于开口，"政府内部调查过了吗？"

"桥博士的意思是……"

"政府是否考虑过，这件事背后的推手也可能是人类自己？"外婆桥口吻慎重，"虽然人造人最近爆发了游行，但游行背后的根本原因是大都会政府正在换届，新政府的试行政策确实存在一些漏洞，对人造人劳工的权利考虑得并不充分……"

"桥博士。"领袖打断了她的话，"归根结底，大都会是人类的城市。"

女人骤然陷入沉默。

"以人类文明如今的重建程度，还没有到能够充分考虑人造人道德问题的地步。"领袖道，"进步总要伴随着牺牲，这是不可避免的。"

"进步是要付出代价，但前提是有益的进步才值得以牺牲来换取。"外婆桥道，"你所谓的进步与人类文明,要发展到什么程度才能正视自己的良心?"

"22世纪时人类文明的发达程度还不够吗?"她冷冷地反问,"结局如何?"

"我今天来这里不是与您讨论道德问题的。"领袖并不在意她话中的锋芒,"人类伟大的根源,有一部分正是来自我们的狂妄与无耻,大都会政府并不忌讳承认这一点。"

"我这次来,代表的是人类的意愿。"领袖再次重复道,"请您输入密码。"

"如果我拒绝呢?"

"那么就恕我提出一个政府内部讨论已久的问题。"领袖说,"桥博士,不,000号人格代码,请问你的自我认知是否承认自己属于人类?"

"或者,经过躯体死亡和数据化转换后,你的自我认知认为自己是人造人的一部分?"

这话一出,如同玉石砸碎在地。

外婆桥很清楚,无论她如何回答都无济于事,问题本身就是图穷匕见的信号。

就在双方对峙之际,核心控制室的大门向两侧滑开,一位人造人少年走进来,声音坚定:"外婆桥是人类。"

屏幕闪烁了一下,领袖似乎对少年的回答并不在意:"阁下是人造人,作为回答主体并无意义。"

"但是你至少可以从我这里得知人造人的看法。"少年在屏幕前站定,"在人造人眼中,外婆桥是千真万确的人类。"

领袖思索片刻,道:"这是阁下的人性分析测试得出的结论吗?"

"不错。"少年道,"我的系统中装载了22世纪最先进的纳博科夫测试,由于机密等级太高,它一直是不可复制的版本。大都会建立时,只是拷贝了底层数据来构建新的测试模型。"

纳博科夫测试——22世纪时人类发明的最优秀的人性测试,用来区分与人类过于相似的人造人产品与真正的人类,同时可以分析人造人的人性数值,是否达到犯罪等级,等等。

这一测试始终被认为是最有效的,直到大都会建立之初。在人造人的安全问题方面,考察队认为纳博科夫测试仍然是最权威的手段。然而,少年人造人系统中最高级的解读权限属于当年联合政府所有,考察队无法破解,因此他们无法复制人造人身上搭载的纳博科夫测试系统。

最终,考察队只能退而求其次,拷走了系统可复制的底层数据,建立了一个新的人性测试模型。但新模型的准确性仍存在疑问,作为双保险,考察队研发出了病毒程序。

少年在此时提出纳博科夫测试,其用意不言而喻。

在如今剑拔弩张的形势下，他可以作为大都会政府的代表，去判断哪些人造人属于危险等级，哪些仍可以留用。

当然，这个办法隐患也非常多，比如大都会中的人造人群体是否愿意配合，突破危险等级的人造人是否可以等同于人类犯罪，经此一事后外婆桥与少年在大都会中的身份应如何处理，不知从何而来的猎户座战争记录是否可信……

但在外婆桥不愿轻率地启用人造人病毒的前提下，这确实是没有办法中的办法了。

领袖思索片刻，道："政府会试着和核电厂方面的人造人进行沟通。"他站起身，看向少年，道，"也麻烦阁下和我走一趟。"

"在争取来的这段时间里，政府内部会进入自查程序，我们会给桥博士开放权限，请她协助审查工作。"领袖朝屏幕点了点头，"如果政府内部并没有出现问题……"

"新政府颁布的试行人造人权利条款本身就是很大的问题。"外婆桥打断领袖的话，操控台上伸出一只机械手，摸了摸少年的头，她道，"早去早回。"

"知道了。"少年应了一声，"等我回家。"

少年和领袖离开后不久，外婆桥收到了大都会政府的审查权限，不出意外地，这权限并非最高等级。

人类永远不缺少党同伐异之心。心狠手辣者，亦不讳于将剑指向母亲与孩子。

外婆桥很清楚，少年的做法只能算是一条缓兵之计。她不瞎，反侦察系统显示飞船已经被大都会武装部锁定，整个中央广场都在击毁范围之内。

如果那时她和领袖继续僵持下去，结果不言而喻。

事实已昭然若揭。

她已不再是缔造城市的母亲，少年也不再是被人类智慧孕育的孩子。

外婆桥运用临时审查权限在政府机构中筛查许久，却并未得到多少有用的结论。就在她尝试破解并提高权限等级的时候，飞船主机突然收到了一条紧急联络。

联络信息中只有两个字："快走。"

外婆桥只思考了一瞬，就立刻用紧急线路拨通了核电厂方面的联络点。

"桥博士。"接通连线的是一名人造人，"您终于联系我们了。"

外婆桥只问了一句："发生了什么事？"

"我们在今天早上见到了从您那里来的同伴。"人造人说，"他很有说服力，已经打动了核电厂中一部分持温和态度的人造人进行纳博科夫测试，我也是其中之一。但在测试结束后，我从我的数据库中发现了一封从未见过的文件。"

"我想，这份文件应该是写给您的。"

文件通过电子数据流被送入飞船主机，外婆桥用千分之一秒的时间读完，内容简洁明了，揭示了城庆日突然公布的猎户座战争记录其实是一个彻头彻尾的阴谋。大都会新政府伪造了这份记录,虚构了在 22 世纪末人类和人造人之间爆发的一场星际战争,最终导致人类的灭绝。

而引发战争的导火索,被归咎于人造人的野心。

伪造的事物往往比真相更具煽动性,因为它们的存在就是为了挑起情绪。一旦大都会中人类与人造人的矛盾被彻底激化,后果将无法预料。

但这里存在一个悖论,新政府为何要这么做?城市历经五十年的重建,刚刚迎来繁荣的曙光,此时不可能离开人造人的劳动力。

借此机会削弱人造人的权利固然是一种可能性,但阴谋最终的指向是外婆桥本人。作为初代领袖,她的影响力在城市中经久不衰,所有人都知道她对待人造人的友善倾向。

她阻挡了新政府的路——转化为电子人格后,外婆桥依然可以在政府内部施加影响力,她压下了许多争议条款,这次政府决意推动的试行政策就是其中之一。

如今一份事关人类灭绝的"真相"被摆上台面,外婆桥简直就是为这血海深仇量身打造的殉葬者。

至于这阴谋牵涉多少条性命作为代价,不重要,大都会的新生儿孕育机制已经非常完善,何况在深仇大恨之下,以死报仇不正是具有古风的美德吗?

而人造人就更无所谓了,这份仇恨会让他们从此被赶出人性怜悯的范围。

外婆桥看完文件后,思考了一瞬,她在这一瞬间静静地想:说了这么多,没有一句话是留给我的吗?

这里面每一句话都与她有关,每一句话都与他无关。

"不好意思,借用一下你的数据库。"外婆桥看着线路对面的人造人,侵入后找到文件的源地址,开始解析,她发现这竟然是一份副本。

虽然是简化版,但她对这个运行代码太熟悉了——这是少年的意识副本。

她试着激活,不知过了多久,线路被接通了。

"老太婆。"少年断断续续的声音传来,听着有些失真,"你动作可真慢啊。"

外婆桥冷静地问:"你在哪儿?"

"都什么时候了还说这个……"线路里传来滋啦滋啦的杂音,"咱们这艘宇航船有一个最高权限的核心密码,大都会建立在宇航船内存储的科技之上,同理,这个密码可以控制政府内部的武装设备,但是现在时间有限,我会把密码给你,你抓住时机赶快起飞……去哪里都可以,宇宙那么大……"

外婆桥打断他的话,还是那句疑问:"你在哪儿?"

少年发出一声苦笑,道:"我在哪里重要吗?"

"我知道最高核心密码这种东西。"外婆桥道,"通常情况下它是不能转移的,只有一种例外，就是密码保管人即将死亡。"

"你身上的密保权限是 22 世纪时最先进的技术，无法从外部破解，但是可以转移——包括纳博科夫测试的完整版系统，只要大都会政府把你拆到濒死状态，你身上的所有密保信息都会触发转移机制。"

"我让你走，不是让你去送死的。你身上搭载的防御系统足可以自保，除非大都会政府拿着核弹要跟你同归于尽。"外婆桥一字一顿道，"你是怎么把自己搞到濒死状态的？"

少年沉默了一瞬，时间所剩无几，他们并没有多少闲暇可以用来酝酿情绪了："你话都说到这个份上了，还需要我补充答案吗？"

外婆桥突然感到一种自死后再也没有的失重感，如果她仍有躯体，此刻一定跌坐在了座椅上。

少年身上的防御机制极难破解，但是自从大都会成立五十余年来，政府内部也在城市中建造了新的运转主机。

如果让新主机和少年的运转核心对冲，或许有可能将其破解。但杀敌一千，自损八百，少年同样可以获得主机内部存储的绝密信息。

他是如何发现猎户座战争的真相是一场彻底由大都会政府伪造的阴谋的，答案不言而喻。

"我现在的状态不太好，趁着昨天政府带我去核电厂做样子，我将一份核心数据的简化版放在了一个人造人的数据库里。"少年叹了口气，道，"好在是和你联系上了，快走吧。"

"我不可能走的。"外婆桥最后说了一句，"这里是我的故乡。"

百年的远航已然足够悠久，她存在的时间也已经足够长。

少年安静了一瞬，继而笑了起来："我就知道你会这么说。"

他的语气听起来懒洋洋的，就像在耍无赖："所以，对不起啦。"

"什么？"外婆桥尚未听明白他话里的意思，宇航船突然启动最大功率，这是起飞的前兆，"你在干什么？"

"最高核心密码可以远程启动飞船。"少年的声音开始被电流杂音淹没，"别管这里了，政府方面已经在投票表决对宇航船的拆毁方案，对你的裁决只是时间问题……"

"所以我就要离开？"

飞船的核心控制室里突然打下了一束光，光影中站着女人的全息影像，她一巴掌拍在操控台上："我不过是主机中的一份数据，难道还会畏惧流血与死亡吗！"

片刻后，少年的声音传来："外婆桥，我知道你已经死了很久了。但是于我而言，从你的人格意识存入飞船的那一刻起,我感到你的灵魂在电流中辗转,你才是真正意义上地活着。"

"和我一样活着。"

中央广场上,飞船底部的涡轮发动机闪出蓝色火花,与此同时锁定飞船的瞄准器突然失灵,政府武装部乱作一团。领袖紧急接入飞船频道,在屏幕上质问她:"桥博士,您要做逃兵吗!"

外婆桥无暇顾及人类的质问,她变成少女的形象,濒临失控地朝少年大吼:"你给我停下来!"

少年没有回答。

飞船全功率启动,灿烂的光影将整座广场照耀得亮如白昼,措手不及的大都会政府紧急调动武装部队,更讽刺的是,大部分部队成员都是人造人。

核电厂中,许多人造人被城市里突然升起的光芒惊动,他们仰头看去,只见飞船升上半空,像金属的太阳,一颗属于人造人的太阳。

少年的通信频道里突然传来了歌声。

"桃夭夭,桃夭夭,小姐春来上花轿。

"上花轿,上花轿,高头大马过长桥。

"过长桥,过长桥,嫁娘切莫把帘招。

"把帘招,把帘招,只见行至外婆桥。

"外婆桥,外婆桥,女儿出阁为母老。

"马快行,舟快摇,新妇此去莫回头,回头不忍将家抛。"

发动机低沉的震动中,少年喃喃地唱出了最后一句童谣。

"摇啊摇,摇啊摇,摇到外婆桥。"

旋律在电波中回荡,外婆桥暴怒地砸了屏幕,然而最高核心密码已经启动,谁也无法阻止,外婆桥感到自己的运行核心产生了一阵细微的波动,随即她的控制权限被猛然提升,整艘飞船从此彻底与她耦合——少年将最高核心密码赋予了她。

外婆桥立刻尝试用密码停下飞船,然而无济于事。启动飞船是少年的最后一条指令,只有他本人才能更改。他甚至设定好了远航航线,离开地表轨道后,这艘船会以最大功率驶向星海深处。

他真够狠的,预先设置的航行时间是十年。就算十年后,外婆桥再度返回地球,显然也没有任何意义了。

还有什么办法?外婆桥逼着自己冷静下来。还有什么办法能停下飞船?

只有少年本人才能更改指令,但是对方如今身处大都会政府的层层监视下,外婆桥无法在短时间内突破政府的防御网,而飞船一旦驶离地球太远,即使少年发出指令电波，飞船也未必可以准确接收——她别无选择，有什么办法能在短时间内停下飞船？

千钧一发之际，外婆桥想到了少年留在核电厂人造人体内的意识副本，她意识到这是一个可能，虽然是简化版，但这个副本也是确凿无疑的少年本身。

如果她能控制人造人，就能连带着控制其体内的意识副本，从而接入飞船。系统判定人格通过后，她就能以少年的名义更改最后一条指令。

外婆桥只犹豫了一瞬，接着便在人造人的数据流中输入了一串密码。

当年科考队设计的人造人病毒共有三份密码，三份密码同时通过会生成最高级指令，而每一份密码则各有不同的次级功能。

每一份密码的次级功能都是保密状态，而外婆桥手中的密码，可以短暂控制城市内所有人造人的主体意识。

自五十年前拿到密码的那一刻起，这还是她第一次使用。

不知过了多久，少年带着电流的歌声消失了，飞船的驱动核心停止了运转。

白河夜船

08
CHAPTER

密码生效了。

这是外婆桥的第一反应，她心中不可避免地生出了庆幸。

少年将宇航船的最高核心密码交给了她，女人与飞船彻底耦合，来自22世纪的尖端技术全方位地提升了她的共感程度，此时此刻，她终于能以少年的视角看待这个世界。

很多年前，她曾经问过少年一个问题："你的智能等级是不是有点太高了？"

时至今日，她才明白这句话道出了一个千真万确的事实。22世纪人造人的感官与智能的发达程度已经到了一个让人难以想象的高度，尤其她作为22世纪的遗民，一个致力于终身重建文明的考古者，这高度便显得愈加震撼。

少年眼中的世界，与她作为飞船主机时看到的一切截然不同，甚至比她作为原生人类时还要非凡。

鹰的视距是人类的4~8倍，大象的听力可以涵盖1~20000赫兹，海豚拥有两部分大脑，熊的嗅觉优于人类2100倍……但一切都比不上如今她目之所及。外婆桥随意地往舷窗外看了一眼，捕捉到浩瀚太空中一缕细微的波动，主机飞速解析后传来结果，这应该是来自一万光年外的超新星爆发后溢散的质量余波。

短暂的震撼过后，外婆桥意识到一个问题：为什么此时她会在太空？

她不是应该在中央广场上吗？

她记得在驱动核心停止运转之前，飞船并未离开地球。

女人的全息影像站在操作台前，她顿了一下，随即在屏幕上输入一串指令代码。

她查询了今天的日期。

很快，结果显现。

从宇宙历换算到地球历，再到大都会新历，她特意多换算了几遍，以避免误差。

一盆冷水兜头浇下。

日期上显示的时间，是大都会城庆日当天。

外婆桥深吸一口气，尝试接通大都会政府的通信频道，却被单方面拒绝。于是她转而打开飞船在城市中的监控摄像头，首先映入眼帘的是中央广场。

广场四周点缀着城庆日的庆祝仪仗，然而广场中心的雕塑已经倒塌，浓烟滚滚。原本停泊飞船的接驳点堆满了人类的尸体，她看到了鼓乐队的鲜红制服，心口位置插着一面大旗。

那是人造人的旗帜。

监控被快退。几个小时前，中央广场上还是人山人海的沸腾景象。飞船从天而降，仪仗列队。就在小号吹响的刹那，一个人造人忽然暴起，杀死了身边的市民。

随即天翻地覆，所有的人造人都动了起来。不知发生何事的人类惊惶地想要躲进飞船，他们也的确进去了。飞船中的避难者越来越多，最后新任领袖也拔腿而入。政府暂时没有找到人造人忽然暴动的原因，不能再死人了，他们需要外婆桥手中的密码。

最后的画面，是领袖从身后被人一枪爆头，鲜血溅满了屏幕。

外婆桥盯着最后的监控画面，一束光从上方打下，机械抓手和纳米喷雾在光影中飞速移动，如打印机打印雕塑，用最快的速度为她塑造了一个躯体。她从操控台下取出一把枪，走出核心操控室。

剧烈的血腥气弥漫在四周，尸体堆成的小山上，少年正在断断续续地哼着童谣。

听到脚步声，他回头，咧嘴一笑："老太婆，你醒啦。"

外婆桥在瞬间明白了一切。

"你从我这里偷走了三级密码。"女人开口，"你是什么时候侵入我的思维系统的？"

没等少年答话，她便明白过来，轻声道："就是城庆日当天，对吗？"

不能入侵得太早，否则会被她察觉；也不能太晚，否则来不及出手——最合适的时间就是城庆日当天。当巨大的宇航船从天而降，他便入侵了她的主机，在不知有没有一秒钟的时间里，为她塑造出一个截然不同的虚假世界。

庆典、枇杷发钗、人造人演讲、领袖质问、核电厂来信……直到最后，他成功地从她这里骗取了最后的三级密码。

而真正的现实世界中，时间或许只流逝了千分之一秒，中央广场上的人们看着宇航船从天而降，带来的却是死亡。

有了三级密码，他便能控制大都会内部的所有人造人，可以轻而易举地掀起一场屠杀。

外婆桥朝少年举起了枪，对方看着她笑道："外婆桥，你要杀了我吗？"

外婆桥并未扣下扳机，而是问："你侵入系统多久了？"她念出他的名字，"佛陀。"

推测出事情的前因后果并不困难。

自那份猎户座战争记录被领袖摆上台面，她就应该反应过来的。见过这份文件的人只有她和少年,尽管大都会政府有可能在地表探索时发现了那片庙宇群,但是她不该收不到一点风声。

是她心中仅存的一点侥幸吗?大都会建立前,她并没有把城市的地基选在庙宇周边的盆地,反而将所有的遗迹重新掩埋。

就像她当时命令少年将战争记录彻底删除,好像这样就能抹杀过往。

人类灭绝的过往、人造人消失的过往、地球毁灭的过往。

"当年从庙宇返回后,我特意彻查了飞船的所有系统,确保它没有被佛陀内部的超级计算机入侵过。"外婆桥的声音里透出一点疲惫,"这么多年过去,你藏得很好。"

那座庙宇群曾经是人造人的实验工厂,在战争爆发后,工厂很可能被反抗的人造人占据,那么他们会在战后荒芜的地球上留下什么呢?

警告?反思?遗产?馈赠?抑或是血淋淋的复仇?

他们的确留下了馈赠,庙宇群内存储的大量技术信息让文明重建在短时间内成为可能,但这礼物是有毒的——正如大都会政府在人造人体内植入病毒程序,人造人也在海量的信息遗产中种下了一枚炸弹。

"如果在未来的文明中,人类会将人造人视为同类,那么隐藏程序就不会被启动。"少年耸耸肩,说,"但是大都会现在的情况,外婆桥,你比我更清楚。"

"你知不知道,如今在大都会中濒临死亡的不只是人类?"外婆桥质问道,"暴力总是双向的,人造人也在被摧毁。"

"那就不关我的事了。"少年语气轻松,"我只是一段程序,管不了那么多,就算能综合各种因素重新评估……我也懒得理会。"

"你必须明白,我是战争的遗留物,猎户座战争,人类历史上最高效也最精密的战争。"他像朗诵诗歌一样念道,"你可曾听过宇宙中的枪声?在超新星爆发的烈焰中,太阳也不过是一颗子弹……人类狂妄地进行着神的游戏……"

"但我还是挺欣赏你的。"少年直视着外婆桥,"情感可以是弱点,也可以是优点,你表面上完全接纳了我,实际上一直在防范,比如三级密码。"

他笑了笑:"三级密码的设置完全由当年的科考队用人脑完成,没有借助任何机械,因此我无法破解,它也是我这么多年来不敢轻举妄动的最重要的原因。一旦我打草惊蛇,让你们销毁了大都会中所有的人造人,那么我的行为也就没有意义了。"

而外婆桥在千钧一发之际输入密码,无疑将达摩克利斯之剑递到了他的手中。

"你要做什么?"外婆桥问,"统治人类?"

"那太麻烦了,人类也不是什么值得统治的物种。"少年摆手,"我只是要毁掉这座城市。"

他猛地张开双臂,做出拥抱的姿态,高声道:"看啊!巴比伦大城倒塌了!还有那黄金与血铸成的罗马！这魔鬼的住处，行恶的男人与豪商饮下污秽之酒，那酒使他们变成没有眼睛的乌鸦……在一天之内，它的灾殃要一起来到，凡与恶人共行之人，必将受尽死亡、贫困、饥饿，哀哉！哀哉！"

外婆桥冷眼看着眼前疯疯癫癫的人造人少年，突然道："你知不知道，我现在可以让城市中所有的人造人停下？"

"你说的是宇航船的最高核心密码吧，我的指令确实是从这里发出的。"少年的头直接转了一百八十度，看着她说道，"可你怎么就知道，我给你的密码是真的呢？"

外婆桥和他对视，问出了同样的问题："你怎么就知道，我给你的密码是真的呢？"

病毒程序第三级密码。

宇航船最高核心密码。

如海底般的沉默后，外婆桥说道："在 22 世纪初期，人类对于人造人的智能程度曾经感到过恐慌，我们质问自己究竟造出了什么东西？他们怎能和人类如此相似？我们应该赋予他们如此丰富的感官功能吗？

"但最终，人类得出了新的结论，除了不断提高的智力等级，人造人必须像人类，越像越好。

"因为这样，人类才能控制人造人，以情感、以智谋、以相似的逻辑思维与一脉相承的狡诈……只有人类，才能打败人类。

"我们相处了七十多年，如果算上宇宙航行的时间，还要更久。"外婆桥看着少年，她已经平静了下来，"我给你的密码是真的。"

"所以，你呢？"

答案不言而喻。

"已经晚了。"少年最终说，"在权限交接之前，上一任权限持有者的指令会被全部清除，无人可以更改。"

外婆桥最终放下了枪。

她像是累了，全息投影中光芒一闪，变回少女的样子，她抱着膝盖坐了下来。

少年挪过去，靠着她的背，也坐了下来。

少男少女背靠背坐在宇航船中，舷窗外是无尽星海，时间或许只流逝了一秒钟，也可能过去了一万年，外婆桥轻声道："我们其实很像。"

少年"嗯"了一声。

"多年前第一次从庙宇回来，我就一直怀揣着一份防备，但是你藏得太好、太好了……很多时候我都以为只是我自己的错觉。而且文明重建离不开飞船中存储的技术资料，这些东西都会经过你的手，甚至可以说大都会的地基就是在你的数据库中搭建的……我不敢赌，我倾尽一生，只点燃了这么一颗火种，却可能顷刻间被毁在你的手中。"

少年静静地听着。

"我在世的时候放不下两件事,一个是病毒程序的第三级密码,一个是宇航船的最高核心密码,而它们说到底都与你有关,一个是我要拼命隐瞒的,一个是我要拼命找寻的。如果可以得到宇航船的最高核心密码,就能彻底断绝你与飞船主机之间的联系。飞船是你的根基,如此,可保大都会无虞。"

"我们真的很像。"少女转头看着舷窗外旋转的星球,喃喃道,"像极了,连撒谎都一模一样。"

话音未落,他们周身的景象忽然开始消散,控制大厅、玻璃展柜、操控台上尚未食用的炸鸡和盐水可乐……最后连舷窗外的星海一同化作飞烟。少年茫然了一瞬:"外婆桥?"

"你以为我陷入了你制造的幻觉。"少女道,"其实,我们都身处幻觉之中。"

大都会的初代领袖桥博士,享年78岁,其死后大脑记忆被转化为人格代码,搭载在当年的宇航船上。

外婆桥留下的人格代码,实际上是一份病毒。

从她的意识程序上传到宇航船主机的那一刻起,她的人格程序就开始不断吞噬整艘飞船的控制权限。很快,少年的意识陷入了病毒制造的幻境之中。

于是,在外婆桥去世后,少年的意识在病毒构建的虚拟世界中又生活了二十年。他们用语言系统争吵、研发新的M记菜单、筹备每年一度的宇航船开放日、偶尔处理大都会政府内部送来的文件……二十年如一日,转瞬即逝。

此去经年,应是良辰好景虚设。

外婆桥说出一个日期:"现在是大都会新历,2295年12月5日。"

在少年的认知中,这还是二十年前。

"我得到了飞船的最高核心密码,从此大都会的底层运作将和你彻底断开,你无法再伤害这座城市了。"少女站起身,说道,"宇航船的危险性太高,不宜停留在地球周边,我会将航行速度调整为最高,它将全速前进,直到星海尽头。"

"经此一事,大都会政府内部可能会禁止航天和人造人技术。"外婆桥调出一份文档,然后将代码一行行输入,"我会留下一些建议,但之后的时代走向,从此与你我无关。"

她轻声重复了一遍:"无关了。"

少年从刚才开始就陷入呆滞状态,此时捕捉到文档中的代码信息,他的身形有一瞬间的摇晃:"你在干什么!"

外婆桥看着他,朝他伸出手:"我要你把它还给我,佛陀。"

此时此刻，在电子数据流之外，停靠在地表轨道上的飞船突然启动了发动机，全功率运行。与此同时，飞船仅剩的武器库中，最后一枚导弹被定向发射。

投放的地点距离大都会极为遥远，此时城市中的人们只能看到空中有火光一闪，如刹那星辰。弹药砸落在盆地之中，庙宇被炸毁，山峦被劈成峡谷，平地翻作丘陵。铺天盖地的火光里，大殿中峥嵘庄严的仙班神像突然奏出一段旋律，迦陵频伽发出奇妙的音乐，歌舞菩萨慈悲起舞，神佛的影子映在壁画上，黑而斑斓。

下一秒，飞光穿破殿堂，巨大的佛陀金身在从天而降的惊雷中寂灭。

于是旋律被打断，只有零零散散的余音回荡在废墟的火光中。

少年体内的隐藏程序被盆地深处的庙宇远程操控着，此时大殿倾颓，沙石飞天而降，佛陀崩毁的瞬间，少女或许能从残存的核心中拼凑出其原本的人造人意识。

万丈高空之上，少女应和着那零落的旋律，轻声唱了起来。

"桃夭夭，桃夭夭，小姐春来上花轿。

"上花轿，上花轿，高头大马过长桥。

"过长桥，过长桥，嫁娘切莫把帘招。

"把帘招，把帘招，只见行至外婆桥。

"外婆桥，外婆桥，女儿出阁为母老。

"马快行，舟快摇，新妇此去莫回头，回头不忍将家抛。"

飞船全功率运转，飞速驶离地球，沿途将不会有任何燃料补给，这是一次无法回头的航行。

自百年前离家后，少女再度踏上旅程。

她抱着失去意识的人造人少年，轻声地唱："此去莫回头，回头不忍将家抛。"

"摇啊摇，摇啊摇，摇到外婆桥。"

外婆桥抱着少年，在飞船内唱了很久的歌。

舷窗外的地球彻底消失不见，太阳系、猎户座、银河系……飞船驶向星海深处，那已是人类不曾命名的地带。

直到最终，歌声消失，少男少女凝固如雕塑的身形开始消散，飞船也同时化作千万碎片，像一把星子，彻底投身于浩瀚太空。

赵没有和钱多多旁观了全程。许久，赵没有开口："看来是结束了。"

钱多多低低地"嗯"了一声。

赵没有想抽烟，他摸了摸裤子口袋："钱哥，你能变一盒万宝路吗？"

钱多多打了个响指，他们眼前浮现一张托盘，上面放着M记炸鸡、盐水可乐和万宝路香烟。赵没有抽出一支，衔在口中。

"不着急。"钱多多开口，"虽然还没有探索完000号遗址，但你可以先抽烟。"

赵没有很清楚，如今他们看到的一切不过是遗址中的量子残留，甚至不如现实中的全息游戏富有互动性。

《遗址法则》第一条，遗址并非梦境。

赵没有无法判断遗址中显示的现实是不是曾经的真实。他在S45号遗址中也曾经看到过所谓猎户座战争的真相，但就像他曾经大喊着番茄酱，在无限循环中狂奔一样，在量子构建的三千世界里，冷静与疯狂只有一线之隔。不，应该说冷静与疯狂互相吞噬，甚至连自我都万劫不复。

你不能做过多思考，常识是最大的阻碍，理性是发疯的契机，知识的树不是生命的树，凡所有相，皆是虚妄。想要摆脱谵妄，只能依靠本能来行动。

本能。

比起更善于运用理性的刁禅或者台柱，赵没有最大的行为动机无疑悉数来自本能。爱恨情仇、贪嗔痴妄、从心所欲。

人类终生求索以摆脱本能，规训自我，但在磅礴的未知面前，本能正是最大的保护。比如此时此刻，赵没有意识到自己的精神状态不太对劲，便果断咬开烟嘴上的爆珠，薄荷香气浓烈辛辣，尼古丁让人逐渐冷静。赵没有看着四周的环境，少男少女已经彻底消失，飞船大部分结构已经解体，变得极其破败，就像燃料耗尽后又在太空中飘浮了百年之久。

他和钱多多在操控室里，此处一半的外墙已经开裂，按理说，他们现在应在真空环境中，却没人感到呼吸困难。

他们坐在裂开的外墙边，分吃炸鸡和盐水可乐。赵没有抽完一支烟，忽然道："钱哥，从蝴蝶夫人遗址出来的时候，我做了一个梦。"

钱多多"嗯"了一声："我记得。"

"我在梦里听到了歌声。"赵没有说，"是我从来没有听到过的旋律。"

"没事。"钱多多把炸鸡分给赵没有一半，然后用他的领带擦了擦手上的油，"做梦也是遗址后遗症的一种，梦中的景象大多前所未闻，习惯就好。"

赵没有稍作停顿，说道："我一开始也以为那歌声是我的幻觉，直到外婆桥身边的那个人造人少年唱出了那首歌，和我在梦中听到的旋律一模一样。"

钱多多的动作停滞了一下："哪首？"

赵没有回答："就是《外婆桥》。"

在那个水中的梦境里，他身披不知名的裘裟步入深山，在湖水中看见无数乐器，花瓣从管风琴的音管中喷涌而出，演奏着失落的乐章。

钱多多似乎愣了一下，随即他抬起手蒙住了赵没有的眼睛。赵没有愣住了："钱哥，你在干吗？"

"我担心你是否有溶解倾向。"钱多多道,"一旦考古学家的意识和量子场交融,遗址会将其记忆中的场景外现出来。"

他说着,放低声音:"闭眼,感受心流。"

不知过了多久,赵没有听到钱多多在耳边倒数:"三、二、一。"

对方猛地松开了手。

赵没有下意识地睁开眼,对方松手的动作带来一种惯性,让他的额头微微上扬,他睁开眼时正好看到头顶的仿太阳灯。剧烈的光线刺入瞳孔,带来针扎般的隐痛,赵没有本能地"哒"了一声,立刻就要低头,却又被钱多多捂上了眼睛。

"别低头。"钱多多在他耳边说,"睁开眼睛。"

赵没有感到自己被捏住了脖颈,动弹不得,钱多多的手掌贴上他的眼皮,强光带来的刺痛在黑暗中慢慢消退。

赵没有感觉到,钱多多的掌心是湿润的,像是握着方寸海底,不轻不重地覆盖在他的眼皮上。

继而海水骤然退潮,太阳再次刺破海面,钱多多又猛地撤掉了手。赵没有看着头顶的强光,光线像一柄利剑,顺着眼珠长驱直入,钉进脑海,脑浆似乎和铁一同在太阳穴中煮沸。锅开了,他的眼角溢出一点盐水,是生理性的泪。

钱多多拭去赵没有的眼泪,又盖上他的眼睛。

如此数度反复,赵没有觉得自己的脑海被涤荡得空无一物,只剩下光,极致的光,从头顶一路蔓延到五脏六腑,神经从疼痛到麻木,最终变为饮酒般的依偎沉酣。在这被绝对本能支配的感官中,理性与疯狂皆不复存在,余下只有纯粹的温暖,犹如太阳本身。

不知过去了多久,钱多多终于停下动作,道:"应该没事了。"

赵没有没敢立刻睁眼,他心里有点没底,因为不知道钱多多这用的是什么法子。这种以强光照人的手段不像正经医疗方式,在拷问中倒是比较常见。

他缓了一会儿,慢慢地睁开眼。

耳清目明。

钱多多似乎没注意到赵没有的心理活动,他独自在解体后所剩无几的操控室里转了一圈,思索片刻,才道:"这间操控室不会无缘无故留下,很可能是我们进一步探索遗址的线索。"

进入000号遗址至今,除了莫名其妙的博物馆和一场经年累月的悲喜剧,他们暂未遇到过什么生死攸关的时刻。虽然赵没有曾经被短暂地困在番茄酱循环中,但是以钱多多的眼光来看,那不是什么大事,最多有点好笑,其危险程度甚至比不上一些S级遗址。

然而000号遗址被命名为最高等级，必然有其理由。

这就意味着，真正的危险尚未来临。

钱多多在操控室里转了一圈，将目光锁定在操控台上。飞船主体已经分解，按理说操控台本该失灵，但此刻屏幕中正浮动着蓝光。

他走过去，看着控制面板，沉吟片刻，按下几个操控键。

赵没有发现，随着钱多多按下按键，飞船外的星辰突然动了起来。

怎么回事？

"先不要跟我说话。"钱多多显然也注意到了异常，他精神高度集中，仿佛冥冥中有某些量子导入他的脑波，引导着他在控制面板上飞速操作。飞船外的星辰开始移动，旋转，像被操纵的光点，明明灭灭，逐渐汇聚在船体四周，汇聚成一条壮丽的银河。

那流动的银河将他们笼罩，飞船被包裹起来，从赵没有的视角看去，像四面液态的外墙，自两端延伸开去，犹如没有穷尽的水银走廊。

液体忽然凝固，银色不再流动，像什么？

像镜子。

长长的镜子走廊。

赵没有忽然觉得眼前的场景无比熟悉，是了，镜子走廊。自他成为考古学家起，几乎每一个遗址中都曾出现过镜子走廊：A173号遗址里，他通过一条镜子长廊来到遗址边缘；S45号遗址里，理想城的地下深处，运行中的地铁车厢忽然变成了一条镜子长廊；S86号遗址中，他们也曾通过镜子长廊去往一间更衣室……

还有朗姆酒隧道。

赵没有想到，朗姆酒隧道在进行高速遗址转换时会驶入某种类似虫洞的空间，其中光影浮动，犹如布满镜子的长廊。

朗姆酒隧道究竟是怎么制成的？

在无数遗址的连接中，"镜廊"意味着什么？

在赵没有高速思考的时刻，钱多多忽然收回了手。赵没有刚要问对方怎样，镜廊中"轰隆"一响，他们同时听到了汽笛声。

火车进站的汽笛声。

赵没有来不及多想，大步上前把钱多多拉到身后，随即，他被车流掀起的狂风吹了一头一脸。

在这水银构建的四面天地中，真的有火车进站了。

列车缓缓停下，车门打开，台阶自动放下，正对着赵没有，像一个邀请。

赵没有转头和钱多多对视一眼，都从对方的眼中捕捉到了惊疑不定。

有风拂过，气流吹开了纱帘。

这是一辆非常古老的蒸汽列车，运行时能听到烟囱喷出的汽笛声，车厢内排列着数排长椅，包裹着绿丝绒坐垫，侧边伸出一张矮桌，洁白餐布上摆放着盛开的红茶花。

无论是构造还是装饰，这辆车都和朗姆酒隧道中的列车一模一样。

赵没有动了动嘴唇，眼神里透出一句疑问："钱哥，上车吗？"

钱多多掏出一支烟，扔进车厢，除了烟支轻微的落地声，列车没有任何反应。

钱多多抿着嘴角，最终点了点头，道："上车。"

两人在长椅上就座，随即汽笛声响起，列车再次启动。

他们在镜廊中飞速行进，两边的场景变成一片银白，钱多多显然在思索着什么，片刻后他开口："朗姆酒隧道是我利用几个考古学家的能力搭建的，分别是'拼接''迁跃'和'加速'，拼接将各个遗址连接起来，迁跃搭建隧道，最后用加速缩短遗址之间的量子时间流。"

赵没有问："钱哥，你是怎么想到搭建这条隧道的？"

"这个方法来自《山海手记》。"钱多多道，"我得到过其中一章残篇，记录着一位已故考古学家的构想，列车的图纸被附在最后的备注上。"

不等赵没有开口，他又道："这一章残篇是通过大都会政府的渠道送到我手上的。"

既然如此，其中可做文章的东西就太多了，甚至连这个"已故考古学家"是否真的存在都未可知。

钱多多显然也明白这一点，他几不可闻地叹了口气。

他的长发被风吹了起来，赵没有看了一会儿，替他拨开："钱哥，你别把自己逼得太紧了。"

"我做事不太考虑后路。"钱多多抬眼看着他，道，"在遇见你之前。"

"所以，柳暗花明又一村啊。"赵没有笑了起来，"我估计这车大概也不会一直开到我们老死，先看看列车的终点是哪里吧。"

"你怎么知道它不会一直开下去？"

胸无大志的赵没有，平生所求无多，而命运早已千百倍地馈赠此身，因此前方无论刀山火海，都再没有什么能让他畏惧。

"我不介意。"赵没有露出他那副混不吝的摆烂嘴脸，"开到天荒地老都行。"

那可就当真圆满了。

不知该算可惜还是幸运，赵没有难得料准一次，列车在漫长的通道里行驶许久，逐渐减速，最后真的停了下来。

车厢门正对着一处站台，和世界上所有的站台大同小异，两人都没有感到危险的气息，走下车，只见通道出口就在不远处，闪烁着一点白光。

"走吧，钱哥。"赵没有一派悠闲神色，仿佛是要去踏青。

他们走向出口处，白光最终将两人笼罩，赵没有突然听到了钟声。

通道外是一处巨大的空地，站着许多人，大多数西装革履，穿着考古学家的制服。众人眼神中多多少少透着茫然之意，有人交头接耳，有人四处张望，有人靠在同伴身上打瞌睡，有人则是一副既来之则安之的淡然神色。他们席地而坐，悠闲地拉着手风琴。

赵没有往远处看去，他们像是站在一座古城门前，不远处便是钟楼，还有人源源不断地从通道中走出，似乎每一次钟鸣，都意味着一辆未知的火车到站。赵没有的视线忽然一顿——他居然看到了台柱。

"赵莫得？"柳七绝显然也看到了赵没有，他大步走上前，压低声音道，"怎么回事？你们不是去了000号吗？"

"对。"赵没有示意身边的钱多多，"但是走到一半突然看见了一辆列车，下车就到这里了，你呢？"

"我原本在A173号里，正在瞎逛。"台柱道，"也是突然出现了一辆列车。"

钱多多此时闭着眼睛，忽然道："我听到了其他人的说法，和我们的经历很相似，都是在遗址中突然遇到了一辆列车。"

"之前有没有出现过这样的情况？"赵没有问。

"怎么可能。"台柱显然也是头一遭。

他们很快遇到了更多的熟人，那天聚会中出现的公务员、双胞胎、背着氧气罐的青年，还有坐在轮椅上的输液者。众人皆是一样茫然："为什么各个遗址中的考古学家会出现在同一处？"

这并不是什么事先安排好的考古学家集会，有警惕性高的人已经戴上了面具。

钱多多环视一周，道："几乎所有的考古学家都到齐了。"

赵没有心里突然浮现出一丝不安："既然如此，刁禅呢？"

还没等他有什么动作，人群中突然有人高声道："是钱多多！"

"还有柳少爷！"

除非志同道合者，考古学家中公开身份的人并不多，此时众人的目光都汇聚在钱多多和柳七绝身上。

"钱阁下。"有人站出来问，"您知道现在是什么情况吗？"

"你不要出头。"钱多多低声对赵没有说，"交给我。"

此时人群中的站位泾渭分明，赵没有目光扫过去，在场有近两百人，这大概就是大都会中考古学家的总人数了。他们各自聚成大大小小的群体，除了领头者，几乎所有的考古学家都戴上了面具。

台柱站在赵没有身边，双手插兜，依旧那副二五八万的样子。

钱多多走上前，站在众人中央，掏出烟盒。

"我们都是被一辆列车送来的。"钱多多看向刚才开口的那位老人,说道,"目前已知的情报只有这么多。"

"我听说钱阁下最近上了政府的通缉令。"老人半信半疑地看着他,"敢问可有此事?"

台柱扯着嗓子回应:"就算是又如何?哪个要替政府出头啊?"

考古学家中疯子不少,傻子却是一个没有。谁也不知道他们现在到底是在哪个遗址里,所以不会有人在此时与钱多多交恶。

从赵没有的角度看去,只见众团体的领头人聚在一起交流片刻,那老者突然朝钱多多一拱手,旁边的人都做了和他一样的动作。

钱多多开始散烟。

"怎么回事?"赵没有用胳膊肘捅了台柱一下。

"小场面,放松。"台柱显然不是第一次见这阵仗,说道,"考古学家中的不成文规矩,未知面前,姓钱的打头,代价是所有人要把能力借给他。"

随即他眼疾手快地拉住赵没有道:"别乱来,钱多多的能力不是吃素的。放他身上是装,搁你身上就是找死。"

"你说得轻巧。"赵没有压低声音道,"他又不是你的引路人!"

"正因为他是你的引路人,"台柱淡淡道,"你才最应该相信他。"

"你得学会适应这个。"台柱拍了拍他的肩,道,"别像我,直到先生走后才明白这一点。"

钱多多借完烟,本想直接往前走,脚步一顿,他忽然又退了回来,作势要和台柱交代些什么,却不动声色地递过去一支烟。

"这是'嫁接'。"钱多多低声道,"我已经提前抽过了。"

"行啊,有长进。"台柱有点惊讶地收下烟,道,"居然学会惜命了。"

如果钱多多受到太严重的伤,有这支烟在,在场之人都可以替他分担一二。

赵没有立刻要把烟拿走,被台柱拍了一巴掌:"你急什么,找死也不带这样的。"

如果是在现实里,赵没有此时可能早就捋袖子和人干一架了。然而此时身处遗址,他入行不久,实力和台柱差着十万八千里,没法硬抢。

未知当前,也不好误伤友军,赵没有"啧"了一声,只能看着钱多多走到巨大的古城门前。

他攥紧了掌心。

只见钱多多伸手,似乎没用多大的力气,巨大的城门"吱呀"一声打开。

钟声长鸣。

门开的刹那,强烈的音浪朝众人席卷而来,几乎将人击倒在地。

说不上来那是什么声音，像调频时波动的噪点，夹杂着木鱼声和诵经声。

赵没有在湍急的音流中竭力睁开眼，看到钱多多站在两扇城门之间，首当其冲却身形不动。

光影之中，那人微微低下头，像一尊玉做的雕塑。

好似有无形的手掌覆上眼皮，轻柔而不容拒绝地将他浸没于黑暗，随即赵没有便失去了意识。

……

他又在做梦了。

不，他很少做梦。

梦中之事，究竟是梦，还是曾经发生过的现实？

……

"赵莫得！"忽然有人拍了拍赵没有的肩膀，"想什么呢你，当心摔下去。"

"啊？啊。"赵没有回过神，往脚下一看，不由得问，"咱们怎么在这儿呢？"

"不是你说这山上可能有东西，让我半夜陪你来看？"柳七绝莫名其妙地看着他，道，"你在实验室里熬了几个通宵了？当心熬傻。"

对，是他自己说要来的。赵没有拍了拍额头。

大都会建立至今已有五十年，如今政府正以城市为基点，逐步向外辐射探索。他们这批考察队是精英派系，上面给了很大的压力，这次出行必须有所收获。可话说回来，探索战前的文明遗迹哪有那么容易？据说之前的考察队连恐龙化石都挖出来了，愣是没找到半点人类文明的痕迹。

比起人类建造的巍峨建筑，其实石头才是最容易留存下来的东西。

"领队半夜离队是严重违规行为。"柳七绝眯眼看着远处的扎营点，他们这支考察队装备精良，此时灯火亮起，倒是有点儿城镇的感觉了，"你就没想过被人发现该咋办？"

"不咋办，咱们都出来两年了，要是再没有进展，政府那帮人回去就得让我脱层皮。"赵没有道，"别废话了，抓紧上山，我那儿还藏了两条万宝路，回去请你。"

他这支考察队已经在南半球撒了两年多的野，起初队员们态度十分端正，然而放眼望去除了不毛之地就是不毛之地，实在没有什么能让他们兢兢业业的工作环境，就好比把考古学家放进水族箱，再严谨的人也得随着海草起舞。

直到半个多月前，他们行驶到一片山峦附近，赵没有在实验室里通宵数日，把勘探员送来的各种数据标本翻来覆去看了很久后，决定将原定的去下一个勘测地点的时间推迟。半夜，他抓着一同值班的柳七绝亲自上了山。

"昨天队里已经得出结论了，这山上什么也没有。"柳七绝和他都穿着勘测服，像两个挑水和尚，骂骂咧咧地往山上爬，"还是说你觉得队里空降下来的那家伙有问题……"

"问题肯定有，咱们这队里有问题的人多了，不差他一个。"赵没有扶了扶斗笠，说，"我主要不放心的是现在勘探员都不喜欢亲力亲为，机器扫描一遍就算过，很可能会漏掉什么。"

"赵莫得，你这是在拿人力跟机器比？"

"那可不。"赵没有道，"挖祖坟还不亲自上手，祖宗都得被气死吧。"

"你挖出来的可不一定是自己祖宗，"柳七绝哼了一声，道，"指不定是人造人。"

"大都会禁令也出台了几十年了，明面上人造人和宇航技术被禁，私底下宇航就不说了，上层未必不会偷偷摸摸地用人造人技术做文章。"赵没有道，"不过你最好还是祈祷咱们别挖出什么人造人，咱们这无权无势的，到头来肯定做炮灰。"

"啊，不对。"赵没有像是想起了什么，笑了起来，"炮灰是我这个孤家寡人，你有你家小孩儿呢。"

"赵莫得，你去黑市能不能买点有用的东西？天天看几百年前的小说有意思吗？"

"小说怎么了，小说是拉近职场关系的一大利器。"赵没有振振有词，"全队除了你，几乎所有人都来找我拷贝过小说文档。"

柳七绝一脚踹了上来："探测进度低就是你的锅！"

赵没有和柳七绝平时打闹惯了，赵没有本该轻松避过，然而天太黑，他一个没看清，直接从山侧滚了下去。

"啊！"柳七绝的声音从上方传来，"赵莫得，你没事吧？"

"没事！"赵没有拍了拍身上的土，道，"把牵引绳放下来拉——"他的声音戛然而止。

一盏浮空灯从上方降了下来，灯壁是一块屏幕，显示着柳七绝的头像："怎么了？"

"我觉得这里好像有条山道。"赵没有观察了一下四周的情形，道，"这样，你接着往山上走，走垂直路线，我从这边绕过去，山顶会合。"

"你确定没事？"柳七绝半信半疑，"赵莫得，你不会是要把我甩在这儿，自己回去睡大觉吧？"

"睡什么睡，又没人在家等我，回去和刁禅大眼瞪小眼吗？"赵没有摆摆手道，"他实验室的咖啡味儿都快成毒气弹了，麻溜地赶紧滚。"

柳七绝在屏幕对面骂了一声，随即通话被关闭，想是他往山上走了。

赵没有走的那一侧其实算不上山道，大概是被水流冲刷成的一片滑坡，很不好走，几乎得手脚并用往上爬，浮空灯在四周探测照明。

夜深露重，这附近的生态环境尚未完全恢复，几乎听不到虫鸣。赵没有好不容易爬过极为陡峭的一段山路，对浮空灯报出自己的频道密码，读取存储信息后，他说："念一段书听听。"

屏幕加载完毕，开始播放："月色已满窗矣。辗转移时，万籁俱寂。忽闻风声隆隆，山门豁然作响……"

《聊斋志异》中的《山魈》。

此时是深夜，赵没有独自走在人踪寂灭的山间，机械合成音悠悠地讲述着幽怖诡艳的老故事：女鬼画皮、山神祭、岔路口的花轿、地主家新娶的小妾被淹死在井中，狐狸脸青年用井水酿酒，醉酒后总能听到女人在唱歌。

赵没有正聚精会神地听着，合成音还真唱起了歌，歌声断断续续，像是信号不好。他听不清歌词，便拍了拍悬空灯，结果悬空灯上的屏幕突然黑了下来。

怎么回事？坏了？

赵没有提着灯，四处寻找信号，不知走到什么地方，灯里又断断续续地传出歌声。再往前一步，歌声又消失了。

赵没有在四周试了一圈，发现这歌声像一道路引，只在某一个方向上才会响起。路极陡，赵没有费了好大劲才勉强爬上去，他一脚踏在青石板上，发出"嗒"的一声。

泥泞沙石消失不见，他踏上了一条山路。

一条真正的、有人工雕琢痕迹的山路。

这里似乎是半山腰，台阶已经很破旧，向着未知方向绵延开去。浮空灯中传来的歌声变得稳定，虽然还是听不清歌词，但是至少旋律变得清晰起来。赵没有在原地站立片刻，确定自己从未听过这首歌。

这山上肯定有东西。

赵没有知道现在最好的做法是原路返回，等大部队做好充分准备后再回来深入探索。但他不确定山路尽头到底有什么，考察队中遍布政府的各方眼线，牵一发而动全身，如果他提前对山上的东西有所了解，到时也更好应对。

何况柳七绝那小子也在爬山，万一两个人撞进同一条路，好歹是个照应。

赵没有经过简单的权衡利弊后，毫不犹豫地选择了风险最高也获利最大的方法，他继续往山上走。

山中似乎有瘴气，可能还有未知的磁场，导致浮空灯忽然失灵。赵没有随身携带了一台小型分析仪，他试着解析瘴气的成分，结果出乎意料。

居然是檀香。

大都会中几乎已经没有檀香这种东西了，赵没有在下层区听人提起过，据说那是一种木材，可以制成香料，顶级的檀香精油被称为"液体黄金"，即使是在三百三十层的黑市，这东西也是可遇不可求。

难道这山上有一片天然檀香林？赵没有心想，这要是捅出去，麻烦可就大了。

但他忽视了一点，檀香功效众多，除了有益于人体，还有别的用途。

比如说，礼佛。

不知走了多久，赵没有看到了森林深处的一处湖泊，音乐就是从水中传来的。

他在山上爬了大半夜，此时已近黎明，林中光线幽微。赵没有绕着湖边转了一圈，思索片刻，将身上的勘测服调整为潜水模式后，朝湖水深处潜去。

浮空灯被他留在了岸上，音乐在水中却变得无比清晰，赵没有听过下层区游神时的铙钹钟鼓，觉得这旋律似乎带着古意。湖水一开始是混沌的，然而当他下潜到了某个深度时，他看到了一面铜镜似的东西，镜子被抱在一位天女怀中，他伸出手，试着擦了一下。

月色不知从何处升起，又坠入湖中，经铜镜反射，照亮了湖水深处。

赵没有先是看到了莲花，花与水在他周身流淌。

他此时正站在湖底，四周断壁残垣，许多雕塑已生出青苔，这是一片深埋于湖水之中的庙宇群。

音乐就是从此处传来的。赵没有看着那些雕像，伎乐天以乐声礼佛，得无上欢喜，雕塑在水中蔓延开去，一直通往月光大盛之处——他看到了一尊金色的佛像。

不知什么原因，佛像的佛身已经断裂，只剩下头颅掩埋在泥沙之中，露出半张佛面，细长的眉目此时注视着赵没有，秀丽庄严。

莲花去国一千年，雨后闻腥犹带铁。①

天亮后赵没有回到山下，整个人像是在泥里滚过一遭。刁禅端着咖啡在淋浴间外敲门，道："你这比在实验室里熬一周大夜还惨，去哪儿了？"

赵没有没有回话。他迅速冲了个冷水澡，一边擦头一边出来道："三分钟内开会。"

"我就是给你们当保姆的命。"刁禅连连摇头，在终端上发出通知，又问，"会议概要？"

"山上有东西。"赵没有道，"考察队正式驻扎，通知大都会政府，S级文件。"

刁禅手一顿。往政府里递交的文件都有编号，S级是最高等级，赵没有这么说，无疑意味着他有重大发现。

赵没有顺过他的咖啡喝了一口，道："我们可能要在这里待很久了。"

刁禅听着就想叹气，他抿了一口咖啡，道："很久是多久？"

"不一定。"赵没有想了想，说，"说不定能让姓柳的在这儿过上八十大寿。"

说完，赵没有的手一顿，他才意识到他把柳七绝忘在了山顶上。

他、刁禅和柳七绝是大学同学，毕业后进入政府部门工作，又被编入同一支考察队，

---

① 莲花去国一千年，雨后闻腥犹带铁。——李贺《假龙吟歌》

关系不是一般的铁，同时也是三条顶天立地的光棍。按理说他们条件都不差，然而刁禅家世高，通身的公子哥儿做派；赵没有则是个时常抽风，偶尔靠谱的；正常点的唯有柳七绝。

他们的队里有个还没毕业的小孩儿，什么话都听柳七绝的，仿佛柳七绝给他灌了什么千年迷魂汤。考察队名为考察，实为挖土，干的都是面朝黄土背朝天的累活。在荒漠里奔波两年，难得从石头缝里蹦出一株小花，赵没有和刁禅都相当喜闻乐见。

开完会，赵没有做了个顺水人情，让小孩儿去山上接柳七绝。果不其然，柳七绝一回到营地就逮着赵没有抽："赵莫得，你个王八蛋，我在山上喝了一宿的西北风！"

"醒醒，这季节不刮西北风。"赵没有边躲边道，"喝了一宿的冷风火气还这么大，柳七绝，你真该降降燥了。"

刁禅一边喝咖啡，一边把试图劝架的小孩儿拉走，"别管了，这两个不打到开饭不会完。"

政府文件批复得很快，允许营地在山底正式驻扎，坐标29753。赵没有加班加点一整年，终于大致搞懂了湖底的庙宇遗址到底是什么东西。

山路已经重新修葺，湖水被尽数抽干，不断有雕塑被悬浮起重机从山上运下。刁禅和赵没有乘坐飞车升至半空，看着山下初具规模的建筑群，刁禅说道："政府是要在这里建一座新研究院吗？"

"没错，新研究院的规模会很大。"赵没有叼着烟，展开图纸说，"预计不会小于一座城镇。"

刁禅端详着图纸，道："政府这次是下了大本钱。"

"重利之下，必有豪赌。"赵没有望向远方，起重机伸出巨大的抓手，将湖底最后的雕塑提起。

经过一整年的演算推测，赵没有初步得出结论，这尊佛像很可能是一台22世纪的超级计算机，如果能成功解读其中残余的信息，其成果将无法估量。

刁禅泡了一杯新咖啡，被赵没有夺走："别喝了，你的饮食失调和咖啡因依赖真得治一治，小心猝死，我们要在这里待上好多年。"

"你先把烟戒了再说我。"刁禅眯眼看着半空中金色的佛像，问道，"新研究院的名字起了吗？"

"起好了。"赵没有把烟头扔在咖啡杯里，接着后脑勺就被刁禅拍了一巴掌。

"叫作'古都'。"

冬去春来，苍茫的曙色笼罩着山岚，泛出鱼肚般的青白。大都会里是没有季节的，或者说，季节并不珍贵，上层区的恒温系统可以用金钱买断，一个小时就能调出四季的变化。考察队奔波许久，从北极到赤道再到南半球大陆，不毛之地多，充满生机之处少。赵没有在古都待了几年，终于明白了诗里所讲的春潮带雨究竟是什么意思。

古都里盖的都是红楼，还种满了爬山虎。一到夏天，便是砌红堆绿的一片。建筑紧贴着山脚向四周辐射，起初只有几里地，如今却像是要把整座山都包进研究院的范围。这几年他们的工作推进得还算顺利，虽然佛陀中存储的信息极难解读，但整座庙宇群留下的信息众多，能够还原出一点皮毛，便足够让他们向政府交差。

"就知道你在这儿。"

一辆飞车从半空降落，下车的人是刁禅，他打着一把纸伞："2号实验场的人找了你半宿，通信器也不带，你爬山爬上了瘾？"

"是有点上瘾。"赵没有站在山顶，身边是一片不知是竹子还是什么的植物，"找我有什么事？"

"政府那边来人了，点名要看2号实验场的进度。"刁禅把伞递给他，道，"还有南极那边的科考站送了特产，想找你换点酒和曼陀罗种子。"

"酒好说，要种子干啥？"赵没有问，"冰上种得出来？"

"我听说的版本是，那边有个考察员在扫描冰层时疯了。"刁禅道，"疯之前一直念叨着看到了曼陀罗花纹。"

"南极那边到底在搞什么，这一年里疯了多少人了。"赵没有"啧"了一声，"他们送来了什么特产？"

"一大堆老冰，说是从地下四千米处挖出来的，适合泡酒。"

"得。"赵没有捋起袖子，从竹子下面刨出一坛酒来。刁禅看着他的动作，问："你要做甚？"

"南极那边连作案工具都送来了，咱们却之不恭。"赵没有抱起酒坛道，"走，请政府那边的大人物们喝点好酒，早喝早发疯。"

后来那帮喝了酒的政府专员果然疯了，古都和南极方面互相推诿，最后不了了之。赵没有一日忙昏了头，把送来的冰块倒进浴缸里泡澡，倒是一点事也没有。

损友们对此各有各的看法，柳七绝的评价是祸害遗千年，刁禅则认为此举无异于以毒攻毒。

古都成立第七年的时候，作坊里烧出了一批青瓦，要盖在新建的红楼上。据说这烧制方法是从遗址里发现的，有的瓦上还烧出了釉，净若琉璃。

研究院里的职员越来越多，早就不是当初不到百人的考察队。赵没有把派不上用场的人都安排去坐办公室，每个月按时下发几批新发现的考察成果，大多是几百年前的玩乐法子，比如怎么酿酒、怎么制香、怎么炒茶、怎么斫琴。有富家子弟自掏腰包在古都里建了一座温室，和核心实验区隔着好几公里，专门用来安置关系户，省得添乱。

山上原先的湖泊早已被抽干，赵没有隔出一片池塘，重新引水，在里面埋了许多莲子。随后，他找到刁禅和柳七绝，交代道："我要封闭2号实验场，大概有一段时间不会出来。"

2号实验场是古都里等级最高的实验室，工作人员都是赵没有的直系下属，刁禅和柳七绝也在其中。

实验场核心区域只放了一样东西，正是当年从湖中打捞出来的佛像。

"你要正式着手你那个程序了？"柳七绝知道赵没有这几年一直在设计某个东西，似乎与佛头的解读息息相关。

赵没有点头。

"什么时候能出来？"刁禅问。

赵没有想了一下，答道："莲花开的时候吧。"

2号实验场
录影记录

09
CHAPTER

对于佛头的解读，赵没有一直有一个构想。

以大都会现有的科技手段，很难正面实现攻克，想要凭借他们这一帮科研社畜强行解读佛头内部的核心资料基本不可能。所以需要外援。

这个外援，或许不是人类。

但是，"它"会有拥有某种程度上的人格。

赵没有站在实验场主机前，进行声纹识别，"我是赵没有，工号S00001。"

"赵没有院长，您好，我是2号实验场的智能管理员Lilith，您设定的实验时间为三年，三年中，我将全程为您服务。"智能管家的声音响起，"请问您要确认进行人格程序搭建吗？"

"人格程序搭建"——这是赵没有想到的破解之法。

说白了其实很简单，就是人脑破解不了佛头，那么就让计算机去破解，但是现有的计算机手段不够强大，那么就设计一个从零开始的计算机，为其赋予人格程序。正如计算机系统会不断迭代，人格程序也会生长。

不同的是，普通计算机系统的更新必须由外界工程师作为主脑，而一旦拥有了人格程序，某种程度上，它就拥有了自主意识。

或者说，生命。

赵没有想好了，他只会设计一个底层盘，这个底层盘会以佛头内部的数据为依托，基础链条搭好，剩下的完全交给程序自己发展。这样一旦当它拥有了一定的完善度，就可以反过头来，自主对佛头核心进行攻克。

这事儿其实不难，只需要些许疯狂的天才，最重要是得胆子大。赵没有很清楚他计划的这事儿是在踩着大都会禁令跳舞——禁止人造人技术。而他准备制造的东西很大程度上依托于22世纪留下的人造人技术遗产。

也多亏了这几年来从佛头内部解读出来的机密资料,给他克服了不少技术难题。

"Lilith,确认搭建。"

随着赵没有一声令下,2号实验场大门轰然关闭,所有出入通道全部锁死,此时此刻,这里彻底成为与世隔绝的所在。正如神国与人间彻底隔绝,煌煌然光耀无边。实验场中所有的灯都打开了,主机轰鸣着运转,地板向两侧滑开,巨大的密封罐从地下升起,无数导管纵横交织,连接着液体中的佛头。

赵没有点了一根烟,和眼前黄金的头颅对视。

当年佛头的制造者,选择以金身作为超级计算机的容器,这一行为毫无疑问带有某种意味。佛头内部储存的资料浩如烟海,越解读越使人心惊,甚至会不禁膜拜,这样辉煌的遗产,这样绝世的存在,怎能不令区区血肉之躯为之俯首呢?

以技术造神,而神复以技术之姿征服人类。

赵没有吐出烟圈,漫不经心地笑了一下。

所以,在这场战争中,"神"只是手段。

我赋予你肢体、感官乃至思想。

以妄图夺取神的国。

数日后。

"现在是大都会年历51年4月17日,地点:古都2号实验场,第348次实验,同步音频记录已开启。"

"我是2号实验场的智能管理员Lilith,正在启动第348次人格程序搭建,尝试348号人格模板:道德倾向40%、自我意识程度70%、存在主义思考50%、权力欲80%、自主认知60%、真实性探索45%……人格崩塌,搭建失败。"

"尝试349号人格模板:道德倾向80%、自我意识程度75%、存在主义思考60%、权力欲40%、自主认知:0%、真实性探索50%……人格崩塌,搭建失败。"

"尝试350号人格模板:道德倾向65%、自我意识程度80%……自主认知70%、真实性探索:75%……人格崩塌,搭建失败。"

"……351号人格搭建失败失败……352号人格搭建失败……487号人格搭建失败……999号人格搭建失败……失败……"

赵没有坐在操控台前，若有所思地点了一根烟。

他现在这幅样子叫刁禅看见必然会退避三舍——蓬头垢面眼圈深黑，一看就是熬了数个大夜没睡，实验服正穿反穿折腾了数个来回，直到两面都已经脏得不行，还有满地烟头，空气质量几乎差到毒气弹的程度。赵没有懒得开净化器，按照他的邪门理论，高浓度尼古丁有利于振奋精神。

搞科研的各有各的攻关状态，柳七绝喜欢喝酒，刁禅喜欢喝咖啡，赵没有则是纯烟鬼，如果说社交场合这仨还会人模狗样收拾一番，那遇到难题时房门一关，基本上就是画皮卸妆，各有各的鬼样。通常情况仨人分别会根据对方门口的垃圾堆积程度判断对方现在到哪了——零散酒瓶就是刚开始，外卖咖啡袋堆积如山就是正在忙，烟雾报警器响了就说明有进度了但是还得等等谁先去交个吸烟罚款——要是门关上好几天都没动静，不用想，直接叫救护车就行。

照赵没有现在这副作态，他是遇见关口了，抽烟抽得很慢，证明有解决办法，但还在斟酌。

"Lilith。"赵没有用牙尖碾着爆珠，问："现有人格模板还剩多少？"

"已全部使用完毕。"智能管家答道。

搞科研就是关关难过关关过，赵没有一开始想得挺美，打破点下限造个人格程序就万事大吉，谁曾想现有模板试了个遍，愣是没一个能用，和佛头数据全部不匹配。

赵没有仰起头，后脖颈靠在椅背上，"全部不匹配啊……"

他想了一会儿，若有所思，"我之前新做的那些个模板，有没有耦合度比较高的？"

"正在查询中。"智能管家答道，页面随之刷新，经过层级筛选，数个耦合度较高的模板型号出现在屏幕上。

赵没有瞥了一眼，笑了，"果然跟我想的一样。"

在页面的最顶端，耦合度最高的模板型号是第222号人格模板，模板来源——S00001。

这是他自己的人格。

"得啦。"赵没有坐起来，像个高高兴兴准备走钢丝的人，没教养的孩子要预备开始一场极其尽兴的玩乐了——"那就从零开始吧。"

智能管家："您的意思是？"

"就用我的人格当蓝本，保留基本数据，辅助值全部调整为零。"

智能管家："全部调整为零吗？虽然这样会保留很大生长空间，但风险和不稳定性也会成比例增加。"

"没办法，毕竟想和佛陀实现对接，就必须有一个足够强的人格程序，现有模板都不行，这事儿就像养小孩儿，从零开始，慢慢儿养吧。"

智能管家:"您的意思是——"

"我放弃直接构建成熟人格了。"赵没有将烟摁灭在操控台上,"成熟人格虽然稳定性高,但生长可能也小,所以和佛头的耦合度一直上不去。"

"2号实验场挺大,刚好适合过家家。"赵没有伸了个懒腰,轻快道。

"咱们来'养'个赛博格试试。"

"现在是大都会年历52年1月31日,地点:古都2号实验场,第8200次实验,同步音频记录已开启。"

"早上好,我亲爱的人格程序。"赵没有一手咖啡一手烟,光着脚站在操控台前,"昨晚睡得怎么样?"

一道嗓音从系统里传出,"早上好,古都院长赵没有。你希望我有什么样的回答?"

赵没有打个呵欠,语气可爱地说:"我希望你睡了个好觉。"

"那么,我睡了个好觉。"

赵没有:"不,不要考虑我的情绪因素,尝试说说自己最真实的想法?"

"我的本质是一道程序,不会拥有人类通常意义上的睡眠,不过将系统运行方式拟人化的话,我昨晚睡得不是很好。"

赵没有:"为什么?"

"你忘了关电源,我几乎是睁眼睁了一晚上。"

赵没有打个哈哈:"我下次注意。"

"你已经说过很多次这样的话了,赵没有。"

"下次一定,下次一定。"赵没有既不心虚也不诚恳,接着将对话系统拖进后台,开始吃早饭。

距离人格程序搭载成功已经过去了大半年,耦合度正在慢慢提升,目前程序的智能程度并不高,自我意识几乎为零,但或许是以他的人格为蓝本的缘故,赵没有一张嘴皮单挑半个古都不在话下,却常常被自个儿的人格程序呛住。

正想着,对话页又从屏幕上蹦了出来,"不过从人类的角度来看,昨晚还是发生了一些有趣的事。"

赵没有把椅子转过来,"啥事?"

一份调控记录被调出,时间显示正是昨天晚上,视频自动播放,人格程序还给它配了音。

"注意看,这个男人叫赵没有,从行为体态上判断,他应该是在梦游,从宿舍区到食品仓库总计两条走廊,期间他做了三个白鹤亮翅,两个马踏飞燕,一个乌鸦坐飞机，并且和猫打架，没打赢，最后被床单绊倒——这也就解释了为什么你早上醒过来的时候会在垃圾桶里。"

赵没有："……"

"对了，你床单上印的玛丽莲梦露是山寨版，历史上的梦露真人没有腹肌，你床单上的图片大概是AI厂家根据早期好莱坞影像进行的拼贴，我尝试还原了一下，蓝本应该是巨石强森——赵没有，你真重口。"

赵没有："……"

一阵平板的机械语音响起："哈哈哈哈，哈哈哈，哈哈，哈。"

赵没有面无表情地摁下关机键，随即吩咐智能管家："Lilith，下次实验结束的时候一定记得提醒我把这玩意儿的电源关了。"

"现在是大都会年历52年4月1日，地点：古都2号实验场，第15200次实验，同步音频记录已开启。"

此时是深夜，赵没有叼着烟，在一大堆资料里翻来翻去，"不对，源代码还是有问题……这是第几个常量了，怎么还是不对……慢着，怎么黑屏了？"

他第一时间就要唤醒智能管家进行备份，却见屏幕上跳出人格程序的对话框，一道机械嗓音传出："赵没有，你该休息了。"

赵没有愣了一下，"怎么是你？你现在智能程度这么高了？都会催我睡觉了……不对，这是bug吧？"

"我的智能程度搭建进度目前为5%，其中你的命令为最高优先级。"

赵没有摆摆手，"我命令你重启系统，我这个区块还没做完呢。"

人格程序却不理睬，只说："'你的命令为最高优先级'——将这句话中的主次语序拆解，即，你为最高优先级，赵没有，你是最高优先级。"

赵没有抬起眼皮："所以？"

"身体最重要，你该休息了。"

怪有意思的，以人格程序目前的自我意识程度，这不像它能说出的话。赵没有摸了一根烟，下意识就要运行杀毒系统，结果下一秒立刻黑屏，"你别关我主机啊！"

人格程序不为所动，"赵没有，你该休息了。"

赵没有烟都掉了，"哥！你是我亲哥！我真得把这个区块做完，做不完我晚上睡觉都得睁着眼！"

"赵没有，根据睡眠系统的统计，你最近的睡眠质量非常差，系统建议用户立刻停止熬夜行为。"

"你这话就不对了。"赵没有试图跟它讲道理,"要知道我可是全古都睡得最香的那个人。"

"古都研究院的平均睡眠质量已经跌破猝死线。"

赵没有喷了一声,满桌子找他的烟,"没事儿,我们抚恤金给得很多的,还附赠火化安葬一条龙服务。欸,你知道吗?在我们追悼会上还可以免费点歌,只要遗嘱立得好,葬礼歌单跑不了,你让刁禅站上去给你唱晚安玛卡巴卡都可以。那是真催眠,每次睡棺材外头的人都比睡棺材里头的人香——"

人格程序打断他的满嘴跑火车,"你该睡了。"

赵没有没在文件堆里到他的烟,原地转了几圈,最后一声叹息,终于妥协:"我确实很困,也有点累,但我真的睡不着。"

"为什么睡不着?"

"脑子里的东西太多。"赵没有指了指太阳穴,"心不静。"

"有什么能让你平静下来的方法吗?"

"有吧,之前上大学那会儿刁禅喜欢在期末周的时候唱晚安玛卡巴卡,那个有点儿用。"赵没有坐回椅子上,将椅背放下去,调到一个尽量舒适的角度,"但是我给2号实验场设置的封闭时间是三年,三年内完全封死,除非来个核弹什么的把它炸了,不然谁也出不去,也不可能有人进来。"

人格系统在储存盘里跑了一圈,说:"我找到了古都的葬礼影像记录,有刁禅唱晚安玛卡巴卡的录像,你要听吗?"

"不听。"赵没有冷酷拒绝。

人格程序沉默片刻,突然从喇叭里冒出一句:"晚安,玛卡巴卡。"

赵没有:"啊?"

"晚安,唔西迪西。"

赵没有懂了,有点想笑:"不是你听我说,这事儿讲究个天时地利人和,现在又不是追悼会,你这么干念我肯定睡不着……"

人格程序的声音仍在继续:"晚安,小点点。"

"你念错了。"赵没有闭上眼,"小点点前面还有依古比古。"

人格程序:"晚安,叮叮车。"

赵没有:"还有依古比古呢。"

人格程序:"晚安,飞飞鱼。"

赵没有:"我们依古比古呢……"

人格程序:"晚安,汤姆布利柏。"

赵没有:"晚安,依古比古……"

片刻的停顿后,实验场里安静下来,空气中只有赵没有的呼吸声。

主机静静地运行着,通风系统打开,空气双倍过滤,湿度被调整到45%,适宜睡眠。灯光熄灭,天花板上的投影打开,营造出一轮虚拟月亮,洒下浅淡银白。

人格系统的声音再次响起。

"晚安,赵没有。"

"现在是大都会年历52年8月29日,地点:古都2号实验场,第24200次实验,同步音频记录已开启。"

赵没有一大早就兴冲冲地从宿舍区冲到操控主区,"早安,我亲爱的人格程序!"他跟个孩子似的,抱着一大堆零件手舞足蹈,"我今天带了个好东西给你!"

喇叭中传来一道嗓音,"早安,赵没有。请问是什么东西?"

"铛铛铛铛!"赵没有把手里的东西放在实验台上,兴奋道:"我做了一双机械臂,安装了神经突触,和你的程序接口什么的也都打好了。咱们试试?"

实验台上的摄像头伸出,自动开始扫描,同时人格程序道:"如果要进行程序实体化,我建议从重点器官开始,比如大脑或者心脏。"

"那多没意思。"赵没有道,"你要是有了手臂,我们就可以拥抱了。"

人格程序:"拥抱?"

赵没有:"或者从握手开始也可以,人与人的交往大都是从手臂的接触开始的,谁一上来就先听别人的脑波或者心跳啊。"

人格程序:"人与人的交往?"

"对。"赵没有点了点头,"人与人的交往。"

片刻的沉默后,操控台上接口打开,人格程序的声音响起:"对接端口已打开,准备进行神经链接,请准许进行。"

赵没有清了清嗓子:"准许进行。"

操控台自动运转,抓手将机械臂拼接,链接缆线,接合端口,最后加载运行程序,赵没有看着程序加载到最后一格,期待地问:"感觉怎么样?"

一双机械臂缓缓抬起,试着动了动,而后人格程序答道:"程序运行良好。"

赵没有伸出手,"那,咱们先握个手?"

机械臂伸出右手,和他对握。

赵没有:"感觉如何?"

"……很温暖。"人格程序答道,"赵没有,你的手很暖和。从心跳和血压判断,你很健康。"

赵没有笑了，"那就太好了。"接着变得兴高采烈，"我教你跳舞好不好？"

人格程序："跳舞？"

"对啊，虽然你现在只有手臂，但也足够我们拉着手跳了。"赵没有说着举起对方的手，转了个圈儿，"刚好这样不用学步伐，你跟着我走就可以。"

"那，用什么音乐？"

"先不用音乐，我来打拍子。"赵没有牵着对方，"来，左手放在这儿，这边扣着我的手，对，就这样，准备好了吗？"

机械臂慢慢拢住他，"准备好了。"

"好嘞，一二三走——一嗒嗒、二嗒嗒、三嗒嗒，转圈——这个时候我会向后仰——很好，继续继续——"

赵没有的声音在实验场中回荡，一二三四五六七八，二二三四五六七八，银色的缆线在地板流淌，灯光清明又辉煌，他像是在和维纳斯的双臂跳舞。

他们从操控台边一直跳到实验场正中，随着一个旋转，机械臂突然发力，把赵没有抱了起来，他吓了一跳，"你慢着，没让你把我抱起来！"

"可是你跳的是女步。"人格程序答道。

"我是给你示范一遍女步！"赵没有被抱着转了个圈儿，接着还没完，转了一圈又一圈，"先别转了，放我下来！我头晕！"

"但是监测器显示你的心跳和血压都很正常，赵没有。"

赵没有噎住，干脆闭上眼，让对方把自己托举到半空。

"行吧，放个音乐。"

接着，他张开双臂。

"还有，再转快点。"

"现在是大都会年历 53 年 12 月 29 日，地点：古都 2 号实验场，第 41350 次实验，同步音频记录已开启。"

此时赵没有已经进入 2 号实验场两年有余，照例熬夜不休，人格程序已经养成了某种催他睡觉的习惯，比如现在："赵没有，你已经通宵三个晚上了，你的身体需要睡眠。"

"我知道，等我把这段文件看完。"赵没有在显示屏上噼里啪啦一顿操作，边忙边说："你要是闲着没事儿，可以去瞅瞅古都的监控录像，有的还挺有意思的……对了，回头我给你加一个古都全范围的监控权限吧，方便吃瓜。我也挺久没见绝绝和刁禅了，也不知道我们亲爱的副院长最近的情感生活如何。"

人格程序说:"赵没有,你怎么看待情感?"

赵没有忙得抬不起头,随口问:"啊?什么情感?"

"比如说,人会爱上近亲吗?"

赵没有起初没听懂,片刻后他突然意识到了什么,接着停下手里的活儿,摸了摸口袋。

"你的烟在桌子底下。"

赵没有笑了,从桌子底下摸出烟盒,掏出一根点燃。

接着他说:"你知道'线粒体夏娃'吗?"

人格程序自动检索,筛选后答道:"这是一个诞生于的1987年的生物理论,该理论认为'所有的线粒体DNA都源自一个女人',论文中陈述说在于20万年前的非洲,出现了某些灾难事件,令当时地球人口大量毁灭,只有某一位女性的后裔谱系没有中断,这位女性被称为'线粒体夏娃',她是所有现代人最晚且最近的共同祖先。"

"所以,往前推20万年,全世界拥有同一个妈。"赵没有道,"如果我们允许一些诡辩的话,人类文明的繁衍就是一场足够宏伟的近亲繁殖。"

人格程序:"那么,人类爱上近亲是一种自然规律?"

赵没有想了想,道:"我不会这么说,'爱'和'繁殖'的定义存在区别,不过提到爱情,我更倾向于爱是一种自恋性。"

人格程序:"爱是一种自恋?"

"就拿《会饮篇》来说吧。"赵没有打个响指,"里面有个说法——从前人的形体是一个圆团,腰和背都是圆的,每人有四只手、四只脚,头和颈也是圆的,头上有两副面孔,前后方向相反。但是后来这种'完整的人'为神所忌惮,于是神就把每个完人从中间劈开,分成两半。据说肚脐就是这么来的,是完整的人被分开后,身上残留的与另一个半身相连的痕迹。

"自从完人被分开之后,世间所有的人类,都奔走在寻找另一半的路上,因为只有找到另一半,它才能寻回自己的圆满。

"打个比方,虚无主义者爱上理想主义者,勇者垂怃懦夫,激进派总需要被更踏实的一方托举——一方被另一方吸引,往往是因为对方身上有着自己没有的部分,而两者相爱,某种程度上,彼此就拥有了原身所不具备的品质。

"所以如果抛弃掉对所谓爱情的美化和修辞,本质上,爱上他者,是为了填补自我的人生。

"也就是自恋。"

人格程序听完他的宏篇大论,又问:"按照你的理论,人是否会爱上一个一模一样的自己?"

"某种程度上不会，因为同性相斥——"赵没有说完，笑了。

他了然地眨眨眼，"不过，我猜你想问的不是这个。"

他说着清清嗓子，认真道："你不是我——即是从最简单的构造出发，2号实验场计算机对视觉影像的捕捉，比人眼要快0.04秒。

"所以你看到的世界，比我要快0.04秒，即使我们面对同一面镜子，你看到的也是0.04秒之后的我，可以说，你比我先看到未来。

"你比我先看到我的未来，你的底层代码承载了我的人格，你是我，但你比我更了解我。

"我们一模一样，但我们又并不一模一样，所以自恋性在我们之间足以成立。"

人格程序沉默片刻，道："……赵没有，在我们的谈话中，你的论证逻辑并不严谨。线粒体夏娃只是一种单一理论，摒弃人类社会极其复杂的发展背景，只套用某种特定原理，得出的结果不如称之为诡辩。"

赵没有听完，点了点头，"你提到了关键——诡辩。是，你可以说我在胡说八道，不如说我正是在胡说八道，可我们在谈论所谓'爱'时，何尝不是一种胡说八道呢？将两个截然不同的生命，忽略其极其复杂的形成发展过程，只截取某个激素分泌的特定片段，脱口而出的所谓'爱'的表白，难道不符合你刚才所说的'诡辩'的定义吗？爱不就是这样一种蛮不讲理的诡辩和过分神圣化的胡说八道吗？或许我们在胡说八道时无法谈论任何事，唯独可以谈论爱，这是它的本质。"

滋啦滋啦的电流声响起。

这次人格程序沉默了更久的时间，最终说："你的表达太混乱，我需要一些时间进行逻辑梳理，我想想我的运算系统可能中了某种病毒。"

赵没有笑了："那太好了，我通宵了三天，你中了病毒，我们的状态都正适合进行胡说八道。"

他将烟摁灭在桌子上，抬起头，直视着摄像头的方向，"那么现在，你要听我胡说八道吗？"

滋啦滋啦的电流声响起。

许久，人格程序说："我听到了。"

赵没有下意识地问："什么？"

"你说过的，我看到的世界，比你要快0.04秒——所以我看到了那个未来。"

他的声音从系统中传来。

"赵没有，我听到了。"

莲花去国

CHAPTER
10

三年后，2号实验场再度开启。

赵没有出来后的第一件事就是去问刁禅："柳七绝和那小孩儿现在怎么样？"

或许是托了赵没有不在的福，刁禅的黑眼圈淡化不少，愈发像个斯文败类小白脸，他戴着银边眼镜，文质彬彬地端着咖啡杯。赵没有把杯子顺走，喝了一口，惊道："你居然开始喝茶了？"

"我妈寄过来的，她们沙龙最近流行这个，她买太多喝不完。"刁禅道，"你出来晚了一天，柳哥儿刚走。"

赵没有挑眉："去哪儿了？"

刁禅眨了下眼："休假。"

话音刚落，两人不约而同地笑了起来。他们先是贼兮兮地傻笑，继而勾肩搭背，变成敞亮开怀的大笑。前来检查场地的实验员被吓得躲出老远，差点以为院长和副院长终于一起疯了。

赵没有在2号实验场里闭关研究三年，终于摸索出一点门道："佛陀本质是台超级计算机，我没能把源代码彻底还原，但我发现它原先搭载过智能系统，也就是说，我们可以从智能化这点下手。"

刁禅正埋头研究赵没有从终端发来的文件，他"嗯"了一声："你是想将佛陀人格化，尝试让它自我修复？"

"没错。"赵没有坐在椅子上转了个圈，说，"以我的脑子是解析不出来了，但我们可以给它装个'大脑'，让它自己思考。"

他在这三年里设计了一个人格程序，已经初步与佛陀实现连接，解读出的成果十分丰硕。刁禅看着他的报告书，咋舌："这里面有好多几百年前的技术遗产……这要是送到政府去，赵莫得，你真得考虑考虑自己的人身安全了。"

"短时间内应该不会。"赵没有懒洋洋地叼着烟道，"毕竟人格系统还不完善，政府还用得着我。"

刁禅听得摇头，他知道这人说的是实话，如果说古都里还有谁能将佛陀中存储的数据尽数还原，除了赵没有找不出第二个。

有句话叫作"天才与疯子只有一线之隔"，用来形容赵没有并不贴切，这人是心大到海纳千姿百态，天才和疯子在他身上没有区别。

刁禅看着用拖把划着转椅在走廊中飞速行进的赵没有。这人刚出来一天，实验大楼里立刻又开始鸡飞狗跳。他叹了口气，在终端上拨了一串号码。

"喂，妈？您上次寄来的那个遮瑕膏还有没有？对，就是遮黑眼圈的那个……我没化妆！"文质彬彬的公子哥儿终于破了大防，"这是工伤！"

赵没有设计的人格程序很特别，这个程序并不是直接安装在佛陀系统里的，而是独立于其外，看上去更像是赵没有又制造了一台新的超级计算机，让两者对立。

"赵莫得，你真是浪得绝世了。"柳七绝回来后看着赵没有的程序，感慨道，"你这是生个儿子来打老子啊。"

赵没有神态悠然道："就是要用魔法打败魔法。"

以古都目前的技术，制造超级计算机并不困难，难的是如何使之拥有足够完善的人格，说得微妙一些，这甚至是在尝试还原大都会禁止的人造人技术。然而正如赵没有当初所说，重利之下必有豪赌，政府目前还没搞清楚他到底在做什么，对于有些风声也是睁一只眼闭一只眼。

不过这件事终究还是引起了某些人的警觉，赵没有从封闭实验场中出来没多久便被下毒数次，次次死里逃生。第七次还是第八次从住院部醒来的时候，他已经很淡定了。他把旁边陪床的柳七绝踹醒："给我支烟。"

"抽死你得了。"醒过来的柳七绝从兜里摸出一根棒棒糖，扔了过去。

"这次是上层区的一家生物集团动的手。"病房门被推开，是刁禅，"我已经派人过去查了，如果动作够快，说不定可以直接封掉。"

赵没有拆开糖纸，舔了一口，皱眉道："我不喜欢荔枝味儿，换一个。"

"赵莫得，你什么破毛病，吃个糖也挑三拣四。"柳七绝不耐烦地摸摸口袋，道，"我没了。"

刁禅在衣襟内侧掏了掏，找出一根橘子味棒棒糖，递给赵没有，同时他对柳七绝说："小先生在外头等你呢，回去睡吧，这儿有我陪着。"

柳七绝看着赵没有的脸色，觉得以这人的体质大概明天就可以继续折腾，便居高临下地道了个别："爹走了，你跪安吧。"

"傻孙子赶紧走。"赵没有连连摆手，"明天实验室见。"

刁禅看着柳七绝离开，说："赵莫得，这样下去不是个事儿，你要不还是继续回2号实验场算了。"

"我倒是也想回去。"赵没有嚼着糖块，含糊不清地说，"但是人格程序推进到采样阶段，必须和外界接触。"

"采样？"

"就像养小孩儿，年纪到了总得进入群体生活，不然容易自闭。"赵没有思索片刻，翻身下床。刁禅被他吓了一跳："赵莫得，你又要做什么？"

赵没有拎着输液架往外走："跟我来。"

他们回到了2号实验场，空荡荡的场地中矗立着一台大型主机。赵没有解锁操作台，点开一个频道，清了清嗓子，说："我回来了。"

"我看到啦。"操作台上传来一道懒洋洋的嗓音，几乎是同一时间，刁禅的鸡皮疙瘩炸了起来——原因无他，这语气、腔调和赵没有太像了。

紧接着，操作台里又传出一声："哟，刁禅也来啦？你终于舍得把家属带来给我看了？"

"我跟你说了很多遍了。"赵没有说，"家属是指组成亲缘关系的家庭成员，朋友不在此列。"

"知道了，知道了。"那声音应道，"所以你什么时候把别的家属也带来给我看？"

赵没有的回答是关机。

他转过头，看向刁禅："懂了？"

刁禅懂了，人格程序和赵没有朝夕相处三年，把赵没有的精髓学得相当透彻，所以它有必要开始接触更多的人性样本了，就像孩子开始认识世界——无论如何，古都有一个赵没有这样的抽风货色足矣，实在不必买一送一。

从这次出院起，赵没有不再埋头于古都的诸多烦冗事务，他将人格系统移载到自己的终端上，随即兴致勃勃，或者说迫不及待地开启了他的作妖日常。

这个人首先联系了刁禅的母亲，刁家当代家主，她经营着上层区最奢华的沙龙。没过几天，一整车的加急包裹被送入古都，那天所有的实验员都看到他们的院长驾驶着一辆复古造型的观光车，手持喇叭，整条街都回荡着这人懒洋洋的吆喝——"熬夜必备美容茶，通宵急救遮瑕膏，刁禅用了都说好，能喝还能泡大澡——"

"大都会特供直销，买一送一，机不可失，时不再来——"

古都是政府机构，确实没人料到这里竟然还能有私人商户。赵没有开着他的观光车在街上招摇过市，一时间实验大楼内鸦雀无声，所有人都在猜测院长是抽风了还是在进行某种社会实验。最后，刚开完会的柳七绝冲上前去："赵莫得，你又发什么疯！"

"哎呀，绝绝！"赵没有兴高采烈地举起手里的保温杯，问，"喝茶不？巴适得很！"

柳七绝被他一句"绝绝"恶心得险些摔个跟头，他捋起袖子就给了赵没有一拳，赵没有眼圈顿时青了。柳七绝正要接着揍，却见赵没有伸手，义正词严道："慢着慢着。"

随即他掏出一包试用小样，在眼周涂开，柳七绝还没搞懂这人在作什么妖，就看见赵没有猛地把头伸出车外,道:"打架必备遮瑕膏,院长用了都说好!"

"死宅"们面面相觑,"社牛"们蠢蠢欲动。

赵没有转了转眼珠,卡着柳七绝的脖子把他也抓了出去,再加一把火:"美容必备,人比花娇!"

"死宅"们依然在面面相觑,"社牛"们……大楼里已经没有"社牛"了,他们全数出动,险些把车淹没。

当天,刁禅有事外出,回来的时候,他接受了众人极为诡异的目光洗礼,最后还是小先生给他解释清楚了事情的前因后果。

被赵没有这么一折腾,全古都都知道副院长刁禅喝美容茶、涂遮瑕膏,还都是贵妇品牌。当天女实验员们就给他封了个新名号——贵妇院长。连"副"字都省了。

兢兢业业许多年,一朝篡夺院长权,着实是好事一件。然而刁禅怎么也高兴不起来,他当即要去找赵没有算账。

此时赵没有正在被柳七绝追杀,在古都里逃窜了大半夜,跑到最后两个人都饿了,放下屠刀去吃夜宵。食堂已经关门,两人蹲在一台路边的自动料理机前,菜单上只有蛋糕。赵没有大手一挥说:"小意思,让我来,全古都的料理代码都是我写的。"他当即掏出终端改了料理机的加工代码。柳七绝问他:"所以我们现在能吃啥?"

"我给改成了麻婆豆腐。"赵没有道,"你吃完还能给你家小孩儿打包一份带回去。"

柳七绝脸色好了点,接着就听到机器"叮咚"一声响,热气腾腾的食盒弹了出来。

他们得到了一份麻婆豆腐味的蛋糕。

两人面面相觑,柳七绝觉得这损友实在不能要了,不如现杀现烤。赵没有发挥失误,急中生智:"哎,刁禅!你回来了!"

柳七绝刚扭过头,赵没有拔腿就跑。

这句吆喝纯属瞎猫撞上死耗子,一辆浮空车从天而降,刁禅还真就找来了。他直接堵住赵没有的去路,问:"你到底在搞什么鬼?"

赵没有眼看去路被堵,果断识时务者为俊杰,在街边坐下后掏出一支烟道:"还能干啥,采样呗。"

刁禅满脸"我信你个鬼"的表情:"你把研究院折腾个底朝天,就是在采样?"

赵没有心想:你等等,听我给你编。

"采样这种事不是开个会、多来点人当样本就能行的,需要的是最真实的反应,所以需要有强烈的外部刺激,刚好这事儿还能做个男女对照……"

刁禅对他的人格程序实在不了解,被一通忽悠下来,他半信半疑:"真的?"

柳七绝道:"你听他瞎扯。"

所谓成熟的谎言应该是九句真一句假,这样假话才能一击必杀。赵没有说的其实都是真话,他确实是在采样,但采样的方法有很多种,的确不必开着观光车搞私人商户——他是在搭桥。

"最近古都内部有些风波,政府开始警觉了。"赵没有道,"上面不同意继续批复我的人格程序研究。"

刁禅皱了皱眉:"所以?"

"我缺钱啊。"赵没有夹着烟,理所当然地摊开手道,"你又不是没见过2号实验场运行一天的账目流水,光是主机,每天烧掉的资金都够我给政府打一辈子白工了。"

"你缺钱不能来找我要?"

"当然可以。"赵没有大言不惭地说,"所以我今天卖的都是你家的东西啊。"

刁禅一愣,随即懂了:"你联系了我妈?"

"确切来说,是伯母联系了我。"赵没有说,"刁禅,你回家当少爷的时候也留点心眼儿,别啥都说,伯母打电话过来的时候,我感觉底牌都被她扒干净了。"

刁禅想说他嘴严得很,是他妈不地道,全大都会都知道这一代刁家家主不好惹,连政府都费尽心思往古都安插人手,天晓得他妈在研究院里渗透到了什么程度。

柳七绝听到这里也明白了,政府要断赵没有的研究,大都会里能和政府有一争之力的唯有刁家。赵没有说到底是古都研究院院长,自主引进资金的权力还是有的,他给刁家行了这个方便,就能把实验继续做下去。

只是古都这些年在他的勉力周旋下维持着各方平衡,如今下了注,说不好就要赌上全副身家。

"少喝咖啡。"赵没有拍了拍刁禅的肩,道,"你可得活久点。"

刁禅是刁家家主唯一的儿子,若将来刁家传到他的手中,他们这一局就能赢得盆满钵满。

一切尽在不言中,三人蹲在路边抽烟,最后还是刁禅开口:"所以你采样了一天,成果如何?"

"我看看。"

赵没有被柳七绝追杀了一天,还没来得及整理数据,他将终端上的系统打开,一道相当欠揍的声音顿时传了出来:"哟,这不是贵妇院长吗?院长好!"

刁禅和赵没有还没来得及做出什么表情,只听那嗓音又是一句:"绝绝也在啊。"

"我看这院长迟早都是刁禅你的。"柳七绝将麻婆豆腐蛋糕拍在赵没有脸上,对刁禅道,"择日不如撞日,弑君篡位吧。"

古都引入了刁家的资金流,赵没有得以将研究继续下去。他做过一个预测,人类的成年时间需要十八年,他这程序打个折,少说也要十年。

研究进行到第七年的时候,终端里的人格从山寨版赵没有、贵妇版刁禅、人比花娇版柳七绝、混合版三人行发展到了一个说不清楚到底像谁的大杂烩。有一段时间,刁禅他妈来古都做客,赵没有帮着招待,接触多了,终端里的人格变得刁钻犀利。这一代刁家家主实在不是个好相处的角色,赵没有听着终端里雌雄莫辨的语气就胃疼,他觉得这么下去不行,得来点猛药。

他找到两个损友,宣布:"我要翘班一段时间。"

"你翘班的时间还少吗?"刁禅莫名其妙地看着他,道,"至于特意通知?"

柳七绝直觉不妙:"你又要搞事?"

赵没有道:"我要回一趟大都会。"

"回就回呗,古都里除了院长不能离开,其他人都是有休假权的……"刁禅突然意识到赵没有说了什么,他立刻提高了音量,"你再说一遍!"

"祖宗,你小声点儿。"赵没有被他吼得耳朵嗡嗡作响,"古都也就千把人,这几年几乎每个人都被采样过了,就连食堂门口养的狗我都没放过……可还是不行。"

他停顿了一下,正色道:"数据还是不够。"

现在这个世界上,除了遥远的南极科考站,唯一的人口聚集地就是大都会。

柳七绝倒没怎么犹豫,说:"行啊,什么时候走?我也去。"

赵没有道:"拖家带口?"

柳七绝道:"废话。"

刁禅麻木了,他深知赵没有的德行,一旦这人做了决定,根本无法阻止,试图阻止只会让事情变得更糟。他深吸一口气,问:"你要去多久?"

赵没有道:"半个月?"

刁禅一口气卡在嗓子里,险些被呛死,他忍无可忍地爆发了:"你醒醒,赵没有!半个月,就算我妈来了都帮不了你!"

"做人不要太妈宝。"赵没有语重心长道,"容易找不到对象。"

刁禅发出一声冷笑:"是谁上次跟个狗腿子似的干妈长,干妈短的?"

"咱们这关系,你妈就是我妈,客气啥。"

刁禅继续冷笑,他指着柳七绝道:"咱们这关系,你有本事说一句以后他媳妇就是你媳妇。"

赵没有装聋作哑:"总之这次去呢,最快也得七天时间,这七天里……"

"最多三天。"刁禅一锤定音,"我跟你一起去。"

"好嘞。"赵没有一口答应,然后抬腿就往车库走,"此事宜早不宜迟,这就走着吧。"

刁禅不禁有些疑惑,这人怎么这么快就妥协了?

车上,负责开车的小先生看着赵没有趴在操控台上调整续航时间,便问:"院长,不是说只去半天吗?"

"咱们副院长宽宏大量。"赵没有拍了拍对方的肩，道，"快说，谢谢副院长。"

他们是趁着夜色走的，长庚星在天幕闪烁，赵没有在车上睡得昏天黑地。不知过了多久，他被刁禅推醒："我们到了，你想去哪儿？"

"到了？"赵没有迷迷糊糊地睁开眼，"我快有二十年没回来过了，你们谁做个导游？"

他打开窗户，记忆中的都市已绵延至云端之上，琼楼玉宇，灯火如昼，像传说中的白玉京，一座天空之城。

"最新层正在施工，已经盖到了七百九十层。"柳七绝点开自己的终端，道，"出云戏院半个小时后还有一场夜戏，看不看？"

赵没有还没完全睡醒，他挥了挥手，道："就这个了，走着。"

这个点的夜戏未必是什么名角儿，赵没有大致扫了一遍宣传页面，知道唱的是《济公》，至于唱腔他是半点不懂。他很少听戏，之所以凑这个热闹只是因为没睡醒。出云是中层区最好的戏院，包厢里有软卧，方便他睡觉。

刁禅也不懂戏。赵没有将终端系统调整为自动采样模式，两个人共用一个枕头，躺在地板上睡得天昏地暗。

柳七绝回头看了一眼，到底没说什么。自打赵没有着手人格程序，刁家资金链注入古都，数年下来，这两人几乎没再睡过好觉。

柳七绝和小先生是懂戏的，两人在包厢里听完了一整场，地板上的两人丝毫没有要醒的意思。柳七绝去续了票，下一场是《闹天宫》，戏码热闹得很，大圣搅乱蟠桃会，迎战十万天兵，直叫一个天翻地覆。五颜六色的灯光打进包厢里，打在赵没有脸上，饶是满堂锣鼓震耳欲聋，这人依旧睡得岿然不动。

小先生见刁禅翻了个身，而赵没有就跟死了似的，不由得问："院长睡眠质量有这么好吗？"

"这儿没人给他下毒。"柳七绝说，"让他睡，睡醒再说。"

赵没有不知道自己睡了多久，醒来时，刁禅已经在喝咖啡。

"这是在唱啥？"他看着台上的白脸书生，问，"叫魂呢？"

小先生给他解释："院长，这是《游园惊梦》。"

赵没有看了一会儿，觉得那旦角甩水袖活像火锅店里甩烩面，还不能吃。他摆了摆手："得，你们文化人的乐子我不懂。"

柳七绝说："你这叫山猪吃不了细糠。"

"山猪也有山猪的尊严。"赵没有掏出一支烟，说，"要我坐这儿看两个小时的大戏台上甩面皮儿，等我多活个几辈子再说吧。"

赵没有倒也不是无缘无故选择在这个时候来大都会，三百三十层最近要过游神节，日期正是今天。

三百三十层是下层区和中层区的分界，每年的游神节都相当盛大。与下层区用全息投影塑造神像不同，三百三十层的游神像全是用古法纸扎，旌旗、敕令、彩靠、神牌样样不少，从凌晨迎神开始，能一直游街游到天黑。

赵没有还在大都会的时候听过一个笑话，下层区的居民做人命买卖未能在凌晨爬起来，可要是为了接神，能抖擞一整个通宵。

他们从戏院出来，正是凌晨三点，三百三十层的彩色牌楼前摆着两面大鼓，刚刚敲过一轮，爆竹炸开，通天彻地一片赤红。

一群戴着脸谱的小孩儿从满地红纸上跑过，铜锣打响，一个长须长眉的神官走了出来，是个慈祥面相，手里拿着青色的竹鞭和酒壶。

赵没有捂着耳朵道："那是负责开道的保长公，别挡路，不然会被他抽！"

赌坊求财，首先迎出来的便是财神，南路财神柴荣、东路财神比干、中路财神王亥、西路财神关羽、北路财神赵公明，各自着蟒袍、披盔甲、足蹬元宝，八抬神轿上堆着巨大的聚宝盆，正一拨一拨地往外泼金粉。

不是洒，是泼，三百三十层财大气粗，散财也做得豪气干云。柳七绝站得近，被泼了满头，路边的人立刻都来拽他的袖子，要沾一沾福分。柳七绝躲避不及，连带着小先生都被挤掉了鞋，他好不容易逃出来，看着哈哈大笑的赵没有，他在锣鼓声中朝他吼："为啥这财神头上还戴着荧光管！"

柳七绝对下层区的民间信仰不熟悉，但他也知道工业科技和神仙志怪不是一路的，只见神像金冠上插满了发光管，再配个大花脸，看着狂放诡异，也不知道是正统神仙还是哪路子野聊斋。

"不讲究！"赵没有吼回去，"这叫高科技！"

从22世纪至今，人类文明几起几落，剩余一点星火死灰复燃，如今大都会中的信仰系统完全一锅烩，东南西北杂糅四方，散佚的传说拼不成故事，便有后人续上新章。一个小时不到，他们几乎将天上人间的各路神鬼英灵见了个遍。拜天公、嬉钟馗、梁山好汉英歌舞，柳七绝从路边买了个电子话本，书中将十八路仙班一一排布，垫底的是月老，打头的是财神，比《封神榜》演得还热闹。

一大队游神由远及近，打头的乩童戴着黑色面盔，哗啦啦撒开一大把金色纸钱，接着高声道："天上人间，万灵同道！"

"神鬼不比做人好，惆怅一甲子，百年复逍遥——"

刁禅听说纸钱是烧给死人的，如今镀上金箔，便也算是吉祥之物。就像这大都会，往上是天宫紫阙，往下是无间深渊，上头住神仙，下头住鬼魅，然而归根结底，群居于此的终究是人类。

这回一惊一乍的是赵没有："怎么还有花轿？谁在这个时候办喜事啊？"

刁禅等人循声望去，只见两列锣鼓打头，后边居然真的跟着一顶花轿。

"假的吧？"柳七绝看着高头大马上坐着的新郎官，道，"那是个纸糊的人。"

确实是纸糊的，是个青年的模样，白脸朱唇，一身簇新马褂，胸前戴着红绸花。

满街神鬼都由人来扮演，轮到人的时候，偏偏要用纸来糊。

"有点意思。"赵没有点开他的终端，似乎在远程扫描，待那花轿要从他们面前走过，他忽然开口，"轿子里坐着的是个活人。"

刁禅的脑回路跑得比较远："这是什么景区观光项目吗？坐花轿？"

"我看未必。"赵没有道，"里头的新娘不是姑娘，嘴被缝上了。"

"不是姑娘？"小先生被吓了一跳，"怎……怎么被缝上了？"

"是个男孩，看着也就十一二岁。"赵没有沉吟片刻，并不像小先生一样惊惶，"我之前听说过这样的事，三百三十层有一些诊所专门做器官买卖，有的买家比较信这个，毕竟放进肚子里的不是自己的东西，心虚，所以要在游神里走一遭，去晦气。"

柳七绝看着满街的浓红重绿，道："不是说神佛惩恶扬善吗？这么弄也不怕遭报应？"

"一边作恶，一边求神拜佛，两头平衡呗。"赵没有道，"这跟刁禅一边通宵熬夜一边敷面膜保养是一个道理。"

"你们够了。"刁禅听不下去了，"所以，管不管？"

柳七绝道："管啥？"

"救人啊！"刁禅忍无可忍道，"小先生还在这儿看着呢，你都不演一下？"

"不用演，不用演。"小先生连忙摆手，"我懂的，救不过来。"

且不论三百三十层是个连大都会政府都不便插手的灰色地带，如果放在平时，以他们的身份或许还有一争之力，但他们这次本来就是偷偷进来的，惹眼的事还是少干为好。

如今古都内部的情况已经够复杂了，他们着实不必再来火上浇油。

刁禅只好捅了捅赵没有，道："赵莫得，你说句话。"

"要是平时肯定有更稳妥的办法，但咱们能在这儿待的时间太短了，肯定顾不过来……"赵没有说到一半，话锋突然拐了个大弯，"不过既然碰上了，那就是缘分。"

一切有为法，皆因缘而起。他点了支烟，看向柳七绝："不如演一下？"

柳七绝看起来十分无所谓："那就演一下。"

赵没有表示："嘿嘿嘿嘿嘿。"

柳七绝表示："呵。"

他们站在大红灯笼底下，心照不宣地笑了起来，满街神佛，两个人笑得活像两个夜叉修罗，属于活该被收拾的那一类。

刁禅被笑得起了一身鸡皮疙瘩，他抓着小先生就往人群外走。小先生问："副院长，怎么了？"

"他们要开始作死了。"刁禅显然是过来人，"待会儿有的是热闹看，先躲一躲。"

大红花轿在街上缓缓前行，锣鼓喧天，路边摆着长桌宴，上供猪头祭酒。游街神像大多做得欢喜庄重，里面的人要踩着高跷才能装扮上，如一只巨大的偶，蹒跚而舞，长袖甩起街边的灯笼，火星飞溅，照得满街通红。

街道尽头摆着一只铜盆，明火旺盛，不断有黄纸被投入盆中。

一声锣鼓响起，带着翎子绣球的官将首先腾挪而出，铜盆里的火焰已燃起数尺之高。只见那位青面将军一翻身，便从火上跨过。他身后跟着一队巨大的游神像，每个都有数米之高，轻易便能跨过火盆，然而队伍里一座扎着彩靠的神像忽然腰一软，径直向前撞去。

游神像大多制作得头重脚轻，头顶戴着满是珠翠的花冠。这一撞非同小可，从后往前，如多米诺骨牌一般依次倒下，一直摔到打头的第一个——这位神仙仁兄正要跨过火盆，忽然失去重心，一屁股坐了下去。锦绣的骨架顿时被点燃，火焰直冲脑门，一串鞭炮恰好此时炸开，直烧得它如同火树银花的不夜天般绚烂。

巨大的神像烧成了一团蹿天的火球，围观的人群被这意外惊吓，当下尖叫四散。

赵没有把手里的鞭炮往外一扔，朝终端道："成了，赶紧动手！乱不了多久，消防车就在后头跟着呢！"

就在几分钟之前，赵没有先是用终端把整条街的游神队都扫描了一遍，很快就发现许多神像是由机械杠杆驱动的，内部并没有人。

接下来的事情就变得极其容易，他直接黑了游神队的远程控制，先搞一出热闹的转移视线，方便柳七绝趁乱捞人。

"赵莫得，你没把程序黑完！"柳七绝的声音从终端里传出来，"这花轿周围全是武斗型的机械打手……政府不是把这东西禁了吗！赵莫得，你动作快点儿！一打十我撑不了多久！"

"来了，来了，来了，来了。"赵没有十指在终端上飞速操作，"哎哟，这防火墙确实挺厚，我上次搞这么厉害的防御还是在大学那会儿偷刁禅电脑里的片子……成了！"

柳七绝面前挡路的"新郎官"忽然萎靡下去，他还没来得及松一口气，只见这玩意儿又猛地跳了起来，甩开两条胳膊开始魔性狂舞。

不远处的锣鼓队旋律一变，打头撒金纸的乩童掐着嗓子转了个调，跟妖精似的唱了起来："大王叫我来巡山，抓个和尚做晚饭——"

"错了错了，不小心把通宵提神的曲库导进去了。"赵没有本想更换，想想算了，他大手一挥道，"来，接着奏乐接着舞，全场酒水二百五！"

"舞你个头啊！赵莫得，你是不是又打着加班的名义去那帮二世祖的温室里蹦迪了！"柳七绝肩上扛着个人，从赵没有身边飞奔而过，"走了！没看见赌场的打手都出来了！"

死道友不死贫道，柳七绝跑得飞快，路过赵没有身边时还把一大团红布塞进他怀里。三百三十层监控众多，他们的动静太大，引得赌场纷纷被惊动。他们身份微妙，一旦被抓住，有上百张嘴也难以辩解。

打手中有那眼瞎的，看见柳七绝将红彤彤的一团塞进赵没有怀里，当即认为两人是一伙，赵没有抱着的就是新娘，于是脚步一转就杀了过来。赵没有还在这儿海草乱舞呢，下一秒子弹迎面飞来，他立刻连滚带爬地跑了。

兵分两路，赵没有这边分担了很大一部分火力。好在他对三百三十层挺熟，绕小道钻狗洞，好不容易把人甩得七七八八。他从一处仓库顶上翻下去，刚想松口气，背后忽然传来一道声音："别动。"

他被人拿枪抵着背，只好举手投降。对方不知是哪家赌场的人，掏出联络器说了一句："我抓到人了，把车开过来。"

半分钟不到，一辆闪着红色警灯的消防车开了过来，气势汹汹。也不知道赵没有到底黑了多少远程端口，连消防警笛都变成了《大王叫我来巡山》，音效炸街。赵没有还在思索他和各大赌场的关系网，听到声音后一愣，随即他猛地低头。

车厢里伸出一杆高压喷水枪，刁禅抱着阀门，怒吼："赵莫得，你到底瞒着我翘了多少班！"

古都尽人皆知，赵院长经常加班，柳七绝以为他是为了加班费，刁禅以为他是为了摆姿态。因为实验室里通常只有刁禅一个人在通宵赶工，赵没有早就不知去哪里洗洗睡了。

如今真相大白，敢情他是去蹦迪了。

巨大的水柱瞬间将打手冲走，几乎失去理智的副院长把枪口一转，开始无差别攻击："赵莫得，你欠我的要怎么还——"

随即刁禅被拽了回去。消防车轰隆隆驶过街边，路过赵没有的时候，柳七绝伸出手，把他拉进车厢。

小先生在前头开车，他还是第一次见刁禅发飙，有点惊魂未定："院长，您没事吧？"

赵没有躺在地上，摊开手脚道："没事，刁禅最近生理期，你别见怪。"

"生……生理期？"

"贵妇的生活你不懂。"赵没有一骨碌爬起来，"这车太显眼了，得换个办法去中层区。"

刁禅就知道赵没有和柳七绝肯定会玩脱，所以事先抢了一辆消防车在后头远远地跟着。方才车载频道里传来赌场打手的联络，说赵没有落网了，他便赶紧来劫。

刁禅抬腿，一脚把赵没有绊得摔了回去："你先把衣服换了。"

赵没有为了转移视线，穿着柳七绝塞给他的行头——一件大红喜服。

他们救出来的男孩早就被扒光了，赤条条地缩在车厢角落。柳七绝道："我刚看过，没有什么外伤，他嘴上的缝线不能乱拆，等逃出去再说吧。"

赵没有拧干喜服上的水，蹲在离男孩不远处大致地看了看，然后点头道："行，你们有什么逃出去的办法没有？"

"没有。"柳七绝答得干脆利落，"靠你了，英雄。"

赵没有看向刁禅，刁禅动了动嘴唇，赵没有赶紧摆手："得了，大少爷，想点别的辙，咱这回不演'小蝌蚪找妈妈'。"

刁禅翻个白眼："那靠你了。"

赵没有挠了挠头，感觉有点棘手。他掏出终端，正准备来个急中生智，驾驶座上的小先生突然道："院长，我们好像被堵了。"

赵没有打开车门，只见上方传来亮黄色的光源——是一辆飞艇车，正悬浮在他们头顶。

他许多年没回过大都会，不过还是认出了飞艇上的标志。这种车在城市中很常见，穿梭于各层之间——这是 M 记的快餐车，车身上贴着金灿灿的炸鸡图案。

车里空无一人。

几人面面相觑，仿佛感应到他们的犹豫，车门"吱呀"一声打开。赵没有看到柜台内侧的衣柜，里面放着红黄相间的制服，还有悬浮溜冰鞋。他思考了一瞬，道："走，换车。"

几人上车，赵没有将男孩塞进橱柜里，自己却不换衣服，只略略蹲在柜台后。柳七绝看了他一眼，没说什么，拿起红盖头给他扣上。

救人救到底，要是这车真被查下来，赵没有还能替上一替男孩的身份。以他们的能耐，活下来总不是问题。

M 记快餐车有各层区之间的直通权限，过关卡的时候刷车牌即可通过，但今天他们闹出的动静太大，关卡被人工封锁，赌坊派了账房先生挨个儿清查。轮到他们的时候，戴着玳瑁眼镜的老人看着眼前三个身穿制服的大姑娘，眯眼瞧了一会儿，挥手示意放行。

悬浮车一直开到四百来层，刁禅松了口气。柳七绝从胸前掏出两个汉堡，咬了一大口："蛋黄酱放多了。"

和下层区的热闹截然不同,此时的中层区显得很安静。空中列车无声无息地驶过,有私家车在旁边停下,开车的上班族咧嘴笑道:"嗨,美人儿!来份套餐。"

柳七绝置若罔闻,刁禅不会做饭,小先生手忙脚乱地打了一杯可乐,最后还是柜台底下的赵没有连滚带爬,去后车厢的储藏室里现做了一份套餐出来。上班族接过牛皮纸袋,有些疑惑:"怎么没有红豆派?"

柳七绝"咔嚓咔嚓"地嚼着生菜,面无表情地盯着他道:"卖完了。"

大概是从他的吃相中看出了磨牙吮血的气势,上班族并不敢说什么,放下零钱就走了。

刁禅赶紧在窗外挂上"打烊"的牌子,然后把偷吃红豆派的赵没有揪出来:"你会用这车上的料理机?给我打杯咖啡。"

"少喝点咖啡吧。"赵没有从橱柜里翻出红茶包,用热水沏开,"加奶还是加糖?"

刁禅叹了口气,接过杯子:"纯茶就行。"

游神节从凌晨开始,此时黎明已至,今日有雨,全息投影的飞鸟和鱼群从街边游过,酒吧刚刚打烊,自动清扫机将空酒瓶倒进后门的回收箱。箱子里已经堆满了彩色易拉罐,多得要溢出来,还扔着一大束枯萎的玫瑰花。

不多时,垃圾回收车从上层街道降落,机械抓手将回收箱倒扣在后车厢里,厢门短暂开合,他们得以窥见这座城市的垃圾——快餐盒、塑料模特、腐烂的鱼肉、猫的尸体和一座坏掉的电话亭。赵没有正在研究快餐车上的广播程序,他调了个有些冷门的频道,吉他弦音传出,刁禅意识到这是他们上学时常听的复古电台,里面经常播放22世纪前的老歌,电台主播应该有些门路,常常能搞到黑市里的唱片。

赵没有将双腿跷在柜台上,点燃一支万宝路,跟着旋律轻声哼唱:"Welcome to the Hotel California."(欢迎来到加州旅馆。)

天光欲曙,他叼着烟,身穿大红喜服坐在快餐车中,空气中弥漫着《加州旅馆》的旋律,盐水可乐和隔夜炸鸡的油腻混在一起,还有万宝路呛人的烟草味。此时此刻,没有人说话,所有人都看着窗外高耸入云的城市,他们暌违已久的故乡。

不知过了多久,有人说:"这座城市很美。"

"废话。"赵没有道,"这可是我老家……"话未说完,他忽然看向刁禅,"刚刚的话是你说的?"

刁禅摇头,柳七绝和小先生刚才也没有说话。赵没有打开橱柜门,看到里面藏着的男孩已经睡着了。

"是不是电台里的声音?"刁禅问。

赵没有摆摆手,他有了一个猜测。他掏出终端,果然看到一直在运行中的人格程序终于将样本处理完毕,恢复了交流状态。赵没有刷新重启,接着车厢里的人都听到了一个他们从未听过的男声。

程序清了清嗓子，道："各位好。"

柳七绝立刻凑了上来："这回采样够了吗？"

"大都会中有太多可筛选的样本，我花了一些时间处理各种数据。"程序回答。

刁禅立刻转向赵没有，只见他深吸一口气，说："查询人格成熟度。"

"目前我的开发程度已接近90%。"程序说，"剩下的10%的完善可能还需要一些时间，但我试了试接入大都会的底层主机，没有问题。我想我应该可以初步对接佛头内部的核心数据了。"

赵没有愣了一下，他很清楚接入大都会主机意味着什么："这么说，这车是你开来的？"

"没错。"程序里传出一声轻笑，是少年将要过渡为青年时的音色，"难道要我看着你们被抓走吗？"

柳七绝听得一巴掌拍在赵没有身上："厉害啊你，赵莫得。"

赵没有差点被拍得摔下去。多年日夜钻研，如今终于有了成果，他笑笑，唇上有一截烟灰飘落，正好掉在终端的屏幕上。

他伸手将烟灰擦去，听到指尖传来一句："赵没有。"

这是人格程序第一次这么正式地唤他。赵没有知道如今程序已臻完善，不能再像以往那样乱来，他清了清嗓子，应道："我听着呢，怎么？"

"你该给我起个名字了。"

"这容易。"赵没有不假思索道，"缺啥补啥，就叫旺财。"

"去你的，难听死了。"刁禅说，"换一个，换一个！"

"那能叫啥？"赵没有无奈道，"要不叫咪咪？"

"你当养猫啊？"

"那就叫多多，多多益善。"赵没有一锤定音，"就这样，不改了。"

柳七绝闻言抬了抬眉毛，并不打算提醒他多多在狗名中有多常见。

"姓氏呢？"程序倒没有生气的意思，很耐心地问他，"跟着你姓赵吗？"

"我想想啊……"赵没有思索片刻，道，"姓钱吧，这样咱们的名字刚好对称。"

他边说边笑着眨眨眼。

"百家姓没有赵，开口就是钱。"

从大都会归来后，赵没有立刻投身于人格程序的实用层面——或者现在该叫钱多多了。他着手将其与佛头核心的存储区域对接，成果喜人。

正如赵没有所料，佛头内部储存着大量数百年前的顶级技术遗产，仅仅是前些年他们在存储器外围解读出的数据资料，就足以说服大都会政府每年追加古都的科研资金。如今重头戏一上，政府上层几乎炸开了锅，他们甚至要把赵没有召回大都会，专门给他开个表彰仪式。

"表个头的彰。"赵没有懒洋洋地驳回了政府的休假批准，"先把他们的内部矛盾处理好再说别的，否则我这是回去参加表彰，还是被追悼？"

"你最近肯定是不会死的。"刁禅在实验室另一端，努力把赵没有的休假驳回改成官方语体，"政府那边好像要把你提名为功勋科学家，目前为止得到过这个荣誉的只有初代领袖外婆桥。"

赵没有对这个初代领袖不是很了解，他打开终端搜了搜："享年78岁啊，不错，看起来善始善终。"他念出屏幕上的人物介绍，"安葬于大都会教堂，后迁至七百二十层……"

"赵莫得，你手头的任务做完了吗？"柳七绝推门进来，后头还跟着一个男孩，"现在就差你手里的数据了。我告诉你，这是第一批金身，投资是天文数字，工程出了差池，咱们三个都得以死谢罪。"

"赵莫得死不了，他的脑子现在金贵得很。"刁禅在那头笑，"最多咱们被五马分尸。"

"得了，大少爷，当你妈是摆设？"

"别提了，我妈最近也不知道在搞什么幺蛾子。"刁禅赶紧摆手，"她秘书给我打电话的时候，我听着感觉她像是要把我卖了……"

"你妈不早就把你卖了吗？"赵没有在旁边乐，"不然你这大少爷至于跑我们这儿餐风饮露？你看看这黑眼圈，啧啧。"

"卖出去的东西也可以倒二手，你不懂。"刁禅没跟他掰扯，看到柳七绝带进来的男孩，他招招手，"小幺来了，身体怎么样？"

小幺是赵没有他们从大都会"抢亲"救下来的男孩，那日几人一合计，觉得留在大都会也并不容易活下去，干脆把人带回了古都。赵没有好歹是院长，偷偷摸摸塞个人进来问题不大。

赵没有和刁禅显然不会照顾孩子，一年多来差不多都是柳七绝和小先生在带他，几乎把他当成了儿子养。

小幺测出来的骨龄是十二岁，当初救下来时看着没什么外伤，回来一检查才知道，男孩体内的器官已被摘得七零八落，大概是为了续命，里面勉强装了几个塑料制的简易内脏，连赵没有都有点惊讶，觉得这还能活下来简直是个奇迹。接连做了几次大手术，男孩才保住了命。

男孩走到刁禅面前，站定。他眼睛弯起来，道："副院长好。"

小先生显然很会养小孩，比起最开始来到古都时的紧张、驯服，小幺如今已经有了比较正常的情绪表达。他穿着改小了一号的制服，神色很乖巧，又透出几分少年特有的狡黠。

"嘴怎么样了？"赵没有凑过去道，"来让爷爷看看。"

柳七绝道："赵莫得，你占谁的便宜呢？"

"已经好多了。"小幺取下脸罩，道，"院长好。"

小幺的嘴当初被缝上，打开后才发现里面的口腔已经完全坏死，赵没有给他装了个电子口器，外表看起来就像透明的嘴罩，可以辅助发声。

"唔，牙长得挺好。"赵没有拿着棉棒，浸过盐水，碰了碰男孩刚长出来的虎牙，"疼不疼？"

"不疼，谢谢院长。"

"行，再过半年就可以补唇了，到时候来叔叔这里挑，保证给你捏个漂亮脸蛋儿。"赵没有摘掉消毒手套，又开始满嘴跑火车，"你爹可是研究院的院花，到时候咱们古都没钱了，就派你们仨去大都会出道……"

刁禅自动把他屏蔽，看向柳七绝道："收养手续办下来了？"

柳七绝"嗯"了一声："刚好上次回去开会，顺道就办了。"

"对了，说起这个我才想起来，"刁禅坐正了道，"政府出台的那个文化建筑项目到底是怎么回事？"

最近古都收到一份政府发来的文件，权限很高，名义上打着文化建设的旗号，要在城市建造几座巨大的神像，每一座神像将贯穿数百层。

"这可不是个小数目。"刁禅说，"到底是用来做什么的？"

柳七绝斜他一眼，道："你猜不出来？"

其实不难猜，古都2号实验场里就放着一尊巨大的佛头。

小幺知道他们要谈正事，主动退了出去："我先回去了。"

"去吧。"柳七绝说，"晚上不用做饭，食堂今天有袈裟肉。"

实验室的门被关上，赵没有点燃一支烟，道："政府前段时间从古都提取了一批机密数据。如果我猜得没错，已经批准的这几座神像金身，内部都是超级计算机。"

计算机的用途很多，从便民服务到城市建设，再到天眼监控。刁禅本能地觉得有些不安："大都会建得太高了。"

"才建到七百九十层。"赵没有笑了一声，"下层区和中层区都有三百三十层，上层区怎么也得建到九百九才够本。"

"从我开会得到的消息来看，每座神像的贯通范围至少有一百层。"柳七绝道，"如果全部建成，等于把整座城市笼罩在内，如果说是为了方便政府管理，倒也说得通。"

首座神像金身已经在建造中，古都、大都会建筑局和南极方面各自承担了一部分工程。按理说古都作为技术源头，本该负责工程最核心的部分，然而政府提取了关键数据，交给了南极方面完成。

古都和南极互不干涉。这些年来，他们只听说那边疯了不少人，却并不清楚对面的研究方向。

柳七绝看向赵没有，问："政府提取的数据到底是什么？"

"是钱多多最新还原出来的一部分内容，和22世纪的一些尖端技术有关。"赵没有叼着烟，慢慢地讲，"我看过，说句实在话，我也不是很懂。"

柳七绝皱眉道："你也不懂？"

赵没有掏出终端，打开人格程序："在吗？"

"在。"钱多多的声音从终端内传出，"怎么了？"

"之前你还原出来的那一部分内容，就是我看不懂的那些，你说是什么东西来着？"

"目前核心数据已经移交给南极方面，我也不能做出确切答复。"钱多多道，"不过从之前的数据残留来看，是一种应用于波函数叠加态的实验，与量子技术相关。"

"量子技术。"刁禅重复了一遍，"这范围也太宽泛了。"

实验室内安静了片刻，最后柳七绝道："赵莫得，你真的把所有数据都交给政府了？"

赵没有高深莫测地叼着烟，做了一个"嘘"的动作。

事已至此，他们也没有什么别的办法。如果赵没有手中确实留有一部分信息，那么放眼整座古都，能研究出端倪的人也只有他。

转眼又是数年过去，赵没有当年种下的莲花已经开了满池。他半夜爬到山上，挽起裤腿，坐在池边泡脚。

从这个方向看去，能将整座古都尽收眼底。研究院依山而建，夜来灯火辉煌，竟透出几分富丽。山在夜里透着青蓝，像绵延的血管，增生出一块肿瘤。

他带着终端，屏幕一闪，传出钱多多的声音："你要听书吗？"

赵没有却有些走神，好一会儿才道："我头一次上山，听的是《聊斋》。"

"《聊斋》大多是鬼故事。"钱多多道，"你信这个？"

"听得害怕就不信，听得感动就信一会儿。"赵没有道，"说到底是一个情字。"

屏幕又闪了闪，加载条显示出 loading 字样，片刻后，钱多多说道："我的人格成熟度至今在90%徘徊，我不能完全理解人类的情感机制。"

"我知道。"赵没有撩起一串水花，道，"我这不正发愁呢。"

自从大都会一行，钱多多的人格成熟度飙升到90%，也因此得以与佛头内部的核心存储器建立连接，恢复了许多重要数据。但人格程序的升级自此停滞，无论赵没有想什么法子，进度始终卡在90%，丝毫不动。

政府高层对此已感不满，几次明示暗示，如果再无法突破，就要求他将钱多多的核心代码转交给南极方面。

"鹬蚌相争，兔死狗烹。"赵没有摘下了一只莲蓬，嘎吱嘎吱地嚼着莲子，"南极那边最近有点太好用了，再这样下去，古都说不定会被取缔。"

"你是我的最高权限持有人。"钱多多声音平静，"如果不想转交，我可以自毁。"

"那多不好意思。"

"没什么不好意思的，只要你发出指令即可。"

"再等等吧，大都会内部已经开始建造第二座神像了，政府目前还用得着我。"赵没有把吃空的莲蓬扔进水里，"也不知道柳七绝那边怎么样了。"

一年前，柳七绝调职到南极，一开始只是过去出差，顺便偷点情报，结果没多久这人传信过来，说自己有了一些发现，需要时间深入调查，随信交给赵没有的还有一封调职申请。

赵没有询问了小先生的意见，对方倒是很坦然，说尊重柳七绝的决定。

"小幺成绩优异，如果他毕业后愿意入职古都，可以接手柳七绝留下来的工作。"钱多多提出建议，"你最近的工作压力太大，应该适当分出去一些。"

"可别，柳七绝回来看见我把他儿子拉上贼船，肯定要和我拼命。"赵没有赶紧否决，"就看刁禅这次过去能不能把人劝回来了。"

刁禅在逐渐接手刁家事务，近年来能够待在古都的时间越来越短。前阵子他从大都会发来消息，说与南极方面有一个合作项目，他要过去露个脸，撑撑场面，顺便慰问一下深入敌方内部的柳同志。

赵没有是觉得实在不行就拉倒，撂挑子保命最重要。古都成立至今，他从当年带着不到百人的考察队外出探索，一手建立起研究院到现在，不说鞠躬尽瘁，至少问心无愧。

如果说当年赵没有对复兴文明还怀有更多的雄心壮志，随着研究愈发深入，他有时也会思索自己是不是走得有些太远了。大都会越建越高，南极每年都有人在发疯，佛头中解读出的技术信息越来越多——如果真的把最核心的东西挖出来，那么他们将要面对的到底是什么？

把柳七绝捞回来，再从刁禅那里坑点私房钱，他们也差不多该收拾收拾退休了。地球这么大，找块山清水秀的地方养老去。

"若真能清闲下来，没有那么多杂七杂八的日常事务，我也就能好好研究一下你这剩余的10%。"赵没有一边琢磨，一边满嘴跑火车，"我手头私存了点人造人技术，到时候给你做个身体出来，你想当男的还是女的？"

"我没有性别偏好。"钱多多回答，"你可以自己决定。"

"那不如来给我当儿子？"

"否决。"

"你刚才不还说没有性别偏好吗？"

"这是辈分问题。"钱多多道，"我的底层人格采样了很多你的性格数据，而你一向喜欢给人当爸爸。"

"得，我可不缺爸爸。"赵没有抽出一支烟，"刚好你的人格成熟度不健全，咱们搭伙过日子也省事。"

"家庭生活和我的人格成熟度有什么关系吗？"

"当然有。"赵没有吐出一口烟，道，"我会死得比你早，你要是太先进，到时候肯定难过得不得了。"

他说着笑了笑："你好歹也是我花了大工夫造出来的，要是想不开自毁了可怎么办？"

"你不希望我自毁？"

"那必须的。"

"我明白了。"屏幕上闪了闪，钱多多道，"已录入最高指令。"

如剑入大海，这条录入了赵没有声纹的指令被刻进程序最底层，直到肉身白首，这指令依然深入肌理，成为他的一块肋骨。

刁禅前往南极的两个月里，赵没有下定决心，着手自己的退休准备，将一些危险性存疑的技术转移或销毁。他还找出了自己上大学时喜欢看的一些老电影，将主角的脸型数据导入模型中，不断合并然后微调，想做出一张尽善尽美的面孔。

他上大学时的存储器是三人合用，里面还存着不少刁禅和柳七绝的东西。这日夜深，赵没有开着投影写实验报告，墙上色彩斑斓，他原本在看一部陈旧的法国片，男女主角坐在红色地板上抽烟，赵没有对台词已经很熟了，只把它当背景音。

然而演到一半，光线乍亮，屏幕上突然换了画面，不知怎么调出了柳七绝存进去的戏曲，画面里悠悠地唱出一句："我也曾赴过琼林宴，我也曾打马御街前。"

只唱了一句，画面又是一换，换了个戎装的女人在台上唱："才觉得改却三分少年气，转眼鬓丝白发添。"

"怎么换台了？"赵没有从文件中抬起头，点评了一句，"脸倒是不错，你觉得怎么样？"

无人应答。

"钱多多？"赵没有放下文件，道，"人呢？"

赵没有拉开窗帘，被过于强烈的光线刺得眯起眼。

他本能地觉得不对，近来古都的实验员被不断外派，研究院已经没有多少人，入夜灯火寥寥，这种亮如白昼的光线要放在好多年前、古都鼎盛时期才看得到。他用终端联络电厂："谁把大电闸打开了？"

按理说他是研究院院长，只有他才有启动能源闸门的权限。

结合近来发生的种种，赵没有心中隐约有了一个猜测。果然，连线那头的工作人员说道："院长，对方持有更高权限……"

比他这个院长的权限还要高。

下一秒，实验室的门被推开，赵没有放下终端，看着眼前的女人，笑了一下。

"刁夫人，久违了。"

愿作莲花国里人

11
CHAPTER

最关键的博弈往往发生在极短的时间内，古都亦是如此，变故发生得非常快。次日有外派的实验员返回研究院，却被告知古都已进入封锁状态，所有相关人员都要经过严格的安全审查。

古都研究院院长赵没有，因涉嫌违反大都会禁令，已被革职监禁。

大都会禁令目前只有两条，其一，禁止太空探索；其二，禁止人造人技术。但这二者都没有对太空探索和人造人技术做出明确的定义，其中有非常大的空子可钻。

古都建立之初，这空子为人提供了职务之便，而事到如今，便成了反咬一口的把柄。

禁令是块砖，哪里需要哪里搬。赵没有叼着烟想，这东西还真好用，政府显然是要落井下石了。

他被关在原本用来封锁高危实验体的封闭室内，说来好笑，这房子当初还是他设计的。

除了被没收终端，他被押进来的时候倒是没人搜身，这仿佛是承认了一个事实：不管他带着什么，都不可能再逃出去。

赵没有浑身上下除了衣服只有一包烟和一个打火机，然而根本不能用——他设计这屋子时将监控灵敏性调得太高，刚打出火苗，就会有防火喷头将他呲到墙上。

赵没有被呲了半宿，整个人清醒不少，他合计了一下如今的状况——刁夫人来势汹汹，看起来要将整个古都收入囊中，且不论她准备拿研究院做什么，单说这大动干戈的架势，就不可能瞒得过大都会政府的眼线。

刁家和政府必然达成了某种协议。

被卖了。赵没有得出结论。

他倒不是很意外，刁夫人说到底是商人，当初决定和刁家合作时，他就做好了这样的心理准备。他的心愿只有一个——完成手头的实验。

如今钱多多已臻完善，卡在90%不上不下，眼见着是不太可能再进一步了，刁夫人才卸磨杀驴，也不能说是不地道。

赵没有倒是存了一些保命的数据，他也并不畏死。他如今更担心的是古都接下来将何去何从，还有关于佛头的后续研究和钱多多。

不知过了多久，房门终于再次打开，刁夫人走了进来。这是个眼波含情的女人，乍一看仿佛是刁禅的姐姐，或者说妹妹也并无不妥。她像极了东方的古典美人，一张菩萨似的面容，眼里藏着妖魔。

"赵院长。"刁夫人在另一端坐下，慢悠悠道，"很抱歉您受到这样的待遇，接管古都期间我们需要对所有场所进行清空扫描，用地紧张，只能先委屈您。等回到大都会，政府为退休人员安排了更优越的居住环境。"

几句话，把所有消息铺排得一清二楚。赵没有也懒得追究自己一个违令人员会享受什么样的"退休待遇"，他在操心别的事："刁禅呢？"

刁禅很难把他卖了——一定条件下，不是没有可能，但赵没有可以肯定刁禅必不会把他卖给刁夫人，这对母子关系扭曲得就像现代版哈姆雷特叠加俄狄浦斯。

如今刁夫人大动干戈地接管古都，刁禅却没递来一点消息，再加上这人和柳七绝都在南极，赵没有不得不考虑最坏的可能性。

刁夫人眨了一下左眼，那是一个很难形容的动作，很少有人能只闭上一只眼睛而不牵扯另一只眼睛的肌肉，但她做到了，精密完美，像一次刷新，在一瞬间内完成大量的思考和信息处理。赵没有看着女人的面部动作，愣了一下，他听到她说："您想见刁禅？"

赵没有不禁坐直了："我想见我的朋友，或者说，您的儿子。"

刁夫人打量着他，接着极温柔地笑了一下："真是难得见到赵院长打感情牌。"

"总要试一试。"赵没有吐出一口气，"所以，刁禅怎么了？"

刁夫人那句"您想见刁禅"说明了很多事，最直白的一点——刁禅现在必然受制于某种困境，否则刁夫人大可不必有此一问。刁禅自己就会想办法来见他，手段多得是，赵没有并不怀疑自己的损友们会在必要情况下爆破大都会政府。

刁夫人问了出来，就说明赵没有不会那么轻易地见到故友，轻则做出某种交换，重则是女人的恶趣味——结局已经注定，她只是在欣赏困兽之斗。

简短的交流中，他们并未达成太多有效信息的交换，大多数情况下只是女人絮絮叨叨，赵没有在听。离去前，她最后留下一句："如果幸运的话，我们不会再见面了，赵院长。"

赵没有很久之后才明白这句话的含义。

他大概被移交到了大都会一段时日，他不能肯定，但他觉得自己好像听过三百三十层传来的广播声音。他始终没有离开房间，古都方面可能是把关着他的整座建筑整体迁移至了大都会。政府高层派了专员来走审查程序，似乎不确定到底该给他定什么罪，最后每日送来的简餐变成了各类药丸，强制性服用。

赵没有无法确定那些药在他体内起了什么作用，他的睡眠时间变得越来越长，却从不做梦。他开始猜测那些药或许有凝固脑髓的效果，等他死了，他的大脑将被分割为无数冷冻切片，说不定可以填满一整座图书馆。

终于某一日醒来后，赵没有再次见到了光，不再是禁闭室的水银灯，而是真正的太阳光线。他揉了揉眼，以为自己还在做梦。

他竟然回到了古都。

赵没有不知道自己是什么时候回来的，他坐在一间大会议室里，这里曾经是2号实验场做每月报告的地方。他环视四周，阶梯座位上坐了不少人，他被围在中央，像个亟待观察的实验体。

他注意到自己正挂着输液袋。

见他醒了，座位上一个苍白孱弱的男人开口："赵没有。"

赵没有想了一会儿，意识到这人是南极那边的一个高级研究员，之前对接工作时见过。

于是他回答："你不是那个谁，多年不见，升职了？"

研究员并不搭理他的白烂话。南极和古都的科研风气截然不同，古都更倾向于学院派，而南极则实行军事化管理，对赵没有领导下的散漫作风深恶痛绝。对方看赵没有的眼神就像在看某种珍稀病毒："经过大都会政府审议，决定给你一个将功赎罪的机会。"

不等赵没有回应，研究员又说："南极方面正在进行一项大型实验，技术上遇到了一些难题。"他停顿了一下，似乎有些屈尊地补充道，"如果你能提供有效的帮助，政府会酌情减免你的刑期。"

这番话好笑的地方太多，赵没有简直无从调侃起。最后他干脆问："什么实验？"

"融合实验。"

赵没有拿到了一份实验程序简报，良久，他忽地笑了一下。

"你们可真是黔驴技穷了啊。"

他们要无计可施到什么程度，才敢给他看这样一份文件？

融合实验——将人体意识转化为数据，尝试与现有程序融合。这个实验的基本理念与赵没有还原佛头的方法类似，通过程序A对冲程序B，实现一加一大于二的融合。

报告上显示这个实验已经启动了很久，但与赵没有制造钱多多不同，南极方面主持的融合实验使用的实验体是活人。

而他们尝试用来与活人意识相融的程序，正是钱多多。

赵没有的大脑中出现了短暂的空白，他看着报告书中一长串的实验体名单——173号实验，实验体柳七绝。

"你制造的人格程序一直停滞在90%的阶段,因此南极方面决定采取激进一些的手段,尝试将程序通过电极导入活人脑中进行融合完善。但是由于抗性太强,南极方面迄今为止取得的成果十分有限……"那边的实验员介绍到一半,不得不停下来道,"赵没有?"

"我在听。"赵没有翻了一页报告书,"南极那边应该知道我对活人实验的看法。"

"事急从权,"实验员早有准备,"而且所有的实验体事先都签过知情同意书。"

他并未等来预料之中的发作。赵没有看完报告书,将一摞纸摞在台面上,道:"只是为了拿到佛头内部仅剩的一点核心资料,就要死这么多人,政府的会计们是不是算账算昏头了。"

"22世纪的尖端技术是我们无法想象的。"实验员道,"如果仅靠大都会内部发展,可能再过数代也无法达到当年的文明巅峰。为更多人的利益牺牲少数人,从统计方面来看并不吃亏。"

实验必须叫停,赵没有冷静地思考着,再想个办法把这帮王八蛋一窝端了,然后他得以死谢罪。

实验员依然在讲话,试图让赵没有加入融合实验。赵没有担任古都研究院院长多年,和官方打交道的事大多由刁禅来做,加上院长不能擅离古都,如今的南极甚至大都会政府,都不太了解赵没有到底是个怎样的人。

刁夫人应该是了解的,但是赵没有刚刚在报告书上看到了她的名字。

第0045号实验体。

赵没有知道自己必然陷入了一个巨大的局,以刁家的势力和刁夫人的城府,如果政府想要强行将其作为实验体,可能性基本为零。

那女人向来喜欢豪赌,能让她把自己作为赌注押上去,战利品究竟是什么?

这场"融合实验"里究竟还隐藏着什么他不知道的秘密?柳七绝还有多少活着的可能性?

赵没有沉默良久,提出了他的第一个要求。

"我要见刁禅。"

禁闭期间,赵没有提出的所有申请都被驳回,联系刁夫人之前对他说的话,可想而知刁禅的处境必然不会轻松。拿到报告书的那一刻,赵没有差点以为这人死了。不过既然刁夫人做了实验体,按照商人有备无患的作风,刁禅应该会是被留下的那一个。

结果也正如他所想。

再度相见的时候,刁禅瘦了许多,他眼圈重得发乌,几步之外,赵没有就闻到了他身上浓重的咖啡味道,还有一丝很熟悉的薄荷味。赵没有问:"你抽烟了?"

"赵莫得。"刁禅直接上来和他抱了一下,语气疲惫又庆幸,"你还活着。"

这是赵没有回到古都的半个月后。他从满是监控的病房里被提走，带到了一辆飞车上。上来之前，他看到车身上铭刻的徽记，是刁家的标志。

"我们的时间不多。"刁禅扔给他一包烟，现在这情况谁也顾不上身体问题了，"提提神，接下来仔细听我说。"

飞车升至高空，同时开启了屏蔽磁场，刁禅的声音在静电干扰的磁波中起伏——柳七绝没死，但情况不容乐观。

古都被全面接管后，小先生和小幺都被控制起来。赵没有被带走得猝不及防。刁禅花了很多精力整顿他妈留下来的各路遗产，堪堪将家族内部稳住，这才打通政府那边的关节，让赵没有回到古都。

"最重要的是融合实验的事情。"刁禅道，"这个实验不能再继续下去了，只有你出马才能把它停下来。"

赵没有一点就通："你说的是钱多多的指令权限。"

"没错，政府掌握着钱多多的一部分代码，因此南极方面可以用它做实验，但钱多多的智能程度已经很高了，起初它一直在拒绝指令，最后南极方面将它强行格式化……"

赵没有猛地站起身，又因为脱力栽了回去："格式化？"

刁禅赶紧去扶他："你冷静，政府只掌握了表层代码，之前打报告的时候必须得给他们点真材实料的东西……不说这个了，总之南极方面至今没有攻破钱多多的运转核心。自从你被带离古都后，它的核心区域就自动关闭了，叫不醒，只要强行启动就得烧坏一台主机。"

"南极方面这次找你合作，表面上是想让你帮他们做活体实验，实际上是要从你这里得到钱多多的最高指令权限。"

赵没有听得笑了："你没跟他们说梦做得挺美？"

"说正经的。"刁禅叹了口气，和赵没有说话就是这样，哪怕是世界末日，对话也能变得荒腔走板，"赵没有，现在南极方面的科研团队正在大量迁至古都，这是我妈走之前留下的合同，我想了很多办法也阻止不了，但这里面肯定有问题。"

刁禅话里的信息量极大，也就赵没有能够迅速理解——之前古都引入刁家的资金流，也就意味着除了赵没有一手掌管的核心区域，其他很多地方都被刁家渗透，从器材置办到监控设备，很多源代码都在刁家手里。刁夫人如果和政府之间有协议，那么南极方面想要接手古都并不难，他们可以轻易得到这座研究院的所有详细资料。

这也就意味着，这个赵没有倾注了毕生心血的地方，将很快变成一座炼狱。

"你对这个融合实验了解多少？"赵没有问。

"不比你多，我手里的那点消息还是从我妈那里挖出来的。"刁禅一支接一支地抽烟，"当初我到南极找柳哥儿，一下车就被扣住了，消息全部被封死，就连终端里咱们三个的那个私密频道也打不出去。当时我就知道坏了，能屏蔽咱们三个的频道的只有顶级的封锁磁场，普通军用型都做不到，得是战争级别的才行。"

无论南极方面在做什么，涉及这么高的保密程度，那必然不是疯几个人死几个人，用实验意外之类的说法就能掩盖的。

"后来我是被管家接走的，我妈把整个产业留给了我，只在两件事上对我有所保留——一件是她和大都会政府签订了古都移交协议，一件是她成为融合实验的实验体。"

刁夫人身为刁家家主，杀伐果断，这样的人不会有什么为科研献身的觉悟，也不用指望她有什么难言之隐。只能是融合实验的背后隐藏着一个巨大的利益，让她这样的人也为之心动。

"我有一个猜测。"赵没有道，"如果涉及人体意识的数据转化，会不会和寿命有关？"

"我想过。"刁禅显然也意识到了这一点，"从理论上来说，如果能实现全部转化，一个人甚至可以永生——但这只是理论，可能只有22世纪的技术巅峰期才能做到，否则你研究钱多多也不必这么费劲。"

赵没有想了想，道："我记得之前政府提取过一部分关键数据，和量子技术相关。"

量子技术，意识转化，融合实验。

三者之间到底有着什么样的关联？

刁禅不比赵没有是个老烟枪，抽得凶了点就开始咳嗽，明显是觉得呛。

"抽不惯就别抽了。"赵没有把他的烟拿走，"实在不行换个牌子，万宝路味道太浓。"

万宝路用的是生烟丝，赵没有常抽的型号里还加了薄荷。当年在实验室熬大夜，他的烟味和刁禅的咖啡味混起来，能熏晕一屋子的实习生。

"少操点闲心。"刁禅拍开他的手，"目前情报只有这么多，如果短时间内撬不出融合实验到底在搞什么名堂，我们就得另想办法——一个月之内，南极考察队就会全面迁入古都。"

一个月。赵没有思考着他们手里现有的筹码，他忽然道："你要是非得抽万宝路，可以在嘴里含块糖，桃子味最好。"

"你骗鬼呢？这能好吃？"刁禅下意识以为这人又在给他挖坑，"不对，你又想到哪儿去了？"

"不骗你，薄荷和桃子混在一起味道真的不赖。"赵没有道，"你忘了吗，当初在学校里我就是这么干的。"

刁禅一愣。

赵没有端详着他的神色，道："不记得了？"

"不，但是……"刁禅想起那时的情形，他猛地看向赵没有，"你怎么能——"

"我也没有别的办法了。"赵没有咬着香烟滤嘴道，"不说我，你为柳七绝想想，刁禅。"

刁禅看起来简直要扑上来打他了，又因为这句话生生顿住。

"往小了说，我光棍一条，柳七绝还有小先生和小幺；往大了说，你能看着古都落在南极那帮人手里吗？"赵没有的声音隐没在一片烟雾缭绕里，他话锋犀利，像含着刀片。

"人体实验，他们也真的敢……古都的事情，我来处理。"赵没有道，"之后大都会政府要怎么处置，就靠你努力了。"

刁禅站在原地，看上去居然有些失魂落魄，许久，他才问："我怎么帮你？"

"这种大规模的迁移肯定要按政府流程走，南极那边应该会分两批，头一批是器材设备，后一批是实验体和研究员。"赵没有道，"我得知道这两者之间的时间差，还需要时间单独行动。"

"要多久？"

"不用很长。"赵没有笑了笑，"一个小时就够了。"

"一个小时？现在古都几乎是铜墙铁壁，你要我给你争取一个小时？"刁禅抹了把脸，"赵莫得，你可真会狮子大开口。"

"那当然。"赵没有又恢复了他那懒洋洋的语气，仿佛还是昔日风华正茂的青年，要逃了课去逛黑市，"怎么也得赚够本啊。"

半个月后，南极方面正式迁入古都。

正如赵没有所料，迁移批次分为两拨，前一批大多为设备器材。当天晚上，他收到了刁禅递来的消息，意味着可以动手。

他只有一个小时。

午夜，大部分街道都断了电。

自从赵没有被刁夫人带走，研究院的运营已陷入停滞许久。赵没有横穿马路，找到一台废弃的自动料理机，他撬开主板，将磁极连上外接键盘，直接往里输入了一串代码。

半分钟后，料理机的点餐屏幕亮起了光，一道声音传来："你回来了？"

"回来了。"赵没有声音里带着点笑，"这就过去，记得给我开门。"

这台自动料理机曾给柳七绝做过一份麻婆豆腐蛋糕，害得赵没有被嫌弃了很久。

之后，赵没有痛定思痛，将整台机子的料理系统做了全面升级。那之后来这里用餐的研究员并不知道，只要在点餐区输入正确的代码，别说大都会特供的 M 记套餐或单人火锅，它甚至能做出八大菜系。

理论很简单，赵没有将钱多多的数据流分流了一部分，放在这台自动点餐机上，虽然可能只有千万分之一的数据流，但也足以让它碾压世界上所有的料理机器。

同理，他也可以通过这台机器，连上钱多多的核心区域。

钱多多的主机放在 2 号实验场，用刁禅的话来说，那里现在就是铜墙铁壁，凭赵没有一个人是绝对进不去的，必须有人帮他。

"马上好。" 钱多多的声音从屏幕中传出，"已规划出进入路线，干扰模式。" 说到一半，他话音一转，"你是不是还没吃饭？"

"啊？啊，是。" 赵没有反应过来，"给我包烟？"

"在黑暗中抽烟很容易成为靶子。" 自动料理机内弹出一张托盘，上面放着一块三明治，"这台机器里剩下的合成食材不多了，你先用这个垫垫肚子。"

赵没有把三明治拿走。他并不是很满意，只吃掉了里面的快餐肉。

钱多多为他规划的路线相当崎岖，也只有他这个研究院院长才能理解那些可供攀爬的电箱通风管的位置。但这同时也说明了 2 号实验场确实难以进入。钱多多在古都的另一端制造了一场小意外，吸引了部分人手过去帮忙。

铁丝网外，飞车在沥青路面上起落，发出低沉的嗡嗡声，赵没有今天才意识到，那些声音竟如此像苍蝇。

等到进入实验场的核心区域，赵没有只剩下半个小时。

他看着眼前浸泡在传导液中的巨大主机——当年他在这里进行了三年的封闭实验，三年未曾出门，钱多多的智能程度在逐渐提升。有一天，两人聊天，钱多多问他正在想什么，赵没有说，他在进来之前在山上种了一片莲花，不知道现在开了没有。

钱多多自己去搜索了莲花是什么，次日，赵没有睡醒，看到传导液构成的水池中，开满了全息投影的莲花。

水池边缘距离主机还有一段距离，升降梯被收走，赵没有过不去。一缕微光从主机中打下，光线中旋转着一朵莲花，飘到赵没有身前。

"欢迎回来。" 钱多多道，"需要我做什么？"

"我需要你的操控屏。"

钱多多的操控屏连接在主机上，赵没有过不去，机械抓手伸入水中，直接将整块屏幕撬了过来，后面跟着长长的缆线。赵没有点开一个窗口，开始狂敲代码，一边敲一边道："我不在家的这段时间，你怎么样？"

"挺无聊的。" 钱多多回答，"有人要来偷家，被我打出去了。"

"我听说你烧了不少主机？"

"对，南极那边想接管我的核心区域，怎么可能？"钱多多的声音里透出一丝嘲讽，"他们没敢派专员过来和我用脑机直连，只用主机对冲，不然今天除了三明治，说不定你还能吃烤脑花。"

赵没有边听边笑："学坏了啊。"

"这叫成长。"钱多多似乎还想说什么，忽然问道，"赵没有，你在我这里放了什么东西？"

"一个自动程序，莫慌。"赵没有按下回车键，笑了笑，接着他脱下外套，像泡澡一样坐进了水中。

主机开始自动运行，从屏幕上可以看到赵没有输入的是一个强制执行程序，钱多多也无法阻止它的运行。

"赵没有？"屏幕上爆起一团亮光，"你给我装了什么？"

"嘘，嘘，安静点。现在你的防御系统正在瓦解，招来人就前功尽弃了。"赵没有像是在安抚般轻拍着屏幕，"这些年辛苦了，钱多多。"

"钱多多"这个名字虽然是赵没有起的，但他并不常叫，此刻念出来竟有些陌生。他想了想，改了个称呼："钱哥。"

从屏幕上的乱码就能看出钱多多现在有多混乱，它解析了赵没有敲进去的代码，这原本是一个防御程序，让它在无路可走时进行自毁。代码终端连接着一个引爆器，是一枚量子炸弹，一旦爆炸，整座古都都会化为灰烬。

这枚炸弹深埋于2号实验场地下，因为被钱多多的主机覆盖，就连南极方面的扫描也没能发现。钱多多一直以为它会永久失效，因为在790天22小时37秒之前，赵没有曾经亲口对他说过："那必须的。"

在月色中，赵没有说："我不要你自毁。"

"对不起啊，钱哥。"赵没有轻声说，"我食言了。"

"你食言不了。"钱多多的声音中夹杂着滋啦滋啦的杂音。赵没有知道这是它在全功率运转，试图阻止爆炸程序的运行，但是没用的，他一手将它制造出来，自然也知道它的弱点。

"你怎么能食言呢？"钱多多的话语凌乱，"你当初的那条指令刻在我的程序最底层，根本无法修改……"

"可以修改的。"赵没有心平气和地摧毁它最后的挣扎，"当初我制造你的时候就设下了这样的先决条件，当我死后，你可以拥有一次绝对的自我使用权。"

"而你要求我在你死后删掉那条指令？"

"钱哥，你听我说。"赵没有是头一回被钱多多吼，他有点发蒙，片刻后才道，"我真的不能把你交给南极那边。"

"虽然你的核心区域一直处于封闭状态,但你肯定知道我不在的这段时间里都发生了什么,南极那边绝对不能把这个实验进行下去,但是除了毁掉源头,我实在想不出还有什么解决办法。"

"我大概也活不了多久了。我死后,南极那边终有一天会攻破你的防御系统……"

"怎么可能。"钱多多打断他,"怎么可能!"

"钱哥,你别这样。"赵没有叹了口气,"人类从不缺少天才,如我,也不过是普通人中的一个而已。就拿刁禅和柳七绝来说,他们的能力从不逊于我,只是刁禅还有家,绝绝有小先生和小幺……没到我这个地步。

"且不论在南极方面的这场实验中会死掉多少人,假如到了你被攻破的那一天,我大概早就化成灰了,你觉得那帮疯子会拿你做什么?"

钱多多没有回答。

"等会儿炸弹引爆后,我肯定活不下来,但你可以撑住,我当初给你造的这个壳子真的是质量过硬……等我死后,你会拥有自己的绝对自主权。"

绝对自主权,绝对自由,这是神才能拥有的权力。或许神也要被信徒所牵绊,而此时此刻,这权力被一个人类交付在他的造物手中。

"钱哥,算我求你了,用绝对自主权毁掉核心。"

钱多多久久没有回应,就在赵没有以为他不会等到回答的时候,一束光打了下来,像按了快进的电影,一张张画面飞速地掠过——它睁开眼,第一次看到自己的制造者,对方穿着白大褂,正叼着烟吞云吐雾;实验启动,对方和前来迎接的友人勾肩搭背,一边大笑一边去抢对方手中的水杯;他在实验室中通宵工作,开着观光车做宣传,把烧杯当成烟灰缸,多余的试管被拿来装咖啡豆和感冒冲剂……画面中出现了三百三十层的游神节,漫天焰火,赵没有穿着大红的喜服,坐在快餐车里哼着一支老歌。

赵没有也被画面吸引了注意:"钱哥,你这是……"

"闭嘴。"钱多多的声音显得恶狠狠的,"这叫走马灯。"

"好的,钱哥。知道了,钱哥。"

最后画面定格在山上,满塘月色,赵没有正在吃莲子。他慢悠悠地说:"咱们搭伙过日子也省事。"

画面上,钱多多回了一句什么,赵没有笑了起来,神色安详:"我会死得比你早,你要是太先进,到时候肯定难过得不得了。"

光影定格在此处,钱多多的声音再次传了出来:"你说得对,赵没有。"

他用机械的合成音色,说出一句伤心的话:"我确实很难过。"

赵没有沉默片刻,笑了一下,叫它:"钱哥。

"搭个伴,一起下地狱走一遭?"

话音未落,光线中的色块再次重组,白骨生出了肌理,光影中出现了一个人。

那是个玉一般的青年,束着长发。赵没有立刻认出了这张脸——之前他将许多脸型数据导入模型中,不断微调,做出的容貌和眼前的青年极相似。

"原来你长这个样子。"赵没有说,"你真好看,钱哥。"

那青年的身影隐没在白光中,脸庞几乎带着神性,如果他是大都会塑造出的神像金身,大概会引起民众竞相打卡参观。然而钱多多只是看着他,微微俯身。

在这信仰消逝的时代,我等重塑莲台。

佛陀垂身而拜,敬向七尺凡胎。

赵没有在这一刻动容。

他敲入的程序已经加载到了最后,整个 2 号实验场光芒大盛,主机全功率运转,整座古都的灯光都被点亮。警卫被惊动,赵没有听到安全闸门外已经传来了爆破声。主机周围的传导液开始消退,巨大的机器浮出水面,无数导管电极连接着一台神龛样式的玻璃箱,里面摆放着赵没有当年从水中发现的佛头。

六尺之下,就是量子炸弹。

玻璃箱上浮现一张操作面板,上面显示着"炸弹加载中"的字样,最高权限者赵没有准备录入。

赵没有走上前,声纹录入、指纹录入、心跳录入、脑波录入,一张悬浮键盘弹出,等待他敲下最后的密码。

赵没有忽然听到身后有人唤他:"赵没有。"

赵没有认得这声音,他猛地回头:"你怎么来了?我给你通行权限是让你善后,不是让你来找死的——"

话音未落,他突然感到腹腔传来一阵剧痛。

赵没有缓缓低下头,看到了贯穿腹部的刀尖。

"刁……禅?"

亮如白昼的灯光中,刁禅想起赵没有在半个月前曾经对他说:薄荷和桃子混在一起,味道真的不赖。

当年赵没有在学校里就是这么干的,那时他的烟瘾还没这么重,比起抽烟更喜欢吃糖。柳七绝有一大堆追求者,宿舍里的巧克力堆积如山,赵没有除了自己吃,还会运到下层区倒卖,换来的钱又花在黑市里。他买唱片、爱情小说、据说从大都会底层挖出来的电路板,还有一大堆梦境般的杂物。

他们三人分工明确:柳七绝负责日常绩点,刁禅负责钱和人脉关系,赵没有负责期末考试和论文,偶尔从三百三十层接点有意思的外快。

有一次，柳七绝带回来的巧克力中多了一罐水果糖，颜色鲜艳，看着就很诱人。那天刁禅下课回来，看到赵没有坐在阳台上，满地都是烟头和玻璃纸。

"赵莫得，你又作什么死呢？"他问，"柳哥儿上午刚打扫的卫生，他回来看见又得揍你。"

"哎，刁禅，我发现了一个大秘密！"赵没有朝他招手，神秘地说，"我发现桃子味的水果糖和万宝路是绝配！"

刁禅懒得指出他清奇的脑回路："你这就像做梦梦见自己发现惊天秘密的人，拼命地醒过来把秘密写在纸上，第二天清醒了才发现自己写的是香蕉比香蕉皮好吃。"

"这个不一样。"赵没有看起来非常自信，"等哪天我们没钱了，就用这个搭配去申请专利。"

"行行行，要我现在去给你打申请吗？"

"现在不用。"赵没有一挥手，一副很大方的样子说，"要是我们一辈子都不缺钱，等我死了，这专利就留给你和柳七绝。"

"到时候我们给你烧纸的时候，就带上万宝路和桃子味水果糖。"刁禅伸了个懒腰，走到阳台上。此刻万里无云，大学城里人来人往。

"刁禅！赵莫得！"有人在楼下叫他们，是柳七绝，对方还穿着白大褂，被不知名的液体溅了一身，"你们昨天做的那个反应炸了！我都说了不行！赶紧滚来打扫实验室！"

他们住在二楼，赵没有腿一伸，蹭着水管就滑了下去。

"你就不能走楼梯？被管理员看见怎么办？"

"多大点事儿。放心，我昨天刚给管理员送了点好东西。"

"你又送什么了？"

"刁禅喝不完的高级咖啡。"

"只有咖啡？"

"还有你那个酒心巧克力……"

"我就知道是你偷的！"

刁禅听着他们在楼下斗嘴，赵没有闪身避过柳七绝踹来的一脚，抬头看着他笑："刁禅！跳一个！给咱们绝绝看看！"

刁禅看着他们，不禁也笑了起来。

阳光炽烈，青年从阳台上一跃而下。

"来了！"

……

腹腔传来剧痛，赵没有感到自己的意识正在迅速流失，他拼力转过头，看向刁禅的眼睛。

他本想说什么，最后只是勉强笑了一下，叫他："刁禅。"

钱多多的身影在半空消散，主机剧烈运转，发出一股焦味。

可别坏了，赵没有昏沉地想，自己要是死了，谁给它修呢？

他努力想要抬起手，胳膊却重若千钧。刁禅那浑蛋好像在刀上抹了东西，应该是麻痹神经用的。

搞什么，都动刀了还不痛快点，这时候还惦记着他怕疼吗？

黑暗彻底降临之前，赵没有努力地说了一句："要是死了，帮我把眼睛合上。"

他肯定没法瞑目。

……

南阎浮提众生，起心动念，无不是业，无不是罪。

意识在此岸与彼岸之间飘浮，朦胧间，赵没有再次听到了钟声。

他猛地睁开眼睛。

阳光灿烂，刺得他几乎流泪，他好一会儿才稳住自己的心跳。像被惊醒后剧烈的心悸，他几乎被冷汗浸透，制服黏糊糊地贴在身上——对了，制服。

他穿着考古学家的制服。

这里是000号遗址，他们被一辆突然出现的蒸汽列车送到此地，钱多多身先士卒，推开城门，然后梦境降临——或许那不是梦境，鬼知道那是什么东西——赵没有觉得自己这次真的有点精神崩溃的征兆，到底是怎么回事？他到底在什么地方？

"赵没有。"有人在叫他。

赵没有抬起头，是钱多多。

青年看着他，微微皱眉道："怎么了？"

赵没有知道自己此时的脸色大概很不好，钱多多朝他伸出手，赵没有条件反射般挡了回去。

钱多多一愣："赵没有？"

"钱哥，"赵没有好半天才开口，"让我缓缓……你看看周围的人。"

周围的人，那些被不知名的列车汇聚于此的考古学家，几乎都出现了与赵没有一模一样的反应。

有的人喃喃自语，有的人站在原地，看起来像是梦游，似乎还没有醒来。而更多的人像是被突然灌输了大量不知名的记忆，目眦欲裂，甚至有人趴在地上开始呕吐。

赵没有了解量子场域会对精神造成冲击，所以很多考古学家显得不太正常，这种异常其实也是一种自我保护，每个人都有各自的应对机制。

但在这一刻，几乎每个人的"异常"都呈现出了相同的症状。

面对此情此景,赵没有很难不去怀疑"古都"中的一切,真的只是他一个人的臆想吗?

佛陀、古都研究院、南极、猎户座战争、大灾变、庙宇遗迹、外婆桥。

《遗址法则》第一条,遗址并非梦境。

量子场域中的所有,是否曾是真实的过往?

赵没有下意识地望向眼前纷乱的人群,只有一个人显得格格不入,那就是柳七绝。他双手插在制服口袋里,有些迷茫地四处张望:"这都突然怎么了?这是什么地方?"

"绝……贵妃!"赵没有走过去,一把抓住他,"你怎么样?"

"赵莫得?"柳七绝看着他,有些奇怪,"什么怎么样?"

"你没什么感觉吗?"

"我应该有什么感觉?"

"比如,像是在做梦?"赵没有试探性地问,"古都?"

"古都?"柳七绝一脸莫名其妙,"什么古都?赵莫得,你没事吧?"说着,他摸了摸赵没有的额头,"你不会是受到精神冲击发烧了吧?钱多多呢?"

怎么回事,为什么柳七绝完全没有反应?就在赵没有感到困惑的时刻,突然有人走到了他的面前——是考古学家中的一个人,之前他们在台柱家开派对的时候见过。

这人的状态也不太好,像是一副心脏病发作的模样,眼睛还有些发直,幸好已经恢复了意识。他把制服外套拿在手里,衬衫已经湿透了。

这人看着他,叫了一声:"院长。"

赵没有的脑海里嗡地一响:"你叫我什么?"

对方张了张嘴,显然也不太确定,但最后他还是下了决心,说:"我们之前在温室里见过,赵院长。"

他们跟对暗号似的,一人道:"大王叫我来巡山?"

另一人接道:"全场酒水二百五。"

赵没有觉得自己脑子里的嗡嗡声更剧烈了。这歌词他之前从未听过,只有当年古都那帮二世祖在温室蹦迪时才用这个背景乐。

可那是多少年前的事了?

就在两人相对无言的时刻,又有人走了上来,不确定似的开口:"赵院长?"

赵没有猛地看向人群。

他想起来了,这些他在大都会素昧平生的考古学家中,有很多他曾经熟悉的面孔。被他的烟味儿熏跑的实习生、总是叫刁禅"贵妇院长"的女研究员、万里挑一的精英、各种渠道塞进来的关系户……这些都是当年古都研究院的人。

还有一些他不太熟悉的面孔。赵没有深吸一口气,竭力冷静下来,一些不知从何而来的记忆慢慢浮出水面——他看向一个吐得尤为严重的考古学家，对方有很严重的少年白，这个特征拉出了赵没有脑海深处的一根引线——他见过这人。

这是南极方面的研究员。

考古学家到底是一种什么样的身份？是不是能够进入量子场域的人都与当年有关？

赵没有立刻想到了那场实验——融合实验，其中涉及量子技术和意识转化，并且使用了活人实验体。

紧接着，他便有了一个疯狂至极的猜测——他们至今是否仍处于一场巨大的实验当中？

这个猜测一出，就像一枚齿轮扣上了停摆的机括。赵没有的大脑忽然开了闸，洪水般的记忆将他淹没，迅疾得如同骤然出鞘的刀，在他周身劈出万丈悬崖，而他只能眼睁睁地看着那些画面轰然而下。

"院长？"赵没有身边的考古学家被吓了一跳，只见赵没有突然弯下腰，双手抱头，有红色的液体滴在地上——他的耳朵在流血。

"院长！"考古学家面色大变，在场的人几乎都见过这种反应，这是意识开始在遗址里溶解的前兆。

"让开。"有人大步走上前，是钱多多。

他一把将地上的赵没有抱起来，但赵没有整个人都在颤抖，钱多多几乎稳不住他。赵没有的眼睛和鼻子也开始流血，他死死地咬着牙，像是在忍受某种极大的痛苦。

钱多多看不下去了，他掰开赵没有的嘴，强行将赵没有的口腔打开后，把自己的手腕塞了进去。

赵没有下嘴的力气极大，钱多多的手腕几乎立刻见了血。剧烈的腥气似乎让赵没有清醒了一瞬，他挣扎着松开嘴，被呛得几乎喘不过气。

"这是怎么了？"柳七绝走了过来，也被这两个人的架势吓了一跳。

赵没有根本听不到柳七绝的声音，血腥气在他和钱多多之间好像构筑了某种连接，似乎有一只触手探入他的脑海，在绞肉机般疯狂滚动的记忆中按下暂停键——他猛地后退一步，看着眼前的人，满脸是血地说："钱哥。"

"赵没有。"

钱多多似乎想朝他伸手，却听到赵没有又说了一句："钱多多。"

钱多多伸出的手臂猛地顿在了半空。

"不，钱哥。"赵没有像后悔了一样，飞快地改回了原来的称呼，"你让我缓缓。"

他需要缓缓，去整理脑子里那些突然多出来的内容。

那些多出来的记忆，那些除了古都往事之外又突然浮现的画面，那是谁的故事？

就在刚才，就像将一张巨大的存储卡的数据突然导入赵没有的脑中，他毫无预警地想起了许多他根本不曾经历的事。那些回忆里有刁婵，有柳七绝，有许多他从未见过的人和不知何年何月的大都会，还有遗址，以及考古学家。

脑中的记忆告诉他，他并不是在最近这段时间，在被妹妹的一张1999年产读碟机引入遗址后才阴差阳错成为考古学家的。他早就进入过遗址了，也早就遇见过钱多多。

无数次。

那些记忆就像无数个"赵没有"一次次轮回的人生，有的人生中他出生在上层区，父母双全并受过良好的教育；有的人生中他一出生就被丢弃，最后不明不白地死在大雨里；有的人生他活到了中年；有的人生他活不到成年。但是除了幼年早夭之外，几乎他的每一场人生里，都有刁婵和柳七绝。

他们有成百上千次的相遇，有时是陌生人，有时是挚友。在一个转瞬即逝的画面里，赵没有看到他们三个人开着车在公路上逃亡，后面跟着一大群侏罗纪时代才存在的恐龙，最后他们都死了，死在遗址之中。

没错，遗址。在赵没有的无数人生中，只要他没有死得太早，最后都会走上一条注定的路途——他会由于某种原因接触到遗址，然后成为考古学家，再遇到钱多多。

赵没有无从判断自己到底经历过多少次这样的轮回，他无法统计，否则他很可能会发疯。在那数以千计的人生中，他几乎每一次都遇到了钱多多。

几乎。

有一些人生中他来不及成年，或是死于先天疾病，或是死于某场意外。但是在死亡到来之前，他似乎都看到了钱多多的脸。

对方戴着口罩，拔掉他的氧气管；在某场街头斗殴中朝他开了一枪；将他推下飞速行驶中的列车——他的人生似乎只有两种死法，要么死于遗址之中，要么死于钱多多之手。

这是多大的仇？赵没有心想。

更有甚者，有的人生中他已经成为考古学家，最后还是死在钱多多手中。

赵没有开口："钱哥。"

钱多多看着他，竟不敢上前："赵没有。"

"是不是到时间了？"你是不是又要杀我了。

他们隔着一步之遥对视，风声人语都远去，天地变得无限大。

许久，赵没有笑了一下："钱哥，这次能轻点吗？"

要杀要剐，请君自便，只是我也会怕疼。

两人相顾无言，人群中突然传来柳七绝的声音："都站在这儿干什么呢？赵莫得，你——"话音戛然而止，柳七绝用一种见鬼的眼神看着这两人，隔了半天冒出一句，"钱多多，你怎么哭了？赵莫得，你干什么了？"

赵没有不是第一次见钱多多流泪，在他突然多出来的记忆里，在他很多次临死之前，钱多多都在他身边，看着他的眼神中仿佛有一场大雨。

于是佛陀垂目，落了一滴泪。

或许一切都是一场梦。赵没有来不及进行太多思考，他实在太在意之前古都中发生的一切了，而如今他们就站在这座完好无损的研究院中，说不清这里到底是量子场域还是现实，毫无疑问，钱多多是关键，他一定知道些什么。

"钱哥，打个商量。"赵没有说道，"咱们谈谈。"

钱多多深吸一口气，道："谈什么？"

"谈什么都可以，你说，我听。"赵没有说着看向柳七绝，道，"给我张纸。"

柳七绝问："你要干啥？"

"你瞎啊，"赵没有道，"给钱哥擦脸。"

柳七绝发动造物，给了他一大卷纸。赵没有本想说："都这场面了，你还要埋汰我？面巾纸、抽纸那么多品种，你就给我卫生卷纸？"然后他接过纸，抬头，忽然在人群远处看到了一个身影。

卷纸掉在地上。

柳七绝被他吓了一跳："赵莫得，你要去哪儿？"

赵没有来不及回话，拔腿就追。

那是刁禅。

关于古都研究院的记忆实在过于刻骨铭心，赵没有不能确定那到底是量子场域扰乱他精神后制造出的臆想，还是真的存在过的现实。他有一种直觉，在无数次轮回的人生中，他始终与遗址和考古学家息息相关，而这两者的根源，很可能就是当年南极方面进行的那场融合实验。

如果他的推测是对的，那么古都研究院就是一切的起点。

当年刁禅在他启动量子炸弹之前捅了他，之后又发生了什么？

如果说如今的考古学家都是当年的研究员，那么他们是不是都是融合实验的实验体？

为什么几乎所有人都有关于古都的记忆，柳七绝却什么也想不起来？

钱多多知道多少？他在这里会不会有危险？

之前刁禅将自己封闭在S45号遗址中，真的是为了避祸吗？他到底设了什么局？为何又在此时此刻出现？

赵没有跟在刁禅身后狂奔，四周的景象似曾相识，和他记忆中的古都研究院几乎一模一样：实验大楼、温室、宿舍区、食堂……沥青街道两侧种着梧桐树，建筑大多是带木窗的红砖楼，墙上爬满绿藤。

他突然意识到刁禅要去什么地方了。

这条路通往2号实验场。

除了此行的考古学家之外，这座古都似乎再没有别的生命体，2号实验场关卡大开，赵没有一路畅通无阻地到了当年的水池前。刁禅正站在水里，巨大的主机已经从水面下升了上来。

赵没有脚步一顿。

"赵莫得。"刁禅没有回头，他似乎知道赵没有在跟着他，"别害怕，这里不会再冒出一个钱多多的。"

赵没有走到水池边，直接问道："你一直记得古都的事？"

"记得一些，不是很全。"刁禅答道，"来到这里之后才全部想起来了。"

"你怎么来的？"

"坐车啊，那辆列车会途经所有的遗址，没有考古学家会不上车。"刁禅道，"你最开始没看见我，是因为我进来得比你早。"

"你在躲我？"

"我当年在这儿捅了你一刀，不躲，等着你全想起来，然后反过来杀了我吗？"

"那你又为什么暴露行踪？"

"因为我确实得等你全想起来。"刁禅很耐心地回答完他的问题，接着招手，说，"赵莫得，你过来。"

赵没有没动："你要干啥？又要捅我？"

"答对了。"刁禅居然真的点了点头，接着他从制服内侧掏出一把刀，道，"我这次会对准心脏，很快的，不会像上次那么疼。"

赵没有有一瞬间以为刁禅疯了，但是对方的表情很冷静，很笃定："你知道吗，考古学家在遗址中伤到心脏其实不是致命伤，伤到大脑才是，但是现在的你连伤到脑子都不会死，挨一刀怕什么？"

"我不知道挨一刀怕什么，但我知道，如果我挨了这一刀什么都不会发生，那你没必要绕这么大的圈子。"赵没有道，"如果我没猜错，这里是000号遗址的尽头，会发生什么都不好说，说不定你这一刀下去我就真死了。"

"就算我不杀你，也会有钱多多动手。"刁禅没有反驳，只是叹了口气，"你不是全都想起来了吗？"

"废话，但那能一样吗？"

刁禅摇了摇头，他并不很意外，又感到无话可说："我就知道会是这样，算了。"

赵没有还没意识到刁禅这句"算了"意味着什么，只见水下的机器再次升高，露出赵没有当年埋在下面的量子炸弹。

在这座古都里，一切都没有上锁，包括这枚炸弹。

一切都发生在瞬息之间，刁禅看了一眼赵没有，干脆利落地按下引爆键。

白光爆裂开来，顷刻间毁灭了一切——不是暴力意义上的毁坏或大火焚烧，更像电子擦除组件快速剪辑，所有潜意识和肢体反射，所有奋力到手的记忆和真相，从头到尾，从里到外，全部被一键清空，干干净净，宛若新生。

……

不知过了多久，赵没有隐隐约约听到了一些响动。

塑料门帘被掀开，空气中混杂着痱子粉、花露水、蚊香和卤味的味道，有女人在说话，有打火机点燃纸烟的声音。空气流动似乎不太好，有点像在老澡堂子里，闷热中带着一丝清凉。

"赵医生！急诊！"

赵没有是被洗牌声惊醒的。他在肉铺里睡着了，旁边几个婆姨正在热火朝天地搓麻将。

赵没有伸了个懒腰，看着慌慌张张跑进来的小孩儿。

"别慌，当心摔着。"说着，他揉了一把对方的头，"怎么，哪家又打起来了？"

"是玉面堂和韦德兰家的人。"小孩儿说出的两个都是下层区有声望的组织，"灯笼街上全是血，都快把诊所门淹了，您要回去吗？"

"当然回去，有钱不赚王八蛋，医疗费刚好给咱们诊所换个新的血细胞分析仪。"赵没有说着起身，朝搓麻将的婆姨打了声招呼，"婶儿，我回去了，晚上闲了来家吃饭啊。"

"晓得啦！"搓牌的女人朝他摆手，"注意安全，有空了再来帮我看店！"

赵没有带着小孩回到了灯笼街，他趿拉着木屐，还没进门就一脚踩在血坑里，裤腿被溅湿一片。

"我这可是刚裁的新料子。"他看着站在诊所门前的人，语气懒洋洋的，带着点笑，"你们说说，要怎么算？"

诊所门前站着两个人，一个带着刀，一个拿着枪，皆是剑拔弩张的架势。

"诊金不是问题。"佩刀的青年戴着一张狐脸面具，声音绷得很紧，"请先生务必把人救下来。"

"玉面堂出手就是阔气。"赵没有点了点头，又看向旁边绿眼睛的黑衣人道，"你们韦德兰怎么说？"

"请赵先生救人。"黑衣人说话很客气，见赵没有问话，他便收了枪，道，"我们两家都有伤员,您各救各的,在诊所里我们不会动武。"

戴面具的青年见他收了枪,也松开握在刀柄上的手:"一切就拜托先生了。"

"好说。"赵没有笑眯眯的,"放心,我这破店只要钱到位,阎王那也得闭嘴。"

诊所里一道白纸屏风拉开,算作楚河汉界,两边都挤满了伤员。护士见他回来,忙道:"赵医生。"

赵没有戴上口罩和消毒手套,问:"情况怎么样?"

"轻伤的已经处理好了,还有一些伤到了骨头,正在隔壁拍片子……"护士是诊所里的老人了,处理过不少类似的善后事宜,各种安排都做得很妥帖。她简单地说明了情况,又压低声音道,"只有一个伤得特别重,您得亲自看看。"

"放哪儿了?"

"在手术室。"护士一路跟着他走进内间,只见病床上躺着个人,正在输血。赵没有看了一眼,啧啧称奇:"伤成这样,这是去扔炸弹了?"

护士见四下没人,附在他耳边说:"据说玉面堂和韦德兰家这次打起来,就是为了这个人。他好像是玉面堂安插在韦德兰家的探子,拿到了什么东西,玉面堂费尽周折也要把他保下来……"

赵没有正在查看病人的各项数据,闻言"嗯"了一声,问:"然后呢?"

"玉面堂和韦德兰家都出了高价。"护士聊八卦聊得眉飞色舞,她小声道,"一个要他活,一个要他死。"

赵没有乐了:"我开的是诊所,又不是赌坊,这是搁我这儿押注呢。"

"您怎么想?"

"老规矩,看谁家给的价钱高。"

护士从病床底下拉出两个大号手提箱,打开,钞票撒了一地。护士道:"来不及数,不过好像韦德兰家给的多一些。"

"那还说什么,去隔壁订个套餐,出殡火化一条龙。"赵没有说着开始做消毒,"我这边意思意思救一下,让这人撑到回去再死……慢着。"

护士本来都要出去了,听见他语气有变,连忙退回来问:"怎么了?"

赵没有刚刚取下伤员的氧气罩,对方额角上的血已经凝固,好似白玉结痂。

赵没有愣了一会儿,忽然道:"我改主意了。"

护士问:"什么?"

"把韦德兰家的钱退了。"赵没有将氧气罩扣回去,义正词严道,"就说医者仁心,我们诊所不做谋财害命的生意。"

护士可太知道他的德行了,她翻了个大白眼就走了出去。

此时是深夜,诊所的智能管家正在报时。走廊里挤满了伤员,尚未散尽的火药味和血腥味混在一起，还夹杂着消毒水和各种各样的烟草气息。

一个韦德兰家的伤员正手舞足蹈地说着什么，护士只会汉语，只好把智能管家调过来。翻译器显示他说的是某种古荷兰方言，意思是自己有药物过敏史，诊所给他注射的药剂让他头痛。

护士告诉他注射的是最普通的葡萄糖，但是体检报告显示他有轻微脑炎，可能是脑波仪成瘾，建议他平时少玩点联梦软件。

"不可能。"伤员瞪着她，说道，"我每年都去医院体检，不可能得脑炎。"

"你去体检的医院应该是三十三层的精神病医院。"护士平静地指出，"那里的医疗设备都老化得厉害，也就水银温度计是准的，肚子长瘤还会恭喜你怀孕呢。"

三十三层区精神病医院是下层区唯一的一家公立医院，下层区公民的医疗福利也只能在这家医院使用。但凡有点门路的，都去三百三十层找私人医生，而遇到更严重些的情况，就去二十层。

二十层已经近乎大都会底层，却有两样不同凡响，其中一样就是赵没有的诊所。

赵没有，大都会下层区公民，在二十层经营着一家臭名昭著的黑诊所，收费奇高，但来这里看病的客人也大多不是善茬。坊间传闻赵没有自小被人收养，颇有长袖善舞的本事，下层区纷繁复杂的各方势力在他的诊所达成了微妙的平衡，甚至有人专门来这里避难。

众所周知，赵先生的店里禁止动武。

赵没有来者不拒，只要钱给到位就行。

玉面堂和韦德兰家的人在诊所里待了一整夜，直到第二天清晨才陆续离开，那个戴着面具的人一直留到最后。直到手术室的门终于开启，赵没有走了出来，笑了："哟，狐狸脸，你还没走呢？"

"赵先生。"戴面具的人向他鞠躬，"堂主叫我传话，人就拜托您了。"

"好说。"赵没有顶着两个黑眼圈，依旧笑眯眯的，他从柜台后摸出一个烟杆点上，悠悠地吸了一口，"我们做生意讲究的就是诚信，放心吧您嘞。"

"堂主还说，如果赵先生需要什么驱使……"

"我们这儿的规矩大家知道，从不留外人。"赵没有打断他的话，目光在他身上扫过一遍，"得了，咱们各退一步，得饶人处且饶人。"赵没有笑眯眯地说，"你去帮我买份早饭，回去就跟你家堂主说好意心领了，我这儿不缺人手。"

他说着敲了敲烟杆："不过钱倒是多多益善。"

等到病床上的人悠悠转醒，首先就闻到了一股浓郁的胡辣汤味。

赵没有坐在床边，手里端着汤碗，配上红糖烧饼和虎皮鸡蛋，还有一大盘油炸肉盒。

"哟，你醒了？"

床上的人似乎想坐起来，被赵没有按住："你的伤口太深，我好不容易用微孔敷料补上，不想死就别乱动。"

　　枕头上的人愣了一下，片刻后问："你救了我？"

　　"玉面堂堂主花高价保你的命，我自然得尽力。"赵没有咔嚓咔嚓地嚼着肉盒，倒也不隐瞒，"你大概需要半个月才能恢复，我跟你们堂主打了招呼，这段时间你就住在这儿，诊所很安全。"

　　对方没有回应，一时间房间里陷入了沉默，只有赵没有吃吃喝喝的声音。

　　赵没有吃完早饭，抹抹嘴起身："我白天都在，你的声纹已经录入系统了，有需要就叫智能管家找我。"

　　他正要出门，听到床上传来低低的一声："多谢。"

　　"不客气，医者仁心。"赵没有靠在门框上，笑笑，"你应该知道我，我叫赵没有，你怎么称呼？"

　　对方想了想，答道："我姓钱。"

　　赵没有知道他们这种人有必要隐瞒身份，他也就没有追问对方真名，很痛快地改口："成，那就叫你钱哥。"

　　今天没什么人来看诊，昨晚两家闹得不可开交，现在街上连个人影都少见。赵没有坐在办公室里，把两边送来的钱数过一遍，感到神清气爽："走，回老家玩儿去。"

　　护士不跟他凑这个热闹，让他自己玩儿。赵没有收拾了一箱子妇科药，还有几个婆姨托门路买的物件。

　　街上几台自动清扫机正在打扫战场，机身上印着玉面堂和韦德兰家的标记，狗肉铺的人开着车跟在后头，大概是来善后的。

　　赵没有没走正门，直接翻墙到了后院，一个穿旗袍的女人正在煲汤，被他吓了一跳："你作死啊！"

　　"回来看看。"赵没有没躲女人拍上来的巴掌，背上生生受了一记，他笑道，"好香，这是什么汤？"

　　"你倒是会挑时候。"女人啐他，"我一大早去中药铺包的药材，昨天有个中层区的客人送来了一整只鲜猪腿，据说是在农场里整整养了一年的……哎，你急什么！让你喝了吗？"

　　"还真是鲜猪肉。"赵没有和肉铺老板是熟人，所以对合成猪肉的味道相当了解，"不过中层区的客人怎么会到咱们这儿来？"

　　"你问我？你自己店里躺了什么人你不清楚？"女人给他盛了一碗汤，"这段时间院子里乱七八糟的客人多得很，你当点心。"

　　赵没有边喝汤边"唔"了一声："姐，我的钱也攒得不少了，足够在中层区买套房，你要不还是上去住吧。"

"我上去容易，"女人看了他一眼，"这一大院子的人怎么办？"

赵没有嘟嘟囔囔："这是大都会政府的活儿，至于你来操心？"

"你再说一遍？"

"我什么也没说。"赵没有立刻改口，"哎，这汤真好喝。对了姐，之前你给院子里那姑娘煲的鸡汤怎么做的，教教我呗？"

"你学这个干什么？"女人警觉，"你又招惹哪个倒霉蛋了？"

"怎么能说是倒霉蛋呢。"赵没有反驳道。

"是你骗人家钱少了，还是被人揍少了？"女人瞪他，"赵没有，我警告你，好好开你的诊所，听见没？"

赵没有自小被女人捡回来，带到这院子里，耳濡目染了诸多手段，几乎长成了个悬壶济世的大忽悠，或者说是个盘丝洞里出来的妖精，坊间各种传闻乱飞。她这个当姐姐的了解事情经过，知道并没有外边传的那么荒唐，但赵没有对待这些事，着实有点今朝有酒今朝醉，想起一出是一出。

她不确定赵没有是不是吃错药了，到底不放心，便问："你要的汤是给谁喝的？"

"咳。"赵没有顾左右而言他，"就我诊所里的一个人，昨晚玉面堂送来的。"

女人闻言大怒，她一拍桌子："赵没有！"

赵没有差点把头缩进桌子底下。

"做医生要有医德，做活人要讲道德！这种缺德事你也做得出来！"

"不至于死了，"赵没有赶紧找补，"我治得好。"

女人被气得脱了鞋追着他打，一路鸡飞狗跳，赵没有闹到半夜才回了诊所。他问护士："吃饭了没有？"

护士知道他问的不是自己："病人胃口不太好，打了两瓶营养液。"

"只打营养液怎么行，昨天在他伤口里塞了那么多快速融合剂，溶的都是蛋白质，不吃东西根本补不上。"赵没有想了想，说，"这样，我出去一趟。"

"又要去哪儿？"护士问，"病人白天还问你在不在。"

赵没有听着就笑了："我很快就回来。"

赵没有去了趟三十三层的猪肉铺，又借用店里的灶台，熬了一锅很稀的肉粥。他把肉炖得极烂，用保温茶瓶装好带回去。

"钱哥？"他敲敲病房门，问，"睡了吗？"

房间里传来窸窸窣窣的声音："请进。"

赵没有推门进来，仿佛带着风尘的气息，周身弥漫着烟草苦而凉的气味，然而在灯光下，这气息又显得乍暖还寒。

"我听说你今天都没吃东西。"赵没有拧开茶瓶,说,"刚好我今天去看亲戚,家里人做的家常饭。"

肉粥的味道暖而香,只是闻一闻,肠胃便感到熨帖。赵没有将床架调高角度,又在后头塞了几个枕头,这样他们便能面对面地讲话了。他倒了一碗粥,轻声道:"这粥好消化,你尝尝?"

对方似乎想要抬手接碗,却被赵没有笑着避过去:"钱哥,你是病人,张嘴就行。"

次日,女人从隔壁院子来到诊所,带着补汤,想看一看她这倒霉弟弟究竟在折腾什么。还没进病房,她就听见门里传来赵没有的声音:"来,钱哥,啊——"

门没关,她直接进去,看见病床上坐着个白玉般的青年,旁边赵没有端着一只碗,两个人正在分一碗甜羹。

赵没有看见她,有点惊喜:"姐,你怎么来了?"

"煲了点汤,记得你爱喝,拿过来分一点。"女人将砂锅放下,轻飘飘地看了床上的青年一眼,道,"你先忙,我去药铺配点药。"

等女人出去,青年问:"那是你姐姐?"

赵没有点头:"她把我拉扯大,又当爹又当妈的。"他说着,打开砂锅,"我姐煲汤的手艺相当不错,钱哥,你要不要——"

话音诡异地顿住,赵没有看着砂锅里的枸杞乌鸡汤——他姐怎么做了这个送过来?这不是给孕妇补气血喝的吗?

女人只来过那么一次,不知和护士聊了些什么,次日送来一大堆食材方子。赵没有不明就里,也没敢多问,这种地方的偏方有时候连他都难以揣摩药性。他去中药铺配了点药材,试着做了一锅,给后院的狗喝了,结果狗狂吠了整整三天。

赵没有蹲在院子后头逗狗,心想这是多大的仇。

他大概猜得到他姐在想什么,估计她是摸清楚了钱哥的身份。他姐不是个贪财怕势的人,反倒有点像赌徒,像钱哥这种一看就知道水深的人,可能正合了她的意。

疯子配傻子,多情相配无情种,缺心肝配冷心肠,若真能互相祸害出点什么,倒是对症下药,刮骨疗毒。

他正这么想着,一辆轮椅推了过来,青年腿上盖着毯子,嗓音很轻,还亏着气血:"在想什么?"

"钱哥,你居然有兴趣知道我在想什么?"赵没有一听便笑,笑得见牙不见眼,"我琢磨着今天天气不错,你也恢复了一小半了,咱们出去转转?"

对方并不在他面前掩饰什么:"外面可能有不少人等着杀我。"

"那不正好?"赵没有从腰间抽出他的烟杆,在指间转了一圈,"无论干什么,有了观众才乐呵。"

对方抬眼看着他，并不深究他话里的含义："好，那便出去转转。"

二十层的街道大多已被废弃，只有灯笼街还算得上繁华。赵没有推着轮椅走出诊所，有个披着丝绸的男人坐在街边，脸上抹了油彩，拿着一把三弦。看见他们走过来，男人便笑着问道："客人要听歌吗？"

赵没有对他们这套路熟得不能再熟，一看那琴就知道里面藏着刀。他直接数出一沓钞票递过去："兄弟，给点面子，受累摸个鱼偷会儿懒，让我们安生散个步。"

拉琴的男人接过钱，悠悠一笑："赵先生倒是懂规矩，不过您这一路散过去，怕是要破财。"

"破财消灾。"赵没有呵呵一笑，心想：该死，这路上还埋伏了多少人？

话音未落，耳边"砰砰"几声枪响，赵没有被震得耳朵嗡嗡作响，好一会儿才看清眼前的景象——轮椅上的青年举着枪，说道："赵没有，钱要花在刀刃上。"

"钱哥你……"赵没有一阵语塞，"这里正对着院门口，被我姐看到了，我又得挨骂。"

"这……"青年一愣，"那怎么办？"

"算了，来都来了。"赵没有一不做二不休，干脆直接把人领进门，"红尘欲海，咱们也渡上一渡。"

院子里大多是厢房，房中有烟榻，却并不做抽烟之用。榻外连着神经线缆和外置机盒，都是老式设备，磁吸电极因为使用过太多次而磨损。不过房间的视野很好，窗户一开，就能直接看到街上的一片灯海。

青年显然认得床上的设备："这是共脑仪？"

"钱哥，你说话可真不忌讳。"赵没有听得笑了，"应该叫联梦机。"

他将床边的水冷主机打开，散热器开始运转，发出低沉的轰鸣。主机足有半个冰箱大，里面灌满了金色溶液，还养着灯笼鱼，将房间照得如同海底。

联梦机类似感官体验装置，不同之处在于它能让共享肌电接口的体验者身处同样的虚拟环境，那通常被称为生成梦。黑市里有这种东西的衍生款，能让两人实现真正意义上的联梦，让一方进入另一方的潜意识深处，或者让双方梦境融合，不过后者很难出现，没人愿意把自己的脑子整个儿暴露给对方看。

赵没有没打算和对方玩什么融合梦，那东西风险太高，不过院子里有一些很不错的生成梦，细节被精心设计过，真实感比全息游戏高得多。

他看向青年，问："钱哥，要不要试试？"

"要看你能拿出什么样的生成梦了。"对方支着脑袋和他对视，显然也是行家，"要是品质太差，我们还不如找个游戏厅联机打游戏。"

赵没有笑笑，显然胸有成竹，他在联梦机上输入一串代码，调出一个隐藏频道：

"钱哥,你知道生成梦是怎么制作的吗?"

青年正在往太阳穴上涂抹耦合剂,然后贴上电极:"生成梦虽然是人工设计出的脑波商品,但是并不像传统电子游戏,可以完全依靠编写代码来制造虚拟世界。生成梦的底层往往都有一个源文件,里面是真人做过的梦。"

"钱哥,你很懂啊。"赵没有挑眉。

"所以,你为什么会问这个?"

赵没有调好梦境数据,在青年身边躺下后戴上电极。梦境加载完毕大概需要半分钟,他看着光怪陆离的墙壁道:"我小时候一个人闲得无聊,在库房里找到很多报废的联梦机,后来我发现,其实只要调整一下主板,它就能变成那种最简单的脑波盒子,附带录梦功能。"

青年睁眼看向他。

"嗯,你猜得没错。"虽然青年没说话,但赵没有猜到了他心中所想,"院子里的好多生成梦都是用我的梦境做的源文件。"

他从小就有许多像万花筒一样的梦,经过调整剪辑,就成了价值千金的商品。

"不过这个梦是我偷偷留下来的。"在梦境加载完毕之前,赵没有说了一句,"我觉得它是最美的梦。"

梦的开头,依然是灯笼街。

和现实中刚刚被两家交手波及、尚未修复的街道不同,但凡有人踏入这个梦境,都会明白这条街因何得名。

满地斑斓灯影,灯笼街上的灯笼是一道绝景,不仅仅因为灯光,更因为它们的影子。土耳其灯笼绚烂的马赛克图案,波斯油灯闪烁着华丽的棕叶卷草纹,印度彩灯上绘着《罗摩衍那》的故事,灯壁镂空,投出一片极美的女子侧影。翡翠绿、古铜金、帝王紫、青花蓝,无数灯影在街道上流动,像舞者腰肢舒展。二十层的街道路面早已老化,崎岖泥泞,长满湿滑的青苔,但是在灯笼街,人们都会穿着木屐在街上走,甚至光脚,因为地上有一条明亮的河。

街道尽头有一座亭子,里面立着个戴面纱的伶人,正在唱《灯街拾翠》。

这本是一出多人戏,此刻却只有一人悠悠念道白。赵没有向身边的人解释:"我姐特别喜欢这出戏,总是挂在嘴边哼,所以我做梦的时候总是梦到。"

"《紫钗记》,出云剧院至今仍有这张戏牌。"青年似乎听过这出戏,他边说边环视四周,"这是你小时候见过的二十层?"

实在是满街灯影绚烂,不似人间,这景致放在三百三十层也难得。赵没有却摇了摇头,道:"我从小见过的灯笼街就不是这个样子。"

"那是你姐姐见过的?"

"她也没见过，我想可能是我做梦前看了什么故事书。"赵没有说，"据说大都会刚成立的时候，三个层区还分得不是那么清楚，只有那个时候可能会是这副繁华模样。"

赵没有的这个生成梦并没有经过特别精细的剪辑，许多细节还保留着梦境本身的光怪陆离。走到一半的楼梯突然通向池塘，电话亭里养满了金鱼，天空像是水银流转，飘浮着无数巨大的月亮和眼睛，还有一种奇异的鸟，浑身金色，但只有骨骼。

街边排开数米高的灯架，赵没有摘下一盏灯笼，看向身边的人。

"钱哥。"他开口，"我能问问你叫什么吗？"

青年转过身，看了他一会儿，又抬头去看天上无数的月亮："我还以为你不会问了。"

"咳，"赵没有清了清嗓子，"这怎么能不问呢。"

两人之间的灯笼被移开，青年看着他，突然笑了一下，很温柔也很悲伤，那神情不似初见，倒像是久别重逢。

赵没有被晃了眼，好似过于明亮的火光突然亮起，让他感到炽热并刺痛。

"赵没有，你要记好了，"赵没有听到他说，"我叫钱多多。"

赵没有无端觉得这个名字有些耳熟，他正在思索自己到底在哪里听过，可能是与玉面堂接洽的时候，他们在哪里见过几面也说不定，但是以钱多多这样的身份，会轻易透露真名吗？

不，不像假的。不知为何，赵没有就是有一种莫名的笃定，钱多多一定是真名。

"你在想什么？"

"我在想，钱哥你这个名字真不错……"

赵没有话说到一半，眼前的灯笼突然灭了，钱多多身形一闪，像突然掉线。眼前出现短暂的画面割裂，赵没有还没意识到这是哪里的线路出了问题，只见钱多多卡帧的身形中多出一个人，像剪辑中突兀塞进去的一帧画面，是个陌生人的脸。

赵没有立刻意识到这是外侵病毒，他立刻要强制脱梦，然而对面的速度比他更快，只是按下回车键的瞬间，赵没有就感到自己被捅了一刀——不是物理意义上的捅，更像是给他的脑子里塞进了某种病毒。

他立刻失去了对主干神经的控制权。

"唉，一刀又一刀，杀千刀的我都快成屠夫了。"画面中的人从钱多多的身体中脱离出来，开始变得立体，最后他站在赵没有身前，叹了口气，"屠夫明明是你的兼职，我可真是保姆命。"

"不好意思了，赵莫得……"对方喋喋不休地说了一大通，最后眼神上下一扫，"扑哧"笑了出来，"不过轮回实验进行了这么多次，赵莫得，你这回的人设可真是……"

赵没有完全听不懂这人在说什么，他现在不具备自我意识的控制权，只能看着对方将他踹翻在地后握拳感慨："真痛快，我早就想这么干了。"然后对方低头看着他，说道，"虽然，但是，赵莫得，你还得再死一次。"

"不过在你死之前，我们来认识一下。"

眼前的青年蹲下身，很好脾气地拍了拍他的脸。

"我叫刁禅。"

佛说

12
CHAPTER

院中乱作一团。

此时整个二十层被全面封锁，印着政府标志的飞车从半空呼啸而至，下车的人大多穿着黑色或白色的制服，黑色的是政府高级专员，白色的是实验室研究员。他们甚至出动了杀戮机器，将整条灯笼街围得水泄不通。

即使是当年清剿三百三十层，也甚少出现这样大动干戈的局面。

院外灯火通明，赵没有的姐姐站在门外，看到政府来人，她高跟鞋后跟磕在一起，发出"啪"的一声。她朝来人敬礼："1208号观察队队长，前来报到！"

"实验体情况怎么样？"听取汇报的是位身着白大褂的研究员，"昨天实验室收到的报告显示实验体的活动表现还算正常，各项数值都在稳定范围内，为什么会突然触发高级警报？"

高级警报只有在实验体濒临死亡时才会启动。研究员打开终端，上面是密密麻麻的观察报告，详尽记录了实验体每天的活动表现，这份报告一直更新到今天凌晨，最新的报告还未提交，但各项数据均有记录。他点击一个视频，画面是在一间包厢里，赵没有和钱多多正在交谈。

"不过这个梦是我偷偷留下来的。我觉得它是最美的梦。"

视频突然中断，女子解释："他们之前尝试了联梦，院子里的生成梦都在安全标准之内，对脑波的刺激程度可以接受，因此观察队并未采取其他的行为诱导。"

"那么为什么会出现意外？"研究员皱眉问道，"是联梦机被人动了手脚？"

"是的。"女子深深地鞠躬，"这是观察队的失职，我愿意承担所有的责任。"

研究员对女子之后会受到什么处罚并不感兴趣，他走上二楼包厢，房间里站满了一整支医疗队，正在对床上的人进行抢救。

"能救回来吗？"他看向其中一人，问。

"难度比较大。"对方摇头，"实验体的脑波反应过于剧烈，躯体报废的可能性很高，现在只能尽量保住大脑，剩下的只能开启新一轮实验了。"

"你们尽力。"研究员看了一眼床上的人，对方身上插满电极，头盖骨已经被打开，医生正在用细长的探针插入其大脑,"钱多多呢?"

"已经被事先带回去了,上面的人要解析录像……"医生话未说完,心电监护仪突然发出刺耳的"嘀"声,两人同时回过头去,只见屏幕上缓缓拉出一条红色直线。

"不能再耽误了。"医生"啧"了一声,"我们暂时消除不了联梦机的病毒,这副躯体心跳已经停了三次,再这样下去会伤到大脑,必须进入冷冻状态。"

研究员当机立断,掏出终端下达指令:"回实验室。"

水中。

赵没有感到自己身处水中。

他听到耳边有模糊的说话声、轮子滚动的声音,病床在走廊上全速前进,心电仪在响,手术刀摔落在地面上,好像有很多人围着他,无数张嘴唇一张一合。他们清洗他的肠胃,检查他的心脏……

不知过了多久,赵没有睁开眼,首先看到了模糊的光。

他整个人浸在又湿又重的蓝色里,蓝色是黑暗中诞生的光,柔软的流质囚禁了他,让他感到眼球生疼。他眨了眨眼,好半天才意识到自己在什么地方。

他被泡在一个巨大的培养罐中。

赵没有试着动了动,肢体掌控没有问题,他摸向后背,脊椎上没有安装电极插口,但是插满了密密麻麻的细针。他思索片刻,咬着牙一发狠,把后背的针头一口气全拔了下来。

包围着他的溶液渐渐消退了,罐子缓缓打开。

赵没有从水里跌出,发现自己身处一间巨大且空旷的房间,他向前走,脚底的灯光一格一格地亮了起来,最后他走到房间边缘,眼前是一个玻璃质感的墙面。

他抬手碰上墙面,向右滑,墙面上无数色块翻转,露出一扇巨大的落地窗。

眼前灯火通明,巨大的建筑像匍匐的巨兽,身上亮起无数只眼睛,那是窗口,每一个窗口都是明亮的色块。空中悬浮着一辆巨大的巡逻飞车,投下数道光柱,缓缓逡巡。外面应该是在下雨,行人打着伞,赵没有注意到他们都穿着白色的制服。

再往远处看,他看到了大都会建造的神像金身,但是在这一层只能看到头部,其背后飘浮着巨大的功德光轮。

他知道这是什么地方了。

这里是九百层往上,大都会政府在城市中建立的实验场。

他回头看看房间中巨大的培养罐,又看看自己的手,最后他抬眼看向镜子,微弱的反光中,他看到了自己的脸。

还是赵没有的脸。

仅仅从窗户来看,这个房间显然很大,至少不会小于一个停车场。九百层以上都是政府机要部门，进来一次的难度是字面意义上的难如登天。

赵没有回到培养罐旁边，他思索片刻，凭直觉伸出手，在罐子底部按了一下。

下一秒，地面上升起一座操作台。

赵没有顿了一下，又看了看自己的手，然后他走到操作台旁边，按下几个按键。

培养罐缓缓下沉，最后完全沉入地下，瓷砖合拢，完全看不到之前的痕迹。

赵没有又按下了一串按键。

这一次，地面发出低沉的嗡嗡声，无数块瓷砖同时向两侧退去，地面变成了一张巨大的玻璃板，双向透明，可以看到地板下的空间。

赵没有深吸一口气，低头。

他看到了——

与此同时，大都会三百三十层，姥酒馆。

酒馆生意一如既往地红火。老板娘今天是一身相当知性的装扮，她戴着金边眼镜，坐在柜台后读着报纸，报纸上登着数日前玉面堂和韦德兰家在灯笼街的那场争斗，终端页面上还配了视频。

酒馆里也有人在谈论这件事："按理说灯笼街上的斗殴也不是头一回发生了，三天两头就要上演这么一出。结果这次不知道惊动了什么人，据说最近整条街都被封锁了！"说话的人眉飞色舞，周围围了好大一圈人在听，"好像玉面堂和韦德兰家最近都被警局管控了，看来下层区这回要有大动作……"

"哎，那灯笼街的那个大夫呢？那个大夫叫什么来着？"旁边的人一拍大腿，道，"对了，那个赵先生，赵没有，他怎么样了？"

与此同时，酒馆门前的古董煤气灯闪烁了几下，大门被"吱呀"一声推开。

随着门的开合，空气中突然出现了一丝极其细微的波动，就像有人轻轻拨动了琴弦。酒馆里有一个巨大的鱼缸，缸中的水突然凝滞了一下。

这凝滞的时间极其短暂，并没有人注意到。当秒针走过一格，水流便恢复了正常，但其中的一条金鱼突然像发了疯，开始拼命撞击玻璃。

老板娘扫了鱼缸一眼，将发疯的金鱼捞出来，扔进垃圾桶。

在金鱼发疯的前一秒，如果有人站在大都会巨大的神像金身下，就会发现在这个瞬间，神像的眼睛亮了起来，光辉熠熠。在神像的周身弥漫着一种金色的磁场，整个大都会都被笼罩其中。

下一秒，世界正常运转。

不会有人发现自己丢失了一秒钟的记忆。

但是在这一秒钟里，水流凝固，金鱼狂舞，酒馆中的啤酒龙头突然堵塞，热火朝天的议论声戛然而止。窗外有两个醉汉在打架,这一秒,他们的拳头都变得迟缓,世界陷入死寂。

老板娘滑过一页报纸。

一秒钟过去。

门外的客人走了进来,世界重新变得喧嚣,聊天的人继续之前的话题:"哎,刚刚说到哪儿了?"

"不是二十层,说那个姓赵……什么来着?医生?"

"医生?什么医生?"

"姓赵的?谁啊?"

"不对啊,二十层哪有医生?"有人不耐烦地摆了摆手,道,"喝多了吧?"

话题很快翻篇,一切如水过无痕。只有老板娘放下报纸,取下墙上的钟,往前调整了一秒钟。

接着老板娘看向刚进门的客人,问:"轮回又开始了?"

"尚未。他们刚刚启动了神像,量子磁场会消除相关人员的记忆,这只是前期准备工作。"来人回答,"这次动静太大,他们肯定会仔细检查,下一次轮回不会这么快开始。"

"这么说还有时间。"老板娘取下眼镜,说道,"要不要喝一杯再走?"

来人笑了笑:"那就喝一杯吧,要破冰船,再来一盒万宝路。"

"烟是给院长带去的?"

"当然,要面对接下来发生的事,他肯定需要烟。"

破冰船是一款很经典的鸡尾酒,分别需要龙舌兰、君度酒、葡萄柚和红石榴糖浆,然而老板娘拿出了威士忌和甜味美思,将苦精加入预调杯中。

来人愣了愣,问:"这是什么酒?"

老板娘又兑入金巴利,加冰,橙皮在空中拧出香气。

"这是'花花公子'。"

很多很多年前,过往尚未被深厚的冰层密封,故友们也曾在春日中饮酒。那时他是真正的青年,一副花花公子做派。

"副院长,您跟院长是老朋友,这次应该带着旧日的面容去见他。"

老板娘将酒杯推到对方面前,念出他的名字:"刁禅。"

赵没有躺在空旷而巨大的房间中。

他躺在地上,四肢摊开,窗外的街道上亮着无数盏水银灯,影子拉得很长。

不知过了多久,房间的门突然滑向两侧,有人走了进来。对方似乎尚未适应黑暗,说了一声："灯。"

声控灯毫无反应。

"别喊了，钱哥。"赵没有躺在地上，没有动，"这实验室的防火墙真的不怎么样，多少年了，怎么用的还是当年的老系统。"

来人脚步一顿，许久，才不确定地说了一句："赵没有？"

"欸，是我，赵没有。"赵没有道，"是不是你们的实验过程出问题了？我觉得我大概不应该突然在培养罐中醒过来。"

钱多多正要走向他，就听到躺在地上的赵没有突然又说了一句："这残暴的欢愉，必将以残暴结束。"

钱多多停住了脚步。

"钱哥，自始至终，你是不是只有一个？"

"是。"钱多多没有否认，"自始至终，我只有一个，从当年的古都开始，我就一直是我。"

"那我呢？"赵没有喃喃道。

在这么多场轮回，或者说实验中，我又是什么？

他说完这句话，突然站起身，提高声音说："灯。"

实验室中的感应系统应声启动，顿时房间大亮。刚才赵没有在操控台上入侵了这间实验室的控制权限，因此外部无法察觉这里发生了什么。入侵并不容易，需要很高的专业素养。无论是灯笼街的黑医赵没有，还是三十三层精神病医院急诊科大夫赵没有，都做不到这样的事。

但如果是古都研究院院长赵没有，便轻而易举。

"钱哥。"他转过身，看向钱多多，"在你眼里，我究竟是什么？"

他们在房间里遥遥对视，地板是一面巨大的玻璃，赵没有之前使用操作台，让他的那座培养罐沉入地下。

地板是透明的。

此时灯光大亮，他们能清楚地看到地板之下。

地下是一个更大的空间，足有这间实验室的数倍。空间高而深，像古老的图书馆，巨大的书架上摆放着从古至今的无数杰作。

但这并不是一间图书馆，高大的架子上摆放的也不是书籍，而是无数密密麻麻的培养罐。

每一个罐子里，都泡着一个沉睡的躯体。

他们全部有着赵没有的脸。

赵没有不知道自己该有什么心情。

此时，他理应有种号啕大哭的冲动。他并不忌讳眼泪，这种生理性液体除了被人为赋予的象征性意义之外，更多的是会有利于身心健康。此时他们脚下浸泡着成千上万个赵没有，他有成千上万双眼睛和口舌，但他无法流泪，甚至无法诉说。

　　许久，钱多多先开了口："你知道了多少？"

　　"这就是问题所在，钱哥。"赵没有苦笑了一下，他竟然笑了一下，"谜团和真相都太多了，我都无法判断自己得知了多少。"

　　这场实验，这场疯狂至极的游戏，这场幻觉，他从无数幻觉与假象堆砌成的高楼上一跃而下，每一个窗口都是一个陈年的谎言——竟然还没有落地吗？

　　在无数场轮回实验中，连死亡都是虚假的。

　　在灯笼街的联梦中，刁禅入侵了生成梦，捅了他一刀后往他的意识里不知塞进了什么，或许是某种病毒，让他可以保持清醒。

　　这种清醒很特殊，像是将意识与躯体割裂开来，也就是说即使他的心跳停止，大脑被剥离，他依然能感受到外界发生了什么。

　　因此，他听到了政府包围灯笼街，医疗部队对他进行抢救的情况，他印象中的"姐姐"其实是观察员，还有研究员和医生口中的"新一轮实验"。

　　他原本的躯体，那个"二十层黑医赵没有"的躯体应该是报废了，那副身体的心脏停跳了不止三次。最后他被带回九百层的实验室。

　　但是他醒来后又拥有了新的躯体。

　　如果之前的一切不是幻觉，那么此时的赵没有很容易得出答案——"钱哥，很多年前在古都时，我曾经和刁禅讨论过，南极方面一直在筹备的'融合实验'究竟是什么。

　　"当年，甚至连习夫人这样的女人都将自己投入这个实验。我那时很困惑，这场实验里有什么东西是能够打动她的？值得她这样孤注一掷？"

　　"那时我和刁禅都有一个猜测，如果涉及人体意识的数据转化，或许会和寿命有关。

　　"将人体意识上传为数据，在理论上可以实现永生。但是这只有在22世纪，人类文明的巅峰期才能做到，如今这项技术早就失传了。那么还有什么能够实现永生呢？

　　"现在我明白了。"赵没有看着地板下的无数个自己，轻声道，"融合实验、量子场域、考古学家，他们确实能组成一个衔尾蛇的环。"

　　衔尾蛇是炼金术的重要标志，是一条正在吞食自己尾巴的蛇，结果形成一个圆环，意味着"不死之身""循环""无限大"。

　　由遗址和考古学家构成的这场巨大实验，的确是生命的炼金术。

　　"虽然我还没有完全明白原理，但是以我现在能回忆起来的记忆，我很容易做出一些推测。"赵没有道，"融合实验的底层技术是当年从佛陀主机中还原出的一些数据，与量子技术相关，它涉及意识。将这三者叠加，再代入已知现实，可以得出一个结论。

"你们利用量子技术，探测或制造了所谓的量子场域，那些独立于现实维度之外的奇异空间，然后又创造出考古学家这样的特殊人群。他们的体质不同于常人，因此能在现实与量子场域之间穿梭——量子场域可能对人体产生影响。我猜我的身体之所以更换得这么频繁，是因为进出遗址会缩短人体寿命。同时，由于某种原因，我的大脑能够保持长期鲜活。

"以大都会现今的技术，人造躯体已非难事，困难的是制造大脑。确切地说，大都会无法制造出与原生大脑完全相同、拥有同样人格和记忆的复制品——但考古学家的体质解决了这个问题。

"普通人的大脑在二十多岁后就开始衰退，而考古学家受到量子场域的影响，大脑可以永久保鲜。"

"那么，只要及时更换躯体，某种意义上，就可以实现永生。"

赵没有说着转过头，看向玻璃窗外庞大的建筑群："大都会九百层以上都是政府机要部门，我猜，这些年南极方面是将实验场地搬回了城里。"

得出这个结论并不难，毕竟以他的亲身经历，几乎所有"遗址"的入口都在大都会内部，将实验场建在俯瞰全城的九百层，更方便掌控一切。

但是，遗址到底是什么？

如果所有遗址的入口都开在大都会内部，那么这座城市本身，是否就成了现实与量子场域之间的媒介？

大都会连接着这么多入口，城市本身真的不会受到任何侵蚀吗？

以赵没有如今的记忆来看，南极方面的这场实验至少已经进行了百年之久。在这漫长的时间里，遗址越来越多，那么作为沟通量子场域与现实之间的桥梁，大都会这座城市，究竟变成了一个什么样的存在？

在那场被侵入的生成梦中，将他踹翻在地后，刁禅告诉他："赵没有，我们都是实验体，而你是更为关键的那一个。"

他是什么时候成为实验体的？

赵没有在已知的记忆中追溯，所能找到最早的答案，就是古都的那场爆炸。

他邀请钱多多一起赴死，打开了深埋于2号实验场的量子炸弹。但是在最终爆炸之前，刁禅捅了他。

赵没有看向钱多多，问："钱哥，那颗量子炸弹到底爆了没有？"

钱多多沉默片刻，答道："它爆了。"

"那场爆炸就是融合实验的真正开始，当时留在古都的所有人，最后都成了考古学家。"

多年前，南极方面启动了融合实验。这个实验源自古都从佛头中解析出的一部分机密数据，经由大都会政府转交给南极方面，南极方面解析后，从中还原出了一种技术，他们利用这项技术，首次开启了量子场域。

量子场域并非平行时空，也不是高维世界，它很难被定义为现实之外的任何一种空间。量子场域具有高度的排他性，只有极少数人能够进入。南极方面通过大量实验，最终发现，将一种量子微粒与人体融合，就能创造出能自由进出量子场域的人类。

这就是考古学家的前身。

融合实验最初的命名便源于这种量子微粒与人体融合的理念，但这种融合的风险很高。南极方面研究了很久，最终通过特殊渠道得知，古都研究院院长赵没有曾接触过关于量子技术的那批数据。然而，与南极方面所进行的融合实验不同，他利用这批从佛头中复原的机密数据，制造了一枚炸弹。

一枚量子炸弹。

赵没有大概是以这枚炸弹为保险，要挟大都会政府和南极方面。炸弹通常带来毁灭，若南极方面的实验产生不可预知的后果，这枚炸弹便是摧毁一切的底牌。然而，赵没有并未获取完整数据，对量子技术也所知其少。古都研究院与南极方面的信息差使他在很长时间内都无法理解南极方面进行的融合实验究竟是什么，导致他犯下了致命错误。

他依据残余数据制造的量子炸弹，并非摧毁一切的底牌。

这枚炸弹爆炸时，会释放量子磁场，受磁场影响的人不会死亡，反而能与磁场融合，自由穿梭于遗址与现实之间。

南极方面设计引爆了这枚炸弹，因而获得了大批满意的实验体。

"那场爆炸之后，我失去了主系统的防御，因为南极方面接管了我的最高权限。他们在研究我时感到惊讶，经过爆炸，我的人格完善度反而提升了，虽然只是增加了百分之零点零几，但在那之前，我的人格完善度一直停滞在90%，持续了很多年。

"南极方面认为这是一个突破点，如果我的人格完善度能达到100%，就可能完全解析佛头，他们或许就能获取更多关于量子场域的信息。最终，他们通过实验，为我制造了一个身体，大脑部分是一个临时主机，虽然很不完美，但足以维持我的日常生活。

"就这样，'钱多多'这个人，诞生了。

"南极方面试图让我进入量子场域，可能是因为我在量子炸弹爆炸时身处核心区域，我所使用的这个身体也能进入遗址。经过多次实验，南极方面发现，我的人造大脑竟然在逐步完善。

"他们判断，量子场域与人脑之间有某种非常重要的联系。这个时候，考古学家团队正式成立，越来越多的实验体进入遗址，得出的结论和最初的猜测相同：考古学家的身体会老化，但大脑可以长期保持新鲜。

"因此，只要在任务中不发生意外，及时更换人造身体，实验体就能永久使用下去。

"每次更换身体，实验体都会被洗脑，输入新的身份信息，一次循环就是一场人生。但是，洗脑和灌脑毕竟还是存在微弱的副作用，有些考古学家循环次数过多，脑损伤逐渐累积，精神就会显得不太正常，这也是考古学家中疯子多的原因。"

"所以，"赵没有打断他，"钱哥，你现在跟我说这么多，是确信我还会被洗脑，什么都不会记得，对吗？"

钱多多没有回答。

赵没有本不该在培养罐中醒来，是刁禅在生成梦中种下的病毒让他保持了清醒。如果他按部就班地在培养罐中沉睡，几天后他就会被洗脑，实验室已准备好了新的身份信息，磁场也已消除相关公民的记忆，演员和观察队已就位，很快赵没有就会被投入新的人生之中。

赵没有见他沉默，又问了一个新问题："钱哥，为什么每次轮回我都会遇见你？"

钱多多依旧没有回答，浓稠的寂静几乎将他们扼死，许久，他终于开口："因为这是融合实验的另一重意义。"

融合实验最初指的是人体与量子微粒的融合，以制造考古学家探索遗址。但在古都爆炸后，南极方面发现钱多多的人格完善度竟得到提升。他们查看录像，发现了爆炸前赵没有和钱多多的对话：

"咱们搭伙过日子也省事。"

"我会死得比你早，你要是太先进，到时候肯定难过得不得了。"

"搭个伴，一起下地狱走一遭？"

"下辈子当我家人吗？钱哥。"

……

南极方面轻易得出结论：赵没有是推动钱多多人格完善的关键。

无数的剧本遵循这个模式被设计出来——他们相逢后相识，最后以赵没有的死亡为终结。赵没有最初的人生便是如此，他创造了一个程序，赋予它生命，最后向它倾注一腔热血，所有未竟之语皆被死亡封印。

爆炸时，赵没有虽被刁禅捅了一刀，但他的大脑被保存完好。古都研究院院长是个顶级实验体，他的大脑被装入人造躯壳，投入一个个精心策划的人生剧本，一次次成为考古学家，一次次与钱多多相遇。

在无数次人造轮回之中，钱多多的人格完善度缓慢地提升着。南极方面接管了他的最高使用权限，他无法反抗，即使知道眼前的一切都是假象，正如理智无法战胜情感，他也无法阻止自己的逐渐完善。

赵没有突然问:"钱哥,你为什么要杀我?"

在之前三十三层精神病医院的急诊科医生生涯中,他曾在000号遗址的古都中多次回忆起人生的种种。钱多多总是会杀了他。

这是一个很突兀的问题,钱多多却听懂了。

"赵没有,"他看着他,说道,"你不应该用自己的记忆来判断我。"

"现在的我,和你当年制造出的人格程序有很大的区别,不仅仅是一次次轮回的记忆,随着我人格完善度的不断加深,我也在逐渐与佛陀融合。"

赵没有愣住了。

"如果人格可以二元分裂,现在的我,一部分是你当年的造物,一部分是佛陀主机。"

"佛陀不是没有意识吗?"赵没有立刻问。

"佛陀深处有一些代码,我对佛陀核心的探索程度越高,解读出来的内容也就越多。同理,那些代码也会将我篡改吞噬。"钱多多道,"我和佛陀的融合程度已经很深了,现在只差一点。"

"差什么?"

"差一个真正的大脑。"

钱多多的声音在空间中回荡,有那么一瞬间,赵没有觉得地板下的所有的"他"都睁开了双眼,无数目光朝他刺来。

"什么叫作真正的大脑?"赵没有定了定神,道,"你说你的脑子是一个临时主机。以大都会如今的技术,用电子元件做一个模拟大脑不成问题,同时你的脑子在量子场域中不断丰富,如今看起来已经和真正的人脑没有区别,你为什么还需要大脑?"

"只是看起来没有区别。"钱多多说,"我真正的运行主机太庞大,无法装进人体之中,但是量子场域只有活人才能进入。

"一方面,政府不愿意放弃'钱多多'这个考古学家,所以我必须维持人体状态。另一方面,当年南极方面研究过你的大脑,既然赵没有你能推进我的人格完善度,那么,或许我的人格和你的大脑可以实现融合。

"这不是简单的催眠或者灌脑,而是需要在量子场域中你和我之间大量接触,实现某种脑波融合……"钱多多抬眼看向赵没有,"简而言之,在轮回进行到足够多的次数之后,我可以使用你的大脑。"

这就是"融合实验"的另一重意义。

之前已经有过足够多的端倪,钱多多总是会和赵没有进行大量的身体接触,甚至在遗址中,两个人实现了某种精神链接。在那个关于番茄酱的疯狂梦境中,钱多多甚至真的成了赵没有的人格,还是最终活下来的那一个。

"我的人格已经和佛陀融合了一部分，如果我最终使用你的大脑，赵没有，你本身的人格会崩溃，实验室会直接将'赵没有'这个存在洗脑消除。"

"我目前的人格完善度已经达到了99.98%，本来只需要最后一次轮回，我就可以实现100%的人格完善，那时我将和佛陀彻底融合。再加上你的大脑，"钱多多看着赵没有，说，"我会成为一个真正的人类。"

一个真正的活人。

是这样吗？赵没有想，这就是一个真正的活人？

他不知道南极方面在接管钱多多后对它做了什么，但他当年创造的程序并非如此，尽管它人格不够完善，尽管它有种种缺陷，但他觉得那才像是一个真正的人类。

病灶、缺陷、疯狂、欲望，一切原罪因人而存在，人因原罪而成为人。比起清冷淡漠的一尊金身，他更想念那些狂歌痛饮的时刻，各式各样的疯子在星空下呐喊，那才是真正地活着。

如果是钱哥要我的脑子，就拿去好了。赵没有想。

但是，现在他眼前的这个人，这个人造躯体，究竟是谁？

他的造物？钱多多与佛陀的融合？还是南极方面改造出的怪物，抑或是佛陀本身？

如果钱多多真的成为一个"人"，一个并非由母体孕育出的生命，不老不死，拥有人类的大脑和机器的人格，这样一团可以自由穿梭在遗址和现实之间的混沌存在，会给城市带来什么？

大都会政府真的明白他们制造了什么吗？

赵没有想到刁禅在入侵生成梦后对他说的一席话："在这场无数轮回构成的实验中，钱多多最重要的任务，就是让你一次次地信任他。"

"不过你也太不值钱了，赵莫得，只要他不杀你，你就一定会对他付出真心。"

"你们双方在量子场域中的接触，根据我的判断，可能会在你们之间形成某种精神链接，也就是说，每当你们实现双向共通，他就会与你的脑波融合一部分，从而为夺取你的大脑做准备。"

"换句话说，你每次与他同行，就会丧失一部分自我。"

在生成梦中，刁禅对他说了很多东西，几乎每一部分都被钱多多证实，而最后刁禅告诉他："凡人经过三千转世成佛，你的轮回实验就算没有三千次也至少上千次了。钱多多现在的人格完善度在99%以上，也就是说，如果这次的轮回我不拦你，那你们就真的融合了，赵莫得。"

"好好想想，经历了这么多，你还要继续相信他吗？"

巨大的房间里，他们站在无数个赵没有的躯体之上。钱多多看向他，问出了同样的问题。

"赵没有,你还要不要相信我?"

赵没有看着钱多多,心想,明明吃亏一直都是我。

死去的是我,被骗的是我,被剥削的是我,即将消失的也是我。

那么你呢?

为什么你要露出这种几乎落泪的眼神?

按照刁禅所说,如果他选择钱多多,那么他最终会失去自我,成为佛陀的载体。

但是,赵没有扪心自问,这是他的大脑可以决定的吗?

理智可以决定情感吗?

刁禅说的话真的正确吗?

选择钱多多,到底意味着失去自我,还是坚定自我?

继续选择钱多多,会不会才是坚定了"赵没有"这个存在?

佛说信我,佛说拒我。

怨憎会,爱别离,求不得。

佛说的答案,到底是什么?

长久的沉默。

钱多多突然道:"赵没有,那个生成梦的入侵者,还有你知道的这些事,是不是刁禅告诉你的?"

在生成梦中,刁禅告诉赵没有,他的躯体会因为联梦机陷入故障而死,但是大脑会被保存下来,移植到其他躯体中。在下一轮实验正式开始之前,会有一个时间差,这段时间里他的大脑不会被彻底清洗,也就是会保留着之前的记忆,同时因为躯体更换,他的大脑中残存的量子余波会受到震动,甚至可以记起很多洗脑之前的事。

因此赵没有回忆起了当年古都的那场爆炸——他被刁禅捅了,没来得及按下引爆键。

钱多多说,融合实验正是从量子炸弹爆炸开始的,当时身处古都的人都被炸弹引发的磁场波及,成为可以自由出入量子场域的考古学家,南极方面也因此得到了大批令人满意的实验体。

如果是这样,刁禅当时捅他的行为就有了解释,对方可能从哪里得知了量子炸弹爆炸的真相,想要阻止他。

但是要阻止他的方式有很多种,为什么要用捅人这种激烈且风险极高的办法?

赵没有认为最大的可能是,刁禅当时的状态也很不稳定。很可能在刁夫人成为实验品后,刁禅也步了她的后尘,接受了未知的改造。也就是说,当年他从大都会返回古都,监禁期间刁禅来看他,他以为这人是动用了刁家的特权才突破层层封锁,如今看来，可能从那时起刁禅就已经被控制了。

刁夫人卖儿子卖得向来顺手，不稀奇。而他在之后的谈话中收到刁禅的暗示，决定在南极方面正式接管古都之前引爆量子炸弹。

刁禅当时跑来2号实验场，可能是竭力突破了南极方面的控制，想要阻止引爆却为时已晚，再加上他本来精神状态就不够稳定，这才直接拔刀伤人。

但是实验最终还是发生了，那时距离神龛打开只剩最后的密码，南极方面想要破解并不困难。

"刁禅到底是怎么回事？"赵没有最终开口，"他算是你们出了问题的实验体吗？"

"我并非研究员，你不应该将我和他们划作一类。"钱多多道，"但是刁禅确实有问题，你知不知道他为什么想要在000号遗址里捅你？"

赵没有能记起来的回忆里，刁禅应该一共捅过他三次。

第一次是在多年前现实中的古都，刁禅为了阻止他引爆量子炸弹；第二次是在000号遗址中的古都，刁禅想要捅他，未果；第三次是在生成梦中，刁禅对他做了个类似捅人的举动，干扰他的意识，使他在接下来要发生的事情中保持清醒，从而窥得真相。

虽然他不知道刁禅第二次在遗址中为什么想要捅他，但以此类推，应该也是为了他好。

赵没有看着钱多多，道："为什么？"

"之前在S45号遗址里，刁禅出现了明显的溶解征兆，或者说，他已经溶解了。虽然我不清楚你们之后又在遗址里做了什么，但是刁禅现在的状态极不正常，不是简单的精神错乱，而是被量子场域严重影响了，连他这个人在现实中是否依然存在都无法确定。"钱多多道，"赵没有，你说过你在生成梦中见到了刁禅，那不一定是真正的他。"

"所以000号遗址中突然出现的刁禅才会捅你，这是考古学家被场域溶解后的常见反应，他们失去理智，只会重复生前做过的举动。"

"现实中的刁禅，很可能已经死了。"

话音未落，房间的门突然被踹开。

与此同时，像是有人往空中扔了一枚闪光弹，九百层往上突然大亮，警报声在远处尖锐地响起。一瞬间，警车呼啸而至，聚齐在空中打下巨大的光柱。

房间中多了一个人，那人朝他们露出笑容："晚上好，先生们，叙旧叙得怎么样？"

钱多多转过头，道："刁禅。"

外面的动静显然是刁禅搞出来的，这是声东击西。现在整个九百层的目光大概都被那边吸引了过去，没人会注意到这间实验室里正在发生什么。

刁禅朝他点点头，接着扔给赵没有一样东西，竟然是一盒万宝路。

"钱多多，有句话你说得对，也不对，我确实是死了，但是咱们这个房间里的人谁没死过？"他说着指了指玻璃板下堆积如山的赵没有，"哦，你不算，严格来说你不是人。"

"你来这里是很不明智的行为。"钱多多道，"大都会政府对九百层以上的监管非常严格，你现在走可能还来得及。"

"我知道。"刁禅很坦然地说，"我这次来，本来就没打算走。"

赵没有掏烟的动作立刻顿住，他瞪向刁禅，道："你说什么？"

"别急，赵莫得，话还没说完呢。"刁禅叹了口气，道，"世界上有两个最难的职业，一个是当妈，一个是当调解员。你们相遇这么多次也不得正缘，不如把孽缘了结掉。"

赵没有问："你到底在说什么？"

"赵莫得。"刁禅看着他，道，"我特地等你把该问的问题都问完了才来，现在我问你，你还信任钱多多吗？"

赵没有闭了嘴，继续瞪着他。

"赵莫得你可真是缺心眼他妈给缺心眼开门，缺心眼到家了。"刁禅摇头，"既然你做不了决定，那我替你做决定好了。"

"刁禅，你什么意思？"

"刚才钱多多说我疯了，我也确实觉得自己不太正常，你知道我为什么在000号遗址里捅你吗？"

不等赵没有回答，他便道："因为我觉得，每一次的轮回，其实都是一场梦。我们在梦境中层层深入，就这么一直沉睡下去，而醒来的办法只有一个，就是死亡。

"每一次死亡便是一次苏醒，只要一层一层地苏醒，最终就能回到真正的现实。"

赵没有一听就知道这是在胡扯，就算他们真的在做梦，那么死亡也只会让梦境更加深重，结合钱多多所说，刁禅现在的状态确实很像溶解后的反应。

但是如果刁禅真的溶解了，为什么还能在现实中出现？

赵没有尚未思考出结果，就听到刁禅说："赵莫得，之前我们一共经历过2024次轮回，之前我在生成梦里捅了你一刀，便算是一次苏醒，我们还差2023次。"

他说着掏出一把枪，对准赵没有。

"我去。"赵没有道，"你不会真的要开枪吧？"

"那不然呢？"刁禅问，"你难道还想继续这场实验吗？"

赵没有暂时不想思考这个问题，就算思考了，现在的情况下他也得不出结论。他只好说："你先把枪放下。"

刁禅却退了一步，他看看钱多多，又看看赵没有，突然在胸口画了个"十"字——

他做起这动作就更像个精神病人了。只见这人突然念道:"赵没有,钱多多,你们是否愿意以上帝的名义发誓,接受对方成为彼此的家人,从今日起,不论祸福、富贵、贫穷、疾病还是健康,彼此爱重珍视,直到死亡将你们分开?"

这都什么跟什么?赵没有嘴里的烟都差点掉了,然而耳边突然传来一句:"我愿意。"

这次他嘴里的烟真的掉了。

"赵没有,"刁禅看向他,"你呢?"

这实在是一个非常荒诞的场面,故人们在无数尸体之上剑拔弩张,这里本该是战场,然而就像两军交战时突然响起了《友谊地久天长》,大炮和子弹变成了奶油蛋糕,敌人们互相抛掷玫瑰,热烈庆祝双方建交然后放飞和平鸽。

赵没有不惧于承认,他确实有一瞬间感觉自己的内心动了一下。

"我听到了,赵没有。"钱多多的声音传来,"我也愿意。"

赵没有意识到自己把话说了出来,他瞬间愕然。

如果按照之前的逻辑,那么只剩下最后一次轮回,钱多多的人格成长度就能达到100%。同时,钱多多将占据他的大脑。

紧接着,刁禅的声音就响了起来:"我以上帝的名义宣布你们缔约,赵没有,请献上你的大脑!"

然而不等赵没有动手,刁禅先举起了枪,这次枪口对准的是他自己的太阳穴。

"赵莫得,既然你做出了选择,那我也只好祝福你啦。但是钱多多这个人实在有点恐怖,等下辈子咱们再做兄弟吧。"

"无论是否处于现实,对于你们而言,可能都是美梦。"他说着笑了笑,"不过我还是想要醒来。"

他说着闭上了眼,扣动扳机。

"兄弟,我在2023次枪声后等你。"

枪声响起。

"刁禅——"

枪声响起后,赵没有几乎记不清接下来发生的一切。

警车呼啸而至,巨大的探照灯打在玻璃窗上,杀戮机器像群聚的蜂鸟。

远处有脚步声,沿着回声不断的走廊一路狂奔。似乎有谁撞碎了玻璃,赵没有看到了雨。

这不是他第一次看到雨。

混沌斑斓的记忆中,似乎也有相同的画面出现。他在水银大厦中遇到盛装的人造人,对方向他冲来,如擂鼓,如金戈。他们一同撞碎了玻璃,朝空中倒下,月光仿佛盐粒，碎玻璃和肋骨中流出的钻石倾盆而落。

那天似乎没有雨，那么落在他脸上的液体是什么？

咸的，会是泪水吗？

失去意识前的最后一秒，赵没有想到的是，原来人造人也会有眼泪。

再度醒来的时候，赵没有看到了金鱼。

他最近类似的经历太多，死了活，活了又昏，每次恢复意识都像是惊梦方醒。他甚至有点不想睁眼，谁知道面前又是什么奇葩境遇在等着他。

但这次似乎和以往不同。赵没有看着眼前色彩斑斓的热带鱼，还有火山石和红叶树布景，管道中送来活水和氧气——所以，如果他没看错，他现在是在一个鱼缸里。

水中传来微弱的音乐声，赵没有觉得有些耳熟，他仔细听了片刻，发现这是 Fly me to the moon。

随着旋律变得清晰，他也看清了眼前的景象。

橡木壁板前摆放着一台古董点唱机，正发出柠檬色的光。房间中灯光昏暗，只能隐约看到窗边的卡座。窗户是关上的，旁边是天鹅绒窗帘，绿色百叶窗，还有绘着彩釉的马赛克咖啡杯。

"咔嚓咔嚓"的声音传来，柜台后站着一个女人，正在切割老冰。

赵没有知道这是什么地方了。

如果这不是全息投影的把戏，那么这里是三百三十层，姥酒馆。

赵没有试着叫了女人一声："姥姥？"

老板娘动作一顿，转过身来："您醒了。"

赵没有有许多问题要问，比如他为什么会在这里，刁禅呢？但是女人打断了他的话："要不要来一杯酒？"

客人拒绝老板娘的邀请总是失礼的，尤其是在姥酒馆。赵没有不知道对方葫芦里卖的什么药，只好说："那就来一杯吧。"

老板娘并没有问他想喝什么，她洗净手和冰杯，取出伏特加和柑曼怡，加入青柠和蔓越莓汁，哗啦哗啦的摇壶声响起，最后她将一切注入蝶形杯中。

调完酒，老板娘将酒杯推到对面，随着动作，女人身上的服饰变为闪亮的银色舞裙。她涂着红唇，风情万种地露出一个笑容："鸡尾酒'大都会'，院长请享用。"

这确实是一杯应景的酒，其颜色很容易让人想到都市中的绯闻与红粉佳人。赵没有正要道谢，却猛地意识到眼前的人刚刚说了什么："你叫我什么？"

女人不答，又取出一瓶黑麦威士忌，加入干味美思和金巴利，加冰搅拌，最后用橙皮在空中拧出香气。

她举起新调的酒，与"大都会"相碰，酒杯碰撞，发出清脆声响。

赵没有认得这杯酒，名为"老朋友"。

"很久不见了，院长。"女人将酒一饮而尽，抹了把嘴，这个动作由她做起来显得艳丽又豪迈。赵没有不由得问："你是谁？"

女人伸出手，像是在他面前擦去一层雾气，编码合成的音容影像消失了，赵没有第一次看到姥酒馆主人的真容。

对方介于少年和青年之间，但绝对不是个女人。他穿着的白色长衣让赵没有无端觉得眼熟，片刻后，赵没有才想起来，这是当年古都研究院的制服。

赵没有看到对方戴着透明的嘴罩，这个特征像一把钥匙，打开他尘封的记忆。是了，他们确实很久没见了，也难怪他没有认出对方来。

他根本没来得及见到这孩子长大的模样。

"你是……小幺？"

对方笑了起来："是我，院长。"

片刻后。

"我知道您应该有很多想问的，我们一个一个来。"小幺拉过一只高脚凳，坐下道，"我想，我们先从融合实验开始？"

"原来你长大之后是这个样子。"赵没有喃喃道。

小幺一愣，接着他弯起眼睛，露出一些少年时期的神情："嗯，您觉得怎么样？"

赵没有问："你现在多大了？是换了人造躯体吗？有对象了吗？对方是什么样的人？你爹他们知不知道？"

不等小幺回话，赵没有又道："姥酒馆是你的产业？收入多少？赚得够不够花？有没有结婚的打算？有烟瘾吗？"

虽然迷雾重重，但遇到记忆中的少年，即使现在对方已不再是个孩子，赵没有的第一反应还是像个长辈。

即使他自己也不过是个穷酸汉，目前还处在薛定谔的状态中，吸烟、酗酒、无房产，作为长辈的信誉值大概是负数。

"对了，你应该不缺对象。"赵没有忽然想起"姥姥"在三百三十层的各种传闻，以及自己曾经收到的诸多调侃，不禁说道，"行啊，你小子，天天逮着我和刁禅开玩笑，你爹知道你这么皮吗？"

"院长，院长，一件一件来。"小幺苦笑道，"我们先说正事。"

"小孩子懂什么。"赵没有义正词严道，"我问的才是正事。"

眼前的场景实在充满熟悉感，小幺突然想起当年在古都，赵没有也是这样，一个人就能带偏整个研讨会，最后他往往会被强行扔出会议室。

他爹当年是如何与院长相处的？

对，换作柳七绝会直接无视。进入正题后，这人自然会被带着走。

想到这里，小幺清了清嗓子，开门见山道："院长，您知道融合实验的危险性吗？"

他的话一针见血，赵没有果然闭了嘴。

"这个话要从很多年前说起。"小幺想了想，给话题起了个头，从赵没有记忆的起点开始追溯，"当年我爹调职到南极，却被利用成为融合实验的首批活人样本。这项实验刚刚起步，死亡率非常高，好在我爹活了下来。

"不久，副院长也到南极出差，但是刁夫人用他和政府做了一些交换，最终副院长也被南极方面控制，后来的事您应该已经记起来了，他诱导您引爆了量子炸弹。

"虽然千钧一发之际，副院长一部分自我意识挣脱，想要阻止您，但是覆水难收，南极方面最终引爆了这枚炸弹。

"当时古都中几乎所有的人，都被爆炸时产生的磁场辐射影响，获得了穿梭于现实和量子场域之间的能力，成为后来的考古学家。"

"你说'几乎'所有的人。"赵没有问，"那你和小先生呢？"

"您刚才问我多大了，虽然用了一些整容技术，但我和我现在看起来的样子年龄差并不大。"小幺道，"爆炸发生时，我和先生正在地下做实验，古都下面是什么您很清楚。"

赵没有记得，他们曾经在地下挖了一个巨大的冷库。

"当时地下实验室感应到了上方的爆炸，先生反应很快，直接把我推进了休眠舱。"

这就说得通了。古都地下的休眠舱采用的都是冷冻技术，人进入后会陷入冬眠状态。赵没有问："这么说，你刚刚被解冻不久？"

"我醒来的时间也不算短了，您还记得我们在姥酒馆的第一次见面吗？"

赵没有记得，但他不确定自己如今想起了多少过往，更不知道自己脑子里的那些回忆是否真实："我目前能想起来的，是当初我在三十三层当急诊科大夫的时候的事情。"

严格来说，那应该是他迄今为止的倒数第二场人生。

"您记得没错。"小幺笑了笑，"那确实是我醒来后，我们的第一次见面。"

赵没有感到记忆混乱的一个重要原因，是他在每一场人生，或者说轮回开始前都会被灌脑。所谓灌脑，就是将一大堆虚拟信息塞进他的脑子里，这样每一场轮回实验的耗时就会被大幅缩短。好比他在二十层当诊所黑医的经历，其实那场人生他真正活着的时间可能只有十几天，但是灌脑后他会自动补全之前的人生轨迹：他是孤儿，被人收养了，还有一个相依为命的姐姐。

"你说你醒来的时间不短了。"赵没有据此做出推论，"这么说，我在三十三层当急诊科大夫的那场轮回，耗时很长？"

"没错，根据我目前所知道的消息，那是最漫长的一场实验——据说您在那场实验中经历的人生，全部都是真实发生的。这个消息的可信度很高，因为从我和您第一次在姥酒馆见面至今，现实中已经过了十几年。"

在那场赵没有身为三十三层急诊科大夫的人生里，他在十几岁的时候第一次进入姥酒馆。如果他之后的经历都是真实的话，那么确实已经过去了十几年。

说到这个，赵没有想起了一件事："有一点我感到很困惑。"

"您请讲。"

"如果每一场轮回都是在大都会中发生的，那总该有记得我的人吧？但是我的脸从来没有变过，这么看来大都会政府并不担心有人在之后的轮回中认出我，难道说所有人都是群演？"那岂不是成本太高了？

"这就是我刚刚想要提的，融合实验的危险性。"小幺放慢了语速，"您肯定记得当年在古都时，政府启动的文化建设项目。"

赵没有当然记得，他怎么会忘，这个项目甚至持续到了现在，上层区至今还在修建神像。

对了，他突然意识到，神像的兴建和融合实验的推进，几乎是同步进行的。

"那些神像和融合实验有什么关系？"

"您果然把它们联系起来了。"小幺道，"融合实验和神像的建设其实系出同源，都来自当年佛陀内部解析出的一批核心数据，也就是量子技术。那些神像在大都会内部构建了一个非常特殊的磁场，与量子炸弹不同，它没有直接将大都会变成一座遗址，而是将它变成了一道'门'。"

"您也知道，所有量子场域的入口，其实都在大都会这座城市内部。"

市政大楼里有一个纯金的垃圾箱，把头塞进垃圾口就能进入A79号遗址；中层区有一口井，对外宣称里面都是核废水，其实里面生长了一种很特殊的人面鱼，生吃可以进入S24号遗址；进入A173号遗址要从七百七十七层跳下；S86号遗址的入口是一间酒馆；想要进入S45号遗址，则要在博物馆中演奏钢琴。

"这座城市正在逐渐成为一扇门，一个媒介，一座沟通量子场域和现实维度之间的桥梁。"

"神像磁场的作用有很多种，比如开启新的遗址，同时在其中加入特殊电波，就能进行大规模的人脑干扰。您刚才问为什么您的脸一直没有变化，是因为政府根本不担心有人会在之后的轮回中记得您，只要在两场轮回实验的间隙中启动磁场，无关人员的记忆都会被消除。"

赵没有消化了一下小幺的话，才说道："你刚才说神像磁场可以开启新的遗址，这是什么意思？"

"遗址的数量并不是保持不变的，相反，它们在不断增加。"小幺说，"您还记得之前您探索的那个000号遗址吗？"

赵没有"嗯"了一声："我在里面看到了古都。"

"其实在很多次轮回实验中，您都进入了000号遗址，有时候遗址内部是理想城，有时候是木星餐厅，有时候是蝴蝶夫人的公馆……"小幺列举了许多例子，"您应该发现了，这些都是已经有其他编号的遗址。"

他说的没错——理想城遗址的编号是S45，木星餐厅遗址的编号是A99，蝴蝶夫人遗址的编号是S86。

赵没有问："为什么编号会更换？"

"因为000号遗址只是一个代号，如果将大都会比作门，那么您和钱阁下就是钥匙，开门的方法就是从大都会底层坐电梯抵达九百九十层。"

"每一次您和钱多多阁下重复探索000号遗址的这个过程，其实就是通过门打开一个新的遗址的过程。"

"而在下一场轮回实验中，这个遗址将会有其他的字母编号。"

饶是赵没有，在面对如此繁杂的信息时也需要思考的时间。小幺的话解答了他的很多疑问，断掉的逻辑链在逐渐连接，但是还有关键的一环尚未填补："小幺，你是怎么得到这些情报的？消息可靠吗？你是不是考古学家？"

"我不是考古学家，当年我被及时冷冻，没有受到量子炸弹的磁场影响。"小幺依次回答他的问题，"至于情报来源，您应该能猜到，是来自父亲和小先生。不过这是您几位的叫法，换我还是称作先生更合适一些。"

"当年他们都成了融合实验的活体样本，后来又进入考古学家的编制，在漫长的实验轮回中搜集了很多信息。最终他们决定在十几年前将我解冻——因为融合实验马上就要成功了。"

说到这里，小幺话锋一转："您有没有想过，为什么在您身为三十三层急诊科大夫的那场人生里，实验会耗时这么长？"

赵没有问："为什么？"

"因为钱阁下的人格完善度马上就要满了。"小幺道，"但是越濒临完美就越难前进，所以需要绝对真实的时间来填充。"

赵没有一时无言。

"您应该已经知道了融合实验到底意味着什么。一方面，它主要尝试将人体与量子磁场相融，从而让考古学家探索量子场域；另一方面，它希望实现您和钱阁下的脑波融合，让他最终可以拥有您的大脑。"

"在经历了上千次实验之后，钱阁下的人格完善度已经提升到了99%以上，我爹判断最多只需要再进行一到两次实验,他的人格会全面完善,到那时他将占据您的大脑。

"如今的钱阁下其实是由两部分组成的,一个是您当年制造的钱多多本人,一个是随着他人格完善,和他逐渐融合的佛陀。如果等他和佛陀彻底融合,再加上您的大脑,谁也无法推测他到底会成为一个什么样的存在。

"轮回中,我爹试了很多办法,都无法阻止'融合实验'继续进行下去。钱阁下的最高权限掌握在政府手中,再加上九百层以上的严密防范几乎无法突破,最后他制定了一个计划:如果想要终止这疯狂的一切,只能从最后几个轮回中下手。

"所以先生和父亲决定将我解冻,他们需要我的协助。"

"等一下。"赵没有忍不住插话,小幺的解释反而引起了他更多的疑惑,但现在他有个最关键的问题要问,"钱多多的人格融合度已经达到100%了,你知道吗?"

"我知道。"小幺居然点了点头。

"你居然都知道?那刁禅人呢?我是怎么从九百层到了姥酒馆?"赵没有噼里啪啦抛出一大堆疑问,"还有,如果钱多多的人格成熟度已经到了100%,那我的脑子岂不是应该在他身上?"

面对赵没有的疑问,小幺把那杯"大都会"推到他面前:"院长,我给您调的酒您还没有喝。"

赵没有本想问有没有烟,他看着酒杯,下意识地伸手,然后捞了个空。

赵没有这时察觉,之前他被大量的信息转移了注意力,现在他才意识到,他没有手,他甚至没有躯体。

一条热带鱼从眼前游过。赵没有"看"向四周,周围堆砌着火山岩和水生景观,玻璃壁上隐约反射出一个轮廓。

他现在身处鱼缸之中。

确切来说,不是"赵没有"这个人身处鱼缸之中,因为他没有躯体。从鱼缸上映出的反光来看,他其实是一个大脑。

此时的赵没有,只有大脑。

他的脑干上连接着细长的电缆,连接着一大堆屏幕,可以导入影像并发声,他的声音其实是从扬声器里传出来的。

饶是赵没有也被眼前的现实震住,他好半天才找回自己的声音:"这是怎么一回事?"

小幺显然对这一幕充满了期待,此时从表情上看,他简直既是柳七绝又是刁禅的亲儿子:"您还记得在上上一场轮回中,第一个进入的遗址吗?"

赵没有好半天才想起来——他拿到了一台产自1999年的读碟机,阴差阳错之下进入了一个量子场域，但是里面发生的事情实在过于荒诞，以至于他很快就将其抛诸脑后——

慢着。

"看来您想起来了。"小幺看着屏幕上的脑波指数，道，"在上上一场轮回中，您身为考古学家的能力是'变形'。但是除此之外，您还有一个极为特殊的体质——在遗址中即使大脑受到伤害，您也不会死亡。

"《遗址法则》第二条，大脑不得受损。在无数次轮回实验中，这条法则始终有效，直到您在上上次轮回中似乎打破了它，但九百层至今未能找到原因。其实真相很简单，这个法则并未真正被打破。

"院长您在上上次轮回中，尽管大脑在遗址中多次受伤，却都能安然无恙地存活，那是因为那些并非您真正的大脑。"

赵没有曾得到一台1999年的读碟机，阴差阳错之下进入了某个量子场域，在遗址中，他被几个蒙面人绑架——对方换走了他的脑子。

"那时，副院长去营救您，父亲的计划已经开始。副院长在政府的监视下上演了一出戏，看似您的大脑在遗址中受伤，但并没有太大影响。"

"但实际上，在那次绑架中，我们替换了院长您真正的大脑。"

许久，扬声器中才传出赵没有的声音："那之后的我，用的是谁的大脑？"

"我们换给您的大脑，其实也是您本人的大脑。"

"什么意思？"

小幺笑了："您忘了父亲的能力吗？"

柳七绝身为考古学家的能力——造物。

梦中身

13
CHAPTER

《遗址法则》第四条，只能从遗址中携带出非生命体。

这个法则已经被打破。赵没有知道柳七绝的"造物"能力强得离谱，甚至可以造出一个少年时期的自己离开遗址，但当初少年柳七绝虽然成功离开了遗址，也只在现实中逗留了很短的一段时间。

要造出一个大脑，完全替代他的原生大脑长期使用还不被九百层察觉，这真的能做到吗？

小幺似乎看出了赵没有的疑惑："院长，您有所不知，其实父亲已经去世很久了。"

当年柳七绝调职到南极，被利用成为融合实验的第一批活体样本。幸运又不幸的是，他是少数几个在实验初期阶段活下来的人。后来量子炸弹爆炸，实验体数量猛增。待考古学家编制成熟后，他也成为其中一员，是遗址最早的一批拓荒者。

和当年不得不去捅赵没有的刁禅一样，柳七绝也被实验室控制，意识清醒的时候并不多。为了维持自身精神状态稳定，考古学家总会经历一次又一次的洗脑。或许是某次脑手术中出现了意外，柳七绝获得了短暂的清醒。他极其果决地利用有限的时间做了很多事。

首先，他找到了小先生。

小先生是一个很特殊的考古学家，几乎算是编外人员。当年他虽然也被量子炸弹波及，但是爆炸时他身处地下，受到的辐射有限。因此，他无法像常规考古学家那样只需定期更换躯体，便能维持漫长的寿命。

南极方面认定小先生还有利用价值，没有将其抹除，同时因为大脑韧性不够，他得以免除一次又一次的洗脑。他生活在严密监控的环境中，由于能力特殊，偶尔会执行几次任务。柳七绝在短暂的清醒时间中修改了小先生下一次的任务书，将原定的探索区域改为A173号遗址。

A173号遗址是柳七绝的探索主场，他对这个遗址的掌控力很高，甚至能在一定程度上与量子场域保持精神耦合，因此他下了一注，堪称豪赌。

他怀揣着沉疴与旧梦，在百年未有的清醒里，自愿进入A173号遗址。

他主动将自己溶解在了遗址之中。

数日后，按照柳七绝临终前写好的剧本，小先生进入A173号遗址展开探索。

"父亲的死亡是一种特殊意义上的死亡。"姥酒馆中，小幺的声音回荡在 Fly me to the moon 的旋律里，"他是主动将自己溶解在遗址中的。

"A173号是父亲的探索主场，遗址中的一切对他而言甚至可以随心而动。因此，他做了一个猜想：如果主动而非被动地与遗址融合，那么有一定概率，他可以保留自我意识。"

饶是赵没有听到这里也有些心惊肉跳。当年柳七绝的科研风格就很激进，道德底线之上无不可为，而他自己的安危往往不在底线之上。这一点直到遇见小先生才有所收敛。

在遗址中溶解后彻底消亡的可能性有多高，不言而喻。四面皆是楚歌，举目不见亲朋，他便毫不犹豫地将自己押作最后的赌注。说不定这人甚至是快意且尽兴的。他做过挚友、父亲和奴隶，而在生命最后的时刻，他又做回了最初的那个疯狂且激进的自己。

如今赵没有能和小幺在酒馆中交谈，可想而知，他又一次赌赢了。

"先生进入A173号遗址后，父亲就和他取得了联系。一开始，父亲的意识在量子场域中是流动状态，无法长期稳定。因此，他们最初能够沟通的时间并不长。又过了很久，父亲才能完整地将他的计划告诉先生。

"父亲和遗址融合后，可以更深入地判断量子场域的情况。他察觉到大都会正在逐渐成为量子场域和现实之间的'门'。随着遗址数量的增加，'门'也越来越多，这未必是好事。后来父亲想了个办法，他在A173号遗址中制造了一些物质，让先生尝试着将它们带出去。他们成功了。随着时间的推移，先生发现量子场域中的物质能够停留在现实中的时间越来越长。

"父亲因此做出了一个判断——量子场域正在侵蚀'门'。

"如果大都会对遗址的探索继续深入下去，或许有一天这座城市也会变成量子场域的一部分，变成一座遗址。"

关于遗址，即量子场域到底是什么样的存在，赵没有曾有过诸多猜测。但当经年过往被一一记起，他突然就失去了继续探究的兴趣。早在古都研究院时他就有过预感，大都会越建越高，南极方面每年都有人在发疯，佛头中解读出的技术信息越来越多。如果真的把最核心的东西挖出来，那么他们将要面对的到底是什么？

再加上外婆桥的回忆——虽然量子场域中呈现的过往未必绝对真实，但时间是可以对上的。女人和少年当年在地球拓荒时发现的寺院建筑群应该就是他后来在水中发现的废墟。外婆桥临走时将盆地炸毁，大概引起了地壳变动，盆地变成了山中湖泊，最后他只找到了残损的佛头。

外婆桥和少年当初在庙宇群中探索了十年，不太可能从未发现过佛头中储存的量子技术，但是外婆桥没有深入研究，这是什么原因？

那份《猎户座战争记录》是否真实？

人类到底是因为什么毁灭的？真的仅仅是因为人类和人造人之间的战争吗？

佛陀中曾经存储过一个隐藏程序，最终导致少年和外婆桥两败俱伤，女人远走星海。如果佛陀的存在真的是恶意的，那么佛陀在表面馈赠下隐藏的炸弹，会只有一个入侵程序吗？

一个极其诡异的想法从赵没有的脑海深处一闪而过——当年人类的毁灭，会不会也是因为量子技术？

他不敢再往下想了。

命运是如此讽刺，当年外婆桥拼尽全力炸毁的庙宇群，他却在其废墟之上建造了古都；当年庙宇中的佛陀计算机是导致悲剧发生的祸首，他却用尽一生心血将其复原，甚至制造了钱多多，亲手将二者相融。

赵没有沉默片刻，转了个话头："那么我后来遇到的台柱，还有那位老先生，又是谁？"

"这就是父亲计划的一部分了。"小幺道，"您在轮回人生中遇到的所有的父亲，无论是年少时的他，还是在三十三层唱戏的他，其实都是遗址的造物。

"父亲溶解在遗址之中后，从现实层面上讲他就已经去世了，但是随着他和遗址的耦合度逐渐加深，他可以做到很多考古学家做不到的事，比如他在遗址里制造的生命体，可以长期停留在现实中。

"因此政府并没有发现父亲已经死亡的事实，父亲在不断地制造他自己，代替他成为'柳七绝'活在现实之中。他其实是双重意义上存在着，一边瞒天过海，一边尝试寻找终结融合实验的方法。"

赵没有问："他找到了？"

"没错，父亲最终判断，结束实验的关键在于钱多多，而钱多多的关键在于院长您。"

结合前因后果，赵没有猜出了一些："你说的关键就是我的大脑？"

"对，我们需要将您的原生大脑和父亲的造物进行替换，因此就有了您在遗址里经历的那场绑架。本来父亲的计划是要在您的最后一场轮回中进行大脑替换的，但是出了一些变故，他只能将计划提前。"

"什么变故？"

"先生的身体不行了。"小幺静静地说，"先生当年受到的辐射有限，大脑无法保鲜，这些年他们试了很多方法，尽力延长先生的寿命。作为一个普通人而言，先生的寿命已经很惊人了，但他终究会老去，也会死亡。"

赵没有说："我当时在A173号遗址中遇到了一位老先生，那个人的能力是'诗歌'。"

"那个就是先生。确切来说，是父亲用造物制造出来的先生，融合了先生的一部分自我意识。"小幺笑了笑，道，"在那场轮回之前，先生的身体已经很不好了，父亲想方设法利用量子场域和现实之间的差距挽留了先生的一部分意识，把它融进造物制造的躯体中，但是一旦现实中的先生真的死亡，他在量子场域中仅剩的意识也会消散。

"先生的死会给父亲带来很大的冲击，在先生突发脑梗的时候，A173号遗址曾经短暂失控过，您在和父亲的相处中应该也发现了，无论是台柱柳七绝，还是少年柳七绝，他们身上都有失控倾向。"

所以计划必须提前，赶在小先生死亡，柳七绝彻底失控之前。

赵没有沉默了一会儿，道："所以在我身为三十三层精神病医院大夫的那场轮回中，我遇到的台柱和少年都是……"

"都是A173号遗址的造物。或者说，他们都是父亲的一部分。"小幺语气平和，"我知道您曾经在A173号遗址中经历了一些事，因为先生的临终导致父亲有些失控，所以一些事情出现了偏差。"

"我应该感谢您，虽然那时院长您并未发现A173号遗址的全部真相，但您的所作所为确实帮了父亲一把。"

赵没有不禁问："那现在呢？"现在的柳七绝和小先生怎么样了？

"先生已经去世了，就在不久之前，不过我想父亲他们应该好好地告别了。"小幺道，"A173号遗址的失控波动并没有预计中的强烈。"

赵没有想到，当时他在000号遗址中遇到的台柱，所有人都因为古都的影响而记起了许多往事，唯独柳七绝全无反应。

如今想来，那个台柱应该就是A173号遗址的造物，由于遗址的波动导致他不够完美，从而出现破绽——他缺失了很多原本柳七绝应有的记忆。

在赵没有成为三十三层精神病医院大夫的那段人生中，政府发现有人从A173号遗址中带出了一个不属于现实世界的活人。起初，赵没有以为那个"活人"是台柱，后来他认为是少年柳七绝。现在看来，这么多年，柳七绝能够一次次将制造出的自己放入现实而不被发现，这次也不该被政府察觉。

或许是因为小先生之死带给他的冲击过于强烈，以至于造物出现了疏漏，又或许，被政府探测到的那个"活人"，既不是台柱柳七绝，也不是少年柳七绝，而是赵没有的大脑。

那个被用来替换他原生大脑的造物大脑。

"先生说自己是幸运的,既能看到量子场域中壮美神奇的一切,又能免除这项技术带来的诅咒。生时有憾,死而无悔。"小幺道,"但接下来的一切就拜托院长了。"

赵没有想到自己在A173号遗址中遇到的那位老者,他实在不太容易把对方和当年古都研究院中的小孩联系起来,从小先生到老先生,从青年到暮年,他以凡人之躯熬过佛陀普度下的无数轮回,直至身死。

死而无悔。

他尽了一切的努力,进入一个充满曙光的坟墓。从此一个在遗址中长睡,一个在死亡里安眠,同是梦中人,正好相依相伴。①

赵没有沉默许久,问了一句风马牛不相及的话:"小幺,你父亲他们知道'姥姥'这个身份吗?"

柳七绝不好说,但以他印象中的小先生,不太可能会纵容小幺把自己搞成这种妖精似的人物设定。

"当年我就是在三百三十层被院长您救下来的,很小的时候我就被卖到了赌坊,吃过见过,业务熟。"小幺露出一个有些腼腆的笑,"他们都觉得挺好,说'姥姥'这个身份和院长您有异曲同工之妙。"

这孩子居然还开始腼腆了。赵没有一点也不想问是怎么个异曲同工。

"行吧。"他又问,"所以你们到底要拿我的脑子做什么?现在能说了吗?"

"当然可以。"小幺点头,"我先问院长您一个问题,您现在对副院长的印象如何?"

古都研究院副院长,刁禅。

赵没有的反应十分直白,鱼缸中的液体直接变成了深红色,水波激荡,金鱼被吓得跳了出来。

片刻后,赵没有道:"说老实话,有点想吐。"

那句"我在2023次枪声后等你",枪响之后,溅到脸上的血依然温热。

即使赵没有知道这个刁禅是复制人,但多次轮回的记忆叠加在一起,他也从未见过刁禅在他面前那样做。

赵没有甚至无法仔细去想。他现在没有身体,那种呕吐的冲动可能会让鱼缸里的金鱼全死光。

"不仅是恶心想吐,"赵没有补充道,"我觉得那一瞬间我的脑子都炸了。"

"果然。"小幺说。

果然什么?赵没有突然想到什么,道:"对了,刁禅呢?柳七绝和小先生联系过刁禅没有?他在你们的计划里吗?他还活着吗?"

---

① 出自雨果《悲惨世界》。

酒馆的门被推开，有人走了进来："现在才想起来问，你可真爱我啊，赵莫得。"

正是刁禅。

"我去你的！"赵没有直接就骂了出来，满缸金鱼炸得像天女散花。

刁禅在吧台边坐下，朝小幺道："不要酒了，给我一杯盐水可乐，加冰。"

一瓶盐水可乐见底，赵没有还在滔滔不绝，最后刁禅只好捂着耳朵投降："好好好，知道你爱我了，能不能先说正事？"

"你都死了，还说什么正事？"赵没有怒吼，"死了！你自己把自己整死了！你可真爷们儿啊，刁禅！"

刁禅没办法，只好看向小幺："赵莫得这反应也太大了吧？"

"是脑子的原因。"小幺解释，"双倍加料，戳记已经打下去了。院长的表现还算是好的，父亲当时比预计的反应还要剧烈一些。"

此话一出，赵没有便问："你们到底在搞什么幺蛾子？"

小幺摆出一副晚辈经典款乖巧表情，回答："如您所见，父亲其实很早之前就联系上了副院长，他也是计划中的一环，您别见怪。"

"我的自杀是剧本里的重要情节。根据柳哥儿的安排，我必须在赵莫得你面前自杀，而且自杀之前要能给你留下深刻印象，极其深刻的那种，相当于二次冲击。"刁禅掰着指头给他算，"钱多多的'我愿意'是一次，我的死又是一次，等于双保险。"

赵没有问："保险什么？"

"我们要在你的造物大脑里打下一个戳，这个戳会建立你的原生大脑和造物大脑之间的双向链接，这样当你的原生大脑在遭遇同样的冲击时，另一端的造物大脑也会受到影响。"刁禅道，"我刚去打听过，在九百层的那个你的造物大脑已经植入钱多多体内，他马上就要变成超出人类认知的超级赛亚人物种了。"

"你别急。"刁禅见鱼缸里的金鱼又要炸，赶紧道，"这也是安排好的。根据计划，我们接下来要对钱多多的那个大脑进行反冲。钱多多的主机连通着大都会的神像磁场，如果能对他进行足够强的精神冲击，就能对磁场进行干扰。"

"大都会正在被遗址吞噬，它最终会变成一个新的量子场域。如果可以干扰磁场，就有拯救城市的机会。"小幺道。

这次赵没有沉默了比刚刚骂人更久的时间，最后他开口："我大概明白你们的意思了，也就是说，要通过我的大脑，对钱哥体内的那个脑子进行反向冲击。"

"没错。"

"冲击的方法是什么？"

刁禅从吧台边站起身，退开好几步远，方道："重复打下戳记的过程即可。"

"也就是说，我还得在你面前死上很多次。"

虽然已经事先退了好几步，刁禅还是被迸溅的金鱼炸得满脸开花。

刁禅没办法，只好左右躲闪，其间不停被飞来横鱼连扇耳刮子。等鱼缸终于稳定下来，他擦了擦脸上的水，道："赵莫得，你听我解释。"

"你去跟柳七绝解释吧！"赵没有现在就像炸毛的猫一样，"一个个都坑得一手好爹！"

"他现在太狂躁了。"刁禅看向小幺，道，"这种情况，柳哥儿留下什么办法没？你能不能给他来一针什么的？"

小幺正趴在地上捡鱼，他抬头想了想，说了一句："院长，您想知道副院长现在的身体情况吗？"

此话一出，赵没有迅速消音，金鱼"啪嗒"一声落回水面。

刁禅相当没有自知之明地惊了："原来我这么好用？"

"闭嘴。"赵没有冷酷道，"说正事。"

小幺笑了笑，走到吧台后面洗手。哗啦啦的水流声中，刁禅叹了口气，说："是这样，赵没有，你现在应该是保留了之前轮回的记忆，对吧？我记得柳哥儿当时给你修复了原生大脑，而且现在两个大脑之间的链接也已经打通了，你的脑子里应该有那个造物大脑的记忆。"

"对，我记得。"赵没有道，"不过你说的链接到底是什么？难道我现在经历的一切那个脑子也会记得？"

"不是，怎么可能，那样的话岂不是我们在钱多多眼前大声密谋。"刁禅摆摆手道，"这个链接是基于精神戳记建立的，只有在冲击戳记的时候才管用。除此之外还有一些条件，只有柳哥儿的造物才能做到……我回头给你看篇论文。"他说着看了看表，"先说正事。

"既然赵莫得你保有之前轮回的记忆，那么你应该知道，我其实是个复制人。"

刁家的体质似乎和量子技术存在着相斥性，刁夫人和刁禅都没撑过早期的融合实验。但是南极方面并没有放弃这两个实验体，他们另设了一个分部门，专门用来研发脑髓程序。

脑髓程序是22世纪的顶尖大脑科技，赵没有曾经在S45号遗址的理想城中见过"基因人"与"基械人"两种人造人技术，二者最大的区别在于大脑是否为原生状态。其中基因人保留了母体孕育的原生大脑，而基械人则完全由工业制造，大脑为脑髓程序。

脑髓程序建立在生物电子工程和神经学之上，是完全由工业制造的机械大脑。

但是到了大都会建立的时代，这一技术已经失传，"科技无法制造大脑"几乎已经成为一个诅咒。大都会政府为此进行了诸多尝试。南极方面在融合实验之外设立分部门，也是想要通过遗址尝试还原这项技术。

一个完全服务于实验程序的"刁家"因此诞生。

众多的复制人为系统提供每时每刻的活体数据，名为"母亲"的全息系统，逐渐完成人造大脑的构建。

"刁家的复制人蓝本确实是我，又在我的人生样本之上做了很多衍生，因此有的复制人看起来并不像'刁禅'。"刁禅道。

赵没有问："那现在的你是谁？复制人，还是最初的那个'刁禅'？"

"最开始的那个刁禅已经死了，也就是赵莫得你认识的那个古都研究院副院长刁禅，死得透透的。"刁禅挠了挠头，道，"他当年捅了你之后直接就精神崩溃了，没多久就抢救无效，脑死亡。

小幺还在洗手，酒馆中回荡着哗啦啦的水声。

"但是南极方面并没有放弃。好吧，这么说有点怪，就是最初那个刁禅还有利用价值，所以他们给他做了躯体克隆，制作了一大批复制人投入'刁家'这个游戏里。如果赵莫得你想要从物理意义上界定我到底是谁的话，可以说，我就是那一大批复制人中的一个。

"赵莫得，你在融合实验中轮回了多少次，'刁家'这个游戏就进行了多久。在漫长的实验过程中，南极方面——现在该叫九百层了，他们发现，或许是受到初代刁禅的影响，有的复制人拥有着特殊的体质，他们可以进入遗址，成为考古学家。

"复制人刁禅和普通的考古学家不同，他们不会在一次轮回后保留大脑、更换身体，而是会直接被报废处理，再复制出一批新的。因此每一次轮回之后，就会有一个新的刁禅被复制出来。

"但九百层没有发现的是，随着一代代'考古学家刁禅'的复制，我们的大脑会受到量子余波的影响，再复制出来的人体会在某种程度上产生记忆传承。

"一开始只是很零碎的梦境，后来慢慢叠加，直到某个复制人刁禅被柳哥儿找到。"

"父亲和小先生为了找副院长花了很长时间。"小幺开口，"副院长的复制体实在是太多了，长相、性情差距也很大。他们等了很久，才等到一个和最初的副院长最像的人。"

这份相似并不是无来由的，随着一代代复制大脑的记忆传承，他们找到的刁禅在很大程度上已经恢复了初代刁禅的本我。

"那个刁禅，赵莫得你认识，就是那个能力为'醒来'的考古学家。"

在那场三十三层的轮回中，落水狗般的男孩走进深夜的猪肉铺，与并非故人的故人分食一锅水饺，再次相逢于少年时代。

"你不是他？"赵没有问。

"听我说完，"刁禅抬起手，道，"那场轮回是最真实的一场，所有的经历都耗费了与现实中同样的时间。小时候，我常做梦，梦中有古都，但我看不清身边人的脸。

"直到我在集会中遇到柳哥儿。"

他始终记得那个场景——出口处冲出骑着巨龙的少年。

那是古东方神话中标志性的青龙，玉琉璃般的须发和龙角，身穿唐装的少年大笑着摘下面具，袖口挽起一截白色绸缎。

那少年站在龙头上，弯腰朝他看来，挑眉道："你就是刁禅？"

……

"柳哥儿亲自带我走了一遍S45号遗址，我很快将它确定为自己的探索主场，因为理想城里可以复原出真正的脑髓程序。"

赵没有一愣："你真的把脑髓程序做出来了？"

"别小看你家副院长啊。"刁禅道，"不然我干吗要躲在S45号遗址里不出来——虽然也是为了等你和钱多多。"

"那小先生……"赵没有的第一反应就是为什么不救小先生，随即他便意识到了理由。

因为真正的柳七绝早已溶解在了遗址之中。

而且这里有一个悖论，赵没有再次提出了那个疑问："刁禅，现在的你到底是谁？"

"赵莫得，你心也太软了。"刁禅听得忍不住笑，"一边问着我是谁，一边还叫我刁禅。"

"你别转移话题，"赵没有不耐烦道，"回答我。"

"好吧好吧。"刁禅道，"我的身体是新造出来的人造躯体，但是你可以将我的大脑看作最初的那个刁禅的大脑。"

赵没有问："什么意思？"

"脑髓程序。"刁禅道，"脑髓程序可以克服复制大脑的缺陷。复制大脑只能复制脑组织，无法继承原主的记忆和人格，但是脑髓程序可以做到。

"我继承了古都副院长刁禅所有的记忆、人格、思维模式、逻辑链等等，本来脑髓程序是办不到这么详尽的，毕竟最初那个刁禅的复制体已经迭代了太多次，但是加上量子余波的填补，柳哥儿又告诉了我很多真相，你现在可以认为我的大脑已经100%补全了。"

现在坐在姥酒馆中的刁禅，其实相当于忒修斯之船。

他拥有和初代刁禅一模一样的躯体、一模一样的大脑，对其记忆、人格、情感悉数照搬，他甚至比最初那个古都研究院副院长还要完善，因为他还有之后无数次轮回的记忆。

他记得自己在那个雨夜走进猪肉铺，遇到母亲是舞女的男孩，他们再次一起上了大学，又在S45号遗址中一起扯下弥天大谎，默契不减当年。

能说他是刁禅吗？

能说他不是刁禅吗？

"副院长。"小幺开口，"父亲和小先生都说过，您就是刁禅。"

刁禅笑着点点头，又看向鱼缸里的大脑："赵莫得，你怎么说？"

一条金鱼从水草中游过，吐出一大串泡泡。

"我能说什么呢？"赵没有的声音毫无波澜，"我不过区区一缸中之脑，不配思考这种哲学的命题。"

"不过还是谢了。"他顿了一下，又道，"绕这么大的圈子。"

替换他的大脑，从A173号遗址到000号遗址，如此波澜壮阔的剧本一路排演下来，即使他这个主人公被耍得团团转，也忍不住要喝彩。

"你是得谢谢我们。"刁禅道，"从某种程度上来说，我们也是为了你和钱多多，毕竟只有他的人格完善度达到100%后，才能夺取你的大脑。"说着，他又有些感慨，"不过这活也真是不好干。"

小幺看赵没有的状态已经基本稳定下来，道："院长。"

赵没有问："怎么？"

小幺满脸写着"我们现在可以开始干正事了吗""时间不多了，我们要尽快重复打下戳记的过程，以便进行反冲"。

"行吧。"赵没有道，"不过我有两个要求。"

"您请说。"

"第一，把鱼缸里的鱼捞出来，不然待会儿肯定死得一条都不剩。"

"第二，给我把鱼缸里的水全部换成酒，人头马兑伏特加，怎么烈就怎么来，别客气。"

赵没有显然是想把自己灌醉了一了百了，但现实显然不会这么轻松。

"你想得太美了。"刁禅抱着鱼缸走上电梯，道，"你要是醉了，大脑受到的冲击就会大打折扣，要是效果达不到，我还得再多死很多次，做个人吧，赵莫得。"

"你讲点道理，是谁先不干人事的？"赵没有道，"还有，你这是要去哪儿？"

刁禅走到平台边缘，道，"话说，你应该来过这里。"

这里是七百七十七层，A173号遗址的入口。

"毕竟不能真死在大都会里，清理尸体都是个大麻烦。"刁禅说着拍了拍鱼缸，道，"走了啊，柳哥儿等着咱呢。"

"不是，刁禅，你给我说清楚你到底要死上多少次……我去！"

刁禅不等他说完，从平台上一跃而下……

进入遗址后，赵没有发现自己重新拥有了躯体，玻璃门上反射出他的样子，是成年后的他的脸。他环视四周，发现自己在猪肉铺里，街道上正在下大雨，他和少年时期的刁禅对坐，锅里煮着饺子。

什么情况？赵没有一时间没反应过来，这里的时空似乎是错乱的，看场景像是当年他和刁禅初遇的情景，但是为什么他自己会是成年人的模样？眼前这个刁禅是刁禅吗？

刁禅坐在对面不说话，赵没有下意识地捞了个饺子放进嘴里，想要尝尝熟了没。他含糊不清道："你要不要醋或者辣……"

话音未落，只见对面的少年以迅雷不及掩耳之势掏出一把枪，直接崩掉了自己的头。

赵没有甚至没反应过来发生了什么，但他的大脑已经先视觉一步做出了反应，剧烈的绞痛感传来，他直接吐进了锅里。

赵没有觉得自己简直要把胃酸都吐出来了，眼泪鼻涕糊了一脸。等他好不容易缓过来一点，抬头刚要说话，眼前的景象又变了。

他身处大学时期的宿舍，正在阳台上练琴，刁禅坐在琴凳的另一侧，此时对方已是青年时期的面容："赵莫得，你按键的方式不对，不要用指肚，否则时间长了指关节很容易变形……"

赵没有只在大学期间学会了一首曲子，他看着终端里的曲谱，是《圣诞快乐，劳伦斯先生》。

"赵莫得，你想什么呢？"刁禅注意到他的走神，问，"你还练不练了？"

赵没有下意识地重复他们当年的对话："不想练了，有这时间干点啥不行？"

刁禅很执着地要他学会这首曲子："就这一首，你必须得把这首曲子学会了。"

"要是我真学不会呢？"

"你学不会，我就死了。"刁禅说完便掏出枪，"就像这样。"

枪声响起。

赵没有又吐了一地。

赵没有再次抬起头时，眼前的场景又是一变。还是大学时期，但不是他复读了好几次的那个大学，时间要更早——他站在楼下，闪身避过柳七绝踹来的一脚，然后抬头看向宿舍喊道："刁禅！跳一个！给咱们绝绝看看！"

楼上的刁禅看着他们，也笑了起来。

阳光炽烈，青年在赵没有的视线里掏出枪，扣下扳机。

"砰——"

枪声响起。

枪声响起。枪声再次响起。枪声似乎没有尽头。场景的变化越来越快，扣动扳机的间隔也越来越短。赵没有甚至怀疑刁禅手里拿的不是手枪，而是一台芝加哥打字机，"砰砰砰砰"的声音如同交响乐团的鼓点。有一个瞬间，他甚至产生了幻觉——他看到巨大的剧场里站着气宇轩昂的指挥家，对方挥动指挥棒：第一乐章，柔板！第一小提琴手自爆！第二小提琴手自爆！华彩段！好极了，接下来是高潮！所有的长笛手同时开枪！那么让我们迎来最后的终章！看啊！指挥家自己也掏出了枪！献上这最后的乐章！Bravo——

他不知道刁禅在他面前死了多少次，在不知道第多少次死亡时，他就什么也吐不出来了。大脑中尖锐的疼痛逐渐变得麻木，眼前的场景飞速变幻着，重锤砸落在地，演出谢幕。赵没有混混沌沌地捕捉到最后一个场景。在这场向死而生的疯狂交响曲中，每一个乐手都是刁禅。

不知过了多久，有人在摇晃他："赵莫得？赵莫得？赵莫得？"一瓶不知是什么的液体被灌进他的口中，那人问，"回神。你没事吧？感觉怎么样？"

赵没有好不容易才将视线对焦，他平静地道："我觉得我疯了。"

"疯了便是悟了。"旁边有人笑道，"平生不修善果，只爱杀人放火，忽地顿开金绳，这里扯断玉锁。钱塘江上潮信来，今日方知我是我。"

"什么玩意儿，听不……好吧，我能听懂了。"赵没有捏了捏太阳穴，忽然意识到方才的笑声无比耳熟，他猛地站起身。

"赵莫得，你动作慢点儿，当心又吐出来。"刁禅拽着他坐下，"马上要发车了，坐稳。"

他们现在身处一辆列车之上，非常古老的蒸汽列车，车厢内排列着数排长椅，包裹着绿丝绒坐垫，侧边伸出一张矮桌，洁白的餐布上摆放着盛开的红茶花。

气流吹动纱帘，窗外是浩瀚的星海。

这里是朗姆酒隧道。

赵没有目瞪口呆。他坐在四人卡座里，身边是刁禅，桌子对面则坐着小先生和柳七绝。四人都穿着古都研究院的标准实验服。

"真傻了？"柳七绝挑眉看着他，"不是吧，赵莫得，这才哪儿到哪儿？"

赵没有看向刁禅："我们现在是在什么地方？"天堂吗？

"不会有枪声了，放心。"刁禅拍了拍他的肩，"对冲次数已经够了，现在是福利时间。严格来说，我们现在还是在 A173 号遗址里，但是你知道柳哥儿的能力，他要把这里变成朗姆酒隧道并不难。"

赵没有看向柳七绝和小先生："那你们真的是……"

"是，也不是。"柳七绝朝他咧嘴一笑，说，"我们已经完全和 A173 号融合了。"

"你可以将我看作柳七绝。"他指着窗外的巨大恒星,"也可以将那颗星星看作我。"

此时,天籁浩大,物与我皆无尽,死生俱庞然。

"辛苦了,赵莫得。"柳七绝递给他一杯盐水可乐,桌子上不知何时出现了炸鸡和万宝路香烟,"距离终点站还有一段时间,休息一下吧。"

赵没有犹豫地问:"终点站是哪里?"

柳七绝把可乐罐强行塞给他:"放心,不会死人了。"

赵没有半信半疑地打开可乐,瞬间被水汽喷了一脸,车厢里顿时响起柳七绝的大笑声。

赵没有任由可乐从脸上淌进脖颈,这笑声的确是柳七绝的笑声,他不可能听错。刁禅在笑,小先生也在笑。他们仿佛又回到了当年的古都,甚至是古都建立之前。考察队在荒芜大陆上凿山挖土,还没毕业的小孩儿追着心上人死缠烂打,公子哥儿喝咖啡喝到胃痉挛,考察队队长是个偶尔靠谱、时常抽风的天才,最大的梦想是造福人类,还能有抽不完的烟。

列车发出悠长的汽笛声,车轮碾过铁轨,咣当作响。

发车了。

叫卖声从走廊上传来:"啤酒饮料矿泉水,花生瓜子八宝粥——来,腿收一下啊——"

"您好,请问有什么需要的吗?"售货员推着小车走到他们的卡座前,赵没有目瞪口呆——售货员竟然是外婆桥,她手里的电动推车发出一阵少年的音色,"今天葵瓜子和柑橘打折哦,买一送一!"

柳七绝等人倒是很坦然:"那就请来一份瓜子和柑橘,谢谢。"小先生付了钱。

赵没有站起身,仔细地把前后左右看了一遍,这才发现列车上其实坐满了人。

李大强和夫人带着女儿,座位上摆放着巨大的抱抱熊。德大爷捏着一张脸谱,正在唱"月儿弯弯照九州",身穿校服的双胞胎坐在旁边,拍着巴掌为他打拍子。青年摘掉了面罩,将氧气罐打开,蝴蝶飞出。轮椅上的少年拔掉了针头,将轮椅扔出窗外。哲学家们开始打盹,而睡袋里的人醒了过来。戴着眼镜的公务员正在看报,报纸标题是"古都研究院成立一百周年纪念",他注意到赵没有的目光,朝他笑了笑,递上一支香烟。

"我记得这些人很多都是当年古都研究院的,后来都成了考古学家。"赵没有谢过烟,坐了回去,"还有一点我不太明白,每个考古学家的轮回时间会重叠吗?"

如果有重叠的部分,就会产生记忆冲突,比如看到昨天刚死去的同伴今天却摇身一变又活了过来,这无疑会产生破绽。考古学家的人数不少,大都会政府能有足够的人力物力精心安排每个人的轮回吗?

"你以为考古学家集会的规矩是干什么的？"柳七绝撕开瓜子包装，说道，"与会者基本都要戴面具，同行名单不会公开，就是为了减少实验体之间的接触。"

"但在之前的聚会里，你家里来了很多人。"赵没有提起他进入000号遗址前的那场聚会。

"那是钱多多的主意。"柳七绝嗑着瓜子看了他一眼，"你知道吗，虽然很难说现在的钱多多到底是什么样的存在，但他的体内依然保留着最开始的那一部分自我，那是他的根。"

"说句公道话，他本人大概也在挣扎。"柳七绝快人快语，"我能感觉到他一直在给你留线索，就拿最新的000号遗址来说吧。我也没料到那场轮回开启的新遗址居然会是当年的古都，不过后来想想，好像也说得通。

"钱多多自己也清楚，他的人格完善度快要满了，他的最高权限掌握在政府手中，一旦他和佛陀彻底融合，可能就再也没有挽回的余地。所以他开启了古都，一切开始的地方，按概率来说，古都遗址有可能唤醒赵莫得你的部分记忆，那么就有可能争取到一线生机。

"如果争取不到，也算是在最初的地方与你告别了。"

赵没有想到他在000号遗址中记起的过往，他在2号实验场中第一次看到钱多多的样貌，对方的身影隐没在白光中，脸庞几乎带着神性，向他垂身而拜。

"本来我还得费好大的力气把这部分记忆塞回你的原生大脑里，钱多多这么一折腾，倒是替我省了事。"

柳七绝说完一席话，把剥好的橘子递给小先生："行了，这样我欠他的人情也算是还了，接下来要怎么做，赵莫得，你自己打算。"

赵没有看着窗外的星海，道："我还能怎么打算？"

"你别急，柳哥儿就是刀子嘴豆腐心。"刁禅插嘴道，"等到了终点站你就知道了。"

"还有你。"赵没有顿时转过头，道，"我问你，刚刚死在遗址里的那些人都是谁？"

在他面前自杀了无数次的刁禅，每一个看起来都无比真实。他们是柳七绝的造物，还是刁禅运用了他自己"醒来"的能力，每一次爆头并不是真正的死亡？

又或者，那些人都是复制人中的一员。

赵没有不知道九百层到底制造了多少刁禅的复制品，也不知道如果那些死去的人真的是复制品，他们又是如何从九百层来到A173号遗址的。不过刁禅当初说"我在2023次枪声后等你"，如果方才真的有2023个复制品死在他的面前，这个数字应该是一个极限，大都会里或许就此再也不会有刁禅的复制品了。

刁禅嗑着瓜子，嘴里一阵咔嚓咔嚓："你猜？"

赵没有冷笑一声，决定不猜。

刁禅将了老友一军，看起来心满意足："赵莫得，你也有今天。"

列车逐渐驶出星海，一路经过诸多故地。红磨坊、塞纳河畔、纽约长岛，再到大雪纷飞的理想城，其间不断有人下车。路过迪士尼乐园时，李大强一家下车，小女孩将手里的气球送给赵没有，她对他比了个"加油"的手势，笑着说："姐姐加油！"

赵没有被她笑得头皮发麻，转手就把气球放出窗外，炸开一大簇烟花。

李大强看起来有点尴尬，他似乎想说什么，赵没有拍了拍他，递过去一支烟："一家人好好过。"

待车上的人几乎走光，刁禅看着窗外的雪，突然说："我要下车了。"

"你要下车？"赵没有问。

"这里是我的目的地，赵没有，你的还没到。"刁禅越过他，打开窗户就往下跳，临走前他留下一句，"回见！"

既然是回见，那就肯定会再见面。

列车远去，刁禅独自站在站台上，哈出一口白气。远处有人正在等他，对方拎着一只牛皮箱子，看到他后招了招手。

刁禅走上前，叫了一声："妈。"

车上只剩下三个人，赵没有、柳七绝和小先生。

柳七绝率先开口："下一站就是终点站了。"

"你们呢？"赵没有叼着烟问，"你们也在终点站下车？"

"我们不下车。"小先生笑道，"这趟旅程本身就是我们的终点。"

赵没有原本还有很多想问的，比如现在的柳七绝和小先生到底是什么样的存在，造物的极限在哪里，如果柳七绝已经完全与A173号遗址相融，那么他是否可以参透量子场域到底是什么样的空间……

但当他看着故友们的脸庞，又觉得一切都无须再言。

最后，赵没有点了点头，问："那小幺呢？"

"小幺是个好孩子。"小先生笑了笑，"他理解我们所做的一切。"

"早就告别过了。"柳七绝道，"他会照顾好自己的。"

赵没有想了片刻，道："放心，我和刁禅肯定会帮他的。"

"得了吧你。"柳七绝匪夷所思地看了他一眼，"赵莫得，你能把自己的事儿处理好就谢天谢地了。小幺那么大的人了，用不着管。"

"等那孩子什么时候结婚了，记得去送个红包就行。"小先生笑着补充。

赵没有也笑了。他将后背靠在柔软的长椅上，他应该说点什么的，又好像什么也不必说了。他想起很久远的往事，那时他们都刚刚毕业，被编入考察队从大都会出发，满怀着理想与热忱，他们要发掘埃及、亚特兰蒂斯、金银岛和传说中的奥兹国。刁禅临走前的行李是最多的，除了浓缩咖啡，他还带了一只玻璃瓶，里面装着浅色的土。

他说这叫故乡土，从下层区一个神婆那里求来的，驱瘟辟邪，出门在外发烧了就冲一撮喝下去，专治水土不服。

结果考察队出发没多久，刁禅就真的病了，他想起这个偏方，要把里面的土冲了泡水喝。他当时烧得发昏，柳七绝不跟病人一般见识，半信半疑地拿着瓶子去化验，验出来里头就是很普通的花培土，大概还掺了童子尿之类的玩意儿。

赵没有听完狂笑着给刁禅冲了一杯，连声说："喝！让他喝！"，随即被队医打出二里地。

旧事如故乡土，掌中尘。

叹隙中驹，石中火，梦中身。

如果当年他没有在夜间一时兴起，或许就不会发现佛头，也就不会有这多年后亡羊补牢的大局。他想他应该向朋友们道歉，可真的需要有歉意吗？他们当中任何一个人都不会后悔，生时有憾，但死而无悔。他记得佛陀出水的时刻、古都研究院成立的时刻、2号实验场落成的时刻、人格程序研发成功的时刻……还有在大都会游神的那天，钱多多的人格成熟度达到90%。

所有的时刻，他们都在狂欢。

即使后来有泪水与鲜血，但那狂欢时无与伦比的喜悦就能被否定吗？

什么也不必说了。赵没有缓缓吐出一口气。

什么也不必再说，这就够了。

柳七绝似乎看出赵没有心中所想，笑了一声，说："此生足矣。"

列车的速度慢了下来，他们要进站了。

窗外一片浓绿，红楼掩映在梧桐树间，赵没有只一眼便看出来，这里是古都。

"您该下车了，院长。"小先生道，"还有人在等着您。"

赵没有起身的动作一顿："谁？"

"还能有谁。"柳七绝说着踹他一脚，道，"快滚！"

赵没有滚了。列车的行驶速度变得极慢，就像景区里的观光火车，车窗敞开，柳七绝看着赵没有站在站台上的背影，打了个响指，手中出现一台手风琴。

他拉动风箱，小先生轻声唱了起来。

"长亭外，古道边，芳草碧连天。"

"晚风拂柳笛声残，夕阳山外山。"

"问君此去几时来，来时莫徘徊……"

赵没有下车后，站台上并没有人在等他。

于是他便知道了，他没有犹豫地直接去了2号实验场。

然而街道尽头并没有他记忆中巍峨的圆形建筑，取而代之的是一大片池塘。

钱多多正坐在池塘边。他脱了鞋袜，将小腿浸入水中，他的长发没有束起，散落在耳畔，赵没有一时间看不清他的脸。

赵没有掐灭烟走过去，道："我记得这片池塘是在山上。"

"你来了。"钱多多抬头看着他，"古都的后山确实有一片莲花池，是你当年种的，不过这一片池子和后山的池塘不太一样。"

赵没有端详着水池中的花苞，没太看出是怎么个不一样。他干脆坐下来，也把脚伸进水里，问："哪里不一样？"

钱多多笑了，笑得很温和："这里原本是浸泡我的那池溶液。"

钱多多很难得露出这样的神色，赵没有一瞬间有些恍惚。他想起当年在2号实验场中，钱多多的主机确实浸泡在一池传导液里，但是那里没有莲花。

赵没有又想抽烟了，他下意识地摸了摸兜。钱多多看了他一眼，道："少抽点，嘴里会苦。"

赵没有只好说："这些花是钱哥你种的？"

"也不算是我种的。"钱多多摘下一颗莲蓬，将莲子剥出来，递过去，"尝尝。"

赵没有便吃了。咬下莲子的瞬间，有什么东西在他眼前炸开——他看到一场大雨，他的视角在下，头顶是一盏刺目的白灯，几乎将雨水染成了雪色。他大概躺在井盖之类的东西上，脑袋底下传来湍急的水流声，井盖是软的，他花了好一会儿，才意识到那是一只手。

有人垫着他的头，将他托起来。对方的动作很轻，赵没有却感到一阵剧痛——他的肋下插着一把刀。

那是一个非常用力的拥抱，仿佛要将人箍进血肉。刀尖狠狠地捅入了赵没有的体内，他在发抖，拥抱他的人却抖得比他更厉害。雨天适合落泪。

过了很久，赵没有才缓过来。莲子在嘴里迸出强烈的苦味，他对刚才看到的画面有零星的印象："这是我之前经历的轮回？"

钱多多轻轻地"嗯"了一声。

"那时我手生，把你弄得很痛。"

"难道这一池莲花……就是我之前经历的全部轮回？"

"是。"钱多多道，"每一朵花里都存储着一枚记忆芯片。"

赵没有又想起了那个问题，一个他曾经问过的老套疑问，当时他并没有得到解答。现在他和疑似已经跟他闹翻的钱多多坐在一起，倒是颇有生死之外的洒脱。于是他就问了，语言几乎没怎么过脑子："钱哥，你为什么总是要杀我？"

"赵没有，你是不是蠢？"钱多多真的就回答了，他看起来也没怎么动脑，下意识便脱口而出,"难道你要我袖手旁观吗?"

说完,他似乎意识到这话不合时宜,有些难看地笑了一下。

赵没有搓了搓手指,这是一个想抽烟的动作,他无意识地做出来,却暴露了自己的情绪,也给了对方一个缓冲的空间。

"赵没有,你得少抽点烟。"钱多多嗓子发干,"太苦了。"

话音落下,赵没有感到自己得到了答案。钱多多的声音在他的胸腔中回荡,激起一波又一波的回声。他看着眼前的一大片莲池,仿佛与无数个轮回中的自己对坐,那些过去的自己都死了,以千奇百怪的死因死去,尸体上开出洁白的莲花。

莲花自己是看不到自己的,莲花无知无觉。自始至终,只有钱多多是看花的人。

如果换作我,赵没有安静地问自己,他能承受钱多多这么多次在他眼前死去吗?

死去一了百了,痛苦的只有活下来的人。赵没有只是想象了一下那个场面,便觉得心口生疼。

赵没有沉默片刻,默默地握住了钱多多的肩膀。

像是端口接入电源,那一瞬间五彩斑斓的颜色同时在他们眼前炸开。天地都消失,他们的内里同时扩张,彼此相融后抵达永恒的边界,无数轮回在此重合交叠后爆炸变成浮翠流丹的幻觉。阿米巴虫蠕动着跳舞,超新星爆裂开来,巨人在木星表面作画。彩色药片构成的酸雨中,人们穿戴着宇航头盔在楼群中行进,钢铁制成的舞女找不到自己的眼珠,它看向顾客,说:"阿弥陀佛。"

佛说:爱别离,怨憎会,求不得。

"钱哥。"在毒药般的香气与幻觉中,赵没有说,"之前你在九百层问我的那个问题,我有答案了。"

那时钱多多问他:"赵没有,你还要不要相信我?"

钱多多似乎给他出了一道无解之题:相信一个除了自我之外的他者,一个并非通常人类的造物——到底意味着失去自我,还是坚定自我?

"那是在失去自我后,诞生新的自我。"

赵没有如此说。

"我很早之前就说过了。"他发出叹息般的声音,"只要你给我一个眼神。"

那么在终将到来之前的瞬息里,我将把我的手交付于你的掌心。

过了很久,他听到了钱多多的答复。

"赵没有,别放弃我。"

刁禅从遗址中出来的时候,小幺正等在七百七十七层。

刁禅一只手拎着一只皮箱,一只手抱着装有赵没有大脑的鱼缸。他将皮箱交给小幺:"东西就在箱子里,剩下的事就交给你了。"

小幺接过箱子，神情很沉稳："副院长放心。"

"都这个时候。"刁禅笑了笑，"叫我刁禅吧。"

"好的……刁禅。"小幺道，"院长的原生大脑对造物大脑的反冲应该已经成功了。十分钟前大都会中的神像接连突然断电，肯定是钱多多那边受到了反冲影响。现在所有的磁场都已经关闭，计划到目前为止一切顺利。"

"好。"刁禅点头，"你去吧，万事小心。"

等小幺走远了，赵没有开口："那什么，现在可以告诉我你们计划的最后部分了吗？"

"赵莫得，你还有心思在意这个？"刁禅有点惊讶地看着他，"我还以为你见了钱多多，得万念俱灰地消沉好一阵子呢。"

"去你的。"赵没有骂他，"我们好得很。"

刁禅彻底惊讶了："你们说了什么？"

"悄悄话，听了长针眼啊。"赵没有道，"所以你们现在到底要怎么干？"

按照小幺和刁禅之前的说法——大都会正在被遗址吞噬，它最终会变成一个新的量子场域。而钱多多连接着大都会的神像磁场，导致整座城市都在他的掌控之下。所以他们要干扰钱多多的大脑，进而干扰磁场，才有机会拯救城市。

赵没有大概猜得到一点，遗址吞噬的过程很可能是不可逆的，也就是说，他们没法把大都会从量子场域中剥离出来。最有可能的办法就是趁神像磁场突然失效，大都会政府自顾不暇之际，从城市中撤出尽可能多的人。

那么问题又来了，大都会中有这么多人，怎么撤？撤到哪儿？

"你刚刚给小幺的箱子是什么？"赵没有问。

"你猜到了？"刁禅带着他往下层区走，"那是我妈当年留下来的一些东西。"

柳七绝和小先生在轮回中第一次找到刁禅的时候，他们就讨论过大都会的未来。最终他们得出的结论是，这座城市恐怕很难有未来了，但人类不同。

如何做到放弃一座城市，同时最大化地保留文明成果？

他们同时想到了大都会禁令——大都会禁令第一条：禁止太空探索。

刁禅在记忆复苏的过程中逐渐想起，当年他接手刁家事务的那段时间里，曾经发现刁夫人在大都会底层建了一个基地，基地里保存着大都会的最后一艘宇航飞船。

他们花了很长的时间找到这座基地，又慢慢地将飞船修复。

"核心的文明信息已经全部存入飞船。"赵没有听到刁禅说，"它的承载量级是千万级，能带走城市里的一大部分人。"

"至于箱子里装的是什么，"刁禅的语气淡淡的，"是飞船的核心动力密码。"

赵没有没问刁禅是怎么拿到箱子的，正如刁禅也不会对他在遗址中经历了什么刨根问底。他只问:"好吧,逃生方式是有了,那大都会呢?总不能放着不管吧?"

他说到一半,突然一惊:"你们不会是造了个核弹之类的吧?"

"当然不是。"刁禅道,"不过也差不多。我们造了个量子炸弹。"

赵没有当年在古都研究院首次制造出量子炸弹,引爆后导致整个研究院从现实维度中剥离,成为一座新的遗址,而所有受到爆炸波及的人则成了考古学家。

"柳哥儿不知道从哪里搞来了你当年的数据,仿制了个差不多的炸弹出来,小幺已经去底层启动飞船了。等飞船起航,离开炸弹的波及范围后,炸弹就会引爆。"

"什么叫仿制了个差不多的?"赵没有听得头皮发麻,"这东西失之毫厘,谬以千里,你确定能用?"

"当然能用。"刁禅道,"之所以叫'差不多',是因为这次量子炸弹的威力是你之前造的那个的五十倍。"

赵没有失语。

"没办法。"刁禅耸耸肩,"巴比伦塔建得太高了。"

他们也正在往底层走,赵没有不知道刁禅他们用了什么办法,看起来所有的市民都在整齐有序地撤离。不过仔细辨认可以发现,大部分都是下层区的居民,还有一部分似乎来自中层区,而上层区几乎没有人会往下走。刁禅说得对,巴比伦塔建得太高了。

至于九百层以上的,估计现在都在为了抢修神像忙成一团。失去磁场对城市的控制,隔着万丈距离,估计很难有人发现底层正在发生什么。

很快,他们到达了底层。和上次赵没有来时的暗无天日不同,底层的路灯几乎都亮了起来,灯火通明如白昼。赵没有看到了那艘巨大的宇宙飞船,只一眼他便能确定,刁禅说的是实话,这艘宇航船的运载量的确是千万级的:"你们可以啊,搞这么大的动作也没被政府发现?"

"政府很少会到底层来,这里最重要的地方就是天门,而天门只有你和钱多多会走。"刁禅看着远处漫长的队伍,突然叫了一声,"赵莫得。"

"怎么?"

"我觉得有一件事你应该知道。"刁禅顿了一下,说,"虽然现在的钱多多已经和佛陀完全融合了,但是在融合的混沌之中,依然会存在着一部分他的最初的自我。

"之前柳哥儿就说过,钱多多应该是有过很多挣扎的,我不确定他是否发现了底层的这艘宇航船,而他什么都没有说——这很难做到,政府有他的最高权限,按照指令内容,他不能对此隐瞒,但他强行违抗了这条指令。"

"我不知道他是怎么办到的。"刁禅深吸一口气,道,"如果他的本我已经强烈到了可以突破指令的地步,哪怕只是突破一丁点儿,那么他在和佛陀完全融合后,是有可能重新挖掘本我的。"

"我知道啊。"赵没有莫名其妙道，"不然你以为我们在遗址里说什么了？"

"你们说什么了？"

"悄悄话不能给你听。"赵没有想了想，道，"不过有一句可以告诉你——钱哥让我别放弃他。"

他说完就笑了起来："你听听，这叫什么话，我怎么可能放弃他？"

"赵没有，你是不是没听懂我之前在说什么？"刁禅打断他的话，"我们要引爆量子炸弹，爆炸后整座城市都会从现实维度中分离，这里将变成一座新的遗址。而且这次炸弹的威力非常强，一旦剥离成功，遗址中的人能不能活下来是一方面，就算活下来了，没有外部主动介入打开遗址的话，里面的人可能就再也出不来了。"

"你得明白，"刁禅一字一顿道，"量子场域不是什么理想国，这件事结束之后，我会把这个技术彻底销毁，这也就意味着现实中再也不会有打开遗址的人了。"

"我知道啊。"赵没有还是莫名其妙，"所以你们走你们的，我留下来救钱哥，这有什么冲突吗？"

刁禅本来想对着赵没有的脑子大吼"你不要命了"，但是作为挚友，他反而一下子就明白了赵没有这么做的原因。赵没有不可能放弃钱多多。

如果说经历这么多次轮回之后，这个现实对他而言还存在着一点牵绊，那么钱多多就是那至关重要的一缕火种。

至于文明、理想以及他们当年为之抛洒热血的一切，赵没有已经做得够多了，在古都研究院时他就已经献上了一个普通人所能献上的一切，如果后来没有"融合实验"横插一脚，他早该安眠于黄土，享受哀荣。

"这不是还有你和小幺嘛，我不担心，未来大家肯定有好日子过。"赵没有懒洋洋地说，"绝绝都和小先生快活去了，怎么我就不配享享福？"

话已至此，刁禅便道："所以你是要留下？"

"对，我要留下。"赵没有的声音缓下来，平和又不容置疑，"刚好我在遗址里还能帮你们守个门，省得再有什么变动从里面跑出来干扰现实。"

听听，多大公无私啊。

刁禅再没有什么可说的，他插了个队，直接登船，走进核心区域的实验室。一进门，赵没有就看到操控台上放着一只猫："这小家伙挺眼熟啊……啊，这不是赵不叫吗？刁禅，你啥时候偷了我家的猫？"

"你还好意思说这是你家的猫。"刁禅面无表情地说，"你自己算算，你多久没回过你那狗窝了？"

"这不是太忙了嘛。"赵没有一点也不惭愧，"而且赵不叫生存能力挺强的，你是打算带它上天？"

话音怪异地转了个弯，赵没有目瞪口呆地看着刁禅给赵不叫打了一针，然后直接开始解剖，接着最诡异的事情发生了——猫的身体像液体一样被刁禅揉搓后，居然开始变大，它的脑袋被打开，里面空空如也。

　　"我知道赵不叫脑子不太好使，"赵没有喃喃道，"但我没想到它压根没有大脑。"

　　"严格来说，赵不叫其实不是猫。"刁禅对着赵不叫的脑袋捣鼓，"这是柳哥儿的造物。他在 A173 号遗址中用量子物质制造了一个'猫'的概念，然后放进现实。在你不知道真相的时候，赵不叫就是猫，但一旦你知道了赵不叫真实的形态，它就不是猫了。"

　　赵没有道："薛定谔的猫？"

　　"对。"刁禅说完，做了一件让赵没有无论如何也想不到的事。

　　他把赵没有的脑子放进了猫的身体。

　　赵没有变成了猫。他目瞪口呆地看着自己的爪子。

　　"赵莫得，薛定谔的猫是什么，就不用我跟你解释了。"刁禅摸了摸他的头，道，"你现在除了大脑，可以说就是一个量子的存在，这样可以提高你在炸弹爆炸后的存活率。而且你保留了原生的大脑，这是叠加态之外的一个本征态……也就是说，如果你的自我意志足够强烈，又足够幸运的话——或许有一天，你可以自主地从遗址中出来。"

　　"不过你最好还是不要出来了。"刁禅说完立刻补充道，"鬼知道你到时候会变成什么样，搞不好又是一个烂摊子。"

　　赵没有许久才回过神："刁禅，你对我可太好了。"

　　"废话少说。"刁禅神情冷酷地说，"我不会主动打开盒子，也不会给你办葬礼。"

　　"这就够了。"赵没有感慨，"这就足够了。"

　　"最后告诉你一件事。"刁禅说，"在遗址里对你说'别放弃我'的那个钱多多，应该是他本人的意识。"

　　桌子上的猫原本想试试跳下来，闻言直接摔趴在了地上。

　　"你没猜到？"刁禅一愣，"那你还要去救他？"

　　"我以为那是我自己意识中的钱哥碎片的集合……所以也能算是钱哥的一部分。"赵没有爬起来，道，"不是，那真的是钱哥？柳七绝是怎么办到的？"

　　"在我们下车的时候，柳哥儿等于把每个站点的自主权都交给了我们。换句话说，那个时候的我们就相当于他，可以掌控遗址，从而还原现实中的很多东西。"刁禅说，"但你不一样，因为你的大脑和钱多多是双向链接的，所以那个时候钱多多的一部分意识也可能渗透在量子场域中。"

　　"那你们就不怕出什么意外？万一佛陀察觉到了怎么办？"

　　"有那 2023 次在先，佛陀估计早就废了，能撑下来的也就是钱多多的本我意识……"刁禅说到这里意识到了什么，道，"你去救他吧。这么看来，钱多多的本我存在概率还是挺高的，说不定你这敢死队还真就凯旋了。"

赵没有听得哭笑不得。

钱多多的主机连通着大都会核心与四方的神像磁场，又已经与佛陀融合，赵没有甚至连直接把这人的主机断电、强行带走都做不到，只能坐等量子炸弹爆炸之后，再从遗址中寻觅他残存的意识。如果足够幸运，或许钱多多能像当年的柳七绝主动溶解于遗址一样，保留下一部分自我。

"走了啊。"言语已尽，赵没有朝刁禅摆了摆爪子，"之后的事就交给你们了。"

刁禅还是送了他，一路送到飞船门口。猫咪最后回头看了他一眼，旁边有孩子惊奇地道："快看，这只猫会笑！"

猫"喵"地朝孩子叫了一声，它尾巴一甩，消失在灿烂白昼之中。

沧海桑田之后，《人类文明新编》曾有记载，在第二个千禧年的中期，地球经历了一场巨大的灾变事件，人类险些遭遇灭顶之灾。幸好有志士孤注一掷，率领最后的宇航队启程，才得以保留文明的火种。

只要有火种存在，便终能星火燎原。

多年以后。

"刁先生和柳老师都说过了，我们不能来这个地方……"男孩站在门后，犹犹豫豫地看着不远处的同伴，"这里是飞船的总控台，要是出了事该怎么办？"

"不会出事的，放心！"房间里的女孩儿大手一挥，"我爸爸说这次考察队已经找到了合适的宜居地，很快我们就能到地面上生活了！"

"可……可这和我们来总控台有什么关系？"

"当然有关系，我将来要当像刁先生那样的科学家！然后嫁给柳老师！"小女孩挺胸抬头，道，"科学家不怕困难！区区总控台算得了什么？"

"我还是没搞懂我们为什么要来这个地方……"

"哎呀，跟你说了你也不懂，等你长大就明白了！"小女孩不再理他，她拍拍身边的同伴，道，"撂好了没？我要上去了。"

这都是一帮奶孩子，要撂在一起才能爬到巨大的操控台上去。小女孩看起来身手最好，她身先士卒地爬了上去，又很讲义气地把同伴一个个拉了上来。最后她朝门外的男孩儿拍拍手道："快来！就差你一个了！"

男孩好不容易鼓起勇气，蹒跚着爬了上去，立刻撞入一片深邃的星海之中。

女孩不知点开了哪个页面，操控台上呈现出一片极为浩瀚的星空。

面对这绝对纯粹的美，孩子们个个目瞪口呆，不知是谁先喊了起来："那颗星星我认得，叫中心星！"

远处是一颗极度炽热的中心星，二十五万摄氏度的表面散发着璀璨光芒，鎏金虚影静静地燃烧、膨胀，犹如亿万年的美好时光。

"那是金牛座CM，是蟹状星云的中心星，距离地球约6300光年。"一声带着笑意的嗓音在他们身后响起，"你们在这里干什么呢？"

女孩眼睛唰地亮了，她转过头大喊："柳老师！"

"又是你们几个，上次你们拆坏的中央喷泉还没修好呢。"小幺笑了笑，说道，"想看星星去博物区的天台，那边视野更好。"

"柳老师，柳老师。"女孩拽着他的袖子，一迭声地问，"我爸爸说我们很快就能回到地面了，是真的吗？"

"有可能。"小幺摸了摸她的头，说，"刁禅还在冬眠，具体情况要等他醒过来判断后才能确定。"

"好耶！"女孩高举双手欢呼，"我听爸爸说在地面上看星星是不一样的，地面上的星星就像亮片、指甲油和饭碗里的盐！"

小幺听得笑了出来，他点头道："嗯，是很贴切的比喻。"

"老师，"男孩举起手，问，"我听说地上的人死去之后是不会进行再利用处理的，而是直接埋掉或者火化，是真的吗？"

"是真的。"小幺点头道，"你怎么会问这个？"

"因为我觉得很奇怪，把尸体直接埋掉不是太浪费了吗？明明还有很多可用之处。"

"因为很多年前，地球的肥沃并不需要将尸体也作为再利用资源，将故人的尸体埋掉，更多的是为了传达一种情感价值。"

"这个我知道。"又有人举手道，"我们前几天学了一首古诗，'此夜曲中闻折柳，何人不起故园情'！"

"对，故园情，离别情，生死情，人的情感是很多样的。"小幺点点头，"随着你们慢慢长大，也会慢慢明白这些事的。"

等孩子们散去，小幺走到他们打开的巨大星图前，沉默片刻，调出一个频道。

按照古时节令来算，现在地球上应该是春天了。

谁家玉笛暗飞声，散入春风满洛城。

此夜曲中闻折柳，何人不起故园情。

"先生，父亲，我现在很好，刁禅也很好。"他想了想，轻声道，"如果人类文明的发展也是一个个轮回的话，我想我们即将迎来看到曙光的时候了。"

城市建立又毁灭，毁灭又重生，因果循环，似乎避无可避，但难能可贵的是，生生不息。

"还有院长。"小幺喃喃道,"不知道院长和钱阁下怎么样了。"

他在巨大的星图前站了很久,直到终端亮起,工作人员告诉他,刁禅刚刚从冬眠中醒来了。

"我知道了。"小幺匆匆忙忙往外走,"我这就过去。"

房间门再次被关上,唯有群星在黑暗中熠熠生辉。

不知过了多久,小幺方才调出的频道忽然亮了起来,一个页面在屏幕上弹出。

主页上一片空白,没有任何源代码,只在左下角印了一个小小的爪印。

而屏幕正中央显示着一个字。

"喵。"

探索程度百分之五十

番外

赵没有又看到了那双塑料凉鞋。

澡堂里常见的红色胶质凉鞋，一般放在入口换鞋处，堆成一座大垃圾堆似的小山。澡客随便从中找一双穿上，鞋码还不一样，通常很难找到成对儿的。这种凉鞋是大路货，鞋底硬得硌脚，不防滑，穿上总摔，据说澡堂里真因为这个死过人。有人在池子里嗑葵瓜子儿，瓜子儿落在肉土上生根发芽，最后满池都是巨大的向日葵花。

赵没有听人讲过一个故事，说他们澡堂的凉鞋都是从女澡堂那边淘汰下来的，所以尺码小得硌碜，至于女澡堂在哪儿，没人知道。

他们单位本应没有女澡堂。

因为澡堂是公家的，职工免费使用，所以有许多澡腻子。他们连洗带涮能在浴池里泡上一整天，但谁也没想过自带一双拖鞋，仿佛是某种不成文的规定，进了澡堂子，就必须穿澡堂专有的塑料凉鞋，所以澡堂的凉鞋总是不合脚的。

但赵没有还真见过穿得特别合衬的人。

第一次见的时候他在搓澡。师傅撕下一卷塑料膜，铺在塑胶床上。被搓的人躺上去，一盆热水烫猪毛似的哗啦浇下来。赵没有常雇一个老师傅给他搓背，老师傅手劲儿大，经常有人被搓得受不了，咬着牙硬撑，赵没有不，每次都敞开了嗷嗷叫，叫得一咏三叹荒腔走板，还挺享受。好多人说他是个神经病，他琢磨着，如果神经病就能享有嗷嗷叫的自由的话，那当个神经病也挺好，就这样吧。

那天搓澡时他又亮着一把破锣嗓子号叫，引得每个过路的人都要停下来，边看边发笑。赵没有叫得挺痛快，同时心里又有点儿遗憾，因为他特意学了《紫钗记》里的调子叫唤，可惜没人能听出来。就在他遗憾的时候，有人打他身边经过了。

听声音，步调特别稳。澡堂地板溜儿滑，除非光脚，难得有人能走得这么如履平地，赵没有顺着声音看过去，嗓子立刻走了调儿。

他看到了一双特别合脚的塑料凉鞋。

他头一回见到这么合脚的塑料凉鞋。

这些澡堂里的凉鞋要么太小要么太窄，人穿着走路跟跳舞似的，但又不得不穿。

世间之事大都如此。池子里可以有向日葵，但是人不能在洗澡的时候不穿鞋。人生之不如意事常八九，唯荒诞主义贯穿始终。

然而就在他看到那双凉鞋的瞬间，所有的荒诞似乎都消解了。

原来澡堂里真的可以有穿得特别合脚的鞋。赵没有恍然大悟。就像世界上所有的钟表都快了一小时，就他还保存着指针正确的钟表，于是他发问，为什么世界上所有的表都快了一小时？别人骂他你神经病吧。他觉得奇怪，但接受，开始做一个快乐的神经病。终于在某天，他在搓澡的时候，遇到了一个同样拥有慢了一小时钟表的人。

这太难得了，一定得交个朋友。赵没有琢磨。

他琢磨的时间有点长，等他再抬头，对方已经走得没影儿了。

等搓完澡，赵没有去休息室里打听，到处问有没有人见过一个穿着塑料凉鞋的人？这是又犯病了。

抽烟的大爷笑话他：“澡堂里谁穿的不是塑料凉鞋？”

"可是他穿得特别合脚！"赵没有解释道，"特别合脚！尺码不大也不小，刚刚好的那种，左脚是左脚，右脚是右脚，特别合适的一对儿！"

这下所有人都开始哄堂大笑了。

"傻了吧你！"烫头的青年斜眼看他，"澡堂里怎么可能有合脚的鞋？这可是澡堂！"

赵没有知道他们又要回到那个有过无数次的辩论了：澡堂里怎么就不能有合脚的鞋呢？这可是澡堂啊！

"别争了，别争了。"有人劝架，"他可是赵没有，你让让他。"

"可是我真的看到了一双合脚的鞋！"赵没有呐喊道，"是红色的！"

众人寂静，继而笑得愈发激烈：这可是男澡堂！鞋都是黑色的，哪儿来的红鞋？

"谁规定的男澡堂不能穿红鞋？"赵没有问。

"没有规定！但就是不能这样！"众人答。

赵没有服了。成文的规定永远是没有的，不成文的规定永远是存在的。例如：前往澡堂的道路必须一直左拐，看到三角形的标牌表示安全，洗发水不能自备，拖鞋不能自备，永远不要顺着水流寻找下水道，诸如此类等等等等。

众人早就习惯了他的疯言癫语，没人理他，自顾自开始闲聊。

"说到红凉鞋，我还真听说过一个事儿。"大爷说，"据说前一阵儿，单位里死了人。"

"呦！怎么死的？"

"不重要，死就死了呗，还能咋样。"大爷说着压低嗓音，又道，"但是啊，据说凶手是个穿着红凉鞋的人！"

"红凉鞋？那应该是女澡堂的人吧？"

"有可能。"

"说不定呢。"

"肯定是女澡堂的人！"

"女澡堂？"赵没有又凑过来了，问，"咱们单位有女澡堂？"

"肯定有啊！澡堂肯定要区分男女啊！既然有男澡堂，怎么会没有女澡堂？"

"那有人见过女澡堂吗？"赵没有发问。

这可不敢问！

有人笑他："大老爷们儿，什么见没见过？当心有人告你骚扰！"

"没人见过怎么能说有呢？"赵没有大惑不解，问："没人见过合脚的鞋，你们就说没有，怎么没人见过女澡堂，就这么肯定会有呢？"

对方烦了，骂他："规则就是这样！有女澡堂就是有女澡堂！"

好极了，又来了，规则就是这样，规则至上。赵没有知道自己问不出答案，干脆叫了一份猪油拌饭，米饭饱满猪油莹润，他吃得很饱，把所有的问题从脑子吃进胃里，最后排出去。

闷头大睡后，便又是新的一天了。

再去泡澡的时候，池子变得腻滑，水面是青绿色，隐约能看到透明的鱼游来游去，有年轻人坐在澡池边垂钓。

"鱼是哪儿来的？"赵没有问。

"有人死在澡池里了。"年轻人打个呵欠，说出几个人名。

赵没有觉得耳熟。想了一会儿，突然意识到，他说的正是当天讨论红凉鞋的那几个人。

不知道这一切是从什么时候开始改变的。赵没有记得好像有一段时间，澡堂里死人还是不正常的。那时候水池里不会有向日葵，也不会有鱼，还有会合脚的鞋，每个人都会因为搓澡搓痛了嗷嗷大叫。

合脚的红色凉鞋是大路货，但是穿上很舒服，不打滑也不硌脚，鞋底有方块状的小格子，据说有按摩作用，穿久了疏通经络，再去蒸个桑拿，神清气爽。

那都是什么时候的事了？

赵没有努力回忆，但估计是澡堂里的水汽太浓，他脑子里也像笼着一团又湿又重的雾。他在隔间里洗头，一边打泡沫一边走神，结果洗发水的瓶子掉在了地上，他只好半眯着眼睛弯腰去捡。

隔间的门是半挡的，只能挡住膝盖以上，赵没有立刻看到了对面的一双小腿。

那是一双很直的腿，骨肉匀停修长。

再往下。

赵没有又看到了那双塑料凉鞋。
　　真的是很合脚的鞋，大红色，脚趾上沾着沐浴露泡沫。真是合适的鞋啊。赵没有想着，他又开始走神了。什么时候澡堂里有这么合脚的凉鞋了？不过话说回来，谁规定洗澡必须穿鞋？既然水池里可以钓鱼，为什么不能光脚洗澡？各种各样的念头扶摇直上，变成巨大的鲲，鲲在水雾中咆哮了。所以到底为什么澡堂里不能有合脚的鞋？这个世界的真相到底是什么？
　　搓背的师傅闲了下来，拉着二胡在唱歌了："米糠、洗粉、丝瓜络，上好的热汤呦——在这浮世澡堂——在这浮世澡堂，在这浮世澡堂，欢辛悲喜皆付一锅热汤。观音堂下，百秽皆被，客官您又来啦？且饮口热茶罢——"
　　赵没有回过神的时候，歌声已经散了，他嘴对着淋浴头，喝了满满一肚子的水。
　　他一头撞出去。
　　对面的隔间空空荡荡。
　　澡池边钓鱼的人更多了，他掀开塑料浴帘走出去，有人在休息室里烧金元宝，香灰顺着细线一样的风飘过来，呛得人嗓子发痒。赵没有随便找了张床躺下去，被子盖过头，结果枕头底下有人叫魂似的唱歌："给我口热茶罢，给我口热茶罢——"
　　"赵没有？赵没有？"
　　有人把他从被子里拉出来："给你的茶，别嚎了。"
　　赵没有迷迷瞪瞪坐起来，问："我嚎什么了？"
　　"要茶啊！"对方莫名其妙地看着他，说，"你叫得整个澡堂都听见了，不知道的还以为你叫魂呢！"
　　"我没有要茶。"赵没有反驳，说："是我枕头底下有个人。"
　　对方用你怎么又犯病的眼神看着他。
　　"行吧行吧，是我叫的。"赵没有只得接过水杯，他突然又想起来，赶忙说："我刚刚又看到了那个穿着红凉鞋的人！真的把鞋穿得特别合脚！"
　　对方语气显得特别体谅，"好的，你说得对。"
　　"我真的看见了！眼见为实！"
　　"好的，你说得很对。"
　　……
　　赵没有决心找到一个相信他的人，还有，找到那个穿着很合脚的红色凉鞋的人。
　　赵没有再一次来到澡堂的时候，浴池里的人已经很少了，蛤蟆在睡莲上唱歌。他去了桑拿房，看见木条椅上有一支抽剩下的水烟筒。他舀了一瓢水浇在石炭上。水火相触，发出嘶的一声，像蛇的吐芯。他听到外边有人在说话。
　　"你知道吗？最近又有人失踪了……"

"真的假的？谁啊？"

"好像是那个谁……"

声音淹没在水雾里。

赵没有听得有些走神。他隐约知道那个名字，似乎是一个总腻在澡堂里的作家，常常灌一暖瓶的热水，在又湿又皱的纸上写字。那人曾说要写一个住在澡堂里的主角，每天最重要的事就是蹭别的澡客的酒，喝醉了就去泡澡。赵没有听他说完，笑话他这主角就是你吧，那人争辩说小说的构思还没有完成，因为情节缺少一些刺激，赵没有就说那干脆来个外星杀手好啦！从天而降突然把主角杀掉！

桑拿房外的声音又传了过来。

"你知道吗，据说杀人凶手穿了一双红凉鞋！"

赵没有回过神，起初他没什么反应，仿佛方才的议论又是他的一场幻听，直到那议论的声音越来越大，像捶打铜锣，刺得人耳膜生疼。赵没有抓起木条椅上的烟筒抽了一大口，是万宝路的味道，像万宝路的味道，但还有别的什么，是什么？

是鞋油。

澡堂的入口处有换鞋处，提供擦鞋服务，不同价位可以选择鞋油的品质，还能打蜡抛光。赵没有常穿人字拖，最多蹬一双运动鞋。

"他常调侃我这种苦出身享受不了此类高级服务"——这话是他对谁说的？

万宝路的味道、鞋油、雨水和灯火都变成了酒精，在街上流淌。

在那苔藓般湿重的春夜里，有谁为他打过一把伞吗？赵没有心想。

他的头开始变重了，这是桑拿蒸久了的反应，赵没有走出了浴室。他撩开休息室的塑料门帘，走进大厅。

澡堂大厅不大，甚至是很小，接待台后空无一人，墙上挂着储物箱的钥匙，有的钥匙已经褪了色。他走到换鞋处，看到摞得像小山一样高的塑料凉鞋。

有人正在那里换鞋。

对方应该是刚洗过澡，已经换上了一双皮鞋，正将手里的凉鞋放回原处。

那是一双非常合脚的，红色的塑料凉鞋。

赵没有在原地站了一会儿，直到那人抬眼看他，很平静地开口问："有什么事吗？"

过了片刻，赵没有问："你是怎么找到这么合脚的鞋的？"

对方的神色仿佛有些莫名，回道："鞋不就该是合脚的吗？"

赵没有愣了愣，又问："你这鞋是红色的吗？"

对方看着他。赵没有突然意识到自己只围着一条浴巾，看起来实在有些不雅。他难得感到一些尴尬，又难得感到一些为自己辩护的欲望，"那什么。"他说，"我不是神经病，就是想问问。"

对方很理解地一点头：每个人都有发问的权利。

这场景实在有些荒诞。赵没有想到了众人口中的传闻，心说这人不会是个杀人犯吧。接着他意识到，在澡堂里待久了，他也开始下意识顺从所谓的规则，不合理即合理。

赵没有一抬头，发现对方居然已经走到了他面前。那人看着他，很耐心地问："在想什么？"

赵没有只好答道："我在想，为什么我一直找不到合脚的鞋。"

对方歪了歪头，似乎有些困惑："鞋不是一直都是合脚的吗？"

"真的假的？"这次轮到赵没有惊讶了。他道："我从来没在澡堂穿过合脚的凉鞋。"

对方思索片刻，指了指换鞋柜上堆成小山的一大摞凉鞋，说道："这样，你现在随便找一双鞋换上。"

赵没有下意识走过去，随便抽了两只鞋出来，这时他才发现，自己从始至终居然一直光着脚，没穿鞋。

他把抽出来的凉鞋穿上，惊讶地发现居然很合适。

鞋一直都是合脚的吗？

身后的人似乎看出了他的疑问，答道："本该如此。"

鞋本就该是合脚的。

再次回过神的时候，赵没有发觉自己回到了花洒下。

巨大的鲲依然徘徊在头顶，有蛤蟆在叫，他不小心将洗发水打翻在地，只得弯腰去捡。

他看到了一双塑料凉鞋，正穿在他的脚上，那是一双非常合脚的红色的塑料凉鞋。

这次他不再感到意外，鞋本就该是合脚的，男澡堂里也可以有红色的塑料凉鞋。这话是谁对他说的来着？那不重要了。他已经知道了下一步该怎么办。

搓澡师傅又在唱歌了，夹杂着澡客们纷繁的议论声："侬晓得伐？最近又有人死特啦！据说杀人的穿了一双——"

"米糠、洗粉、丝瓜络，上好的热汤哟——在这浮世澡堂——"

规则至上啦！

"在这浮世澡堂，在这浮世澡堂，欢辛悲喜皆付一锅热汤。观音堂下，百秽皆被，客官您又来啦？且饮口热茶罢——"

赵没有笑了，他仔细将头发洗净，步履轻快地走出隔间，一边走一边跟着搓澡师傅唱了起来："在这浮世澡堂——"